# Hinter den fernen Hügeln

## Distant Reihe Buch 2

### AnneMarie Brear

# *Kapitel Eins*

Berrima, New South Wales, Australien. Juli, 1853.

Als Ellen Emmerson die einfache Hütte verließ, streckte sie sich und fröstelte leicht. Hier in der britischen Kolonie Australien bedeutete Juli tiefster Winter, während in ihrer Heimat Irland Sommer herrschte.

Die aufgehende Sonne warf ein rosiges Licht über das kalte, silbergrüne Land. Der Frost glitzerte auf dem Gras und die Vögel zwitscherten in den Eukalyptusbäumen. Das ein oder andere Kaninchen hüpfte über die Weiden, bis es durch das Erscheinen der Arbeiter aufgeschreckt wurde, und schnell in seinem Bau verschwand.

Ellen hielt einen Moment inne und dachte an ihre Heimat, an den Ort wo sie geboren und aufgewachsen war. An das hügelige, grüne Land, das an der Küste von Mayo zum Meer hin abfiel. Dort hatte sie Malachy Kittrick geheiratet und trotz aller Widrigkeiten vier Kinder großgezogen, bis die Hungersnot alles veränderte.

Der Tod ihres dritten Sohnes Thomas und ihres Vaters war das erste von vielen Ereignissen, die ihr Leben in eine vollkommen neue Bahn lenkten. Malachy entwickelte sich von einem glücklichen, erfolgreichen Farmer zu einem arbeitslosen Trinker. Er starb bei einer Schlägerei und ließ Ellen als Witwe allein zurück, um einen neuen Weg einzuschlagen. Als der Vertreter des Pächters ihre Hütte wegen unbezahlter Pacht niederbrannte, wusste Ellen, dass sie eine Entscheidung treffen musste, die ihr Leben für immer verändern würde.

Als sie nun das Land überblickte, das sie zusammen mit ihrem neuen englischen Ehemann Alistair besaß, verspürte sie ein tiefes Gefühl der Zugehörigkeit zu diesem wilden und ungezähmten Land. Die Grenze ihres Grundstücks begann auf einem hohen Bergrücken und erstreckte sich bis hinunter in ein Tal, das am Fluss endete. Im Tal erblickte sie eine Herde langhorniger Rinder die zufrieden weidete.

Auf zehn flachen Morgen Land regte sich Leben und die Arbeiter machten sich daran, einen neuen Tag zu beginnen.

Ellen beobachtete, wie die Männer ihre Zelte verließen und Lagerfeuer entfachten, um die Wasserkessel für eine Tasse Tee zum Kochen zu bringen. Zimmerleute, Steinmetze und Tagelöhner, insgesamt vierzig Männer, machten sich bereit, um den Bau des Hauses aus lokalem Sandstein fortsetzen. Es würde eine Veranda auf allen Seiten des Hauses haben, von der aus Ellen und ihre Familie einen weiten Blick über das Tal haben würden. In etwa sechs Wochen sollte das Haus fertig sein. Bisher hatte der Bau bereits über ein Jahr in Anspruch genommen. Nachdem sie fast die ganze Zeit in einer einfachen Hütte gelebt und darin entbunden hatte, war sie nun mehr als bereit, in einem richtigen Haus zu wohnen, das mit den besten Möbeln ausgestattet sein würde, die Alistair aus England importieren konnte.

Hinter sich hörte sie wie Riona, ihre Schwester, ihre achtjährigen Tochter Bridget rügte. In der Wiege neben dem Bett schlief Lily, ihre fünf Monate alte Tochter. Ein Kind, das nicht von ihrem Ehemann, sondern von seinem besten Freund Rafe Hamilton gezeugt worden war. Von jenem Mann, den Ellen liebte, seit sie ihn vor zwei Jahren in Irland zum ersten Mal getroffen hatte.

So sehr sie Alistair auch bewunderte, respektierte und sich um ihn sorgte, so hatte er es nie geschafft ihr Herz zu erobert. Dennoch funktionierte ihre Ehe gut. Er ahnte nichts von Lilys wahrer Abstammung, und Ellen war der Ansicht, dass es die richtige Entscheidung war, es ihm auch weiterhin zu verschweigen. Rafe war in England und es war unwahrscheinlich, dass er jemals in die Kolonie zurückkehren würde. Alistair liebte Lily und Ellens zwei Söhne, Austin und Patrick, sowie Bridget und behandelte sie alle wie seine eigenen. Sie und ihre Schwester behielten das Geheimnis für sich und konzentrierten sich auf die Zukunft. Eine Zukunft, die Ellen so erfolgreich wie möglich gestalten wollte. Was für sie bedeutete, einer der größten Landbesitzer in Australien zu werden.

Land, etwas, das ihr in Irland verwehrt geblieben war, war aus ihrer Sicht, der Maßstab für Erfolg. Land gab einem Menschen Sicherheit. Land bot unendlich viele Möglichkeiten, eine Familie zu ernähren. Land würde sie von dem Makel befreien, die arme katholische irische Bäuerin zu sein, die sie einst war.

Auf dem Weg zum Hühnerstall winkte Ellen einigen der Männer zu, die den Wagen mit Äxten und Sägen beluden, um weitere Bäume zu fällen. Das Holz wurde nicht nur für den Bau einiger Teile des Hauses benötigt, sondern auch für die anderen Gebäude, die für das noch junge Anwesen gebraucht wurden. Die Pläne sahen Ställe, Scheunen, eine Molkerei, eine Wäscherei und Unterkünfte für die Angestellten vor.

Ellen öffnete den Stall, und die zwei Dutzend Hennen liefen fröhlich auf die Wiese hinaus. Sie überprüfte die Nistkästen, sammelte acht Eier ein und bemerkte eine Henne, die auf frisch geschlüpften Küken saß.

»Braves Mädchen. Halte sie schön warm. Du hast sie zu früh bekommen«, sagte Ellen und warf der Henne etwas Getreide aus ihrer Schürzentasche zu.

»Morgen, Ellen.«

Ellen ging zurück zur Hütte und begrüßte Moira, ihre verwitwete irische Freundin, die auf demselben Schiff wie Ellen und ihre Familie in die Kolonie gekommen war. »Morgen. Acht Eier.« Ihr Atem bildete weiße Wölkchen in der kühlen Morgenluft.

»Großartig.« Moira stand neben dem Wasserfass und nahm den Deckel ab, bevor sie einen Krug eintauchte. Moira, dunkelhaarig und älter als Ellen, war wie eine Schwester für sie.

Hinter der Hütte befand sich eine Art Küche. Eine grob gemauerte Feuerstelle befand sich ein wenig abseits der Hütte, um keine Brandgefahr darzustellen. Ein Tisch aus grob bearbeiteten Brettern und Hocker standen unter einem Vordach aus Baumstämmen. Dies war Moiras Bereich, wo sie für die Familie kochte.

»Mama«, rief Bridget, als sie mit dem Baby im Arm aus der Hütte kam. »Lily hat einen Zahn.«

»Meine Güte, sind das nicht aufregende Neuigkeiten?« Ellen grinste und nahm ihr Lily ab. Sie schaute in das süße, runde Gesicht ihrer jüngsten Tochter, und ihr Herz schwoll vor Liebe an. Rafes blaue Augen blickten sie an und erinnerten Ellen an den Mann, nach dem sie sich so verzweifelt sehnte.

»Schon bald wird sie richtig essen können«, lachte Moira.

»Ich habe Hunger«, sagte Bridget und trat an Moira heran, während diese das Feuer schürte.

»Den sollte ein heranwachsendes Mädchen wie du auch haben. Hilf mir die Schüsseln hinzustellen, und wir machen uns daran etwas zu Essen zuzubereiten.«

»Du hast heute Vormittag Unterricht«, erinnerte Ellen Bridget.

»Ich will reiten gehen, Mama«, schmollte Bridget. Sie hatte ihren irischen Akzent bereits gänzlich abgelegt und die Zeit, die sie mit Alistair verbrachte, hatte ihr einen kultivierteren englischen Ton verliehen. Er hatte ihr beigebracht, Ellen Mama und ihn Papa zu nennen, und aufzuhören das irische Mammy zu verwendet.

»Erst wenn du deinen Unterricht beendet hast.«

»Tante Riona hat gesagt, ich darf.«

»Es ist mir egal, was Tante Riona gesagt hat. Ich bin diejenige, die dir sagt, was du zu tun hast, junge Dame.«

Bridget stürmte davon, um den Tisch zu decken.

Ellen sah Bridget einen Moment lang nach und bemerkte, dass ihr das schwarze Haar mittlerweile bis zum Po reichte. Es musste geflochten werden, damit sie vorzeigbar aussah, aber ihre Tochter hatte nicht das geringste Interesse daran, ihre wilde Seite abzulegen. Jeder, der Bridget begegnete, lobte ihre Schönheit, und Ellen wusste, dass die eigensinnige Art ihrer Tochter gebändigt werden musste, sonst konnte das zu Problemen führen. Sie hatte vor, Bridget in die Kreise der feinsten Gesellschaft Sydneys einzuführen. Aber um diese hochfliegenden Ziele zu erreichen, musste Bridget wie eine Dame erzogen werden, was auf einer Baustelle in einer ländlichen Gegend, fernab der höflichen Gesellschaft, nur schwer möglich war.

Allerdings hatte Ellen nicht vor, in Alistairs Haus am Hafen in Sydney in naher Zukunft zurückzukehren.

Als sie Alistair heiratete, hatte sie sich in die gehobene Gesellschaft Sydneys gemischt und war als ehemals arme Bedienstete zum Ziel von Klatsch und Tratsch geworden. Sie hatte nie wirklich dazugehört und im Grunde wollte sie es auch nicht. Daher war sie nach Berrima gezogen, um den Bau des Anwesens zu beaufsichtigen. Aber sie wollte, dass ihre Kinder Teil der gehobenen Gesellschaft wurden, dass sie sich mit den Söhnen und Töchtern der Elite der Kolonie anfreundeten. Sie wollte, dass sie eine gute Partie zum Heiraten fanden und sicher sein konnten, dass niemand wegen ihrer irischen Herkunft auf sie herabschauen würde. Sie hatte sogar dem Katholizismus den Rücken gekehrt und war Protestantin geworden, um ihnen den Weg in die angesehenen Familien zu ebnen.

Alistairs englische Abstammung und sein Reichtum würden ihnen einen Vorteil verschaffen, den sie allein niemals hätte erreichen können. Und um diesen Vorteil noch auszubauen, ermutigte sie Alistair, sein Geschäft und seinen Kreis reicher und einflussreicher Freunde zu erweitern.

»Guten Morgen.« Riona trat an ihre Seite. »Du scheint tief in Gedanken versunken zu sein.«

Ellen wiegte Lily in ihren Armen, als diese zu greinen anfing. »Ich muss nach Berrima fahren und die Post abholen. Hoffentlich hat Alistair geschrieben, um über das Land zu berichten, das in Moss Vale zum Verkauf steht.«

»Warum ist dir dieses Land so wichtig? Du hast hier mehr als genug.« Riona schüttelte den Kopf.

Bevor Ellen antworten konnte, kam Mr. Watkins, der Zimmermann, der am Haus arbeitete, zu ihnen herüber.

»Mrs. Emmerson, könnte ich Sie bitte kurz sprechen?«

Ellen überreichte Riona das Baby. »Gib ihr, bis ich wiederkomme ein wenig Haferbrei. Danach werde ich ihr etwas Milch geben.« Sie wandte sich dem älteren Mann zu. »Wie kann ich Ihnen helfen?«

Er entrollte die Pläne des Hauses. »Wir sind hier, an der Ecke der Veranda auf der Ostseite, die zu den geplanten Gärten zeigt, auf Felsen gestoßen. Allerdings können wir den Felsen nicht durchbrechen. Die Fläche scheint über sechs Meter breit und wahrscheinlich genauso tief zu sein.«

»Das ist wirklich ungünstig.« Ellen studierte die Pläne. »Dann müssen wir eben drüber bauen. Wir verlängern die Veranda über den Felsen und ein paar Meter weiter, bis wir auf Erde stoßen.«

»Dies wird nicht funktionieren, Mrs. Emmerson, denn die Dachlinie endet direkt über dem Felsen.«

Sie warf einen Blick auf das Haus. »Verlängern Sie die Veranda, Mr. Watkins, und machen Sie eine Form wie diese.« Sie beugte sich vor und zeichnete mit einem kleinen Stock eine sechseckige Form in den Boden. Sie kannte den Namen der Form nicht, aber sie gefiel ihr. »Dann bauen Sie ein neues Dach darüber, das dieser Form entspricht.«

»Aber wenn wir es so bauen, wird es nicht den Formen der Hauswände entsprechen. Es wird herausragen wie ein ... wie ein Pfeiler.«

»Ich stimme Ihrer Meinung zu, dass es nicht konventionell sein wird, Mr. Watkins, aber es wird eine schöne Sitzecke bieten, meinen Sie nicht? Wir werden Bäume oder Weinstöcke pflanzen, die diese Sitzecke bedecken werden.«

»Sind Sie sicher, Mrs. Emmerson?« Er klang nicht überzeugt.

»Absolut.« Sie wusste, dass er lieber warten und Alistairs Meinung einholen wollte, aber da ihr Mann in Sydney war, wusste

Watkins, dass Ellen die volle Verantwortung trug und ihre Meinung die Einzige war, die zählte.

»Nun gut. Ich werde die Männer Ihren Wünschen entsprechend anweisen. Heute kommt eine Wagenladung Zedernholz an. Das sollte der letzte Bodenbelag sein, den wir benötigen.«

»Ausgezeichnet. Und die Zedernholztüren, Mr. Watkins?«

»Sie werden heute geschliffen und eingebaut. Die Mühle muss bezahlt werden.«

»Ich habe die Verantwortlichen angewiesen, die Rechnungen an meinen Mann in Sydney zu schicken.«

Er atmete tief durch. »Gut, und die Löhne der Männer?«

»Ich werde Ihnen heute Nachmittag das Geld geben, um sie zu bezahlen.« Sie machte einen Schritt, dann blieb sie stehen. »Mr. Watkins, mir ist klar, dass die Männer während ihrer Auszeit nach Berrima gehen und sich ein oder zwei Tage lang betrinken werden, vor allem nach der Bezahlung. Allerdings verlange ich, dass es keine Wiederholung der Auseinandersetzungen und Verhaftungen vom letzten Monat gibt, ist das klar?«

Der Zimmermann errötete. »Ich kann mich gar nicht genug entschuldigen für das, was letzten Monat vorgefallen ist, Madam. Es wird gewiss nicht wieder vorkommen.«

»Wenn doch, dann werden Sie und Ihre Männer entlassen. Das Haus ist fast fertig. Für die verbleibenden Arbeiten kann ich jemand anderen beauftragen. Sie müssen verstehen, dass mein Mann einen Ruf zu wahren hat. Wenn fünf Männer verhaftet und vor dem Gerichtsgebäude an den Pranger gestellt werden, ist das ein Makel für meinen Mann. Er wird nicht zulassen, dass so etwas noch einmal vorkommt, und ich auch nicht.«

»Das wird es nicht, Mrs. Emmerson. Aber die Männer müssen sich nach der harten Arbeit des ganzen Monats etwas abreagieren. Es ist schwierig, sie hier zu halten, wenn die Goldfelder sie wie eine lüsterne Frau anlocken, wenn Sie verstehen.«

Ellen unterdrückte ein Lächeln und nickte. »Der Versuchung, nach Gold zu graben, kann man nur schwer widerstehen. Ich würde selbst gern gehen ...«

»Das würden Sie?«, fragte Watkins ungläubig.

»Natürlich. Warum sollte nicht jeder sein Glück versuchen wollen?« Sie gluckste. »Ich bin zwar klein und eine Frau, aber ich würde mir die Goldgrabungen gerne mit eigenen Augen sehen. Aber wie mein Mann schon oft zu mir gesagt hat, gibt es viele Goldfunde und ebenso viele Männer, die in dem Wahnsinn anheimfallen, wenn sie nichts als Dreck finden.«

»Das habe ich auch schon gehört, aber das hält die Männer nicht davon ab, durch das ganze Land zu ziehen, um nach Gold zu suchen.« Watkins setzte seinen Hut auf und nickte Ellen zu, bevor er sie allein ließ.

Als Ellen die Hütte betrat, bürstete sie ihr Haar, band es zu einem Dutt zusammen und setzte sich ihre Haube auf. Sie nahm das blaue Schultertuch, das zu ihrem Kleid passte, aus der Truhe. Mit ihren Handschuhen und ihrem Retiküle am Handgelenk verließ sie die Hütte und dachte an die Goldgrabungen, die im ganzen Land entstanden. Alistair hatte ihr erzählt, dass sich die Zahl der Schiffe, die das Land erreichten, verdoppelt hatten. Sie waren gefüllt mit eifrigen Männern, die das Ziel verfolgten, reich zu werden. Die neue Stadt Melbourne ganz im Süden des Festlandes wuchs so schnell, dass es Gerüchte gab, sie würde Sydney bald als führende Stadt ablösen.

»Du fährst jetzt?«, fragte Riona, die draußen am Tisch saß, wo sie Lily mit Brei fütterte.

»Ja, ich werde den Buggy nehmen.« Ellen küsste erst Bridget und dann Lily auf den Scheitel. »Moira, benötigen wir noch etwas für die Küche?«

Moira, die über das qualmende Feuer gebeugt stand, blickte nicht auf. »Nein, ich glaube nicht. Aber eine anständige Küche wäre nicht verkehrt.«

»Noch sechs Wochen, dann können wir endlich ins Haus einziehen und dir steht eine große Küche zur Verfügung.«

»Und eine Hilfskraft? In einer so großen Küche werde ich Hilfe benötigen.«

»Ich werde eine geeignete Hilfskraft für dich finden.« Ellen ließ die beiden allein und ging zum Stallbereich, der eigentlich nichts weiter als ein eingezäunter Hof war, in dem die Pferde untergebracht waren. Eine kleine Hütte, in der Douglas, der Stallknecht, schlief, beherbergte auch die Ausrüstung. Der zweirädrige Einspänner, mit dem Ellen sich immer von einem Punkt zum anderen bewegte, stand unter einem Baum in der Nähe.

»Guten Morgen, Mrs. Emmerson.« Douglas, ein junger Mann in seinen späten Teenagerjahren, holte Betsy aus dem Stall.

Ellen fuhr den Buggy erst seit sechs Monaten. Nach Lilys Geburt hatte sie darauf bestanden, das Fahren zu erlernen, damit sie die Freiheit hatte, um sich in der Gegend zu Bewegen. Alistair hatte die alte Stute von einem Bauern gekauft und Ellen das Fahren beigebracht. Sie genoss die Freiheit, sich dorthin zu begeben, wohin sie wollte. Ihr ganzes Leben lang war sie bei Wind und Wetter zu Fuß gegangen, um von einem Ort zum anderen zu gelangen. Jetzt fühlte sie sich wie eine wohlhabende Frau, wenn sie mit ihrem Buggy nach Berrima oder in eines der anderen Dörfer fuhr.

Eines Tages würde sie ihre eigene Kutsche haben, aber im Moment war die, die sie besaßen, in Sydney bei Alistair. Doch der kleine Buggy bereitete ihr große Freude. Es war ihr lieber als das Reiten, das sie gerade erst erlernte. Bridget, die bereits eine ausgezeichnete Reiterin war, lachte über ihre unsicheren Versuche, aber langsam wurde sie besser.

Auf dem Feldweg in Richtung des Dorfes angekommen, lehnte sich Ellen zurück und genoss den gleichmäßigen Klang von Betsys sanftem Gang. Sie überholte mehrere schwer mit Weizen, Holz oder Familieneigentum beladene Ochsengespanne.

Unten auf dem Hügel bewunderte sie das zweistöckige rote Backsteinhaus der Familie Harper. Ein elegantes Gebäude mit Blick auf das Dorf.

Als sie in Berrima ankam, war Ellen überrascht, so viel Verkehr in dem verschlafenen Dorf zu sehen. Vor dem beeindruckenden Gerichtsgebäude aus Sandstein hatte sich eine große Menschenmenge versammelt. Sie nahm an, dass gerade eine Gerichtsverhandlung stattfand. Die Straße etwas weiter runter, hinter dem furchteinflößenden Gefängnis und vor dem *Surveyor General Inn*, bestieg eine Gruppe von Männern ihre Pferde. Und auf der anderen Straßenseite standen mehrere Fuhrwerke.

Ellen zügelte Betsy neben einem der Reiter. »Was geht hier vor sich?«

»Bushranger, Madam.«

»Bushranger?« Sie zitterte leicht.

»Sie haben ein Gasthaus in der Nähe von Murrimba überfallen. Einige von uns sind unterwegs, um zu sehen, ob wir sie schnappen können. Ein kleines Kontingent von Soldaten ist bereits nach Hanging Rock aufgebrochen.«

Ellen nahm die Zügel etwas fester in die Hand. Bushranger, berüchtigte bewaffnete Männer, die Leute ausraubten, hatten Alistairs Kutsche auf der Straße in der Nähe von Bargo Brush überfallen, als er ihr zum ersten Mal seinen Besitz zeigte, bevor sie heirateten. Sie hatte mit den gefährlichen Männern gesprochen, und als der irische Anführer ihren Akzent gehört hatte, hatte er sie unverletzt weiterziehen lassen, aber natürlich erst, nachdem die Männer ihre Taschen geplündert hatten.

Sie fragte sich, ob die gleiche Bande das Gasthaus überfallen hatte. »Wissen Sie zufällig die Namen der Bushranger?«

»Ein Ire namens Eddie Patterson und seine Bande.«

Eddie. Derselbe Vorname wie der des irischen Anführers, der letztes Jahr Ellen überfallen hatte. Es musste sich um dieselbe Person handeln. Sie erinnerte sich, dass er ein rotes Taschentuch vor dem Gesicht trug. »Haben sie jemanden umgebracht?«

»Nein. Aber sie machen eine Menge Ärger. Sie stehlen Pferde, Geld und Lebensmittel.«

»Und sie sind noch immer in der Gegend?«

»Wir nehmen es an, und wenn sie es sind, werden wir sie finden.«

»Hoffen wir, dass Sie das tun. Und die anderen?« Ellen nickte in Richtung einer größeren Gruppe, welche mehrere mit Ausrüstung beladene Karren mit sich führte.

»Goldgräber. Sie sind unterwegs zu einem Ort namens Braidwood im Süden.«

»Ich habe das Dorf noch nie so belebt gesehen. Sollte hier in der Nähe Gold gefunden werden, könnten wir überrannt werden.«

»In der Tat. Eine sehr unangenehme Vorstellung. In Melbourne gibt es alle möglichen Probleme mit den Goldgräbern, die sich gegen die Lizenzgebühren wehren, und dann gibt es noch Bushranger, die Kutschen mit Gold überfallen. So etwas wollen wir hier nicht riskieren, Mrs. ...« Der Mann auf dem Pferd blickte sie an und legte den Kopf schief. »Ich habe das Gefühl, dass wir uns noch nie begegnet sind, Madam.«

»Nein, ich denke das sind wir noch nicht. Ich bin Mrs. Alistair Emmerson, Ellen.«

»Oh, ich habe von Ihnen gehört, Mrs. Emmerson. Ich bin George Riddle aus Elm Lodge, Sutton Forest. Sie bauen ein Haus auf Oxleys Hill, wie ich hörte.«

Ellen wurde stutzig. »Unser Land gehört uns, Mr. Riddle, nicht Mr. Oxley. Wir sind nicht seine Pächter. Sein Grundstück liegt weiter östlich, mit Blick auf Bong Bong. Wir haben eine gemeinsame Grenze.«

»Das war nur eine Redewendung, Mrs. Emmerson. Ich wollte Sie nicht beleidigen. Mr. Oxley und seiner Familie gehört hier in der Gegend viel Land.«

Ellen nahm sich einen Moment Zeit und schalt sich im Geiste dafür, dass sie bei seiner Erwähnung des Besitzes der Oxleys so reagiert hatte. Sie musste sich daran erinnern, dass nicht jeder wegen ihrer irischen Herkunft über sie urteilte. Einige waren froh, Freundschaften auf der Grundlage dessen zu schließen, was sie jetzt war. »Möglicherweise möchten Sie uns besuchen, sobald unser Haus fertig ist und sich das Anwesen selbst ansehen«, lud Ellen ein und verlieh ihrer Stimme einen warmen Klang. »Und natürlich Ihre Frau, falls Sie verheiratet sind.«

»Das bin ich, und vielen Dank. Mrs. Riddle und ich würden uns sehr freuen. Haben Sie schon einen Namen für Ihr Anwesen?«

Ein Name ... Ellen geriet in Panik. Sie und Alistair hatten noch nicht über einen Namen gesprochen. Alle Anwesen in dieser Gegend hatten Namen, damit man sie leicht identifizieren konnte. »Es wird ... Emmerson Park heißen, Mr. Riddle.« Sie hoffte Alistair würde damit einverstanden sein.

»Emmerson Park. Ausgezeichnet. Guten Tag, Mrs. Emmerson.« Er ritt mit den anderen Männern unter großem Gejohle davon.

Ellen schnippte mit den Zügeln und trieb Betsy an, bis sie das *White Horse Inn* erreichte und dort anhielt. Vor dem Gasthaus hatten mehrere Bauern Stände, an denen sie ihre Produkte verkauften.

Sie betrat das Gasthaus, in dem sie ihre Post abholte, und war überrascht, als sie ein großes Paket von Alistair und mehrere Briefe sah, die mit einer brauner Schnur zusammengebunden waren.

»Ihr Mann ist noch in Sydney, Mrs. Emmerson?«, fragte der Wirt hinter dem Tresen.

»Ja. Er hofft, nächste Woche herreisen und die Jungen mitbringen zu können. Sie haben zwei Wochen Schulferien.«

»Sie freuen sich sicherlich, sie zu sehen.«

»Ich kann Ihnen gar nicht sagen, wie schön es sein wird, meine Jungs wieder bei mir zu haben.« Der Gedanke, Austin und Patrick zu sehen, erfüllte sie mit großer Freude. Sie vermisste ihre Jungs schrecklich, während sie in Parramatta zur Schule gingen.

»Ihr Haus macht gute Fortschritte, wie ich hörte.«

Sie lächelte. »Das tut es. Wir sind sehr zufrieden damit. In sechs Wochen sollte es fertig sein.«

Er schob ihr ein Stück Papier über die polierte Theke zu. »Ihr Mann könnte daran interessiert sein.«

Ellen nahm es in die Hand und las die Anzeige für Grundstücke, die nördlich von Goulburn verkauft wurden. »Goulburn liegt südlich von hier, nicht wahr?«

»Ja, Mrs. Emmerson. Gutes Weideland, besonders für Schafe. Ich dachte, es könnte Ihren Mann interessieren. Ein Mann hat die Anzeige gestern auf dem Weg nach Sydney mitgebracht. Die Grundstücke werden nächsten Monat in den Zeitungen ausgeschrieben. Wenn Sie also eines der besten Grundstücke haben wollen, sollten Sie keine Zeit verlieren.«

»Danke, dass Sie mir das gezeigt haben. Schönen Tag noch.«

Ellen legte ihr Paket in den Wagen und nickte einer Frau zu, von der sie wusste, dass sie in der Bäckerei am Ende der Straße arbeitete.

Da sie nun schon seit über einem Jahr in der Gegend lebte, erkannte sie viele Gesichter wieder. Sie wurde langsam in die örtliche Gesellschaft aufgenommen, nachdem sie während der Schwangerschaft mit Lily zu Hause geblieben war und keine Einladungen angenommen hatte.

Aus einem Impuls heraus beschloss Ellen, der Bäckerei einen Besuch abzustatten und frisches Brot zu kaufen, um Moira das Backen im temperamentvollen Außenofen zu ersparen.

»Mrs. Emmerson?«, rief ihr eine Frau auf der anderen Straßenseite zu.

Ellen wartete, bis ein mit Schnittholz beladener Wagen vorbeifuhr, bevor sie zu Mrs. Dawson hinüberging. »Guten Tag.«

»Ich bin so froh, Sie zu sehen, Mrs. Emmerson«, schwärmte die andere Frau. »Ich hatte die Absicht, Ihr Anwesen zu besuchen, um Sie zu einer Teeparty einzuladen, die ich nächsten Samstag um drei Uhr veranstalten werde. Ich weiß, dass es sehr kurzfristig ist, aber ich bin gerade erst heute Morgen aus Sydney zurückgekehrt und hatte die Idee als ich hier ankam. Ich hoffe, es ist Ihnen möglich zu kommen.«

»Das wäre mir eine Freude, Mrs. Dawson«, antwortete Ellen aufrichtig. Sie hatte die Familie Dawson schon zweimal getroffen und mochte sie. »Alistair wird voraussichtlich am Freitag hier eintreffen.«

»Ausgezeichnet. Bringen Sie doch auch Ihre Schwester und Ihre Kinder mit. Es ist ein eher informelles Treffen.«

»Ich danke Ihnen. War Ihr Aufenthalt in Sydney ein Erfolg?«

Mrs. Dawson seufzte dramatisch. »Ja, größtenteils, aber in mancher Hinsicht war er es nicht. Ich fürchte, die Mode ist immer noch nicht ganz auf dem neuesten Stand. Ich erhalte Anzeigen für die neuen Kleider- und Hutmoden, die in England gefertigt werden.

Meine Schwester, die in Highgate in der Nähe von London lebt, schickt sie mir so oft wie möglich, aber ich verzweifle daran, in diesem Land jemals den Überblick über solche Dinge zu behalten. In der Hinsicht hinken wir ziemlich hinterher, finden Sie nicht auch?«

»Ich fürchte, Mode ist nichts, was mich sonderlich interessiert.«

»Nein? Hier draußen hätten wir sowieso keine Chance damit. Wir sind zum Scheitern verurteilt, Mrs. Emmerson. London ist so weit weg. Aber ich werde meine Garderobe ändern, wenn wir Ende des Jahres in England ankommen.«

»Sie verlassen die Kolonie?« Ellens Augen weiteten sich vor Überraschung.

»Nur für ein oder zwei Jahre. Da mein ältester Sohn, Frederick, wird am September in Eton zur Schule gehen, werden wir alle nach England reisen. Ich werde so froh sein, meine Schwester wiederzusehen. Wir reisen Ende August ab, und deshalb wollte ich eine Teeparty veranstalten, bevor wir das Haus abschließen und abreisen. So haben wir die Gelegenheit, uns zu verabschieden.«

»Ich weiß nicht, wie ich es verkraften würde, meine Söhne jahrelang nicht zu sehen. Es ist schon schlimm genug, dass sie in Parramatta sind.«

Mrs. Dawsons Augen verdunkelten sich vor Traurigkeit. »Es wird mir das Herz brechen. Aber ich muss das Richtige für Frederick tun. Mein Mann besteht darauf, dass Frederick nach Eton geht, so wie er selbst es getan hat. Die Väter treffen die Entscheidungen und die Mütter müssen damit leben, nicht wahr?«

Ellen war drauf und dran, das zu bestreiten, denn sie hatte das Sagen über ihre Kinder. Alistair war ein guter Stiefvater, aber er würde niemals ohne ihr Einverständnis die Kontrolle über ihre Kinder übernehmen.

»Oh, da ist Mathers.« Mrs. Dawson schnitt eine Grimasse. »Ich habe ein neues Dienstmädchen eingestellt, Mrs. Emmerson. So ein Geschöpf haben Sie noch nie gesehen. Das Mädchen ist so faul. Aber ich werde sie erziehen und hoffentlich etwas aus ihr machen können.«

Ellen betrachtete das zierliche Mädchen, das die Straße entlangkam. Der Gedanke an Bedienstete ließ Ellen erschaudern. Sie musste welche für das Haus einstellen, aber nachdem sie selbst eine gewesen war, wollte sie nicht plötzlich eine anspruchsvolle Herrin werden. »Ich gehe jetzt besser, Mrs. Dawson. Ich freue mich schon auf die Teeparty am Samstag. Auf Wiedersehen.«

Ellen ging weiter die Straße entlang in Richtung Bäckerei und wich einem räudigen Hund aus, der in einem Müllhaufen wühlte. Der kühle Tag hielt weder die Kinder davon ab, vor den Häusern zu spielen, noch die Frauen davon, ihre Wäsche aufzuhängen.

Sie betrat das Backsteinhaus, in dem sich die Bäckerei befand. Der Geruch von frischem Brot ließ ihr das Wasser im Munde zusammenlaufen. Vor ihr stand ein Mann, der sich mit der Bedienung stritt. Da er Ellen den Rücken zuwandte, konnte sie sein Gesicht nicht sehen, aber sein irischer Akzent verriet ihr, dass es sich um einen Landsmann handelte, auch wenn sein streitlustiger Ton sie ärgerte.

»Herrgott, Mädchen, hör mir doch zu!«, rief er. »Ich will kein verdammtes Brot kaufen. Ich möchte dir nur ein paar Fragen stellen.«

»Ich sagte, ich kann Ihnen nicht helfen, Mister.« Das Mädchen schaute ihn unsicher an. »Ich habe keine Ahnung, von wem Sie sprechen.«

»Mir wurde gesagt, dass die Frau, die ich suche, hier in der Gegend wohnt. Wie viele irische Frauen gibt es an diesem gottverdammten Ort? Sie hat dunkelrotes Haar, blaue Augen, ist hübsch und ...«

»Ich *kenne* sie nicht, Sir. Fragen Sie in einem der Gasthäuser nach. Ich habe Kunden zu bedienen.«

Der Mann schlug seine Mütze gegen sein Bein, drehte sich auf dem Absatz um und stand Ellen direkt gegenüber. Einen Moment lang war sie kurz davor, sich zu entschuldigen und zur Seite zu treten, doch stattdessen starrte sie direkt in das Gesicht von Colm Kittrick, ihrem Schwager. Der Schock ließ sie erstarren. Sie schaffte es nicht, auch nur ein einziges Wort hervorzubringen.

Colm kam zuerst wieder zu sich. »Ellen! Heilige Mutter Gottes. Du bist es!«

Sie blinzelte einige Male. Colm hatte abgenommen und erinnerte sie so sehr an Malachy, dass sie taumelte.

Er nahm ihren Ellbogen, um sie zu stützen. »Ich kann es nicht glauben.«

»Colm ... Was ... Ich ...«

»Ich wusste, dass ich dich finden würde.« Er führte sie nach draußen, als ein anderer Kunde die Bäckerei betrat. »Ich sollte wütend auf dich sein, und das war ich auch für eine lange Zeit, aber jetzt freue ich mich einfach nur, dich zu sehen.« Er betrachtete sie von oben bis unten. »Meine Güte, du hast dich wirklich gemacht, Ellen. Dieses Land passt zu dir. Sieh dich nur an. Ich habe dich noch nie so gut gekleidet gesehen. Du siehst aus wie eine Dame!«

Ellen trat einen Schritt zurück. »Warum bist du hier?«

»Um dich und die Kinder zu finden.«

»Warum?«

Er runzelte die Stirn. »Weil ihr meine Familie seid. Ihr seid ohne ein Wort verschwunden. Du hast versprochen, die Kinder zu mir zu bringen und dich zu verabschieden. Dann hörte ich, dass ihr in der Nacht wie ein paar Diebe verschwunden seid.«

»Unsere Hütte wurde von Major Sturgess und seinen Männern niedergebrannt!«

»Warum seid ihr nicht zu mir gekommen?«

Sie blickte ihn verächtlich an. »Weil du mehr wolltest, als ich zu geben bereit war, Colm, und das weißt du auch.« Ihr Schwager hatte sie immer begehrt. Etwas, das sie verabscheute.

»Ich hätte euch alle davor bewahrt, über das Meer in ein fremdes Land reisen zu müssen. Ihr hättet mir vertrauen sollen.«

»Dir vertrauen?«, spottete sie. »Mit deiner rätselhaften Art?«

»Ich hätte auf euch aufgepasst. Du hättest nicht das Land verlassen sollen, Ellen. Du hättest zu mir kommen sollen, nachdem sie dein Haus abgebrannt haben. Ich bin deine Familie.«

»Ich wollte nicht zu dir gehen, Colm«, verteidigte sie sich und fühlte sich langsam wieder wie sie selbst. »Major Sturgess drohte, mich ins Gefängnis zu schicken. Er hätte mir die Kinder weggenommen. Meine Familie wäre im Armenhaus gelandet.«

»Das hätte ich niemals zugelassen, wenn du einfach zu mir gekommen wärst.«

Sie fröstelte, als die Erinnerungen an diese schreckliche Nacht zurückkehrten. Die Nacht, in der nicht nur ihr Haus abgebrannt war, sondern auch ihr Onkel, Pater Kilcoyne, von den Männern des Majors erschossen worden war. Der Major hatte sie für den Tod verantwortlich gemacht und ihr gesagt, sie solle verschwinden und nie wieder in ihr Dorf zurückkehren. Da sie keinen Ausweg mehr sah, brachte sie ihre Kinder, ihre Mutter und Riona nach Wilton Manor, wo sie damals arbeitete. Sie wusste, dass die Bediensteten dort ihr helfen würden, und auch Mr. Wilton tat es, als er von ihrem Schicksal erfuhr. Dank der Großzügigkeit von Mr. Wilton schaffte ihre Familie es nach Liverpool in England, zu seinem Freund Rafe Hamilton und dessen Schiff, das sie dann nach Sydney brachte.

Nun hatte Colm sie gefunden, der Mann, den sie nie wieder sehen wollte. Er brachte nichts als schmerzhafte Erinnerungen mit sich. Sie hatte ihn nie um Hilfe gebeten, da er immer darauf aus gewesen war, sie in seinem Bett zu haben. Schon vor dem Tod seines Bruders hatte Colm deutlich gemacht, dass er sie wollte. Sie hatte ihn nie gemocht und ihm nie vertraut.

Ihre Augen verengten sich. »Wie hast du mich gefunden?«

»Das ist eine unglaublich lange Geschichte, Heilige Mutter.« Er grinste. »Aber ich habe es getan. Ich wusste, dass ich dich finden würde, sobald ich in Australien wäre.«

»Du hättest nicht den ganzen Weg hierher kommen sollen, Colm«, sagte sie.

»Natürlich musste ich das. Ich musste wissen, ob du am Leben bist. Kathleen, das Hausmädchen von Wilton Manor, hat mir erzählt, dass du nach Australien ausgewandert bist. Sie sagte, du hättest einen Brief an die Köchin des Anwesens, Mrs. O'Reilly, geschrieben. Sobald ich davon hörte, kaufte ich eine Überfahrt nach Sydney auf dem ersten Schiff, das ich finden konnte.«

Ellen schloss die Augen. Sie hatte ihrer alten Freundin Mrs. O'Reilly einmal geschrieben und ihr mitgeteilt, dass sie wohlbehalten in Sydney angekommen waren. Offensichtlich hatte Mrs. O'Reilly die Nachricht an das Personal des Herrenhauses weitergegeben. Ellen konnte ihr deswegen nicht böse sein. Sie hatte nicht erwartet, dass Colm irgendwie davon erfahren würde.

Colm starrte sie an. »Du scheinst dich nicht wirklich zu freuen, mich zu sehen.«

»Ich bin überrascht. Ich hätte nie erwartet, dass du hierher kommst.«

»Louisburgh war für mich ohne meine Familie kein Zuhause mehr. Ich war allein und, nun ja, die Lage dort hat sich nicht unbedingt zum Besseren gewandt. So viele Menschen sind wegen der Missernten fort. Sie sind gestorben, ausgewandert oder in Arbeitshäusern gelandet. Die Hungersnot hat das Land mit Hilfe der Briten zerstört.«

»Sprich leiser«, zischte Ellen. »Dies ist eine britische Kolonie, nicht Amerika. Du kannst hier nicht schreien, was du willst!«

»Schade. Diese Kolonie braucht ihre Unabhängigkeit von Großbritannien genauso wie Amerika. Warum bist du nicht dorthin ausgewandert?«

»Weil ich hierher kommen wollte.« Sie beließ es bei dieser Antwort. Er durfte nie von Rafe Hamilton und seiner Hilfe erfahren.

Colm schaute sich in dem kleinen Dorf um. »Dieser Ort erinnert mich ein wenig an Zuhause. Es ist sehr grün. Hast du deshalb beschlossen, Sydney zu verlassen und hierher zu kommen? Es ist eine höllische Reise auf schlechten Straßen, um diesen Ort zu erreichen.«

»Ich bin hierher gekommen, weil mein Ehemann hier sein Land hat.« Sie wartete auf seine Reaktion auf ihre Worte.

Seine Augen weiteten sich. »*Ehemann*? Du hast bereits wieder *geheiratet*?«

»Das habe ich.« Sie reckte trotzig ihr Kinn. Sie wusste, dass er sie verurteilen würde.

Aber anstatt wütend zu sein, schien er in sich zusammenzusacken. Vor ihren Augen schien er zu schrumpfen. Er machte ihr keine Angst mehr, und die Erleichterung war groß.

»Dachtest du, ich würde für den Rest meines Lebens Witwe bleiben?«, fragte sie barsch.

»Nein ... Ja ... Ich hatte gehofft, du wärst noch frei ...«

»Sodass du die Möglichkeit hättest, mich zu heiraten?«

»Ja. Was ist daran falsch?«

»Weil ich dich bereits damals in Irland nicht wollte, Colm, und ich würde dich auch jetzt nicht wollen, selbst wenn ich noch *frei* wäre.«

Er trat ein paar Schritte zurück, seine Lippen bewegten sich, als wollte er etwas sagen, aber nach einem Moment ließ er den Kopf hängen. »Ich habe dich immer gewollt, Ellen.«

»Du hättest dir eine Frau suchen sollen, als wir jung waren, Colm.«

»Darf ich die Kinder sehen?«

Ihr Instinkt schrie sie an, nein zu sagen, aber sie ignorierte ihn. Obwohl er sie in der Vergangenheit mit seinen lüsternen Blicken und anzüglichen Andeutungen, dass sie seine Frau sein sollte, gequält hatte, war er den Kindern ein guter Onkel gewesen. Er hatte ihnen geholfen, etwas zu Essen auf den Tisch zu bekommen, als die Kartoffelfäule Jahr für Jahr ihre Ernte vernichtete. »Nun gut.«

Schweigend ging sie mit ihm zurück zum Buggy. Sie lenkte Betsy zurück durch das Dorf und den Hügel hinauf, weg von neugierigen Blicken, die sich sicherlich fragten, wer neben Mrs. Emmerson in ihrem Buggy saß.

»Wie hast du herausgefunden, dass ich in Berrima bin?« Endlich durchbrach sie die angespannte Stille zwischen ihnen, als sie Betsy in den von Bäumen gesäumten Weg einbiegen ließ, der zum Anwesen führte.

»In Sydney lernte ich einen Mann kennen, der auf demselben Schiff hierher gereist war wie du. Wir haben ein paar Wochen lang zusammen gearbeitet. Über seine Frau wusste er, dass du für einen Mann namens Emmerson arbeitest. Ich habe tagelang in einigen Gasthäusern herumgefragt, aber niemand hatte irgendetwas von Ellen Kittrick gehört. Ich habe das Büro von *Emmerson Imports and Exports* am Hafen gefunden und mich dort tagelang herumgetrieben, allerdings habe ich dich nie dort gesehen. Jedes Mal, wenn ich dort war, war das Büro geschlossen. Dann traf ich eines Abends zufällig einen Ochsentreiber, der sagte, er habe für einen Herrn namens Emmerson im Süden des Landes Steine transportiert. Also machte ich mich auf den Weg hierher und begann mich zu erkundigen. Gestern hielt ich im *Prince Albert Inn* nördlich von Mittagong an, und man sagte mir, ich solle mich nach Berrima begeben.«

»Du hast diese weiter Reise umsonst unternommen, Colm.«

»Ich bin diese Reise wegen meiner Familie angetreten.«

»Was meinst du damit?«

»Ich kann dich zurück nach Irland bringen, Ellen. Wir können in Dublin leben. Ich werde hart arbeiten, um für dich und die Kinder zu sorgen.«

»Ich bin *verheiratet*.«

Er fluchte leise vor sich hin.

Ellen zügelte Betsy in der Nähe der Hütte. Einen Moment lang saß sie einfach da und starrte auf die Männer, die am Haus arbeiteten. Als sie heute Morgen losgefahren war, um die Post zu holen, hätte sie sich nie vorstellen können, dass sie mit ihrem verabscheuten Schwager zurückkehren würde.

Es kostete sie alle Mühe, nicht umzudrehen, in Richtung Sydney zu fahren und ihn aus ihrem Leben zu verbannen. Aber jetzt war es zu spät.

»Ist das Bridget?«, fragte er erstaunt.

Ellen blickte dorthin, wo er hinzeigte. Bridget stand da und sah dem Steinmetzen bei der Arbeit zu. »Ja.«

»Sie ist groß geworden«, murmelte er. »Als ich sie das letzte Mal gesehen habe, war sie ein kleines, dürres Ding.«

»Hunger kann solche Dinge verursachen ... das Wachstum hemmen. Hier wird sie von ihrem neuen Vater angehimmelt und es fehlt ihr an nichts. Sie ist glücklich, Colm. Erzähle ihr keine Geschichten aus der Vergangenheit. Sie erinnert sich kaum noch an Malachy, da er so selten Zuhause war, bevor er starb.«

»Mein armer Bruder hatte nicht das Zeug zum Überleben.« Er kletterte vom Sitz des Buggys herunter.

»Fang nicht damit an, Colm. Ich werde nicht über Malachy und all das, was in Irland vorgefallen ist, sprechen. Es ist vorbei. Endgültig.«

Douglas spannte Betsy aus, während Ellen das Packet nahm und zur Hütte ging.

An der Tür zögerte sie und stieß sie dann auf.

Riona saß am Tisch und nähte im Licht des glaslosen Fensters. Mit einem Lächeln blickte sie auf. »Du bist schneller zurück, als ich erwartet habe.«

»Ja.«

»Was ist passiert?« Riona stand auf und starrte dann Colm an, der geduckt die Hütte betrat. »Colm Kittrick?«

»Guten Tag, Riona O'Mara.« Er nahm seine Mütze ab.

»Heilige Jungfrau Mutter.« Rionas Blick huschte von Colm zu Ellen und wieder zurück. »Ich hätte nie erwartet, dich hier zu sehen.«

»Er ist gekommen, um die Kinder zu sehen.« Ellen ging zum Tisch und legte das Packet ab. Sie wandte sich an Colm. »Ich hätte erwähnen sollen, dass die Jungen in der Schule sind. Eine wunderbare Schule, die aus ihnen Gentlemen wie ihren Stiefvater machen wird.«

»Sie sind nicht hier?«, fragte er erstaunt. »Ich hätte die Jungs gerne gesehen.«

»Nein. Nur Bridget ist hier.« Ellen trat an die Wiege, wo Lily tief und fest schlief. »Das ist meine Tochter, Lily.«

Colms Augen weiteten sich. »Du hast ein weiteres Kind bekommen?«

»Ja, habe ich.« Sie hatte wieder das Bedürfnis, sich zu rechtfertigen. »Mein Mann ist in Sydney.«

Sie drehten sich alle um, als sich die Tür öffnete und Bridget mit einem kleinen Stück Sandstein in der Hand hereinkam. »Mama, schau mal, was Mr. ...« Bridget verstummte mitten im Satz, als sie den fremden Mann anstarrte.

»Erinnerst du dich nicht mehr an mich, Bridie?«, fragte Colm.

Ellen ging zu ihrer Tochter und legte ihr einen Arm um die Schultern. »Das ist dein Onkel Colm, aus Irland.«

»Ich erinnere mich.« Bridget legte den Kopf schief und musterte ihn von oben bis unten.

»Du bist zu einer feinen jungen Dame herangewachsen.«

Bridget blickte zu Ellen auf. »Kann ich jetzt meine Reitstunde bei Douglas haben?«

»Ja, geh nur.«

Bridget rannte aus der Hütte, und Ellen verschränkte ihre Hände vor sich. »Das Leben hat sich für uns verändert. Wir sind keine armen irischen Bauern mehr.«

Er blickte sich in der Hütte um. »Aber ihr lebt weiterhin in einer Hütte.«

»Nur bis das Haupthaus fertig gebaut ist.«

»Das Haupthaus ... seid ihr jetzt reich?« Er schaute sich um. »Ich freue mich natürlich für dich, aber die Kinder sind immer noch meine Familie. Ich will sie sehen.«

»Und was dann? Hast du vor, in Australien zu bleiben?«

»Darüber habe ich mir noch keine Gedanken gemacht. Ich wollte euch einfach nur wiedersehen«, antwortete er, ohne ihr in die Augen zu sehen.

Der Instinkt sagte Ellen, dass er log. Colm war schon immer aalglatt und schlau wie ein Fuchs gewesen. »Hier gibt es nichts für dich, Colm. Meine Kinder werden in einer anderen Gesellschaft aufwachsen als der, aus der wir stammen. Die Vergangenheit gehört nach Irland.«

»Willst du damit sagen, dass ich keine Rolle mehr in ihrem Leben spiele?« Seine Lippen verzogen sich vor Wut.

»Du hast kein Mitspracherecht, nein. Sie haben einen Vater, einen guten. Er ist ein Gentleman, der ihnen alles geben kann, was sie brauchen. Sie brauchen keine Erinnerungen an das, was wir in Irland zurückgelassen haben.«

»Du schämst dich, Irin zu sein?«

»Ich schäme mich für nichts, Colm Kittrick«, antwortete Ellen scharf. »Aber ich will nur das Beste für meine Kinder, nach allem, was wir durchgemacht haben. *Mein* Mann wird für sie sorgen. *Meine* Söhne werden Gentlemen sein. *Meine* Töchter werden Gentlemen heiraten. Sie werden alle die Chance haben, ein gutes Leben zu führen. Nie wieder werden sie hungern oder ohne angemessene Kleidung oder Stiefel leben müssen. Sie werden nie wieder erfahren müssen, wie es ist, schlechter als Tiere behandelt zu werden. Irland gehört der Vergangenheit an und das wird auch so bleiben.«

»Mich eingeschlossen?«

Sie nickte.

»Du bist also Engländerin geworden?«, knurrte er. »Du hast einen Engländer geheiratet und deine Söhne werden als *Engländer* erzogen.«

»Das ist eine bessere Alternative. Anstatt als arme Iren in einer heruntergekommenen Hütte zu leben.«

»Du hättest mir vertrauen sollen. Du wärst noch Zuhause in Irland, wenn du nur zu mir gekommen wärst! Ich hätte dir all die Sicherheit gebotet, die du brauchtest.«

»Vor Major Sturgess und seinen Lügen? Wie hättest du mir Sicherheit bieten können. Und was wäre der Preis gewesen, den ich dafür hätte zahlen müssen?«

»Du lässt es klingen, als sei ich der Teufel.«

»Warst du das nicht? Jahrelang gab es Gerüchte, dass du zur Bewegung *Young Ireland* gehörst, aber dann warst du auch dafür bekannt, dass du mit den englischen Soldaten befreundet warst. Du hast auf beiden Seiten gespielt, nicht wahr? Warst du ein Spion für die Engländer?«

»Nein!«

»Was hast du dann getrieben? Die Soldaten sind nie auf deinem Hof erschienen und haben dich belästigt, oder?«

»Ja, weil ich meine Pacht bezahlen konnte. Ich war nicht wie Malachy auf die verdammten Kartoffeln angewiesen. Ich habe ihm gesagt, er solle andere Feldfrüchte anbauen, aber er hat natürlich nicht auf mich gehört.«

»Es ging um mehr als darum, dass du keine Kartoffeln angebaut hast, Colm, und das weißt du auch. Dir hat es nie an etwas gefehlt.«

»Wenn du die Wahrheit wissen willst, dann sage ich sie dir«, schnauzte er. »Ich war ein Läufer für die Bewegung. Ich habe in den entlegenen Gebieten Nachrichten überbracht. Ich wurde nie geschnappt, weil ich die Soldaten und alle Verantwortlichen bestochen habe, die sich zu sehr in meine Angelegenheiten einmischten.«

Sie verschränkte die Arme vor der Brust. »Es war also alles wahr. Und nun? Warum bist du wirklich hier? Bist du auf der Flucht?«

»Nein.«

»Das glaube ich dir nicht. Wer ist hinter dir her? Die Briten oder die Bewegung? Was hast du getan?«

»Ich bin kein gesuchter Mann. Ich schwöre bei allem, was mir heilig ist, dass ich es nicht bin. Ich bin nur gekommen, um meine Familie nach Hause zu bringen.«

»Wir sind nicht mehr deine Familie und Irland ist nicht unser Zuhause. Australien ist unsere Heimat, unsere Zukunft.«

Er schnaubte. »Irland ist das, was uns im Blut liegt, Ellen. Es hat uns zu dem gemacht, was wir sind. Du bist die Frau, die du bist, wegen Irland.«

»Ich bin die Frau, die ich *bin*, weil ich meine *eigene* Zielstrebigkeit besitze, weil ich trotz aller Widrigkeiten überleben wollte.«

»Die Kinder müssen wissen, woher sie kommen«, erklärte er. »Sie sind keine Engländer! Du kannst die Jungen nicht zu Engländern machen. Das ist falsch! Sie sollten zu Hause sein und für unsere Freiheit kämpfen!«

Ellen kniff die Augen zusammen und dachte nach. »Mein Gott, du gehörst immer noch zu den *Young Irelanders*, nicht wahr?«

Colm versteifte sich, seine Wangen röteten sich. »Du hast keine Ahnung. All das ist vorbei.«

Sie glaubte ihm kein einziges Wort. »Was hattest du vor, nachdem du mich gefunden hattest?«

»Dich nach Hause zu bringen, wo du hingehörst. Irland ist unsere Heimat, die Heimat der Kinder.«

»Es geht nicht nur darum, deine Familie zurückzubringen. Du bist aus anderen Gründen hier, nicht wahr? *Sag es mir.*«

Die Röte seiner Wangen nahm noch weiter zu. »Irland braucht seine Söhne und Töchter, um für seine Freiheit vom britischen Joch zu kämpfen. Austin und Patrick müssen daran teilhaben. Es gibt hier in der Kolonie Männer, die sich für diese Sache einsetzen. Ich habe sie kennengelernt.«

»Es gibt eine Rebellengruppe in Sydney?«

»Es sind gute Männer. Echte Iren! Sie wurden als junge Männer hierher geschickt. Von den Briten aus ihrem Land gerissen. Männer, die kämpfen wollen, aber jetzt zu alt sind, um es zu tun. Sie können nicht nach Irland zurückkehren, also helfen sie auf andere Weise.«

Langsam dämmerte es Ellen, was er wirklich wollte. »Sie haben Geld und Waffen, die du für den Kampf mit nach Irland nehmen sollst. Waffen, Geld und meine *Söhne.*«

»Ja, aber ...«

»Ahh ...« Sie hatte richtig vermutet. »Diese *Sache* braucht mehr Männer. Zu viele Männer haben Irland verlassen.«

»Die Engländer haben uns ausgehungert und uns gezwungen, in fremden Ländern zu leben. Die Söhne Irlands müssen sich zurückholen, was *uns* gehört.«

»Das ist ein Krieg, den du nicht gewinnen kannst, Colm. Sie haben 1848 eine Rebellion versucht und sind gescheitert.« Sie hatte Mitleid mit ihm. »Die Briten sind zu mächtig. Irlands Söhne sind zu arm und kraftlos nach den Jahren des Hungers.«

»Wir können es wieder aufbauen. Wir müssen es wieder aufbauen!«

»Nicht mit *meinen* Söhnen.« Ihr harter Ton ließ ihn zusammenzucken.

»Sie sind auch Malachys Söhne, meine Neffen. Sie sind Söhne *Irlands.*«

»Austin und Patrick gehören zu *mir*!«, knurrte sie, wie ein in die Enge getriebener Hund.

Lily erwachte beim Klang der lauten Stimmen. Riona eilte zu ihr, nahm sie auf den Arm und verließ die Hütte, ohne ein Wort zu sagen.

»Vielleicht wäre deine Schwester eine gute Ehefrau für mich ...«, murmelte Colm. »Ich vermute, sie wäre ein geeigneter Ersatz für dich.« Er grinste böse.

»Du hältst dich von meiner Schwester und meinen Kindern fern.«

Er gluckste. »Ich könnte sie in der Nacht mitnehmen, und du würdest bis zum nächsten Morgen nichts davon mitbekommen.«

Ellen versteifte sich wütend, aber ein Schauer der Angst lief ihr über den Rücken. »Ich denke, du solltest jetzt gehen. Ich werde jemanden schicken, der dich ins Dorf zurückbringt oder wohin auch immer du gehen willst.«

»Ich möchte die Jungs sehen.«

»Das wirst du nicht. Sie sind nicht hier.«

»Ich werde sie finden.«

Ihr gefror das Blut in den Adern.« Wenn du meine Söhne anrührst, werde ich dich umbringen, das schwöre ich bei der Heiligen Jungfrau.«

»Ich will *meine* Neffen, Ellen. Sie sind mein *Blut*! Sie haben das *Recht*, mit mir in Irland zu sein. Irland braucht sie, um gegen die britische Herrschaft zu kämpfen. Malachy hätte es so gewollt.«

»Malachy ist *tot*, und das wirst du auch sein, wenn du in die Nähe meiner Jungs kommst. Und jetzt verschwinde.«

Er ignorierte den Befehl. »Sie sind in Sydney in der Schule, ja? Eine Schule für feine Pinkel ... Sie werden leicht zu finden sein. Ich habe auch dich gefunden, nicht wahr?«, stichelte er. »Ich werde auch sie finden, und wenn ich es tue, wirst du sie nie wieder sehen. Deine Söhne sind für dich verloren, Ellen. Ich werde dafür sorgen, dass du am eigenen Leib erfährst, wie es sich anfühlt, wenn dir deine Familie entrissen wird!« Er zog seine Mütze tief ins Gesicht und stürmte aus der Hütte.

Zitternd ging Ellen zu ihrem Sekretär, zog ein Blatt Papier hervor und begann zu schreiben.

*Alistair, Colm Kittrick ist hier und droht damit, die Jungen mit nach Irland zu nehmen. Bitte hole sie von der Schule und schaff sie fort. Vielleicht zu deinem Cousin Robin nach Melbourne? Schreib, wenn es euch gut geht.*
*Deine Frau, Ellen.*

Sie eilte aus der Hütte und beobachtete die Männer, die das Haus für Mr. Thwaite, den Verwalter, bauten. Colm stand bei den Pferden und unterhielt sich mit Bridget. Während er abgelenkt war, eilte Ellen zu den Bauarbeitern hinüber, um Mr. Thwaite zu suchen. Sie fand ihn im Gespräch mit einem der Hirten, die eingestellt worden waren, nachdem Mr. Thwaite zum Verwalter des Anwesens ernannt worden war.

»Mr. Thwaite.« Atemlos drückte Ellen ihm den Umschlag in die Hand. »Suchen Sie sich einen vertrauenswürdigen Mann oder machen Sie sich selbst auf den Weg nach Sydney, aber sorgen Sie dafür, dass das hier, Mr. Emmerson so schnell wie möglich erreicht.«

»Sie scheinen aufgebracht zu sein, Madam.«

»Der Mann dort drüben, der mit Bridget spricht, ist ihr Onkel aus Irland. Er hat damit gedroht, Austin und Patrick mit nach Irland zu nehmen.«

»Nein!« Thwaites Brust schwoll vor Unglauben und Wut an. »Ich werde den Konstabler holen!«

»Dafür ist keine Zeit, und er würde es nur leugnen. Ich habe keinerlei Beweise. Mein Mann muss informiert werden, um meine Söhne aus Sydney schaffen.«

»Ich werde mich selbst nach Sydney begeben, Mrs. Emmerson, das ist eine zu wichtige Aufgabe, um sie einem anderen zu überlassen. Ich werde zwei Pferde nehmen und schnell reiten. Ich überlasse Mick Jones die Verantwortung, wenn Sie damit einverstanden sind.«

»Danke, ja. Bitte beeilen Sie sich.«

Er tippte sich an den Hut. »Sie können sich auf mich verlassen.«

Er schritt davon, und Ellen seufzte erleichtert auf. Sie wusste, dass Mr. Thwaite Alistair erreichen würde, bevor Colm erfuhr, wo die Schule des Jungen war, dorthin reisen und sie in die Finger bekommen würde. Austin und Patrick würden sich freuen, ihren Onkel zu sehen, und egal, welche Lügen er ihnen erzählte, sie würden ihm glauben und das Schulgelände verlassen, ohne etwas von seinen wahren Absichten zu ahnen.

Lilys Weinen drang an ihre Ohren. Riona trug das Baby über die Baustelle und versuchte, es zu beruhigen. Colm stand immer noch da und sprach mit Bridget, die rittlings auf Princess saß.

Wut brodelte in Ellen. Wie konnte dieser Mann es wagen, hierher zu kommen und Drohungen und Disharmonie in ihr neues Leben bringen! Sie hatte zu viel überstanden, als dass er es jetzt einfach ruinieren konnte.

Die Wut kochte immer höher und sie marschierte zu den beiden hinüber. »Ich habe dir gesagt, du sollst verschwinden, Colm.«

Er warf ihr einen kühlen Blick zu. »Ich gehe, wann ich will, Ellen. Du kommandierst mich nicht herum. Ich bin nicht dein Lakai.«

»Ich mag zu Hause keine Macht gehabt haben, aber hier stehen sie Dinge ganz anders«, knurrte sie. »Dies ist mein Land! Und ich will, dass du verschwindest. Ich habe ein Dutzend Männer, die dich mit Freuden rauswerfen würden. Willst du einen Kampf?«

»Bleibt Onkel Colm nicht hier, Mama?«, fragte Bridget unschuldig und stieg ab.

Ellen versuchte, sich in Gegenwart von Bridget zu beruhigen. »Nein. Er hat andere Pläne.«

»Die Jungs werden ihn nicht sehen?« Bridget führte Princess zum Zaun.

Colm tätschelte ihre Schulter. »Mach dir darüber keine Sorgen, Schätzchen. Du und deine Brüder werdet mich wiedersehen.« Er schlenderte davon und zwinkerte Ellen zu, als er ging.

Ellen beugte sich vor und hielt Bridget an den Schultern fest. »Was hat er dich gefragt?«

»Er hat nach Papa und den Jungen gefragt.« Sie zuckte unbeteiligt mit den Schultern. »Douglas sagt, der Hufschmied müsse Princess neu beschlagen. Kann ich mit ihm ins Dorf gehen?«

»Du gehst nicht zum Hufschmied. Das ist nichts für junge Damen. Du sollst deine Zeichen- und Malfähigkeiten verbessern. Du bleibst in der Hütte, bis ich etwas anderes sage, hast du verstanden?«

»Das ist langweilig.«

»Ab marsch, junge Dame.« Ellen sah zu, wie Mr. Thwaite vom Hof ritt. Er ritt an Colm vorbei, der innehielt und ihm nachsah.

Colm drehte sich um, schaute über seine Schulter zu Ellen und grinste. Er wusste, was sie getan hatte.

»Mama, ich will nicht malen«, jammerte Bridget.

»Doch, das wirst du, und keine Widerrede.« Ellen ging zurück zur Hütte, als Riona sich mit Lily zu ihr gesellte.

»Sie muss gefüttert werden.« Riona übergab Ellen ihre Tochter. »Ist Colm weg?«

Ellen küsste Lilys rosige Wangen. Ihre Hände zitterten noch immer. »Fürs Erste. Aber ich spüre, dass es nicht das letzte Mal war, dass wir ihn gesehen haben.« Ellen senkte ihre Stimme. »Er hat gedroht, die Jungen nach Irland zurückzubringen.«

Erschrocken richte Riona sich auf. »Heilige Mutter Maria!«

»Er will, dass sie sich dem Kampf für die irische Freiheit anschließen.«

»Das ist verrückt. Das kann er nicht tun. Der Mann hat den Verstand verloren. Es sind *deine* Söhne.«

»Er glaubt, dass er ein Mitspracherecht hat, weil es seine Neffen sind.«

»Der Mann ist ein Vollidiot.«

»Ich habe Mr. Thwaite zu Alistair geschickt.« Ellen bewegte sich so, dass Bridget, die am Tisch saß und malte, nicht hören konnte, worüber sie sprachen. »Ich habe Alistair gebeten, die Jungs nach Melbourne zu schicken.«

»Melbourne? Heilige Jungfrau! Warum so weit weg?«

»Alistairs Cousin Robin lebt in Melbourne. Es ist unwahrscheinlich, dass Colm dort nach ihnen sucht.«

»Keiner weiß, was Colm tun wird. Wir haben auch nie erwartet, dass er nach Australien kommen würde.«

»Es ist der einzige Ort, der mir auf die Schnelle eingefallen ist. Wenn Colm nach Sydney zurückkehrt, wird er bald von der Schule erfahren. Es ist die wichtigste Schule, in die die hohe Gesellschaft ihre Söhne schickt, wenn sie sie nicht zur Ausbildung nach England zurückschickt.«

»Wenn die Jungen in Melbourne in Sicherheit sind, ist das alles, was zählt. Aber wie lange sollen sie dort bleiben?«

»Darauf habe ich keine Antwort.« Ellen rieb sich die Stirn, während sie sich hinsetzte und ihr Mieder aufknöpfte, um Lily zu stillen.

Während das Baby zufrieden saugte, versuchte Ellen, sich eine Lösung einfallen zu lassen. »Es könnte einige Monate dauern. Bis Colm nach Irland zurückkehrt.«

»Woher sollen wir wissen, wann er das tut?«

»Alistair kennt jedes Schiff, das im Hafen ein- und ausläuft. Über seine Kontakte in Sydney könnte er die Passagierlisten leicht überprüfen.«

»Aber wenn Alistair in Melbourne ist, wird er nicht wissen, ob Colm abgereist ist oder nicht, nicht wahr?«

Ellen stöhnte und schreckte das Baby auf. »Lieber Jesus und seine Heiligen! Ich habe alles vermasselt, nicht wahr? Ich bin in Panik geraten und habe den Brief geschrieben, ohne gründlich darüber nachzudenken.«

»Beruhige dich. Es wird alles gut werden. Alistair ist ein vernünftiger Mann. Er wird sich etwas einfallen lassen, damit die Jungs in Sicherheit sind. Wie du schon sagtest, er hat Kontakte.«

Plötzlich stand Ellen auf und drückte Riona Lily in die Arme. »Ich werde gehen und Colm zurückholen. Solange er hier ist, stellt er keine Bedrohung für die Jungs dar.« Sie knöpfte ihr Mieder zu.

Riona runzelte die Stirn. »Ist das klug? Wollen wir ihn hier haben?«

»In keinster Weise, und ich bezweifle, dass er mit mir zurückkommen wird, denn er wird merken, dass ich etwas im Schilde führe, wenn ich ihn hierbehalten will. Aber alles, was ich tun kann, ist, Alistair mehr Zeit zu verschaffen, um sich etwas einfallen zu lassen.«

Ellen stürmte aus der Hütte, ihre Gedanken wirbelten durcheinander. Mr. Watkins signalisierte ihr, dass er sie sprechen wollte, aber sie winkte ab und eilte den Karrenweg entlang, der ihnen als Einfahrt diente. Sie konnte Colm nicht nirgends entdecken.

Sie hielt inne und suchte die umliegenden Felder und Weiden ab, in der Annahme, dass er sie überquert haben könnte, um den Weg zum Dorf zu erreichen, aber außer dem Vieh rührte sich nichts. Er war verschwunden.

# Kapitel Zwei

Ellen verbrachte eine unruhige Woche damit, auf ein Anzeichen bezüglich des Verbleibs von Colm zu warten. Sie wusste, dass Mr. Thwaite drei Tage bis nach Sydney benötigte. Wenn er nach seinem Gespräch mit Alistair sofort das Pferd gewechselt hatte und noch am Tag seiner Ankunft in Sydney den Rückritt nach Berrima angetreten war, würde er heute zurückkehren.

Sie schritt auf der Baustelle umher, ohne sich auf irgendetwas konzentrieren zu können. Mr. Watkins hatte aufgehört, sie nach ihrer Zustimmung zu bestimmten Dingen zu fragen. Er spürte ihre Unruhe, und ließ stattdessen die Männer hart an der Fertigstellung des Fußbodens arbeiten.

Geistesabwesend beobachtete Ellen, wie die Arbeiter die Abdeckplanen von den Fenstern entfernten, während neue Glasscheiben eingesetzt wurden. Der Anblick hätte ihr eigentlich Freude bereiten sollen, aber sie konnte sich auf nichts anderes konzentrieren als auf die Sicherheit ihrer Söhne.

Aus Sorge, Colm könnte Bridget aus Boshaftigkeit entführen, hatte Ellen ihre Tochter die ganze Woche über in Sichtweite gehalten und sie damit beide angefangen in den Wahnsinn zu treiben. Bridget hatte sich daran gewöhnt, dass sie sich frei auf dem Grundstück bewegen konnte, und Ellen hatte sich daran gewöhnt, dass sie ihre Tochter nicht am Rockzipfel hängen hatte.

Riona tat ihr Bestes, um zu helfen, aber mit Lilys Zahnen und den Anforderungen des Grundstücks war Ellen an diesem Nachmittag mit ihrem Latein am Ende.

»Verdammt und zugenäht!« Ellen schlug ihre Hände zusammen.

»Was ist los?«, fragte Riona, die auf einer Decke im Schatten eines großen Eukalyptusbaums saß. Lily lernte mit Bridgets Ermutigung zu krabbeln.

»Ich sollte zur Teeparty der Dawsons gehen.«

»Dann geh doch.«

»Wie könnte ich?«

Riona sah sie stirnrunzelnd an. »Traust du mir nicht zu, auf die Mädchen aufpassen zu können? Ich würde sie mit meinem Leben beschützen.«

»Natürlich vertraue ich dir. Aber ich kann nicht gehen, bevor Mr. Thwaite aus Sydney zurück ist und gehört habe, welche Nachricht Alistair geschickt hat.«

Der Schuss einer Waffe ließ sie zusammenzucken.

Ellen schirmte ihre Augen gegen die Mittagssonne ab und starrte in das Tal. »Eine Jagdgesellschaft. Mr. Jones sagte, sie wollen ein Känguru für die Männer schießen. Sie haben die ganze Woche über gepökeltes Schweine- und Rindfleisch gegessen und um Erlaubnis gebeten, frisches Fleisch zu jagen.«

»Ich frage mich, ob Mr. Jones mir das Fell gibt, wenn ich darum bitte«, überlegte Riona. »Wir könnten noch ein paar Teppiche auf dem Hüttenboden gebrauchen, jetzt, wo die Kleine anfängt zu krabbeln.«

»Ich werde ihn fragen.« Ellen hockte sich neben Lily und gab ihr einen Kuss, als sich das Baby umdrehte. »So ein kluges Mädchen.«

»Mama, Reiter!«, rief Bridget, setzte sich auf und deutete auf den Weg.

Ellen raffte ihre Röcke und eilte über das Baugelände zur Einfahrt. Alistair ritt hindurch, Mr. Thwaite dicht hinter ihm. »Alistair!« Sie traute ihren Augen nicht. Was tat er hier?

Ihre erschöpften Pferde kamen vor ihr zum Stehen.

»Meine Liebste.« Alistair sprang aus dem Sattel und zog sie an sich. »Ich bin so schnell gekommen, wie ich konnte.« Er nahm seinen Hut ab und küsste sie.

»Die Jungs! Du solltest doch bei den Jungs sein.«

»Sie sind in Sicherheit«, antwortete Alistair. Sein blondes Haar war schweißnass.

»Wie? Und wo? Du solltest bei ihnen sein!« Ihr Herz schien vor Panik auszusetzen.

Mr. Thwaite stieg ab, nahm Pepper, Alistairs Pferd, und führte sie weg.

Alistair holte tief Luft. Es war ein harter Ritt.

»Wo sind die Jungs!« Am liebsten hätte sie ihn angeschrien.

»Auf einem Schiff.«

»Was? Warum bist du nicht bei ihnen?«

»Sie sind auf meinem und Rafes Schiff, der *Blue Maid*. Es lag im Hafen und war bereit zum Auslaufen, als Mr. Thwaite mir deine Nachricht überbrachte. Kapitän Leonards hat das Kommando, und Austin und Patrick stehen unter seinem Schutz.«

»Kapitän Leonard?« Sie blinzelte verwirrt.

»Erinnerst du dich noch an den Kapitän des Schiffes, mit dem du nach Australien gekommen bist? Ein guter und anständiger Mann mit Prinzipien. Sie werden bei ihm gut aufgehoben sein.«

»Ja, ja, aber *warum* sind sie bei ihm und nicht bei dir? Ich verstehe das nicht. Wird er sie zu Robin bringen?« Sie zügelte ihre Wut, die sie am liebsten an ihm ausgelassen hätte, weil er ihre Söhne allein gelassen hatte.

»Als ich deine Nachricht erhielt, wurde mir klar, dass dieser Kittrick mich bald überall in der Kolonie finden würde. Mein Name ist zu gut bekannt. Ich habe mich umgehört, und es scheint, dass Kittrick mit einer berüchtigten irischen Rebellion zu tun hat, die in Sydney einige Anhänger hat. Es sind vor allem ehemalige Sträflinge, ein wirklich rauer Haufen. Sie haben jedoch Sympathisanten unter einigen wohlhabenden Einwohnern Sydneys, die, wie ich zu meiner Schande sagen muss, die Situation in Dublin mitfinanzieren. Sie sind fest entschlossen, Irland von der britischen Herrschaft zu befreien.«

»Ja, das weiß ich«, schnauzte sie ungeduldig. »Colm steckt mit ihnen unter einer Decke, der Narr. Deshalb solltest du dich um die Jungs kümmern, sie wegschaffen, bevor er sie findet und zurück nach Irland bringt.«

»Er wird sie nicht mehr in die Finger bekommen, mein Schatz. Das verspreche ich dir. Ich habe schnell gehandelt, und die Jungen haben Sydney verlassen, ohne dass jemand etwas gemerkt hat.«

»Du hättest sie begleiten sollen. Bist du sicher, dass Robin sich in Melbourne um sie kümmern wird?«

»Melbourne?« Er schaute sie verwirrt an.

»Du hast sie doch mit Kapitän Leonards nach Melbourne geschickt und er wird sie sicher zu Robin bringen, oder?«

»Nein, meine Liebe. Die *Blue Maid* ist auf dem Heimweg nach Liverpool, England. Ich habe die Jungen zu Rafe geschickt.«

»England? Zu Rafe?« Das Blut wich aus ihrem Gesicht. Sie hatte das Gefühl nicht mehr atmen zu können und ihre Knie gaben nach. Sie spürte, wie sie taumelte.

»Liebste!« Alistair hielt sie an den Ellbogen fest.

Sie wich vor ihm zurück. »Rühr mich nicht an!«, schrie sie und stieß ihn zurück.

»Ellen, meine Liebe.«

Sie stöhnte. Der Schmerz saß zu tief, um ihn zurückzuhalten.

Riona eilte zu ihr. »Ellen! Was ist denn los?«

Schluchzend drehte sich Ellen um und vergrub ihr Gesicht an der Schulter ihrer Schwester. »Sie sind weg!«

»Colm hat sie mitgenommen?«, keuchte Riona.

»Nein. Nein«, sagte Alistair schnell. »Ich habe sie nach England geschickt, zu Rafe Hamilton. Dort werden sie in Sicherheit sein.«

»In Sicherheit?« Ellen wandte sich ihm zu. Sie hasste ihn für seine Worte und vor allem, für das, was er getan hatte. »Du hast *meine* Söhne ohne meine Erlaubnis nach England geschickt! Wie konntest du nur?«

»Ich wollte nur das Beste für sie. Ich wollte nicht, dass Kittrick sie entführt und wir sie nie wiedersehen.«

»Ich wollte nur, dass du sie bei dir behältst, bis Colm verschwindet. Er wird nicht lange hierbleiben. Er nimmt Geld und Waffen mit zurück nach Irland. Er könnte schon in wenigen Wochen abreisen.« Ihr Gesicht verzog sich angesichts der Ungeheuerlichkeit dessen, was Alistair getan hatte. »Ich hatte eigentlich erwartet, dass du sie zu deinem Cousin Robin nach Melbourne bringst. Heilige Jungfrau Maria!« Sie konnte es nicht fassen. »Mir wäre es lieber, du hättest sie *hierher* gebracht, und *wir* würden auf sie aufpassen, als sie so weit wegzuschicken.«

Ihre Brust fühlte sich wie zusammengeschnürt an. Sie konnte nicht mehr atmen. Ellen stolperte und weinte in ihre Hände.

»Ich dachte, es wäre das Beste, was ich tun konnte. Austin hat mir einmal gesagt, dass er gerne in England zur Schule gehen würde, so wie ich und die anderen Gentleman. Ich habe Rafe gebeten, sie in Harrow, meiner alten Schule, anzumelden. Ich habe auch an meinen Vater geschrieben. Er wird sie abholen, und Mutter und Vater werden sie in den Ferien zu sich holen.«

»Nein!«, schrie Ellen. »Schreib Rafe und sag ihm, er soll sie zu mir nach Hause bringen! Schick den Brief mit dem nächsten Schiff, das nach England fährt. Beeil dich!«

»Liebste, bitte, das ist die beste Lösung für sie. Kittrick wird nicht einmal in ihre Nähe kommen und sie werden eine ausgezeichnete Ausbildung erhalten, die ihnen als meinen Söhnen angemessen ist. Sie werden Gentlemen werden. Sie *sollten* in England zur Schule gehen. Jede angesehene Familie schickt ihre Söhne nach England, das verstehst du doch.«

Ellen erinnerte sich an Mrs. Dawson und ihre Erwähnung, im August nach England zu reisen, damit ihr Sohn Eton besuchen kann. Doch auch wenn sie wusste, dass es so üblich war, linderte es nicht die Qualen, die in ihrem Inneren wüteten.

Sie starrte Alistair an. »Das werde ich dir *nie* verzeihen.«

»Ellen ...«

»Ich ertrage es nicht, dich anzusehen.« Sie wandte sich von ihm ab, bevor sie noch etwas sagen konnte, was sie vielleicht später bereuen würde.

Sie ging zurück zu Lily und nahm sie in den Arm. »Komm, Bridget.«

Zum ersten Mal tat ihre eigensinnige Tochter, was ihr gesagt wurde, ohne zu widersprechen, und folgte Ellen, als sie den Hügel hinunter zum Fluss in der Ferne ging.

»Mama?«, sagte Bridget schließlich nach fünf Minuten Fußmarsch.

»Ja.«

»Was ist mit Austin und Patrick passiert?«

Ellen setzte sich an das Flussufer und legte die schlafende Lily auf ihren Schoß. »Sie sind auf den Weg nach England, um dort zu Schule zu gehen.«

»Onkel Colm nimmt sie also nicht mit nach Irland?«

Ellen schaute sie scharf an, weil sie merkte, dass ihrer Tochter nicht viel entging. »Nein, das wird er nicht.«

»Ich will nicht zurück nach Irland.« Bridget schüttelte hoheitsvoll den Kopf. »Das hier ist mein Zuhause.«

»Dann sei froh, dass du ein Mädchen bist und kein Junge. Die meisten Jungen müssen weg von zu Hause, um zur Schule zu gehen.«

»Ich werde also nie zur Schule gehen?«

»Nein. Das verspreche ich dir. Wir werden eine Gouvernante für dich und Lily finden.«

»Jemand, der reiten kann?«

»Es gibt mehr im Leben als nur Pferde, Kind«, mahnte Ellen sanft. Sie drückte Bridget an sich und wiegte Lily sanft. Sie waren alles, was sie noch von ihren Kindern hatte.

»Eines Tages werde ich ein großes Haus und Ställe haben. Und jeden Tag reiten und dann abends auf Bällen tanzen.« Bridget nickte voller Überzeugung.

»Das klingt furchtbar anstrengend«, erwiderte Ellen. Sie schluckte den Kloß in ihrem Hals hinunter.

»Können wir einen Ball veranstalten, wenn ich älter bin, Mama?«

»Natürlich können wir das.« Sie ließ den Tränen freien Lauf und starrte auf den Fluss. In der Mitte glitten Blässhühner ruhig übers Wasser, und auf der anderen Seite saß ein Eisvogel auf einem niedrigen Ast eines Baumes, seine Augen auf die Fische gerichtet, die unter ihm schwammen.

Bridget zupfte an einem Grashalm. »Ich werde Patrick vermissen, und Austin, aber vor allem Patrick. Er reitet genauso gerne wie ich.«

»Er war auf besten Wege, ein exzellenter Reiter zu werden.«

Ein Rascheln im Gras hinter ihnen ließ sie sich umdrehen.

Riona setzte sich neben sie und strich Bridget eine verirrte Strähne ihres dunklen Haars hinters Ohr. Sie starrte Ellen an. »Moira hat Tee gekocht. Kommst du wieder hoch?«

»Noch nicht.« Ellen blickte auf die schlafende Lily in ihren Armen hinunter. Sie sah Rafes Züge im Gesicht des Babys und ihr Herz schmerzte erneut. Rafe würde ihre Söhne bald in seiner Obhut haben. Für einen verrückten Moment wünschte sie sich, sie wäre auch auf dem Schiff, das zu ihm segelte. Sie sehnte sich danach, seine Arme um sich zu spüren und die Liebe in seinen Augen zu sehen.

Ellen strich mit den Fingerspitzen sanft über Lilys weiche Wange. Sie liebte dieses Kind so sehr, ihres und Rafes Baby. Mit Lily hatte sie für immer ein Stück von Rafe bei sich.

»Ich bin hungrig«, meldete sich Bridget zu Wort.

»Dann geh und iss etwas.«

Riona stand auf und streckte ihre Arme aus. »Gib mir Lily. Ich bringe sie ins Bett, und Bridget und ich trinken einen Tee.« Sie nahm Ellen das Baby ab. »Bridget lauf voraus und sag Moira Bescheid.«

Während Bridget durch das von den Rindern kurz gehaltene Gras rannte, starrte Riona auf Ellen hinunter. »Alistair ist völlig am Ende. Er war überzeugt, er würde das Richtige tun.«

Schweigend beobachtete Ellen den Eisvogel.

»Colm wird die Jungen jetzt nie finden«, seufzte Riona. »Lass das nicht zwischen dich und Alistair kommen, Ellen. Lass diesen einen Fehler nicht eure Ehe ruinieren.«

»Es ist ein ziemlich großer Fehler.« Sie sah zu Riona auf. »Wann werde ich sie wiedersehen? Ich habe Thomas verloren, und jetzt habe ich das Gefühl, auch Austin und Patrick verloren zu haben.« Sie trauerte immer noch um ihren Sohn Thomas, der bei einem Bootsunglück mit ihrem Vater ums Leben kam, bevor sie Irland verließ.

Tränen liefen Riona über die Wangen. »Ich kann es auch nicht ertragen, dass sie nicht mehr hier sind. Es schmerzt mich sehr. Aber ich könnte dir genauso gut die Schuld dafür geben wie Alistair.«

»Mir? Warum?«

»Weil du einen wohlhabenden protestantischen Engländer geheiratet hast. Du wolltest in der Gesellschaft aufsteigen und wegen deines irrsinnigen Bedürfnisses, die Jungen zu Gentlemen zu machen, werden sie jetzt am anderen Ende der Welt sein.«

»Ich war glücklich mit der Ausbildung, die sie in Sydney bekommen haben. Das ist Alistairs und Colms Schuld!«

»Nein, nicht wirklich. Es ist deine, Ellen. Wenn wir einfache Leute geblieben wären, wenn wir weiter für Alistair gearbeitet hätten, wäre das alles nicht passiert.«

»Colm wäre trotzdem hinter ihnen her gewesen und ich hätte sie als einfache Haushälterin nicht vor ihm beschützen können, oder?«

»Wir hätten fliehen können, in der Nacht verschwinden und nie gefunden werden. Haben wir das nicht bereits getan? Wir hätten es wieder tun können.«

»Ich wollte nicht noch einmal fliehen, kein Geld haben, kein Zuhause, mich ständig sorgen, woher wir die nächste Mahlzeit bekommen sollten. Davon hatte ich in Mayo genug! Ist es so falsch, dass ich für meine Kinder ein gutes Leben aufbauen möchte, in dem sie sicher und glücklich sind? Dass ich das Beste für meine Kinder will?«

»Nein ... und manche würden behaupten, dass du genau das jetzt erreicht hast. Die Jungen werden die beste Bildung erhalten, die sie bekommen können. Sie werden Gentlemen sein. Sie werden nur nicht bei uns sein ...« Riona ging mit Lily zum Haus.

Ellen, die sich verzweifelt danach sehnte, ihre Söhne in die Arme zu schließen, schlang ihre Arme um ihre Knie, als der Eisvogel ins Wasser stürzte und mit einem zappelnden Fisch im Schnabel wieder auftauchte.

Es dauerte Tage, bis Ellen mit Alistair sprach oder ihn auch nur ansah, und als er am Morgen des dritten Tages beschloss, nach Sydney zurückzukehren, war sie zufrieden.

»Ich werde nächsten Monat wiederkommen, sobald das Haus fertig ist«, sagte Alistair und packte seine Satteltaschen, während das Zelt, in dem er geschlafen hatte, von einigen Arbeitern abgebaut wurde.

Douglas brachte Pepper und begann sie zu satteln.

»Willst du zur Feier der Fertigstellung des Hauses ein Abendessen geben?«, fragte er Ellen.

»Nein.« Ellen hielt Lily fest im Arm, während Bridget zu Douglas hinüberlief. Riona und Moira standen in der Nähe der Hütte und warteten darauf, sich zu verabschieden.

»Wie du meinst.« Alistair befestigte die zweite Tasche. »In der Hütte befindet sich Geld in einer ledernen Brieftasche auf dem obersten Regal. Es ist für dich, um das Land in Moss Vale zu kaufen, das du unbedingt wolltest.«

»Danke.«

Er seufzte. »Ich nehme an, du wirst mir nie verzeihen können, und ich mache dir deswegen keinen Vorwurf. Ich habe überstürzt und ohne Rücksicht auf deine Gefühle gehandelt. Ich habe mich schon mehrmals entschuldigt. Ich werde es nicht wieder tun, denn es hat keinen Sinn ... Ellen, bitte sieh mich an, wenn du es ertragen kannst.«

Sie blickte zu ihm auf.

Seine hübschen Züge waren vom Schmerz verzogen, der ihn quälte. »Ich möchte nicht, dass unsere Ehe durch mein Handeln gefährdet wird. Vielleicht wird die Zeit den Schaden, den ich angerichtet habe, heilen.« Sein Blick fiel auf Lilys Gesicht, und er küsste ihre pralle Wange. »Auf Wiedersehen, meine Kleine. Sei lieb bei deine Mama.«

Ellen drehte ihm ihre Wange zu, als er sie küsste.

Ohne ein Wort zu sagen, ging er.

Sie drückte Lily fester an sich, während Alistair Bridget umarmte und versprach, ihr ein neues Kleid mitzubringen, sobald er wiederkam. Während Douglas die Satteltaschen sicherte, stieg Alistair auf und zog sich den Hut tiefer ins Gesicht. Er winkte allen zu, dann trieb er Pepper an und trabte die Einfahrt hinunter.

Ellen seufzte und fühlte eine große Erleichterung, als er verschwand.

Zurück in der Hütte legte sie Lily auf den Teppich. Sie holte eine Kiste unter dem Bett hervor und wischte den Staub ab. Daraus holte sie drei Bücher hervor: *Eine Weihnachtsgeschichte* von Charles Dickens, *Stolz und Vorurteil* von Jane Austen und *Sturmhöhe* von Emily Bronte. Drei Bücher, die Rafe ihr geschenkt hatte, als sie Liverpool verlassen hatten. Jedes Mal, wenn sie diese Bücher in der Hand hielt, fühlte sie sich ihm näher.

Sie waren nicht mehr so schön wie als er sie ihr geschenkt hatte, außerdem waren sie ein wenig abgenutzt vom ständigen Gebrauch, da sie waren während der Überfahrt immer wieder gelesen worden waren. Außerdem hatte Patrick sie gebeten, letztes Weihnachten noch einmal *Eine Weihnachtsgeschichte* vorzulesen.

Tränen rannen ihr über die Wangen. Dieses Weihnachten würde sie ihm das Buch nicht vorlesen können.

Riona betrat aufgeregt die Hütte. »Ellen, du wirst nie erraten, wer gerade gekommen ist.«

»Wer?« Ellen legte die Bücher zurück in die Kiste. Sie hatte Mrs. Dawson eine Nachricht geschickt, in der sie sich dafür entschuldigte, dass sie nicht zu ihrer Teeparty erschienen war.

»Die Familie Duffy.«

Ellen runzelte die Stirn. »Die Duffys vom Schiff? Die, mit denen wir hierher gesegelt sind?«

»Genau die!«

»Warum sind sie hier?«

»Sie suchen nach Arbeit. Komm raus und begrüße sie.« Riona nahm Lily und ging nach draußen.

Mit neuer Energie richtete Ellen ihr Haar und trat dann hinaus, um die Familie zu begrüßen.

Zuerst konnte Ellen nur auf die zerlumpte, ungepflegte und verloren wirkende Familie starren, dann besann sie sich ihrer Manieren und trat vor, um Seamus Duffy die Hand zu schütteln. Sie hatte Seamus sehr gemocht. Auf dem Schiff war er der Erste gewesen, der jedem die Hand gereicht hatte, im Gegensatz zu seiner Frau Honor, die zu allem ihre Meinung sagen musste, ob man sie hören wollte oder nicht. Und ihre beiden Mädchen, Caroline und Aisling, hatten sich mit den Jungen und Bridget angefreundet. Ellen hatte die Familie nicht mehr gesehen, nachdem sie in Sydney von Bord gegangen war und für Alistair angefangen hatte zu arbeiten, und damit die Unterkunft verlassen hatte. Aber die achtzehn Monate seither waren für die Familie Duffy nicht besonders gut verlaufen, wenn man nach dem Aussehen ging.

»Es ist schön, Sie zu sehen, Seamus«, sagte Ellen herzlich und bemerkte die Löcher in seinen Stiefeln und die fehlenden Knöpfe an seiner Jacke. Sein schwarzes lockiges Haar glich einem Vogelnest.

»Es freut mich ebenso, Mrs. Kitt... äh ... ich meine, Mrs. Emmerson.« Er lächelte über seinen Fehler.

»Auf dem Schiff nannten Sie mich Ellen, und ich nannte Sie Seamus. Wir müssen nicht zu den Förmlichkeiten zurückkehren«, beruhigte Ellen ihn.

»Das ist ein wunderschöner Ort, den Sie sich da ausgesucht haben.« Er blickte sich um.

»Danke. Es wird wunderschön aussehen, sobald das Haus fertig ist und die Gärten bepflanzt sind. Es wird Jahre der Arbeit erfordern, aber es wird sich lohnen.«

Ellen lächelte Honor Duffy zu. »Willkommen auf Emmerson Park.«

»Danke, Mrs. Emmerson.« Die andere Frau nickte, allerdings blickte sie Ellen nicht direkt an. Honor Duffy hatte in der Vergangenheit deutlich gemacht, dass sie nicht damit einverstanden war, dass Ellen den katholischen Glauben ablehnte und ihre irische Muttersprache nicht mehr sprach.

»Moira ist auch hier«, verkündete Riona.

»Mrs. O'Rourke?«, stotterte Mrs. Duffy. «Sind alle ehemaligen Passagiere des Schiffes hier?«

»Nur Moira.« Riona wiegte Lily in ihren Armen. »Und das ist Lily. Ellens und Alistairs Tochter.«

Mrs. Duffy schaute das Baby an. »Sie haben nicht getrödelt, nicht wahr?«

Ellen biss die Zähne zusammen und zwang sich zu einem Lächeln.

»Ich bin auf der Suche nach Arbeit, Mrs. Emmerson … Ellen«, sagte Seamus und stieß seine Frau mit dem Ellbogen an. »Das sind wir beide. Ich habe in Sydney gearbeitet und mich in den meisten Arbeiten versucht. Aber wir haben unser Haus verloren. Es wurde abgerissen, und andere Wohnungen waren zu teuer, also dachten wir, wir versuchen unser Glück auf dem Land. Honor mochte die Stadt nicht.«

»Es ist schmutzig und laut«, fügte Mrs. Duffy hinzu. »Ich fürchtete jedes Mal um das Leben der Mädchen, wenn sie vor die Tür gingen. Gasthäuser und Kneipen an jeder Straßenecke, Männer, die herumlungern, Müll, der sich in den Gossen sammelt. Ein gottverlassener Ort, wenn ich je einen gesehen habe.«

»Nicht alle Straßen sind so grässlich. Die George Street ist eine schöne Straße und es gibt noch viele andere. Ich habe nach meiner Heirat viele prächtige Häuser entlang des Hafens besichtigt, die mich beeindruckt haben und in London oder Dublin nicht fehl am Platz wären.«

»Haben wir Arbeit für Seamus, Ellen?«, fragte Riona, als Honor gerade etwas erwidern wollte.

»Ich bin mir sicher, dass wir etwas für ihn finden werden. Wenn es Ihnen nichts ausmacht, von allem ein wenig zu machen?«, fragte Ellen ihn.

»Für mich ist jede Arbeit in Ordnung. Ich werde hart für Sie arbeiten, Mrs. Emmerson.«

Mrs. Duffy nörgelte leise vor sich hin, aber Ellen hörte es trotzdem.

»Mrs. Emmerson, sind Austin und Patrick hier?«, fragte Caroline leise, die schon immer ein stilles und schüchternes Mädchen gewesen war.

Ellen schluckte. »Nein ... Sie sind ... Sie sind auf dem Weg nach England, um zur Schule zu gehen.«

»England?« Honor Duffy schnappte nach Luft. »Sie haben Ihre Söhne nach *England* zur Schule geschickt?«

»Mein Mann war der Meinung, dass die Jungen von der Erziehung eines Gentleman profitieren würden«, entgegnete Ellen. Ganz gleich, was sie privat empfand, in der Öffentlichkeit würde sie Alistair unterstützen.

»Sie sind noch nicht lange hier, und trotzdem setzen Sie sie erneut dieser gefährlichen Reise aus?«

»Es ist die einzige Möglichkeit, nach England zu reisen«, sagte Ellen, trotz ihrer eigenen Sorge.

»Die Jungen werden Männer sein, bevor sie zurückkehren«, fügte Mrs. Duffy ungläubig hinzu. »Ich kann mir nicht vorstellen, was meine Seele mehr zerstören würde, als meine Mädchen jahrelang nicht zu sehen.«

Ellen versteifte sich bei dieser Beleidigung. »Seien Sie versichert, Mrs. Duffy, die Jungen sind gut versorgt und stehen unter dem Schutz von Mr. Hamilton. Sie erinnern sich an ihn? Der Mann, dem das Schiff gehört, mit dem wir hierher kamen?«

»Ja, ich erinnere mich an ihn. Jetzt ergibt es einen Sinn.«

»Was wollen Sie damit sagen?«

»Nun, Mr. Hamilton war sehr an Ihren Angelegenheiten interessiert, nicht wahr? Mehr als an jedem anderen von uns, als wir in Liverpool waren.«

Riona setzte sich Lily auf die andere Hüfte. »Ich bin sicher, Sie brauchen nach dieser langen Reise alle etwas zu trinken. Moira würde sich freuen, euch zu sehen. Kommt mit mir, Mädchen, wir machen uns etwas zu trinken. Mrs. Duffy?« Riona ging, die Mädchen folgten ihr, und nach kurzem Zögern folgte auch Mrs. Duffy.

»Verzeihen Sie meiner Frau, Mrs. Emmerson«, sagte Seamus leise. »Sie hat es nicht leicht gehabt, seit wir hier sind, und das hat dazu geführt, dass sie ... nun, sagen wir einfach, sie findet leicht Fehler in allen Dingen.«

Ellen hatte das Gefühl, dass Honor Duffy das schon seit dem Tag tat, an dem sie zum ersten Mal eingeatmet hatte. »Ich bin bereit, Ihnen Arbeit zu geben, Seamus, denn ich weiß, dass Sie ein ehrlicher und anständiger Mann sind. Aber ich lasse mich nicht von Ihrer Frau, wegen der Dinge, die ich für meine Familie getan habe, verurteilen.«

»Und das respektiere ich. Honor wird ihre Meinung in Zukunft für sich behalten, das verspreche ich.«

»Hier drüben«, Ellen zeigte auf die andere lange Hütte an der Ostseite des Grundstücks, »das ist die Männerunterkunft. Wir haben hier noch keine Familien, nur die Männer. Wir haben Zimmerleute, Steinmetze, Tagelöhner, Gärtner und für die Tiere die Hirten und einen Stallknecht. Mr. Thwaite ist der Verwalter und Mr. Watkins der Bauleiter. Wie Sie sich in all dem einfügen wollen, liegt ganz an Ihnen.«

»Ich bin handwerklich begabt. Ich werde mich überall nützlich machen, wenn man mir die Chance gibt.«

»Gut. Nach einer Tasse Tee bringe ich Sie zu Mr. Thwaite und stelle sie einander vor.« Ellen warf einen Blick auf die spärlichen Habseligkeiten der Familie, die in zwei schmutzigen Reisetaschen verstaut waren. »Wir werden ein Zelt für Sie aufstellen lassen. Ich fürchte, das wird für eine Weile genügen müssen.«

»Ein Zelt wird großartig sein. Wir haben die letzte Woche unter freiem Himmel geschlafen, da ist ein Zelt schon ein Luxus.«

Sie führte ihn zur Rückseite ihrer Hütte und zur Außenküche, wo Moira den Mädchen Teller mit Johannisbeerkuchen und Tassen mit Tee mit Milch reichte. Sogar Mrs. Duffy aß genüsslich.

Ein Wagen voller Bäume, rumpelte die Einfahrt hinunter.

»Oh, das werden die Obstbäume aus Camden Park sein, die ich bestellt habe«, sagte Ellen, als Mr. Thwaite den Fahrer des Wagens begrüßte. »Seamus, kommen Sie, ich werde Sie Mr. Thwaite vorstellen.«

»Vielleicht kann ich ihm helfen, die Löcher für die Bäume zu graben?«, fragte Seamus.

»Löcher für Obstbäume graben?« Mrs. Duffy warf ihm einen strengen Blick zu. »Heilige Mutter Gottes. Du, Seamus Duffy, kannst besser Ziegelsteine legen als jeder andere Mann. Warum solltest du Löcher graben?«

»Ich werde alles tun, was Mrs. Emmerson verlangt, Weib, und damit hat sich die Sache erledigt.«

Ellen wagte es nicht, die ärgerliche Frau anzusehen, und führte Seamus stattdessen zum Wagen hinüber und stellte ihn Mr. Thwaite vor. Sie fragte sich innerlich, ob sie mit Honor Duffy auf ihrem Grundstück würde leben können.

Kapitel Drei

In dem kleinen Spiegel, der an der Wand hing, prüfte Ellen ihr Wollkleid auf Flecken. Das rot-schwarz karierte Kleid besaß am Saum einen schwarzen Fransenstoff, der sich auch an den Ärmelaufschlägen befand. Eine Reihe schwarzer Knöpfe säumte das enganliegende Mieder. Das Ganze wurde von schwarzen Handschuhen und einem kleinen schwarzen Hut abgerundet, der schräg auf dem Kopf saß, sodass die roten Stoffblumen, die unter dem Rand aufgenäht waren, zur Geltung kamen.

In den letzten Wochen hatte es immer wieder geregnet, es gab kalten, harten Frost und eisige Nächte. Aber heute, dem offiziellen Tag, an dem sie in das Haus einziehen wollten, schien endlich die schwache August-Wintersonne, und die Feier, die sie organisiert hatten, konnte stattfinden.

Ellen hatte Alistairs Bitte nachgegeben, etwas zu organisieren, um die Fertigstellung des Hauses zu feiern. Draußen befanden sich die Gäste, viele Einwohner aus Berrima und Alistairs Freunde aus Sydney, die ›Emmerson Park‹ kennenlernen wollten. Sie plauderten, tranken Tee oder nippten an einem Glas Wein und aßen eine Auswahl an Köstlichkeiten, die Moira während der vergangenen Tage zubereitet hatte.

Alistair, der vor zwei Tagen angekommen war, spielte den Gastgeber und führte seine Freunde eifrig über das Anwesen, das sich in der Wintersonne von seiner besten Seite zeigte. Der Bauschutt war entfernt worden, und fast alle Spuren der Bauarbeiten waren beseitigt oder versteckt worden.

Die Ziergärten waren umgegraben und mit Rosen bepflanzt worden, und ringsherum gab es Kamelien, die mit der Zeit zu Hecken gestutzt und geformt werden würden, um die Rosengärten zu umschließen. Kompliziert geformte Beete, die Ellen mit einer Mischung aus einheimischen und aus England importierten Pflanzen bepflanzt hatte, vermittelten einen Eindruck davon, zu was die zukünftigen Gärten heranreifen würden. Alistairs Mutter, eine begeisterte Gärtnerin, hatte ihr viele Pakete mit Blumensamen geschickt, die sie anbauen sollte, und so hatte Ellen ein Hobby gefunden, mit dem sie nie gerechnet hatte.

Die Anzucht der Setzlinge, das Entwerfen der Gartenbeete und die Bepflanzung lenkten sie von dem Schmerz ab, Austin und Patrick nicht bei sich zu haben. Sie wollte ihnen ein schönes Zuhause schaffen, in das sie zurückkehren konnten.

Sie pflanzte Glyzinien entlang des Geländers der Veranda, damit die Rebe an den Stützpfeilern emporwachsen und in den kommenden Jahren ein prächtiges Schauspiel aus hängenden blau-violetten Blüten und schattenspendendem Grün bieten konnte.

Außerhalb der offiziellen Gärten ließ Ellen von den Arbeitern eine Hütte und einen ummauerten Garten für das Gemüse bauen. Hier wurden Beete angelegt und mit dem Dung des Viehs angereichert. Es wurden Reihen von Gemüse gepflanzt, um das gesamte Anwesen zu ernähren. Ellen stellte Mr. Fenton ein, einen ehemaligen Sträfling, der in den botanischen Gärten der Regierung in Sydney gearbeitet hatte, bis er sein Ticket in die Freiheit erhalten hatte. Trotz seines Alters von mindestens siebzig Jahren hatte sich Mr. Fenton sofort auf dem Gut eingelebt, und obwohl er für drei weitere Männer verantwortlich war, erhob er nie seine Stimme, sondern sprach leise und mit klarer Autorität, auf die alle, auch Ellen, ohne zu fragen hörten.

Unter Mr. Fentons Anleitung lernte sie eine Menge über Pflanzen. In Irland hatte sie auf den Feldern gearbeitet, Kartoffeln gesetzt, gepflegt und angehäufelt, bis die Kraut- und Knollenfäule Jahr für Jahr die Ernten vernichtet hatte. In jenen trostlosen, düsteren Jahren hätte sie sich nie vorstellen können, dass sie eines Tages aus reiner Freude Blumen pflanzen würde. Keiner in ihrer Familie hatte je Blumen angepflanzt. Gemüse war eine Nahrungs- und Einkommensquelle. Niemand hatte Zeit oder Energie, etwas anzubauen, das nicht dazu diente, den Lebensunterhalt zu verdienen.

»Bist du bereit?« Alistair stand an der Tür der Hütte, gekleidet in einen schicken kastanienbraunen Anzug. Sein blondes Haar war glatt zurückgekämmt, und er war bis auf den Schnurrbart, den er jetzt trug, glattrasiert. Ellen konnte nicht leugnen, dass er ein gut aussehender Mann war, und seit seiner Rückkehr vor zwei Tagen hatte er alles in seiner Macht stehende getan, um sie glücklich zu machen. Die Jungen wurden nicht erwähnt, und das Thema hing über ihnen wie eine graue Wolke.

»Ja, ich bin bereit.«

»Du siehst wunderschön aus.«

»Danke.« Sie warf noch einmal einen Blick in den Spiegel. Sie wusste, dass sie sich vor der feinen Gesellschaft des Ortes und Alistairs Freunden aus Sydney von ihrer besten Seite zeigen musste.

»Du bist allerdings ziemlich dünn. Isst du genug?«, fragte er besorgt.

»Ich habe die letzten drei Wochen damit verbracht, Gärten anzulegen und das Haus zu verschönern wie eine Verrückte. Essen stand nicht gerade ganz oben auf meiner Liste der zu erledigenden Dinge.« Sie rückte die schwarze Spitze um ihren Hals zurecht, ohne sich Gedanken darüber zu machen, dass der eigentliche Grund für ihre Appetitlosigkeit die Sorge um ihre Söhne war.

»Riona hat gesagt, dass du durchgehend gearbeitet hast. Ellen, wir beschäftigen genügend Männer, die die diese Dinge erledigen können.«

»Es ist schwer, sich das abzugewöhnen. Ich bin es gewohnt, etwas zu tun zu haben, das weißt du doch. Ich habe mein ganzes Leben lang gearbeitet, und plötzlich eine Frau zu werden, die eigentlich nichts tut ... Nun, das ist nicht leicht zu akzeptieren. Ich tue, was ich kann.«

»Ich beschwere mich nicht, meine Liebe.« Er schaute sich um. »Dein letzter Tag in dieser Hütte. Von nun an wirst du in einem Haus leben, das deiner würdig ist.«

»Das ist nett von dir, Alistair.« Sie wusste, dass er sein Bestes tat, um die Beziehung zu kitten. Sie holte tief Luft, drehte sich um und verließ die Hütte.

Gemeinsam, vereint für diesen einen Zweck, lächelten sie und sprachen einige Minuten lang mit ihren Gästen, bevor sie auf die Veranda vor die doppelten Zedernholztüren traten.

Alistair hob eine Hand, um alle zur Ruhe zu bringen. »Meine Damen und Herren. Meine Frau und ich möchten Ihnen danken, dass Sie heute hergekommen sind, um mit uns das wunderbare Ereignis der Fertigstellung unseres Hauses zu feiern und zu teilen. Für uns ist dies ein entscheidender Moment, denn dieses Haus wird für unsere Familie und, wie wir hoffen, für viele künftige Generationen das Zuhause sein. Der Erfolg des Baus und die neuen Gärten sind das Ergebnis der engagierten Arbeit vieler geschickter Hände, und das alles unter dem wachsamen Auge meiner Frau, die dieses wunderschöne Haus für uns geschaffen hat.« Alistair nahm ihre Hand und küsste sie. »Ich danke Ihnen allen für Ihr Kommen von nah und fern, und lassen Sie uns auf viele weitere Gelegenheiten anstoßen, bei denen wir auf Emmerson Park zusammenkommen werden.«

Alle erhoben ihre Weingläser, jubelten und wünschten ihnen alles Gute.

Alistair öffnete die Flügeltüren und Ellen betrat, mit einem Gefühl der Erfüllung und des Stolzes, als Erste das Haus. Die breite Eingangshalle lenkte den Blick der Gäste auf den zentralen Hof in der Mitte des Hauses, wo Ellen vom Steinmetz einen Teich hatte anlegen lassen und Stiefmütterchen in alte, halbierte Fässer gepflanzt hatte, die in den vier Ecken des Hofes aufgestellt worden waren.

Vom Flur aus führten Flügeltüren in den formellen Salon und das Esszimmer, die beide einen Blick auf den Hang hinunter zum Fluss boten.

Ellen und Riona hatten mit Moiras und sogar Mrs. Duffys Hilfe die weißen Spitzenvorhänge und schweren marineblauen Gardinen aufgehängt, die jedes der vier hohen Fenster umrahmten. Die feinen Holzmöbel aus Eiche, Nussbaum und Rosenholz zeugten von einem eleganten Stil. Helle Stoffe in Entenei-Blau und Creme wurden für die Polsterung der Sessel, Sofas und Kissen verwendet. Der polierte Zedernholzboden rundete die Erscheinung jeden Raumes ab.

Ellen und Alistair führten ihre Gäste von Raum zu Raum. Vom Esstisch mit seinem polierten Palisanderholz und den zwölf burgunderroten Samtstühlen über das gelb-weiß gestrichene Morgenzimmer bis hin zu Alistairs maskulinem Arbeitszimmer mit dunklem Holz und ländlichen Szenen an den Wänden.

Die Gäste schlenderten über die Veranden, die das ganze Haus umgaben, und blickten durch die Flügeltüren in die sechs Schlafzimmer. Beifälliges Nicken und überschwängliche Komplimente über das Haus bescherten Ellen ein Glücksgefühl. Zwar waren ihre Söhne nicht hier, um den Tag mit ihr zu teilen, aber sie hatte ein wunderschönes Zuhause für sie geschaffen.

Die Heirat mit Alistair hatte ihr geholfen, ihr Ziel zu erreichen, ihrer Familie Sicherheit und Geborgenheit zu geben. Während sie an ihrem Wein nippte, löste sich die Anspannung in ihrem Körper und zum ersten Mal seit Wochen bildete sich ein echtes Lächeln auf ihren Lippen.

Sie schlenderte über die Veranda, von der aus sie das Tal und den Fluss überblicken konnte. Sie hatte angeordnet, dass die Tische mit den Erfrischungen hier aufgestellt werden sollten. Sie lächelte der jungen Caroline zu, die dabei half, die Kannen mit Tee und die Platten mit delikaten Kuchen aufzufüllen, die Moira in dem neuen Küchentrakt zauberte. Dieser war an der Seite des Hauses gebaut worden und konnte über einen überdachten Gang von der Veranda des Speisesaals aus erreicht werden.

Die Gäste konnten von Tellern mit Rindfleischscheiben, Käse und Schinken, zu denen sich Schüsseln mit Kartoffeln, Salaten und Essiggurken gesellten, wählen. Auf einem anderen Tisch standen Platten mit Sodabrot, Kuchen und Scones neben Töpfchen mit Marmelade und Sahne.

Für Ellen bedeutete das Alles mehr als nur Essen, er zeigte, wie weit sie es in nur ein paar Jahren gebracht hatte. Sie konnte jetzt den ganzen Tag essen, während sie noch vor nicht allzu langer Zeit zwischen Büschen oder am Strand auf Nahrungssuche war oder Essensreste aus der Küche von Wilton Manor mit nach Hause brachte, um ihre Kinder zu ernähren.

Sie warf einen Blick über die Gärten und sah Bridget, die mit Aisling Duffy spielte. Bridget trug ein neues gelb-weiß gestreiftes Kleid, ihr langes schwarzes Haar war mit weißen Bändern zusammengebunden, und sie trug glänzende schwarze Stiefel. Ihre Tochter sah aus, als wäre sie in Reichtum geboren worden, statt in einer heruntergekommenen Hütte vor einem Torffeuer zur Welt zu kommen. Als Baby hatte sie zerlumpte Kleidung getragen, die sie von ihren Brüdern geerbt hatte. Kein einziges Kleidungsstück war für Bridget neu gewesen, bis zu dem Tag, an dem Ellen in Liverpool einkaufen gegangen war und das Geld ausgab, das Rafe Hamilton ihr gegeben hatte. Das war vor zwei Jahren gewesen ...

»Ellen, geht es dir gut?« Alistair trat an ihre Seite.

»Ja. Ich habe mich nur an die Vergangenheit erinnert.« Sie hielt ihren Blick auf Bridget gerichtet. »Ich hätte nie gedacht, dass ich einmal in einer solchen Position sein würde. Oh, ich habe es mir gewünscht, davon geträumt, aber nie gedacht, dass ich so hoch aufsteigen würde.«

»Gute Ehen zu schließen, hat den Menschen seit Jahrhunderten geholfen«, sagte er und grinste.

»So wie ich es getan habe. Ohne dich wäre mir das alles nicht möglich gewesen. Ich hatte fest damit gerechnet, mein eigenes Land zu erwerben, ohne zu heiraten. Vielleicht hätte ich das auch getan, aber niemals hätte ich so etwas erreichen können.«

»Du bereust es also nicht, mich geheiratet zu haben? Nein, antworte lieber nicht darauf.« Er lächelte leicht und wandte den Blick ab. »Du hast mir nicht gesagt, ob du das Land in Moss Vale gekauft hast.«

Sie war froh, dass er das Thema wechselte. »Nein, das habe ich noch nicht. Ich hatte zu viel zu tun, aber jetzt, wo das Haus fertig ist, möchte ich unseren Besitz vergrößern.«

»Emmerson Park ist deiner Meinung nicht groß genug?« Er schien ein wenig beunruhigt.

»Nicht für vier Kinder, nein. Je mehr Land wir haben, desto mehr Sicherheit können wir den Kindern bieten.«

»Ah, Emmerson.« Mr. Palmer, einer von Alistairs Freunden, kam auf sie zu. »Was für ein prächtiges Haus.«

»Vielen Dank.« Alistair nahm ein Glas Wein vom Tisch und bot es Palmer an, bevor er eins für Ellen nahm, aber sie schüttelte den Kopf.

»Und Sie, Mrs. Emmerson, was ist ein Haus ohne die Liebe und Aufmerksamkeit einer so feinen Frau wie Ihnen? Ich habe gerade einen Rundgang durch die Gärten gemacht. Ihre Obstbäume sind sehr schön angelegt. Das wird in den kommenden Jahren ein schöner Obstgarten werden.«

»Das hoffen wir, Mr. Palmer.«

»Sie müssen mein neues Haus in Campbelltown besuchen, wenn Sie das nächste Mal auf dem Weg nach Sydney sind. Ich würde gerne Ihre Meinung über die Gestaltung meines Gartens hören.«

»Danke, Mr. Palmer, es wäre mir ein Vergnügen.« Sie warf einen Blick auf Alistair und sah den traurigen Ausdruck auf seinem Gesicht. Er wusste so gut wie sie, dass sie in nicht allzu naher Zukunft nach Sydney reisen würde. Sydney bedeutete Feiern und Bälle, Gastgeber spielen und die Teilnahme an Abendessen und Teepartys, all die Dinge, die sie nicht interessierten.

»Emmerson hat mir erzählt, dass Ihre Reihenhäuser in Balmain alle vermietet sind. Er sagte mir auch, das ganze Konzept sei Ihre Idee gewesen. Werden Sie noch mehr bauen?«

»Das hatte ich vor, ja, aber Emmerson Park hat in letzter Zeit meine ganze Zeit in Anspruch genommen.«

Alistair nippte an seinem Wein. »Meine Gattin ist eine Frau mit vielen Talenten, Palmer. Ich fürchte, die Tage sind nicht lang genug für sie, um alles zu erreichen, was sie sich vornimmt.«

»Was können sich wirklich glücklich schätzen, Emmerson.« Palmer schmunzelte. »Eine Frau zu haben, die lieber Geld verdient, als es auszugeben! Ich bräuchte eine Goldmine, um mit Mrs. Palmers Ausgaben Schritt zu halten.«

»Apropos Gold, haben Sie von dem Überfall der Bushranger auf die Goldeskorte gelesen, die das McIvor-Goldfeld verlassen hat?«, fragte Alistair Palmer.

»Ich hoffe, sie hängen sie alle. Diese Bushranger werden zu dreist, zu mächtig«, entgegnete Palmer.

Am Rande des Gartens entdeckte Ellen Riona. Sie wirkte erschöpft, als sie mit Bridget sprach. »Wenn Sie mich entschuldigen würden, meine Herren«, murmelte Ellen. »Meine Schwester scheint mich zu brauchen.«

Ellen ging an den Gästen vorbei, betrat die Veranda und eilte dann durch den Rosengarten auf die andere Seite des Hauses. Aber Riona war nicht mehr dort.

»Riona!«, rief Ellen, als sie um die Ecke zur Einfahrt bog, die mit hellem Kies aufgefüllt worden war. Sie blieb abrupt stehen, als sie sah, dass Colm dort stand und sich mit Riona stritt.

Wütend marschierte Ellen auf ihn zu. »Was tust du hier?«

Er musterte sie von oben bis unten. »Was für eine feine Dame du doch bist«, lallte er.

Der beißende Gestank von Schnaps drang zu Ellen vor. »Du bist betrunken.«

»Und du bist eine Hexe!« Er schwankte. Seine Augen waren blutunterlaufen. »Glaubst du, es reicht, die Jungen wegzuschicken?

Eines Tages werden sie Männer sein! Dann werden sie nach Hause kommen wollen. Sie werden wahre Iren sein wollen.«

»Verschwinde, Colm. Meine Söhne gehen dich nichts an«, schnauzte Ellen.

»Sie sind mein Fleisch und Blut!«

»Sieh dich doch an! Du bist eine Schande.«

»Du wirst keinen einzigen glücklichen Tag erleben, solange ich lebe«, spottete er, »das verspreche ich dir.«

Ein eisiger Schauer lief ihr über den Rücken, aber sie starrte ihn an. »Du machst mir keine Angst.«

»Nein, aber der Teufel in der Hölle, denn dort wirst du landen, Hexe. Du hast mich mit einem Zauberspruch belegt, als wir Kinder waren. Ein Zauber, der mich dazu brachte, dich zu begehren. Du bist wie ein Fieber in meinem Blut, das mein Leben zerstört, aber du hast dich für meinen Bruder entschieden und was hat ihm das gebracht? Er starb, weil er sich für dich das Kreuz brach!«

»Malachy starb in einer Schlägerei, weil er trank und spielte, und was dich betrifft«, sie trat einen Schritt näher an ihn heran, »ich wünschte, ich wäre eine Hexe und könnte dich in die Hölle fluchen, weil du dafür gesorgt hast, dass meine Jung fortgeschickt wurden. Alles damit du ihnen nicht zu nahekommen kannst. Ich hoffe, *du* erlebst nie wieder, auch nur einen einzigen glücklichen Tag, Colm Kittrick, das ist mein *Fluch* für dich.«

Er taumelte zurück und bekreuzigte sich. »Heilige Mutter beschütze mich!«

»Kehre nach Irland zurück, Colm, und wenn du jemals wieder in mein Haus kommst, bringe ich dich persönlich um!« Sie machte auf dem Absatz kehrt und stolzierte davon.

Später, als es still im Haus wurde, die Gäste weg waren und die Sonne unterging, saß Ellen auf einem Stuhl auf der Veranda und hielt die schlafende Lily in ihren Armen. Schatten breiteten sich über das Tal aus.

Riona kam zu ihr heraus. »Alle unsere Sachen sind jetzt hergebracht worden. Die Hütte ist leer und bereit für den Einzug der Duffys. Bridget spielt in ihrem Zimmer und ordnet alles, was ich dort hingebracht worden ist.« Sie lächelte und setzte sich auf einen anderen Stuhl.

»Danke, dass du dich darum gekümmert hast.« Ellen drückte Rionas Hand. »Du bist die beste Schwester, die man sich wünschen kann.«

»Na ja, ich muss ja auch meinen Teil zu all dem hier beitragen, nicht wahr? Immerhin wohne ich in diesem herrlichen Haus, ohne dass es mich etwas kostet.«

»Du bist meine Schwester, keine Bedienstete. Wo solltest du sonst wohnen?«

Riona lehnte sich mit einem tiefen Seufzer zurück. »Ich wünschte, Mammy könnte uns jetzt sehen. Sie wäre stolz.«

»Wäre sie das?«, fragte Ellen skeptisch. »Mammy hätte nie akzeptiert, dass ich einen Protestanten heirate.«

»Ich habe es akzeptiert. Irgendwann hätte Mammy das auch getan.«

»Ich bezweifle es. Es wäre ein weiterer Fehler gewesen, den ich begangen hätte, so wie Mayo zu verlassen und dafür zu sorgen, dass wir nach Liverpool kommen, damit wir alle in eine Kolonie auswandern können.«

»Sie hätte keine Wahl gehabt. Ohne dich wären wir alle im Armenhaus gelandet, und das wusste sie.«

»Nun, wir werden nie erfahren, was Mammy von meiner Heirat mit Alistair halten würde, nicht wahr?« Ellen versuchte, nicht an den Tod ihrer Mammy zu denken. Eines Nachts war sie über Bord des Schiffes, das die nach Australien gebracht hatte, gefallen oder gesprungen, wie Ellen glaubte, und wurde nie wieder gesehen.

»Wirst du Alistair verzeihen, Ellen?«, flüsterte Riona. »Er ist ein guter Mann. Seiner Meinung nach hat er das Richtige getan.«

Ellen zuckte mit den Schultern. »Es ist zu früh.«

»Aber ...«

»Ich will nicht darüber reden, Riona.« Sie wiegte das Baby in ihren Armen leicht hin und her.

»Soll ich sie nehmen und in ihr Bettchen legen?«

»Nein, ich genieße es, sie zu halten. Sie bekommt einen weiteren Zahn und ist unruhig.«

»Ja, ich wollte es dir heute Morgen schon sagen, aber bei all den Vorbereitungen für die Feier habe ich es vergessen.«

»Mir ist aufgefallen, dass Mr. Connelly dir heute Nachmittag besonders viel Aufmerksamkeit geschenkt hat.« Ellen hob die Augenbrauen und sah ihre Schwester an.

»Mr. Connelly ist ein netter Mann, aber mach dir keine Hoffnungen. Ich will nicht heiraten.«

»Will er es denn?«

»Lass es gut sein.« Riona rollte mit den Augen. »Außerdem haben wir hauptsächlich von dir gesprochen.«

»Von mir?«

»Ja, alle Männer haben dich bewundert. Sie sind eifersüchtig darauf, dass Alistair eine Frau wie dich hat, eine, die sich für die Dinge einsetzt. Eine, die ihren Kopf zum Denken nutzt und über andere Dinge reden will als über Mode und Klavierspiel, das Wetter oder faule Bedienstete.« Sie lachte.

»Das ist nicht wahr. Männer *wollen* diese Dinge von ihren Frauen. Sie wollen mit Damen nicht über Geschäfte reden. Sie verstehen die Regeln. Ich bin es, die es nicht tut. Ich bin diejenige, die seltsam ist.«

»Wenn dem so ist, warum scharen sie sich dann um dich, begierig darauf, jedes deiner Worte zu hören? Mr. Connelly sagte, du seist die beste aller Frauen, hübsch und klug. Und er ist nicht der Einzige, der dieser Ansicht ist. Ich habe gesehen, wie Mr. Riddle dir viele Fragen gestellt hat, und Mr. Palmer. Mr. Stuart und Mr. Amos hätten dich nie gehen lassen, wenn Alistair dich nicht vor ihren fortwährenden Fragen gerettet hätte.«

»Es war ein erfolgreicher Nachmittag, das ist alles, was zählt.« Ellen bewegte den Kopf, um die Verspannung in ihrem Nacken etwas zu lösen. »Ich bin nur froh, dass Alistair Colm nicht gesehen hat.«

»Kittrick war hier?« Alistair trat durch die Balkontür. »Er war heute hier?«

»Ja«, seufzte Ellen.

»Er war betrunken, aber er ist wieder verschwunden«, fügte Riona hinzu. »Ich habe ihn ihm Auge behalten, bis er außer Sichtweite war.«

»Ich nahm an, dass er inzwischen auf einem Schiff nach Irland sein würde.«

»Das dachte ich auch.« Ellen blickte auf Lily hinunter, ohne einen weiteren Gedanken an Colm verschwenden zu wollen.

»Was hat er gesagt? Was wollte er?«

»Er weiß, dass die Jungs weg sind.« Ellen sah Alistair an und seine Schultern sackten zusammen. »Ich habe Colm gesagt, er soll verschwinden und nie mehr wiederkommen. Hier gibt es nichts für ihn.«

»Hoffentlich hat er es diesmal verstanden«, sagte Riona. »Er wird sich mit den anderen Mitgliedern der Rebellion zusammentun und nach Hause zurückkehren. Ich bete, dass es so sein wird.«

Alistair zog seine Uhr aus der Westentasche. »Die Gäste, die zum Abendessen zurückkehren, werden in einer Stunde hier sein.«

Ellen erhob sich. »Dann bringe ich die Kleine hier in ihr Bettchen und ziehe mich um. Caroline wird zusammen mit Bridget auf Lily aufpassen, während unsere Gäste hier sind.«

»Caroline ist ein sehr hilfsbereites Mädchen. Reif für ihr Alter von fast zwölf Jahren«, sagte Riona. »Sie hat auch einen guten Einfluss auf Bridget. Sie lässt sie ein wenig ruhiger werden.«

Ellen schaute zu Alistair. »Das erinnert mich daran, dass ich eine Gouvernante für Bridget suchen möchte. Und da es im Dorf keine richtige Schule gibt, könnte eine Gouvernante auch Caroline und Aisling unterrichten, und dann Lily, sobald sie alt genug dafür ist.«

»Ein vernünftige Idee, da stimme ich zu.«

Eine knappe Stunde später hatte Ellen sich gewaschen und ein blassgrünes Kleid angezogen, das mit silbernen Blumen bestickt und mit silberner Spitze eingefasst war.

Alistair betrat ihr Schlafzimmer. »Du siehst wunderschön aus.«

»Danke.«

»Ich wollte mit dir unter vier Augen sprechen, bevor wir zum Abendessen gehen.«

Ellen wandte sich ab und tat so, als würde sie ihre Bürste und Kämme in die Schublade zurücklegen. »Ach?«

»Heute Nacht schlafen wir zum ersten Mal alle im Haus. Wir haben ein gemeinsames Zimmer, Ellen ...«

Ihre Hand verharrte auf einer Perlenbrosche, die Alistair ihr zu ihrem letzten Geburtstag geschenkt hatte.

Er trat einen Schritt vor. »Ich werde, wenn es dir recht ist, meine Sachen in den Ankleideraum bringen, wenn unsere Gäste gegangen sind.«

Sie stand mit dem Rücken zu ihm und fühlte sich unfähig, sich zu bewegen. Ihm ihr Bett zu verweigern, würde bedeuten, dass ihre Ehe vorbei war. Doch wenn sie zustimmte, miteinander zu schlafen, würde das bedeuten, dass sie ihm verziehen hätte, dass er ihre Söhne nach England geschickt hatte, und dazu fühlte sie sich immer noch nicht in der Lage.

»Ellen, ich weiß, dass du mir meine Entscheidung, Austin und Patrick wegzuschicken, nicht verzeihen wirst, und ich verstehe das. Ich weiß auch, dass du mich nicht liebst und nie geliebt hast ...«

Ihr Herz schlug heftig in ihrer Brust und ihr Korsett fühlte sich plötzlich zu eng an.

»Aber *ich* habe dich vom ersten Moment an bewundert, als ich dir begegnet bin, und seitdem liebe ich dich mehr, als ich es für möglich gehalten hätte. Ich erwarte nicht, dass du dasselbe fühlst, und ich weiß, dass du es nicht tust. Aber ich wollte dich nur daran erinnern, wie viel du mir bedeutest, und ich würde dich nie absichtlich verletzen oder dir Schmerzen zufügen, und dass ich das getan habe, bedaure ich am meisten.«

Sie drehte sich zu ihm um. Tränen brannten in ihren Augen. »Ich hatte keine Gelegenheit, mich von ihnen zu verabschieden. Ich konnte sie nicht noch einmal in den Arm nehmen und ihnen sagen, wie sehr ich sie liebe, bevor sie gegangen sind. Das hast du mir gestohlen, und egal, wie viele Briefe ich ihnen schreibe, keines dieser

Worte wird das gleiche Gefühl vermitteln, wie sie in meinen Armen zu halten.«

»Das tut mir außerordentlich leid.«

»Es wird Jahre dauern, bis ich sie wiedersehe. Jahre, in denen sie zu jungen Männern heranwachsen, die ich nicht mit erleben werde. Ich kann nicht da sein, um sie vor Schaden zu bewahren. Ich fühle mich, als hätte ich als Mutter erneut versagt, so wie ich es bei Thomas getan habe.«

Er ließ den Kopf hängen. »Das ist mir jetzt klar. In dem Moment dachte ich, dass ich richtig gehandelt habe. Seit einiger Zeit habe ich gespürt, dass die Jungen eine ordentliche Ausbildung in England brauchen, aber du hättest dem nie zugestimmt. Mit der Bedrohung, die von Kittrick ausging, habe ich die Gelegenheit ergriffen, das zu tun, von dem ich dachte, es sei das Beste. Ich war im Unrecht. Egoistisch. Aber ich habe wirklich im besten Interesse der Jungen gehandelt, das versichere ich dir. In Harrow werden sie richtige Gentlemen werden. Mit einer solchen Ausbildung werden sie in der Lage sein, in jedem Raum den Kopf hochzuhalten und akzeptiert zu werden.«

Ellen sah ihn an, und etwas in ihr erstarb. »Du schämst dich für sie? Sie sind deine Stiefsöhne, aber im Grunde sind sie für dich nichts weiter als irische Bauern.«

Er sah entsetzt aus. »Nein! Nein. Guter Gott, ist es das, was du glaubst?«

»Ich bin mir nicht sicher, Alistair. Du sagst, dass sie jetzt akzeptiert werden, da sie wie englische Gentlemen erzogen werden, also fehlte es ihnen offensichtlich vorher. Ich nahm an, dass meine Heirat mit dir Akzeptanz genug sein würde, aber ich sehe jetzt, dass ich mich getäuscht habe.«

»Ellen, bitte denke nie, dass ich die Jungen und Bridget nicht verehre. Ich werde alles tun, was in meiner Macht steht, um sie glücklich zu machen, aber es wird immer Menschen geben, die ausschließlich ihre und deine Herkunft sehen werden, und das weißt du. Du hast es in Sydney erlebt.«

»Wenn also unsere Ehe den Makel *meiner* Vergangenheit nicht auslöscht, wie soll dann Harrow den Makel der Vergangenheit der Jungen auslöschen?«

»Ich verspreche dir, ich werde dafür sorgen, dass die Zukunft der Jungen und Mädchen in der Gesellschaft gesichert ist. Die Menschen werden vergessen. Wir werden zusammenarbeiten, um ihnen die besten Chancen zu geben, wertvolle Mitglieder der Gesellschaft zu werden.«

»Und was ist, wenn die Jungen sich für ein Studium in Oxford oder Cambridge entscheiden? Weitere Jahre in England zu verbringen ...« Weitere Tränen bildeten sich in ihren Augen. »Sie könnten zehn Jahre weg sein.« Ihr Kinn zitterte.

»Dann werde ich dich und die Mädchen nach England bringen. Wir werden bei meinen Eltern unterkommen und jeden zweiten Sommer mit den Jungs verbringen.« Er machte einen Schritt auf sie zu und nahm ihre Hände. Es war das erste Mal seit über einem Monat, dass er sie berührte. »Ich werde alles tun, was nötig ist, um dich glücklich zu machen. Sieh dir an, was wir geschaffen haben. Dieses schöne Haus. Wir haben so viel Glück, Ellen. Mein Geschäft wächst, und wir haben ein so gutes Leben. Ich liebe dich, und die Kinder sind gesund. Du wirst die Jungen vermissen, genau wie ich, aber es ist für ihre Zukunft.«

Sie nickte und wandte sich ab. »Wir werden zu spät zum Abendessen kommen.«

»Und nachher?«

»Wir werden das gleiche Bett teilen, aber es wird keine Intimität geben, Alistair. Dazu bin ich noch nicht bereit.«

»Ich verstehe.« Er bot ihr seinen Arm an, und sie nahm ihn an.

Sie schenkte ihm ein kleines Lächeln und entspannte sich ein wenig. Damit sie weitermachen konnten, musste sie ihm verzeihen.

Der Abend verging mit reichlich Essen und Wein, und die zehn Gäste genossen den Anlass. Es war schon nach Mitternacht, als die letzte Kutsche in die Nacht hinausfuhr.

Während Ellen nach den Mädchen sah, die in ihrem neuen Zimmer schliefen, und Riona eine gute Nacht wünschte, drehte Alistair die Lampen herunter, während der Mond die Gärten und das Haus in ein silbernes Licht tauchte.

Im Bett angekommen, gähnte Ellen. Es war ein langer und aufregender Tag gewesen.

»Gute Nacht, meine Liebste.« Alistair küsste sanft ihre Wange.

»Gute Nacht.« Ellen drehte das Licht neben dem Bett runter und kuschelte sich in ihr Kissen. In der vergangenen Nacht hatte sie in einer Hütte geschlafen, und jetzt wohnte sie in einem großen, prächtigen Haus. Obwohl sie ihre Söhne nicht bei sich hatte, war sie dankbar und froh über die Fülle und das Glück, das sie hatte. Die Heirat mit Alistair hatte ihr viel gegeben. Aber sie hatte ebenso hart dafür gearbeitet

Wie anders wäre ihr Leben verlaufen, wenn Malachy noch am Leben gewesen wäre, oder wenn sie nach seinem Tod zu Colm gegangen wäre. Sie würde immer noch in Irland sein, würde in einer Hütte leben, kaum über die Runden kommen und müsste ständig mit der Angst leben, dass ihre Kinder nicht genug zu essen hatten.

Stattdessen war sie das Risiko eingegangen, Irland zu verlassen und auf die andere Seite der Welt zu segeln. Als sie dann für Alistair arbeitete und eine Art Freundschaft mit ihm schloss, veränderte sich ihr Leben noch einmal drastisch.

Alistair murmelte im Schlaf etwas vor sich hin und drehte sich zu ihr um. Sein blondes Haar fiel ihm in die Stirn und ließ ihn wie einen viel jüngeren Mann aussehen. Im Mondlicht, das durch einen Spalt in den Vorhängen fiel, studierte sie seine Gesichtszüge. Er war ein gut aussehender Mann und die Bartstoppeln an seinem Kinn trugen zu seiner Attraktivität bei. Sie spürte, wie sich ihr Verlangen nach ihm regte. Es war schon so lange her, dass sie mit ihm geschlafen hatte. Seit Lilys Geburt hatte Alistair sie nicht mehr angerührt. Die Male, als er hier gewesen war, hatte er in einem Zelt schlafen müssen, da die Hütte nicht groß genug für die ganze Familie war.

Aber jetzt fühlte Ellen das Bedürfnis nach der Berührung eines Mannes. Sie wollte gehalten und geküsst werden.

Sie schob eine Hand unter die Decke und fuhr mit den Fingerspitzen über seinen Arm. Sie rückte näher an ihn heran und küsste seine Lippen, wobei sie den Brandy schmeckte, den er mit den Herren getrunken hatte.

Langsam streifte sie ihr Nachthemd ab und zog dann sein Nachthemd hoch, um mit ihren Händen über seine Brust zu fahren. Alistair stöhnte auf, sein Mund suchte den ihren, und sie gab sich ihm hin.

Er küsste sie schläfrig und wanderte dann ihren Hals hinunter und zu ihren Brüsten. Sie spürte, wie er sich an ihrem Schenkeln verhärtete, und ihr Verlangen wuchs noch weiter an.

»Ellen ...«, flüsterte er und seine Hände glitten zwischen ihre Beine.

Sie wölbte sich ihm entgegen, sie brauchte ihn. »Ja ...«

Er küsste sie leidenschaftlich, sein Körper schob sich über ihren und in wenigen Augenblicken stieß er in sie.

»Ellen«, murmelte er in ihr Ohr, drückte sie fest an sich und stieß tiefer und schneller zu.

Sie schloss die Augen, ignorierte ihre Gedanken und konzentrierte sich nur auf das befriedigende Gefühl, das ihren Körper durchfuhr. Als der Höhepunkt über sie hereinbrach, seufzte sie zufrieden.

Alistair kam kurz darauf. Er drückte sie an sich und küsste sie. »Ich hatte mich nicht unter Kontrolle.«

»Ist schon in Ordnung. Ich wollte es und habe damit angefangen.«

»Du wolltest es? Ich dachte, ich hätte geträumt.«

Sie lächelte im Mondlicht. »Schlaf weiter.«

Nachdem er sich von ihr heruntergerollt hatte, schlief er rasch wieder ein.

Ellen lag eine Weile wach da, dann stieg sie aus dem Bett und zog sich ihr Nachthemd an. Sie stand an der Balkontür und beobachtete die Schatten, die zwischen den Bäume und im Garten spielten. Eine Welle von Schuldgefühlen überkam sie. Sie fühlte sich, als hätte sie Rafe betrogen. Als wäre sie ihm untreu geworden, indem sie mit Alistair geschlafen hatte. Das war Irrsinn. Alistair war ihr Mann, nicht Rafe. Sie war Alistair untreu geworden, weil sie sich nach einem Mann sehnte, der für sie tabu war.

Tränen liefen ihr unkontrolliert über die Wangen. Sie vermisste Rafe so sehr, dass es sich wie ein ständiger Schmerz in ihrer Brust anfühlte. Dabei war er nur für wenige Stunden der ihre gewesen. Stunden, wo sie sich nicht nur geliebt hatten, sondern zu einer Seele zusammengewachsen waren, ineinander verschmolzen, um ein Ganzes zu bilden. Ohne ihn fühlte sie sich nicht wirklich lebendig, was unsinnig und lächerlich war. Sie war nie eine, die fantasievolle Gedanken und Träume hegte. Aber in diesem Fall hatte sie das Gefühl, dass ein Teil von ihr fehlte, seit er nach England zurückgekehrt war, und nichts und niemand konnte sie vervollständigen.

Ein dumpfer Schlag ertönte, und sie lauschte, da sie annahm, Lily sei aufgewacht. Ein dumpfes Geräusch kam von irgendwoher aus dem Haus.

Ellen schnappte sich ihren Morgenmantel und warf ihn sich über. Vielleicht war Bridget aufgewacht und hatte in ihrem neuen Zimmer die Orientierung verloren. Sie war so daran gewöhnt, mit Riona zu schlafen, dass sie vielleicht nach ihr suchte.

Ellen lief den Flur entlang und fand sich auch ohne Lampe zurecht. Das Zimmer der Mädchen lag neben ihrem eigenen. Leise öffnete sie die Tür, fand aber Lily fest schlafend in ihrem Bettchen und Bridget zusammengerollt in ihrem Bett.

Das Geräusch erklang erneut.

Stirnrunzelnd schloss Ellen die Tür. War Riona aufgewacht? War Moira noch in der Küche? Sie ging um den zentralen Innenhof herum zur anderen Seite des Hauses, wo Riona schlief.

Ein dumpfer Schrei ließ Ellen erschrocken zurückweichen. Er kam aus Rionas Zimmer.

Schnell rannte sie durch den Flur und stieß die Tür auf. Zwei Gestalten kämpften auf dem Bett.

»Lass sie los!«, schrie Ellen, rannte auf den Mann zu und zerrte ihn von Riona herunter.

Colm stieß Ellen von sich und schlug ihr hart gegen den Kopf.

Sie stolperte und war überrascht über den Schlag.

»Komm schon!« Colm zerrte Riona vom Bett und auf die Knie. Sie schrie auf, als er sie an den Haaren zog.

Ellen stürzte sich auf Colm und schlug mit beiden Händen auf ihn ein.

»Du Schlampe!« Wie ein verrückter Stier warf er sich herum, um sie von seinem Rücken zu bekommen. »Ich bringe dich um, Weib. Ich habe die Nase gestrichen voll von dir.«

Ellen kämpfte mit einer Kraft, von der sie nicht gewusst hatte, dass sie sie besaß, als die Wut sie übermannte.

Colms Faust traf sie in den Magen, und sie keuchte auf. Der Atem wurde ihr aus den Lungen gepresst und sie fiel auf die Knie.

Riona schrie auf, als Colm sie hochzog und über seine Schulter warf. Die Balkontür stand offen, und er taumelte, als Riona ihn einschlug und trat.

»Was zur Hölle!« Alistair stand in seinem Nachthemd und barfuß in der Tür und hielt eine Pistole in der Hand.

»Gütiger Gott!« Colm ließ Riona fallen und stürmte über die Veranda.

Alistair feuerte einen Schuss über Ellens Kopf hinweg ab. Bei dem Geräusch schrie sie auf. Sie krabbelte zu Riona hinüber und umarmte sie fest.

»Er ist weg«, beruhigte sie ihre schluchzende Schwester.

»War das Kittrick?« Alistair zündete die Lampe auf der Kommode an und der Raum wurde in ein angenehmes Licht getaucht.

Ellen hörte Bridget weinen. »Bridget! Lily!«

»Ich werde nach ihnen sehen.« Alistair eilte aus dem Zimmer.

Ellen strich Riona die Haare aus dem Gesicht. »Hat er dir wehgetan?«

Riona schüttelte den Kopf. »Nicht wirklich. Ich werde nur ein paar blaue Flecken an meinen Armen haben.«

»Er hat sich dir nicht aufgedrängt?«

»Nein. Er wollte, dass ich mit ihm gehe. Er sagte, er wolle mich nach Irland bringen, um dir eine Lektion zu erteilen.«

»Heilige Mutter Gottes.« Ellen umarmte sie fester. »Wie konnte er glauben, so etwas tun zu können und damit davonzukommen?«

»Er sagte, wenn ich einen Aufstand mache, bringt er mich um.« Riona schluchzte, ihr ganzer Körper zitterte. »Ich habe versucht, mich gegen ihn zu wehren, aber er war zu stark.«

»Du hast gut gekämpft und dich gerettet. Colm ist kein Gegner für uns Schwestern.« Ellen gab ihr einen Kuss auf die Wange. »Er ist jetzt weg und wird nicht mehr zurückkommen. Du bist in Sicherheit.« Ellen half Riona auf die Beine, als sie draußen Stimmen hörten. »Der Schuss wird alle geweckt haben. Wir werden am besten einen Tee trinken, um uns wieder zu beruhigen.«

Sie nahmen sich gegenseitig in den Arm, als sie in die Küche gingen. Ellen schürte das Feuer und stellte den Kessel auf den Herd.

Moira eilte in einem Nachthemd und einem alten Mantel herein. »Ich habe einen Schuss gehört.«

Ellen erzählte ihr, was geschehen war.

»Jesus, Maria und Josef!« Moira bekreuzigte sich.

»Er ist der Teufel selbst, das ist er«, murmelte Riona und schlag ihre Arme um sich selbst.

»Ja, das ist er, und dieses Mal ist er zu weit gegangen.« Ellen gab Teeblätter in die Kanne. »Ich werde ihm die berittene Polizei auf den Hals hetzen.« Sie sah Moira an. »Geh zurück ins Bett und sag es auch den anderen. Ich kann sie draußen hören.«

Moira öffnete die Hintertür, wo sich einige der Arbeiter versammelt hatten. »Zurück in eure Betten, ihr alle. Mr. Emmerson wird morgen früh mit euch sprechen.« Sie lächelte über ihre Schulter zu Riona. »Wir sehen uns morgen früh, Mädchen.«

Während Ellen die Tassen abstellte, behielt sie Riona im Auge, die immer noch zitterte.

»Stimmt etwas nicht mit mir?«, fragte Riona. »Ich bin jetzt schon zweimal von Männern angegriffen worden.«

»Still, rede keinen Unsinn. Es ist alles in Ordnung mit dir. Die beiden Kerle, die dich angegriffen haben, sind schuld, nicht du.«

Ellen brühte gerade den Tee auf, als Alistair die Küche betrat.

Er setzte sich an den Tisch. »Bridget ist wieder eingeschlafen, und Lily ist nicht einmal aufgewacht. Ich habe Bridget gesagt, dass sie wohl einen Albtraum hatte. Ich bin bei ihr geblieben, bis sie wieder eingeschlafen ist.«

»Hast du überprüft, ob die Verandatür zu ihrem Zimmer verschlossen ist?« Ellen reichte ihm eine Tasse Tee.

»Habe ich. Der Schlüssel ist in meiner Tasche. Die Türen werden verschlossen bleiben, bis Kittrick in Ketten liegt. Ich war draußen, aber es gibt keine Spur von ihm. Ich habe mit Mr. Thwaite gesprochen. Er wird im Morgengrauen einen Suchtrupp zusammenstellen, der Kittrick aufspüren soll.«

»Wir müssen es der Polizei mitteilen.«

»In der Tat. Sobald der Morgen graut, werde ich ins Dorf reiten.« Wütend trommelte Alistair mit den Fingern auf den Tisch. »Wie kann er es wagen, in mein Haus zu kommen und meine Familie zu bedrohen? Ich werde den Mann hängen lassen.«

»Glaubst du, du hast ihn angeschossen?«, fragte Riona.

Alistair schüttelte den Kopf. »Das glaube ich nicht. Ich habe ihn weglaufen sehen. Aber ich hoffe, dass der Mann, wenn er noch bei Verstand ist, sich von hier fernhält.«

Ellen streichelte sanft über Rionas Rücken. »Er sollte besser schnell ein Schiff zurück nach Irland finden, denn wenn ich ihn jemals wiedersehe, werde ich mich nicht mehr für meine Taten verantworten können.«

# Kapitel Vier

Als Ellen aus der Kutsche stieg, atmete sie tief die frische Frühlingsluft ein. Der Duft von Eukalyptus war auf dem Land stärker als in der Stadt. Sie strich ihre Röcke glatt und streckte sich ein wenig nach der langen Fahrt durch die Berge. Es tat gut, zu Hause zu sein.

Sie nahm Lily in den Arm. »Wir sind zu Hause, Kleines.«

Riona half Bridget aus der Kutsche, bevor sie zur Seite trat, um Miss Lewis aussteigen zu lassen.

»Willkommen in Berrima, Miss Lewis«, sagte Ellen zu Bridgets neuer Gouvernante, als sie auf der Veranda des *White Horse Inn* standen.

Sie waren gerade von einem vierwöchigen Aufenthalt in Sydney zurückgekehrt. Die Reise hatte dazu gedient, eine Gouvernante für Bridget zu finden und neue Kleider für den Frühling und Sommer zu kaufen. Ellen war ihren Pflichten als Ehefrau nachgekommen und hatte Gastgeberin bei Abendessen und Teepartys gespielt, Briefe beantwortet und an Alistairs Seite Theater und Soireen besucht. Das war ihre Art, die Ehe zu stärken. Alistair genoss es, sie bei sich in Sydney zu haben. Aber nach vier Wochen hatte sie genug von der Stadt und wollte unbedingt nach Berrima und Emmerson Park zurückkehren.

»Mr. Thwaite sollte bald eintreffen.« Ellen warf einen Blick auf die Straße. »Ich habe über unsere Rückkehr informiert.« Sie sah Miss Lewis an, die sich mit großen Augen in dem kleinen Dorf umsah.

»Ich hoffe es wird Ihnen hier gefallen, Miss Lewis«, sagte Ellen und versuchte, sie zu beruhigen. Sie hatte Mitleid mit der jungen Frau, die sich nun unter Fremden in einer fremden Gegend befand. Miss Amelia Lewis war eine junge Frau von einundzwanzig Jahren, die ursprünglich aus Lincolnshire, England, stammte, nun aber allein in der Kolonie lebte, nachdem ihre Eltern vor einem Jahr an einem Fieber gestorben waren. Sie hatte eine Stelle als Lehrerin an einer Mädchenschule in Parramatta angenommen. Allerdings hatte sie eine Anzeige in den Zeitungen aufgegeben, um eine Anstellung als Gouvernante zu finden. Ellen hatte sie zusammen mit Riona und Alistair zu einem Vorstellungsgespräch eingeladen und beschlossen, dass die ruhige Miss Lewis die geeignete Person wäre, um Bridgets Temperament zu zügeln. Auf ihrer Reise zurück aufs Land hatte sich die Frau als äußerst hilfreich bei der Betreuung von Lily erwiesen und sich um Bridget gekümmert, sodass Ellen und Riona ihre wohlverdiente Ruhe hatten.

»Wird mein Klavier schon angekommen sein?«, fragte Bridget und beugte sich hinunter, um einen kleinen weißen Hund zu streicheln, der an einem Pfosten auf der Veranda angebunden war.

»Ich bin mir nicht sicher, das musst du Mr. Thwaite fragen, sobald wir ihn sehen.«

Riona betrat des Gasthauses, um nach der Post zu fragen. Nach kurzer Zeit kam sie mit einem Bündel von Briefen wieder heraus. »Es sind hauptsächlich Rechnungen«, sagte sie und sortierte sie. »Und einige Einladungen. Eine von Miss Augusta Ashford ist auch dabei. Ich mag sie sehr. Sie schaut nie auf mich herab.«

»Niemand sollte das tun«, murmelte Ellen.

Riona reichte die Post an Ellen weiter. »Nun, so ist das Leben aber nicht, oder? Sieh dir die Frauen der feinen Gesellschaft aus Sydney an. Es gibt ein paar, die mich als deine Schwester akzeptieren und mich einladen, und dann gibt es welche, die mich ignorieren und nur dich einladen.«

»Ich weiß, und es tut mir leid.« Ellen beobachtete die Straße, während sie Lily in den Armen hielt. Ihr fiel auf, dass es mehr Verkehr als sonst zu geben schien. »Wir sind jetzt wieder zu Hause, und wir brauchen nicht an die in Sydney zu denken, sondern können uns auf die Freunde konzentrieren, die wir hier haben. Die sind viel freundlicher.«

»Mrs. Emmerson.« Miss Ashford trat zu ihnen auf die Veranda.

Ellen drehte sich um und lächelte Miss Ashford an. Sie stammte aus Sutton Forest und war die Tochter einer der reichsten Familien der Gegend. Ellen wusste, dass die Dame erst kürzlich aus Melbourne zurückgekehrt war. »Es ist schön, Sie zu sehen, Miss Ashford. Wie geht es Ihnen?«

»Es geht mir gut, danke, Mrs. Emmerson. Sie sind gerade aus Sydney zurückgekehrt?« Miss Ashford band ihren kleinen Hund los und gab Bridget die Leine, damit sie sie halten konnte.

»Ja. Nach einem Monat dort war ich froh, wieder zurückkehren zu können. Aber wir haben Miss Lewis hier für Bridget engagiert, also hatte die Reise auch ihre Vorteile.« Ellen stellte die beiden Frauen einander vor.

»Diese Gegend ist so viel besser als Sydney, vor allem jetzt, wo es wärmer wird.« Miss Ashford lächelte, und obwohl Ellen sie nur gelegentlich auf Feiern und Soireen getroffen hatte, wusste sie, dass sie eine nette Frau war. Miss Ashford sah zu, wie Bridget den kleinen Hund ein kurzes Stückchen umherführte.

»Wie geht es Ihrer Familie?«, fragte Ellen und verlagerte Lilys Gewicht in ihren Armen.

»Sehr gut, danke.«

»Und Melbourne?«

»Schrecklich überfüllt.« Sie lachte. »Wenn man nicht über Gold redet, gibt es auch sonst nichts Interessantes, über das man sprechen könnte.« Miss Ashford runzelte die Stirn über das plötzliche Geräusch mehrerer Reiter, die mitten durch das Dorf galoppierten. »Gütiger Himmel. Warum haben sie es denn so eilig?«

»Mir ist aufgefallen, dass im Dorf heute viel los ist«, sagte Ellen, als eine weitere Kutsche vorbeirumpelte. »Es ist doch nicht etwa Gold in der Nähe gefunden worden, oder?«

»Ich hoffe nicht. Mein Bruder Gil wäre darüber nicht sehr erfreut. Wir haben ohnehin schon Mühe, Arbeiter zu halten. Er schimpft fürchterlich über die hohen Löhne, die die Männer verlangen. Wenn wir nicht zahlen, gehen sie zu den Goldgräbern.«

»Ich bin froh, dass uns unsere geblieben sind.« Ellen sah, wie Mr. Thwaite mit dem Buggy die Straße entlangfuhr und Douglas den Bauernwagen für ihr Gepäck lenkte. »Oh, da ist Mr. Thwaite.«

»Ich wünsche Ihnen einen guten Tag, Mrs. Emmerson. Sehen wir uns nächste Woche auf dem Ball der Throsbys?«

»Ich fürchte nein. Mein Mann ist noch in Sydney. Er kennt die Throsbys besser als ich.«

»Dann müssen Sie und Ihre Schwester«, sie nickte Riona freundlich zu, »zum Nachmittagstee zu mir und meiner Mutter kommen. Sagen wir, in einer Woche am Freitag?«

»Das wäre uns eine große Freude. Vielen Dank.«

Miss Ashford nahm Bridget die Leine des Hundes ab. »Gut. Wir sehen uns dann um drei. Auf Wiedersehen.«

Mr. Thwaite brachte den Wagen vor dem Gasthaus zum Stehen. »Willkommen zu Hause, Mrs. Emmerson, meine Damen.« Er nickte allen zu, wobei er Bridget breit anlächelte.

»Ist mein Klavier angekommen, Mr. Thwaite?«, fragte Bridget.

»Das ist es, Miss Bridget. Es steht im Salon.« Er half Douglas, das Gepäck auf dem Wagen zu verstauen.

»Keine Zwischenfälle, Mr. Thwaite?«, fragte Ellen. »Keine unerwünschten Besucher?« Sie wusste, dass er verstand, was sie meinte, denn er war angewiesen worden, nach Colm Kittrick Ausschau zu halten.

»Keine, Mrs. Emmerson«, antwortete er leise.

Erleichtert stellte Ellen Miss Lewis Mr. Thwaite und Douglas vor, und die Gouvernante stieg auf den Wagen, während Ellen den Platz im Buggy einnahm und Lily an Riona übergab, die sich neben sie setzte.

»Darf ich oben auf dem Wagen bei Douglas und Miss Lewis sitzen, Mama?«, fragte Bridget.

»Gewiss, dann haben ich und deine Tante mehr Platz.« Ellen klopfte sanft mit den Zügeln auf Betsys Rücken, und endlich fuhren sie nach Hause.

Auf der Fahrt zum Haus überholten sie viele Fuhrwerke und Kutschen. Ellen bemerkte eine Menschenmenge vor dem Gerichtsgebäude, und vor vielen Gasthäusern standen Männer am Straßenrand.

»Was ist denn hier los?«, murmelte Riona, während Ellen sich abmühte, den Buggy an einem großen Wagen vorbei zu lenken.

Dann sahen sie, wie eine Reihe von Gefangenen in Ketten aus dem Gerichtsgebäude geführt und zum Gefängnis gebracht wurde. Die Menge johlte, aber Ellen sah schweigend zu, bevor sie Betsy aufforderte, weiterzulaufen. Der Anblick von angeketteten Verbrechern erinnerte sie zu sehr an das Leben in Armut und Elend in Irland und an die vielen Male, die Menschen aus ihrem Dorf in Ketten weggeschickt worden waren, woraufhin diese nie wieder gesehen wurden.

»Arme, verlorene Seelen. Ich werde morgen in der Messe für sie beten«, sagte Riona und bekreuzigte sich.

Ellen schnippte mit den Zügeln und freute sich darauf, sicher in ihrem eigenen Haus zu sein. Sie dachte kurz an Colm, aber seit der Nacht, in der er versucht hatte, Riona zu entführen, hatten sie weder etwas von ihm gesehen noch gehört. Sie hoffte inständig, dass er sich auf dem Rückweg nach Irland befand.

Ellen lenkte Betsy auf den Weg zum Haus und winkte den Arbeitern zu, die das beeindruckende steinerne und eiserne Tor am Eingang des Grundstückes errichteten.

»Sie sehen prächtig aus«, sagte Ellen als sie daran vorbeifuhren und freute sich über ihre Bemühungen.

Als sie näher an das Haus heranfuhr, bemerkte sie, dass weitere Bäume gepflanzt worden waren und ein gepflasterter Weg von den Gemüsegärten zur Seite des Hauses angelegt worden war. Ellen hielt Betsy vor dem Haus an und betrachtete den Neuaustrieb der Glyzinie, die über der Veranda wuchs.

»Sieh nur, die Rosen blühen«, sagte Riona erstaunt. »Es hat sich so viel verändert, seit wir abgereist sind.«

Vier Wochen mit wärmerem Wetter hatten den Garten zum Blühen gebracht. Narzissen und Tulpen setzten farbliche Akzente in den Beeten. Im Obstgarten standen die Obstbäume in voller Knospe und waren bereit, ihre Frühlingsblüte zu zeigen.

»Sehen Sie, Miss Lewis«, rief Bridget, als sie vom Wagen sprang. »Ich habe diesen Rosenstrauch für meinen Bruder Thomas gepflanzt. Er ist gestorben. Und er hat bereits Knospen.«

»Das ist ein schönes Andenken an deinen Bruder, Bridget«, antwortete Miss Lewis. Sie wandte sich an Ellen. »Mrs. Emmerson, Sie haben sich ein wunderschönes Heim geschaffen.«

»Ich danke Ihnen. Ich hoffe, Sie werden hier glücklich sein.«

»Das werde ich bestimmt.«

Ellen nahm Riona Lily ab und führte sie alle hinein. Bridget nahm Miss Lewis bald an die Hand und zeigte ihr das Haus und ihr Zimmer.

»Willst du, dass ich Lily umziehe?«, fragte Riona. »Ich weiß, dass du unbedingt alles in Erfahrung bringen willst, was passiert ist, während wir in Sydney waren.«

Moira kam aus der Küche. »Ihr seid zurück. Ich habe euch vermisst.«

»Wie geht es dir, Moira? Haben du und Mr. Thwaite alles für mich am Laufen gehalten?«

»Natürlich. In diesem Bezirk gibt es keinen besser geführten Betrieb, das kann ich dir versichern.« Sie grinste. »Ich habe das Gästezimmer für Miss Lewis hergerichtet.«

»Danke.« Ellen küsste Lily auf die Wange. »Geh zu deiner Tante, meine Süße, während ich die Runde mache.«

Ellen ging mit Moira in die Küche. »Ist wirklich nichts vorgefallen?«

»Nichts, Ellen, ich verspreche es dir.«

»Keine Spur von Colm?«

»Nein«, antworte Moira ernst. »Mr. Thwaite hat die Männer für alle Fälle in Alarmbereitschaft versetzt, aber wir haben keine Spur von dem Idioten gesehen.«

»Gut.« Ellen gähnte. Sie war seit dem Morgengrauen auf den Beinen, und die dreitägige Reise von Sydney war anstrengend gewesen.

»Warum ruhst du dich nicht ein wenig aus?« Moira setzte den Wasserkessel auf den Herd. »Ich mache dir einen schöne Tasse Tee.«

»Ich sollte mit Mr. Thwaite sprechen.«

»Und das kann keine Stunde warten?«

»Doch, ich denke schon.« Ellen setzte sich an den Tisch. In den letzten Wochen war sie ständig erschöpft gewesen, und sie hatte den leisen Verdacht, dass sie erneut schwanger sein könnte. Sie war sich nicht sicher, was sie davon halten sollte. Es wäre schön, Alistair ein eigenes Kind zu schenken. Nicht dass er wüsste, dass Lily nicht seine eigene Tochter war. Und nach allem, was er für sie getan hatte, verdiente er ein Kind von seinem Blut. Doch die Vorstellung, wieder schwanger zu sein und ein Kind zu bekommen, ließ sie nicht unbedingt in Freudentänze ausbrechen. Sie wollte das Haus genießen und ihren Wohlstand ausbauen. Sie hatte vor, mehr Land in der Gegend zu kaufen, und dafür wollte sie frei sein, um über das Land zu reiten und nicht an ein Baby gebunden zu sein, das sie brauchte.

Die Tür nach draußen öffnete sich und Honor Duffy kam mit einem Korb voller Eier herein. »Die Hühner haben wieder angefangen zu legen, Moira. Es sind zwar nur drei, aber es ist ein Anfang ... Oh, Mrs. Emmerson, Sie sind wieder da.«

»Ja, Honor. Wie geht es Ihnen?«

»Gut, danke. Haben Sie Ihren Aufenthalt in Sydney genossen?«

»Das habe ich. Wir haben sogar eine Gouvernante für Bridget gefunden. Miss Amelia Lewis. Sie ist sehr nett und gut ausgebildet.«

»Großartig.« Honor legte die Eier in eine mit Stroh gefüllte Kiste auf dem Regal in der Speisekammer.

Ellen wartete, bis sie wieder herauskam. »Alistair und ich haben darüber gesprochen, ob es Ihnen recht wäre, dass Miss Lewis Ihre Mädchen zusammen mit Bridget unterrichtet?«

Honor zog die Augenbrauen hoch. »Meine Mädchen?«

»Ja. Sie können von Miss Lewis unterrichtet werden, ohne dass für Sie irgendwelche Kosten entstehen. Außerdem erspart es den Mädchen, bei Wind und Wetter ins Dorf zu laufen, um die kleine Schule dort zu besuchen, die meistens kaum geöffnet ist. Der Lehrer dort ist unzuverlässig.«

»Weil er römisch-katholisch ist?«, fragte Honor.

»Nein, weil er immer krank ist und weil das Fehlen eines ordentlichen Schulgebäudes den Zustand des Schulwesens im Dorf widerspiegelt.«

»Miss Lewis ist nicht katholisch, oder?«

»Nein, ist sie nicht.« Ellen spürte wie die Wut in ihr zu brodeln begann. »Sie müssen dem nicht zustimmen, dass Miss Lewis Caroline und Aisling unterrichtet. Aber es könnte für die Mädchen ein Vorteil sein, sie in ihrem Leben zu haben. Sie ist eine anständige und begabte Frau, und die Mädchen können viel von ihr lernen, aber wenn Sie es vorziehen, dass die beiden ins Dorf gehen und dort zur Schule gehen, dann ist das für mich in Ordnung.«

Die Emotionen überschlugen sich in Honors Gesicht. »Ich sage nicht nein ...«

»Hör zu, Honor«, mischte sich Moira ein. »Die Dorfschule wird deinen Töchtern nur die Grundlagen vermitteln. Bei Miss Lewis werden deine Mädchen lernen, anständige, gebildete Frau zu werden, was ihnen eines Tages sehr dabei helfen wird, wenn sie heiraten wollen.«

»Meine Mädchen werden immer noch die Töchter einer Dienstmagd und eines Landarbeiters sein.«

Ellen seufzte. »Und? Wenn Sie den Mädchen eine Ausbildung geben, können sie vielleicht in einen höhere Position einheiraten als eine Arbeiterin oder eine Magd. Wünschen Sie sich das nicht für sie?«

»Im Gegensatz zu Ihnen, Ellen Emmerson, strebe ich nicht danach, in den elitären Kreisen zu verkehren, nach denen Sie sich sehnen. Meine Töchter lassen sich nicht zum Narren halten!« Honor stürmte aus der Küche.

Moira fluchte leise vor sich hin. »Dummes Weib. Ist sie blind? Sieht sie nicht, welchen Vorteil die armen Mädchen dadurch haben würden?«

Ellen stand auf. »Sie sieht sie, Moira, aber sie gibt es nicht gerne zu. Sie glaubt, dass ihre Mädchen nie mehr sein werden als das, was sie selbst ist, eine arme irische Bäuerin. Die Vergangenheit lässt uns nie los.«

Ellen machte sich auf die Suche nach Riona. Sie musste mit ihr reden. Ganz gleich, wie wohlhabend sie geworden war, manchmal brauchte Ellen einfach Rionas vernünftige Worte. Ihre Schwester kannte sie besser als jeder andere und konnte ihr mit einem einzigen Blick Trost spenden.

Sie fand Riona mit Miss Lewis im Salon sitzen. Ellen stand in der Tür und beobachtete die beiden. Bridget spielte mit den Tasten ihres neuen Klaviers, während Lily über den Teppich krabbelte.

Plötzlich lachte Riona über etwas, das Miss Lewis gesagt hatte, und Ellen sah sich mit der Tatsache konfrontiert, dass ihre Schwester nun eine andere Frau hatte, mit der sie sich unterhalten konnte. Jemanden, der immer mit ihr im Haus sein würde, während Ellen oft unterwegs war, um Besorgungen zu machen, die Ländereien zu inspizieren oder neue Grundstücke zu suchen. Riona würde tagsüber nicht mehr einsam sein, wenn Ellen zu beschäftigt war, um Zeit mit ihr zu verbringen.

Ellen ließ die beiden allein und betrat das Arbeitszimmer. Die Rechnungen lagen fein säuberlich gestapelt auf dem Schreibtisch. Sie setzte sich, um sie durchzugehen. Es gefiel ihr, dass Alistair ihr die volle Kontrolle über das Anwesen überließ. Er war viel zu sehr mit seinen Geschäften in Sydney beschäftigt, um sich um zusätzlichen Papierkram zu kümmern. Die meisten Ehemänner würden es nicht in Erwägung ziehen, ihren Frauen Zugang zu ihrem Geld zu verschaffen. Aber Alistair vertraute Ellen voll und ganz. Zudem hatte sie seit ihrer Heirat dazu beigetragen, dass sein Vermögen noch weiter anwuchs. Die Reihenhäuser in Balmain hatten sich im Wert verdoppelt und boten eine kontinuierliche Einkommensquelle dank der Vermietung. Sie hatte Land in Moss Vale und in Mittagong gekauft, wo nun Vieh gehalten wurde.

Während sie in Sydney war, hatte sie Alistair überredet, Grundstücke am Ufer der Elizabeth Bay zu kaufen, von denen sie wusste, dass sie mit der Zeit viel mehr wert sein würden als das, wofür sie sie gekauft hatte. Sydney wuchs schneller, als man erwartet hatte. Der Goldrausch in Melbourne hatte auch Geld nach Sydney gebracht, da die Menschen kauften und verkauften. Alistair hatte einen Sinn fürs Geschäft, und seine Importe und Exporte liefen außerordentlich gut. Aber sie kannte den Wert von Land. Kam sie nicht aus einem Land, in dem Land mehr wert war als Menschen? Die Grundbesitzer in Irland wurden mit den Tieren reich, die auf ihrem Land weideten. Sie hatte gelesen und gesehen, wie wohlhabende Landeigentümer hier das Gleiche taten, und sie hatte die Absicht, sich ebenfalls an dieser Einkommensmöglichkeit zu beteiligen.

Plötzlich tönte Musik durch das Haus. Miss Lewis spielte auf dem Klavier, und der süße Klang erfüllte die Luft.

Ellen hörte auf, die Rechnungen zu sortieren und lauschte. Die Musik war eindringlich, wunderschön, und ihre Brust zog sich bei den zarten Tönen zusammen. Sie konnte kaum glauben, dass sie in ihrem eigenen Haus saß, während die Gouvernante ihrer Tochter Klavier spielte. Wie hatte sie es nur dazu gebracht? Noch vor ein paar Jahren hatte sie faulige, verdorbener Kartoffeln ausgebuddelt und sich gefragt, wie sie ihre Kinder ernähren sollte.

Jetzt war sie eine Welt von diesen verzweifelten Zeiten entfernt, und es gab Momente, in denen sie das Gefühl hatte, sie würde träumen, dass nichts davon real war. Dann musste sie nur an Austin und Patrick denken, um zu erkennen, dass es wahr war. Ihre Jungs waren nicht mit ihr in diesem großen Haus. Sie waren fort, weggeschickt, um echte Gentlemen zu werden. Sie würden einer dieser Tage in England ankommen. Vermissten sie sie? Waren sie verärgert, dass man sie fortgeschickt hatte?

Sie senkte den Kopf, als die Musik allmählich verstummte. Hatte sie für sie alle das Richtige getan? Hatte die Heirat mit Alistair ihnen gegeben, was sie brauchten, oder hatte sie einen Fehler begangen? Ja, sie hatten genug zu essen und Kleidung und es fehlte ihnen an nichts, aber es hatte auch die Familie auseinandergerissen.

Oh, sie sollte aufhören solche Gedanken zuzulassen. Sie vermisste ihre Jungen einfach furchtbar. Es war nicht dasselbe wie die Trauer über den Verlust von Thomas, die in ihrem Herzen festsaß, aber es war nahe dran. Und jetzt war sie wahrscheinlich mit einem weiteren Kind schwanger. Sie dachte kurz an Rafe. Was würde er von all dem halten? Er hatte keine Ahnung, dass Lily seine Tochter war. Würde er sich verraten fühlen? Von ihr ungeliebt? Oder hatte er eine andere kennengelernt und sie vergessen?

Sie hatte nicht nach ihm gefragt, als er an Alistair geschrieben hatte, und ihr Mann erwähnte ihn nur beiläufig, hauptsächlich im Zusammenhang mit dem Geschäft. Hatte sich Rafe in eine andere verliebt? Das konnte sie nicht glauben. Er liebte sie, so wie sie ihn liebte. Aber war es fair für ihn, allein zu sein, während sie eine Familie hatte? Natürlich wollte sie, dass er glücklich war, aber der Gedanke, er könne eine andere Frau lieben. Die Vorstellung eine andere, könnte seine Küsse, sein Verlangen empfangen, brach ihr das Herz.

Ein Klopfen an der Tür unterbrach ihre Gedanken. »Herein.«

Moira brachte ein Tablett mit einer kleinen Kanne Tee und ein paar Stücken Johannisbeerkuchen herein. »Ich habe ein Tablett in den Salon gebracht, aber ich dachte, du möchtest vielleicht noch ein wenig Ruhe haben.«

»Danke.«

»Diese Miss Lewis scheint nett zu sein.«

»Das ist sie.«

»Ich wollte dir noch mitteilen, dass ich Mrs. Barnes entlassen habe. Sie war absolut nutzlos. Sie konnte nicht mal ein Kleidungsstück waschen, selbst wenn sie es versuchte. Sie kamen schmutziger aus der Wanne, als sie reingegangen waren. Eine Schande. Ich weiß, dass du mir die volle Kontrolle überlassen hast, während du in Sydney warst, also habe ich getan, was ich für richtig hielt. Ich habe im Dorf mitgeteilt, dass wir jemanden für diese Arbeit suchen. Bis dahin wird Honor die Wäsche für uns alle waschen.« Moira trat einen Schritt zurück und atmete tief durch.

»Das ist in Ordnung, Moira. Ich habe dir gesagt, du sollst tun, was du für richtig hältst. Wie macht sich das neue Mädchen in der Küche, Sally, nicht wahr?«

»Ja, Sally macht sich ganz gut. Ich werde sie anlernen müssen. Sie ist noch jung. Wir könnten aber noch ein weiteres Dienstmädchen für das Haus gebrauchen. Sally hat eine Schwester in Mittagong, die in einem der Gasthäuser arbeitet, aber sie möchte hierherkommen.«

»Solche Entscheidungen überlasse ich ganz dir und Riona.« Ellen nippte an ihrem Tee und genoss den erfrischenden Geschmack. »Du weißt, dass ich nicht gerne mit Hauspersonal zu tun habe. Ich war früher selbst eine Dienstmagd, und es fühlt sich nicht richtig an, plötzlich Anweisungen zu geben.«

»Ja, aber du bist die Herrin, sie erwarten, dass du das Sagen hast.«

»Nun, das bin ich. Vielleicht sollten wir dich zur Hauswirtschafterin ernennen. Mit einem offiziellen Titel könntest du für das Hauspersonal verantwortlich sein.«

»Nein, ich will wirklich nicht für das Haus verantwortlich sein. Ich habe genug mit der Küche zu tun. Riona ist am besten geeignet, um eine solche Verantwortung zu übernehmen.«

»Nun gut. Ich werde mit ihr reden. Bei dir und Riona brauche ich mir keine Sorgen mehr zu machen. Ich habe keine Zeit, mich um die Dienstmägde zu kümmern. Ich habe zu viel mit dem Anwesen zu tun und ich muss meine Aufmerksamkeit auf andere Dinge richten. Wirst du als Köchin des Anwesens glücklich sein?«

Moira strahlte. »Ich war nie glücklicher, Ellen.«

»Wenn du irgendwelche Sorgen hast, wende dich an Riona.«

Ihr Blick wanderte zur Tür und sie sah Mr. Thwaite, der darauf wartete, mit ihr sprechen zu können.

»Kommen Sie herein, Mr. Thwaite.« Ellen winkte ihn heran.

Moira sah ihn finster an. »Haben Sie sich die Füße abgetreten, Mr. Thwaite? Die Böden wurden gerade erst geputzt.«

»Das habe ich, Mrs. O'Rourke.« Er schien ein wenig Angst vor der streitbaren Irin zu haben.

Moira nickte knapp und verließ den Raum.

»Sie kann mir auch manchmal Angst einjagen«, flüsterte Ellen ihm zu und deutete auf einen Stuhl.

Er atmete tief ein und aus. »Die Frau ist wie eine Teufelin. Ständig sitzt sie mir im Nacken, wegen irgendetwas oder nichts. Sie ist vollkommen verrückt.«

Ellen gluckste. »Aber sie hat auch ein weiches Herz. Sind Sie gekommen, um mir mitzuteilen, was im letzten Monat alles geschehen ist?«

»Nun, eine Sache. Gestern war ich in Mittagong, um beim Schmied die neuen Scharniere für die Stalltüren abzuholen, und ich musste warten, weil sie noch nicht fertig waren.« Mr. Thwaite hielt seinen Hut mit den Händen umklammert. »Während ich wartete, unterhielt ich mich mit einem Hirten, der sein Pferd beschlagen lassen wollte. Er erzählte mir, dass auf einer Farm namens Smithdale im Kangaroo Valley eine Schafherde zum Verkauf steht. Ich dachte, das würde Sie vielleicht interessieren.«

»Sind die Informationen vertrauenswürdig?«

»Ja, der Mann schien solide genug zu sein. Er hatte nichts zu verlieren oder zu gewinnen, wenn er es mir sagte. Er war gerade entlassen worden, weil sein Herr es sich nicht mehr leisten konnte, das Anwesen zu behalten. Der Hirte, Jim, war auf dem Weg nach Sydney, um ein Schiff nach Melbourne zu nehmen. Er ist auf der Suche nach Gold, aber seine Schwester lebt in Mittagong und er wollte sich zuerst von ihr verabschieden, sonst wäre er von der Küste aus losgesegelt.«

»Können wir auf dem Grundstück in Moss Vale Schafe zusammen mit Rindern halten?«

»Nein, Madam. Sie müssten mehr Land pachten oder kaufen, um die Schafe dann dort halten zu können.«

Ellen tippte mit dem Finger an ihr Kinn. Schafe waren sehr wertvoll, aber bisher hatten sie und Alistair nicht darüber nachgedacht, eine Herde zu haben, da sie weder ausreichend Land dafür besaßen, noch die Arbeiter dich sich um die Tiere kümmern konnten.

»Wenn Sie etwas Land pachten würden, Madam, könnten wir einen Mann einstellen, der auf sie aufpasst. Wir könnten ihn mit Proviant versorgen und alle paar Wochen nach ihm sehen. Die Carters in Tallong haben Land zu verpachten. Sie könnten es bei Mr. Carter versuchen.«

»Sollten wir uns lieber zuerst ins Kangaroo Valley begeben und die Herde inspizieren, Mr. Thwaite?«, fragte Ellen, die plötzlich aufgeregt war bei dem Gedanken, dass sie Schafe kaufen könnte.

»Das können wir, Mrs. Emmerson.«

»Wir sollten uns erst einmal den Zustand der Schafe ansehen, bevor wir Land suchen.«

»Dem stimme ich zu. Wann möchten Sie dorthin, Madam?«

»Morgen früh?«

»Aber Sie sind doch gerade erst aus Sydney zurückgekommen. Sie müssen doch erschöpft sein von der Reise?«

»Ich werde heute Nacht gut schlafen und morgen früh wieder voller Energie sein.« Sie wusste, wenn sie schwanger war, würde sie in ein paar Monaten nicht mehr allzu weit reisen können, und dann würden die Geburt und ein neugeborenes Baby ihre Abenteuerlust für einige Zeit zum Erliegen bringen.

»Die Straße nach Kangaroo Valley ist in keinem guten Zustand, Madam. Ich schlage vor, wir reiten, statt den Buggy zu nehmen. Wir müssen einen sehr steilen Hang hinunterreiten.«

Ellen zuckte innerlich zusammen. Sie war keine Expertin was das reiten anbetraf. »Nun gut, Mr. Thwaite, wenn Sie reiten als die beste Reisemöglichkeit ansehen, dann werden wir es so machen.«

»Wir werden eine Nacht im Tal schlafen müssen. Es ist zu weit, um an einem Tag hin- und zurückzureiten.«

»Das wird schon gehen. Wir werden drei Tage fort sein?«

»Ja. Ich werde ein Packpferd mitnehmen, um Vorräte zu transportieren.«

»Ausgezeichnet. Ich werde leichtes Gepäck mitnehmen. Wir brechen im Morgengrauen auf.« Sie spürte, wie die Aufregung in ihr aufflammte. Sie war noch nie im Südwesten gewesen und wollte wissen, wie das Land dort unten aussah.

Die Freiheit der offenen Straße war ein Anreiz nach den Wochen in Sydney, wo sie jeden Tag im Haus verbracht hatte, um Besucher zu empfangen oder sich mit anderen Frauen zu treffen, Frauen, die sie nicht mochte, um genau zu sein. Eine Frau der feinen Gesellschaft zu sein und stundenlang Unsinn zu reden, strapazierte ihre Geduld, während Einkäufe und Spaziergänge in den Parks bald ermüdend und repetitiv wurden. Wann immer sie in der hektischen, lauten Stadt war, sehnte sie sich nach dem Land.

Ellen begab sich auf die Suche nach Riona und fand sie draußen, wo sie Miss Lewis den Garten zeigte, während Bridget durch die Rosenbeete lief.

»Das wird in den kommenden Jahren ein schönes Anwesen sein, Mrs. Emmerson«, sagte Miss Lewis, als Ellen die beiden einholte.

»Das hoffen wir.« Ellen lächelte und mochte die junge Frau, die auf eine unscheinbare Art hübsch war. Amelia Lewis würde eine Bereicherung für die Familie sein. Eine sanft erzogene und gebildete Dame, die Bridget und Lily beibringen würde, wie man sich in der feinen Gesellschaft richtig verhielt. Etwas, von dem Ellen wusste, dass sie es nicht konnte, zumindest nicht auf dem hohen Niveau, das man von den Töchtern eines wohlhabenden Mannes wie Alistair erwartete.

»Schläft Lily?« Ellen hakte sich bei Riona ein, als sie in Richtung des Obstgartens schlenderten.

»Ja. Sie ist beim Krabbeln eingeschlafen, also habe ich sie ins Kinderbettchen gelegt.«

»Danke. Es wird nötig sein, dass du dich für ein paar Tage hier um alles kümmerst. Ich reite morgen mit Mr. Thwaite ins Kangaroo Valley. Wir brechen im Morgengrauen auf.«

Riona starrte sie an. »Morgen? Wir sind doch gerade erst nach Hause gekommen. Warum hast du es so eilig, dorthin zu reisen?«

»Ich möchte eine Schafherde inspizieren.«

»Schick doch einfach Mr. Thwaite.« Riona näherte sich Ellen und flüsterte: »Was ist mit Colm? Vielleicht kommt er nochmal zurück.«

»Ich bezweifle, dass er das tut. Er wird schon lange fort sein. Alistair hat keine Berichte über seinen Aufenthalt in Sydney erhalten. Du weißt, dass er Männer ausgesandt hat, um die Teile Sydneys zu durchsuchen, in denen sich die Iren versammeln.«

»Nur weil er nicht in Sydney ist, heißt das nicht, dass er sich auf dem Weg zurück nach Irland befindet.«

»Er hat keinen Grund zu bleiben. Die Jungs sind weg. Er wird seine Geschäfte erledigen und verschwinden. Mr. Thwaite hätte es mir gesagt, wenn man in der Gegend von ihm gehört hätte. Colm ist entweder nach Irland zurückgekehrt, oder wenn er noch in Australien ist, ist er vielleicht nach Melbourne gegangen, um sich als Goldgräber zu versuchen.«

»Ich würde mich sicherer fühlen, wenn du hierbleiben würdest. Wir hätten länger in Sydney bleiben sollen.«

»Wir haben mehr als genug Zeit in Sydney verbracht.«

»Es geht nicht nur um dich, Ellen. Du warst nicht diejenige, die er entführen wollte!«

»Sprich leiser. Ich will nicht, dass Miss Lewis geht, bevor sie überhaupt angefangen hat!« Ellen warf einen Blick auf die Gouvernante, die sich mit Bridget unterhielt, während sie ein Gartenbeet inspizierten. »Bleib einfach ruhig. Miss Lewis ist hier, um dir Gesellschaft zu leisten, und ich werde Männer abstellen lassen, die während der Nächte aufpassen sollen. Mr. Thwaite wird sich darum kümmern. Wenn du dich damit besser fühlst, kannst du bei Bridget und Lily schlafen, während ich weg bin.«

»Und was ist mit Lily? Sie wird nicht verstehen, warum du nicht bei ihr bist.«

»Sie hat doch dich.«

Riona zog die Augenbrauen hoch. »Du weißt, dass es nicht dasselbe ist. Lily ist dein besonderes Baby, und du bist nie weit weg von ihr.«

»Lily wird es gut gehen. Sie ist abgestillt. Jetzt, wo ich sie nicht mehr füttere, habe ich mehr Freiheit, Dinge zu tun, die ich tun muss.« Ihre besondere Beziehung zu Lily hatte sie Rafe zu verdanken. Ihr Kind war alles, was ihr von ihm geblieben war. Aber Lily und ihre anderen Kinder brauchten sie, um ihre Zukunft zu sichern. Diese Tage würden nur ein kleines Opfer darstellen, um das für sie zu erreichen.

Ellen blieb stehen, um die Blüten an einem der Apfelbäume zu betrachten. »Soll ich ein Kindermädchen einstellen?«

»Das wäre vielleicht eine gute Idee, ja ...«

»Aber?«

Riona seufzte. »Nun, wenn Miss Lewis hier ist, wird sie sich eigentlich durchgehend um Bridget kümmern. Und wenn du ein Kindermädchen für Lily einstellst, werde ich wirklich nichts mehr zu tun haben.«

»Ich möchte, dass du die Verantwortung für das Haus übernimmst. Ich habe Moira offiziell zur Köchin ernannt und ihr die Kontrolle über die Küche und die Bediensteten dort übertragen, aber das Haus braucht jemanden, der sich darum kümmert und um die Dienstmädchen, die wir einstellen müssen. Du wärst hervorragend für die Aufgabe geeignet. Du hast immer für einen reibungslosen Ablauf im Haus gesorgt. Ich habe dafür keine Zeit.«

»Sei ehrlich. Es liegt eher daran, dass du es nicht machen *willst*.« Riona warf ihr einen überlegenen Blick zu. »Wir alle wissen, dass dir die alltäglichen Dinge des Hauses nicht so viel Spaß machen wie mir.«

»Nein, du hast recht«, seufzte Ellen. »Ich liebe dieses Haus, aber ...«

»Nur ist es nicht genug«, beendete Riona für sie. »Du strebst immer noch nach mehr, nicht wahr?«

»Was ist falsch daran, meine Familie Sicherheit im Leben bieten zu wollen? Geld gibt uns Sicherheit.«

»Deine Gier nach Land wird dich eines Tages ins Verderben stürzen, Schwester. Sei einfach mit dem zufrieden, was du hast. Das habe ich dir schon oft genug gesagt.«

»Das werde ich. Bald schon. Aber es gibt nicht genug Besitz für alle Kinder, wenn Alistair und ich sterben. Ich muss auf dem aufbauen, was wir haben, damit genug für alle da ist.«

»Es ist genug da, Ellen. Deine vier Kinder werden ein Vermögen erben, wenn die Zeit gekommen ist.«

»Es werden bald fünf sein.«

Riona grinste. »Noch eins? Weiß Alistair davon?«

»Noch nicht.« Ellen ging zum nächsten Baum. »Wir brauchen mehr Land und Geld. Etwas, das wir unseren fünf Kinder hinterlassen können.«

»Du musst aufhören zu denken, dass wir wieder so arm sein werden wie in Irland. Alistair wird das nie zulassen.«

Ellen starrte sie an. »*Ich* werde das nicht zulassen! Ich verlasse mich nicht nur auf Alistair. Ich muss auch meinen Teil dazu beitragen. Alistair hat mir Geld gegeben, das ich ausgeben kann, wie ich es für richtig halte. Er meinte, ich könnte es für den Kauf von Möbeln und Kleidern benutzen, aber ich habe kein Interesse an diesen Dingen. Ich werde Land kaufen.«

»Du brauchst nicht noch mehr Land!«

»Du verstehst nicht, wie ich mich fühle. Wir haben in Irland alles verloren. Das wird uns nie wieder passieren. Ich muss wissen, dass wir nie wieder so arm sein werden, wie wir es einst waren.«

Riona runzelte die Stirn. »Und das werden wir auch nicht sein. Aber damit gibst du dich nicht zufrieden. Du brauchst mehr, immer mehr. Es wird kein gutes Ende nehmen, Ellen. Diese Gier, und ja, es ist Gier, verschlingt dich. Sei einfach dankbar für das, was du hast.«

»Hör auf, mich zu verurteilen. Ich tue das für die Familie, für die Zukunft«, verteidigte sich Ellen.

»Tust du das? Oder tust du das, um dir selbst etwas zu beweisen?« Riona ließ sie stehen und ging zu Miss Lewis und Bridget.

Ellen ging weiter durch den Obstgarten und prüfte, ob die Pfähle der jungen Bäume noch fest standen, aber ihre Bewegungen waren ruckartig vor Wut. Riona glaubte, sie wüsste alles. Ihre Schwester hatte nie einen Sohn zu Grabe tragen müssen, sie hatte weder ihren Mann noch ihr Haus verloren. Riona hatte sich immer auf andere verlassen, um zu überleben, auf ihren Vater und jetzt auf Ellen.

Verstand Riona denn nicht, dass Ellen lieber anders empfinden würde? Nicht immer mit der Sorge und der Angst leben wollte, dass all dieses Glück im nächsten Augenblick verschwinden könnte? Es brauchte nur ein oder zwei Schiffe zu sinken, und Alistairs Geschäft würde leiden, *sie* würden leiden. Er hatte zu viel in das Geschäft mit Rafe investiert. Er hielt ihren Drang nach Land für eine reine Laune. Doch sie würde ihm und ihnen allen beweisen, dass es sich als wertvolle Entscheidung erweisen würde, das Netz weit auszuwerfen.

# Kapitel Fünf

Rafe Hamilton schloss die Schublade seines Schreibtisches und blickte auf, als Pollard, sein Sekretär, klopfte und sein Büro betrat.

»Sir, die *Blue Maid* hat angedockt. Die Nachricht wurde soeben überbracht.« Pollard reichte Rafe seinen Mantel und seinen Hut.

»Ausgezeichnete Neuigkeiten!« Rafe erschlaffte ein wenig vor Erleichterung. Die Gewissheit, dass sein Schiff die Reise von Australien und zurück nach Liverpool sicher überstanden hatte, nahm ihm eine enorme Last von den Schultern.

»Das ist sicherlich ein schönes Geburtstagsgeschenk für Sie, Sir.«

»In der Tat. Ich hätte mir kein besseres wünschen können.« Rafe zog seinen Mantel an. »Ich werde heute Nachmittag nicht zurückkehren. Ich habe einen Termin beim Barbier.«

Ein Schiffshorn ertönte, als Rafe sein Büro verließ und an den überfüllten Docks entlangging. Dichter Nebel legte sich über die Mersey wie eine feuchte Decke und ließ die hohen Masten, Kräne und Gebäude verschwinden.

»Soll ich Ihnen den Weg weisen, Mister?«, fragte ein zerlumpter Junge, der mit einer brennenden Laterne neben Rafe herlief.

Rafe warf ihm einen Penny zu. »Ich kenne den Weg, Junge.«

Er ging so schnell er konnte und wich anderen Leuten aus, die das Gleiche taten. Hörner ertönten auf dem Fluss und gaben Warnungen aus. Gruppen von Männern lungerten vor den Türen der Gasthäuser herum, ohne Arbeit und ohne Glück. Frauen feilschten an den Fischständen an den Kais um die besten Preise.

Bei dem kalten Oktoberwetter wünschte sich Rafe nichts sehnlicher als ein wenig Sonne zu spüren. Warme Sommertage, wie er sie in Australien erlebt hatte ... Nein, er durfte nicht an Australien denken, denn das führte seine Gedanken nur zurück zu Ellen, und das tat zu sehr weh. Es genügte, dass sie ihn nachts in seinen Träumen verfolgte und tagsüber, wenn er entspannt genug war, um seine Gedanken schweifen zu lassen, auch seine Tagträume erfüllte. Er vermisste Ellens Lächeln, ihre kontrollierte Energie, die Art und Weise, wie sie ihren Kopf leicht schräg hielt, wenn sie nachdachte, und so vieles mehr. Am meisten vermisste er die Art und Weise, wie sie ihn berührte, küsste und wie sie seufzte, wenn er ihr Freude bereitete. Ihre gemeinsame Zeit war zu kurz gewesen, und er war seitdem nicht mehr derselbe.

Endlich sah er sie, die *Blue Maid*, sein erstes Schiff, zu dem sich nun ein weiteres gesellte, und wenn seine Pläne Früchte trugen, würde er bald ein drittes Schiff erwerben können. Einen dieser neuen Dampfer, die die Fahrtzeiten enorm verkürzten.

Er hielt am Ende der Gangway inne und betrachtete den hölzernen Rumpf, wobei er keine Schäden auf dieser Seite feststellen konnte. Seeleute kamen mit Gepäck an Land, Passagiere tummelten sich an Deck. Ein Kran wurde hochgezogen, um mit dem Entladen der wertvollen Fracht zu beginnen, die ein paar Straßen weiter in sein Lagerhaus gebracht werden sollte. Dort würde er die nächsten Tage mit seinem Verwalter damit verbringen, alles zu sortieren und zu katalogisieren, um es dann zu verkaufen.

Rafe eilte die Gangway hinauf, um Kapitän Leonards zu finden und mit ihm zu sprechen. Er kannte das Schiff gut und ging direkt in den Salon und klopfte an die Privatkabine des Kapitäns.

»Mr. Hamilton?«, rief eine Stimme hinter ihm.

Rafe drehte sich um und starrte die beiden Jungs an, die ihn von der anderen Seite des Salons ansprachen. Das war doch nicht möglich. Ellens Söhne? Nein, das bildete er sich nur ein. Er fühlte sich ein wenig verwirrt und blinzelte, während sein Verstand arbeitete, um die Situation zu überblicken.

»Mr. Hamilton, erinnern Sie sich an uns?«, fragte Austin Kittrick, der größere der beiden Jungen.

»Austin? Patrick?« Er starrte sie an, als ob er sie sich einbilden würde.

»Ja, Sir.« Erleichterung zeichnete sich auf Austins hübschen, jungen Gesicht ab, während Patricks Gesicht von Kummer gezeichnet war und Tränen seine Augen füllten. Er rannte auf Rafe zu und umarmte ihn um die Taille.

Verblüfft klopfte Rafe dem Jungen auf die Schulter, als Kapitän Leonards aus seiner Kabine kam.

»Ah, Rafe.« Leonards schüttelte traurig den Kopf.

»Was ... ich meine, warum ...?«

»Kommen Sie rein, kommen Sie.« Leonards winkte Rafe in seine Kabine und die Jungen folgten ihm.

»Ich verstehe das nicht.« Rafe hielt Patrick immer noch fest. Der Junge schien nicht gewillt, ihn loszulassen.

Leonards schüttelte erneut den Kopf und reichte Rafe einen Brief, der auf seinem Schreibtisch gelegen hatte. »Er ist von Alistair und erklärt, warum die Jungs hier sind.«

»Was wissen Sie darüber?« Rafe nahm den Brief und sein Herz raste angesichts der wilden Vorstellungen, die sich in ihm breitmachten. War Ellen etwas zugestoßen? Oder Alistair? Vielleicht der ganzen Familie?

»Es ging alles unglaublich schnell. Wir waren bereit auszulaufen, als ein Boot uns erreichte, und Emmerson kam mit diesen beiden jungen Männern an Bord.« Er lächelte die Brüder an. »Emmerson sagte, das Leben der Jungen sei in Gefahr und ich müsse sie zu Ihnen bringen.«

»Zu mir?« Rafe war verblüfft. »Aber ihre Mutter ...« Er wandte sich an Austin. »Deine Mutter? Geht es ihr gut?« Er schaffte es kaum, die Worte hervorzubringen.

»Ja, Sir, soweit ich weiß.« Austin blickte Patrick an. »Wir waren in der Schule in Parramatta. Alistair, ich meine Papa, unser Stiefvater, hat uns von dort auf dieses Schiff gebracht. Wir hatten nur eine kleine Tasche zu packen. Er sagte, dass unser Onkel, Colm Kittrick, vorhatte, uns zu entführen und zurück nach Irland zu bringen.«

Rafes Beine zitterten ein wenig, als er die Worte des Jungen verarbeitete. Ellen war am Leben, Gott sei Dank.

»Anscheinend ist Kittrick ein irischer Rebell«, sagte Leonards. »Emmerson war ernsthaft besorgt, dass der Mann die Jungen mitnehmen würde, wenn man sie nicht in Sicherheit brachte. Er dachte, sie wären bei Ihnen gut aufgehoben, oder wenn nicht bei Ihnen, dann sollen sie zu Emmersons Vater in den Süden geschickt werden und Harrow besuchen.«

Rafe dachte schnell nach und verarbeitete die Nachricht. »Ihr sollt also für einige Zeit in England zur Schule gehen?«

Austin nickte und straffte die Schultern, aber Patrick kniff die Augen zusammen und war sichtlich beunruhigt.

»Als Emmersons Freund nehme ich an, dass Sie sich um die Jungs kümmern können?«, fragte Leonards.

»Auf jeden Fall. Ich bin der engste Freund von ihm und der Mutter der beiden.« Rafe drückte Patricks Schulter. »Sie stehen jetzt unter meiner Obhut.«

Leonards klopfte Austin auf die Schulter. »Ich habe dir doch gesagt, dass alles gut wird, nicht wahr, Junge?«

»Nun ...« Rafe versuchte seine Gedanken zu ordnen. »Lasst uns euch beide zu mir nach Hause bringen, ja? Geht und holt eure Sachen.«

Rafe ging mit Leonards hinaus, als die Jungen ihre Kabine betraten. »Das war das Letzte, was ich erwartet hatte.«

»Aye, aber was kann man tun, wenn ein Freund in Not ist, nicht wahr?«

»Meine Pläne für den heutigen Tag und die unmittelbare Zukunft haben sich geändert, so viel ist sicher.« Rafe atmete tief durch, der Schock verflog.

»Es sind gute Jungs. Es war hart für sie, besonders für den Jüngeren. Ich habe sie so gut beschäftigt, wie ich konnte. Sie haben jedes Buch gelesen, das ich besitze.«

»Danke.« Rafe schüttelte Leonards Hand. »Ich hatte vor, mit Ihnen über die Reise zu sprechen, aber das muss bis morgen warten. Ich glaube, die Jungs müssen sich erst einmal der Tatsache bewusstwerden, dass alles in Ordnung ist.«

»Aye, wir sehen uns morgen. Aber seien Sie versichert, dass die Reise gut verlaufen ist. Ich werde dafür sorgen, dass die Ladung gelöscht wird.« Leonards schüttelte Austin und Patrick die Hand, als sie zu ihnen stießen. »Es war mir ein Vergnügen, mit Ihnen zu segeln, meine Herren.«

»Vielen Dank, Sir«, sagte Austin. »Mein Bruder und ich ... sind Ihnen sehr dankbar für alles.«

Rafe führte die Jungen zur Gangway und bemerkte, dass Austin sich stärker verändert hatte als Patrick. Obwohl beide größer geworden waren, war Austin reifer, und seine Sprache war die eines gebildeten jungen Mannes. Die Schule, die er in Parramatta besucht hatte, hatte ihn von einem rauen irischen Jungen in einen englischen jungen Gentleman verwandelt.

In der Droschke, die sie zurück zu seinem Haus brachte, kämpfte Rafe mit seinen Gefühlen. Er war jetzt für zwei Jugendliche verantwortlich, die Söhne der Frau, die er liebte. Er durfte weder die Jungs noch Ellen enttäuschen.

»Wie alt bist du jetzt?«, fragte er Austin.

»Ich bin im September vierzehn geworden, Sir.«

»Und du, Patrick?«

»Ich bin zwölf, Sir.«

»Und Alistair möchte, dass ihr nach Harrow geht?«, fragte er Austin, denn Patrick starrte auf seine im Schoß gefalteten Hände.

»Ja, Sir.«

»Wie stehst du dazu?«

»Ich würde diese Schule sehr gerne besuchen, Sir.« Austins Tonfall war enthusiastisch. »Nach dem, was ich gehört habe, ist es eine gute Schule.«

»Ich will nach Hause zu Mammy«, murmelte Patrick.

Austin stupste ihn an. »Was habe ich dir schon hundertmal gesagt? Du sollst sie Mama nennen. Wir sind nicht mehr in Irland.«

»Ich will nach Hause!« Patricks trotziger Ausdruck drohte in Tränen überzugehen.

»Jetzt beruhige dich doch.« Rafe tätschelte ihm die Schulter, als der Droschkenfahrer das Pferd vor Rafes Haus anhielt. »Da wären wir. Lass uns reingehen und eine Tasse Tee trinken und etwas von dem köstlichen Kuchen meiner Köchin genießen. Ich habe heute Geburtstag, und sie hat ihn extra für mich gebacken.«

»Herzlichen Glückwunsch zum Geburtstag, Sir«, riefen Austin und Patrick im Chor, als sie ausstiegen.

»Ich wollte heute Abend eine Theatervorstellung besuchen. Wenn ihr beide nicht zu erschöpft seid, könnt ihr mich vielleicht begleiten?«

»Oh ja, das wäre großartig«, sagte Austin und lächelte. »Ich meine, das würde mir sehr gefallen, Sir.«

Freudige Aufregung durchströmte ihn bei dem Gedanken, dass er an seinem Geburtstag nicht mehr allein sein würde. Er war zu diesem Anlass in das Haus seiner Schwester und seines Schwagers im Süden eingeladen worden, aber er hatte gewusst, dass die *Blue Maid* im Hafen einlaufen würde, und hatte deshalb abgelehnt. Zum Glück hatte er jetzt die beiden Jungen, die, wenn er seine Gefühle für Ellen schneller begriffen hätte, *seine* Stiefsöhne und nicht die von Alistair wären. Trotzdem konnte er weiterhin ihr Freund sein, so wie er es in Australien gewesen war, und das wäre eine wunderbare Sache.

Rafe führte sie in die Halle, wo sie sich mit Hilfe von Dilly, seinem Hausmädchen, das aus dem hinteren Teil des Hauses herbeieilte, ihrer Mäntel entledigten. »Dilly, würdest du bitte zwei Zimmer für Austin und Patrick herrichten? Sie werden bei mir wohnen, bis sie zur Schule gehen.«

»Ja, Sir.«

»Und gibst du bitte Mrs. Flannery Bescheid?«

»Das werde ich, Sir. Möchten Sie, dass ein Teetablett gebracht wird? Das Feuer ist im Salon angezündet.«

»Ja, ausgezeichnet. Ich danke dir.«

Rafe führte die Jungen in den vorderen Salon, wo sie nebeneinander auf dem Sofa Platz nahmen. Rafe schürte das Feuer. »Also ...« Er wusste nicht, wo er anfangen sollte, aber dann erinnerte er sich an ihre eilige Abreise von der Schule. »Ich nehme an, ihr beide habt nicht viele Dinge mitnehmen können, oder?«

»Ja, Sir.« Austin runzelte die Stirn. »Wir mussten schnell packen und hatten nur wenig Kleidung dabei.«

»Morgen werden wir uns daran machen, alles Nötige für euch zu besorgen.« Rafe nahm den Brief aus seiner Tasche und betrachtete ihn. »Ich bin immer noch ziemlich geschockt von all dem, aber es wird euch beiden gut gehen. Ich verspreche, dass ich mich um euch kümmern werde.«

»Können wir wieder nach Hause?«, fragte Patrick und sein Kinn zitterte.

Rafe holte tief Luft. »Erlaubt mir, Alistairs Brief zu lesen, und dann können wir weiterreden.«

Dilly brachte ein Tablett mit Tee, Kuchen, Rindfleischsandwiches und Makronen herein. »Darf ich einschenken, Sir?«

»Ja, danke, Dilly. Ich denke, Austin und Patrick werden hungrig sein.« Er lächelte und bedeutete ihnen, mit dem Essen zu beginnen.

Während ihre Aufmerksamkeit abgelenkt war, öffnete Rafe den Brief.


*Mein lieber Freund,*

*Dieser Brief wird Dich zweifellos überraschen. Ich schreibe in Eile, verzeih also meine Handschrift. Ich habe die Jungen auf Grund von Ellens ehemaligem Schwager und Onkel der Jungen, Colm Kittrick, aus der Schule geholt, da er eine Entführung geplant hat. Er ist nach Australien gereist, um sie nach Irland zu bringen, damit sie sich den Rebellen anschließen. Ellen hat mich angefleht, sie in Sicherheit zu bringen, und mein Gedanke war, sie mit der* Blue Maid, *die heute den Hafen verlässt, zu Dir zu schicken.*

*Bitte verzeiht mir diese unerwartete, aber, wie ich hoffe, nicht unwillkommene Forderung an unsere Freundschaft. Ich weiß, dass Du Ellen sehr schätzt und uns beide als Deine geschätzten Freunde betrachtest. Daher habe ich Dich als die geeignetste Person angesehen, der sich um die Jungen kümmern kann.*

*Ich habe Anweisungen bezüglich des Geldes und auch die Adresse meiner Eltern beigefügt, die näher an Harrow wohnen als Du in Liverpool, und wo die Jungen in den Ferien hingehen können, wenn Du nicht in der Lage bist, sie unterzubringen.*

*Die Jungen sind bestürzt über die Wende der Ereignisse und konnten sich nicht von ihrer Mutter verabschieden, so schnell haben sich die Dinge entwickelt. Ich fürchte, Ellen wird mir nie verzeihen, dass ich sie ohne ihr Einverständnis zu Dir geschickt habe, aber sei Dir versichert, dass ich dies mit größtem Respekt für ihre Sicherheit tue. Colm Kittrick ist ein gefährlicher Mann, und wenn er sie nach Irland verschleppen würde, wäre das für die Jungen und Ellen ein schlimmeres Schicksal, als wenn sie in Harrow unterrichtet würden.*

*Als meine Stiefsöhne sollen sie Gentlemen sein und als solche müssen sie in einem Stil erzogen werden, der dieser Rolle gerecht wird. In Harrow werden sie dieses Ziel erreichen, und mit Dir als ihrem Vormund bin ich mir sicher, dass ihre Zukunft nicht nur sicher, sondern auch erfolgreich sein wird.*

*Ich werde in Kürze wieder schreiben. Bitte schreibe mir, sobald die Jungen sicher in Deiner Obhut angekommen sind.*

*Mit herzlichen Grüßen,*

*Dein Freund,*

*Alistair Emmerson.*

*Juli, 1853. Sydney.*

Rafe fuhr sich mit der Hand übers Gesicht und betrachtete die Jungen, die das Essen genossen. Ellen hatte nicht gewusst, dass sie zu ihm geschickt worden waren. Wie erschüttert musste sie sich gefühlt haben, als sie es erfuhr. Er hätte sie am liebsten in den Arm genommen, um sie zu trösten, ihr zu versichern, dass er ihre Söhne lieben und dafür sorgen würde, dass ihnen kein Leid geschehen würde.

»Eine Tasse Tee, Sir?« Austin hielt ihm eine Tasse mit Untertasse hin.

»Perfekt.« Rafe nahm sie ihm ab und setzte sich ihm gegenüber. »Ich habe Alistairs Brief gelesen, und er ist der Meinung, dass eine geeignete Ausbildung für euch beide wichtig ist. Eine Ausbildung in England.«

»Das denke ich auch, Sir.« Austin nickte mit einer klaren Gewissheit in seinen Augen.

»Patrick?«, fragte Rafe.

»Ich möchte nach Hause, Sir.«

»Nun, das ist im Moment nicht möglich. Alistair möchte, dass ihr beide nach Harrow geht. Ich glaube, eure Mutter würde eine Ausbildung wollen, die eurer Rolle als Stiefsöhne von Alistair Emmerson gerecht wird. Ihr sollt beide Gentlemen sein, und Gentlemen müssen die bestmögliche Ausbildung erhalten.«

Austin nickte. »Ich habe dir bereits gesagt, Patrick, dass es dir gefallen wird, wenn wir uns erst einmal eingelebt haben, so wie dir King's in Parramatta gefallen hat.«

»Ja, aber dort konnten wir nach Hause zu Mammy ... Mama reisen. Aber hier sitzen wir auf der anderen Seite der Welt fest. Sie ist nicht nur ein paar Tage entfernt.«

»Die Zeit wird schnell vergehen, Patrick«, versuchte Rafe den niedergeschlagenen Jungen zu beruhigen. »Deine Ferien wirst du entweder mit mir oder mit Alistairs Mutter und Vater verbringen, je nachdem, was dir lieber ist.«

»Können Sie uns nicht nach Hause schicken, Sir?«, fragte Patrick.

Rafe überlegte kurz. »Als Männer müssen wir manchmal Entscheidungen treffen, die schwierig sind. Deshalb schlage ich Folgendes vor. Wenn ihr ein Jahr lang nach Harrow geht und es euch nicht gefällt und ihr immer noch zutiefst unglücklich seid, dann werde ich euch zurück nach Australien bringen.«

Austin starrte Patrick an. »Wir müssen gebildet sein. Darüber haben wir schon auf dem Schiff gesprochen.«

»Ich kann in Parramatta zur Schule gehen. Ich will nicht in England bleiben!«

»Hör auf, ein Baby zu sein, Patrick!« Austin wurde wütend.

»Genug, Jungs, bitte.« Rafe hob die Hand, als sie sich weiter streiten wollten. »So geht das nicht. Wenn ihr euch streitet und uneins seid, führt das nur zu Unmut. Ihr seid Brüder und müsst euch gegenseitig unterstützen. Austin, als der Älteste, musst du Patrick den Weg weisen, ohne zu streiten, denn das wird sein Heimweh nicht lindern.«

»Ja, Sir.«

»Und noch etwas. Ich finde, ihr solltet mich Rafe nennen und mich duzen. Ich bin euer Freund. Ich sorge mich um euch beide und möchte, dass ihr glücklich seid. Wenn ihr mich ›Sir‹ nennt, kommt es mir so vor, als wäre ich euer Lehrer oder etwas ähnlich.« Er grinste in der Hoffnung, die Atmosphäre aufzulockern. »Und als euer Freund möchte ich, dass wir unsere gemeinsame Zeit genießen. Ja?«

»Ja.« Austin lächelte.

»Patrick?«

»Ja.« Der jüngere Junge seufzte kläglich.

Rafe tätschelte Patricks Knie. »Trink deinen Tee und dann packen wir deine Sachen aus. Heute Abend werden wir essen und ins Theater gehen und meinen Geburtstag feiern. Das ist doch etwas, worauf man sich freuen kann, oder?«

Während die Jungen aßen, ging Rafe ins Arbeitszimmer und begann, an Alistair zu schreiben. Er musste dabei sein eigenes Versprechen brechen, Ellen niemals zu schreiben, aber sie würde erfahren wollen, wie es ihren Söhnen ging. Die Post für das Schiff, *Ira Grey*, war bis drei Uhr geöffnet, denn das Schiff lief mit der Abendflut nach Sydney aus. Er könnte einen kurzen Brief an die beiden schreiben und ihn mit der *Ira Grey* abschicken. In drei Monaten würde Ellen den Brief lesen können. Es verursachte ein tiefes Gefühl der Sehnsucht, bei ihr zu sein.

Er hielt inne. Sollte er die Jungen nach Australien zurückbringen? Ellen würde sie bei sich haben wollen. Oder nicht? Wenn er sie nach Australien brachte, versetzte er sie dann wieder in Gefahr? Hatte Kittrick Australien verlassen? Wagte er es, die Gefahr zu riskieren? Immerhin hatte Alistair sie aus zwei triftigen Gründen zu ihm geschickt: um in Sicherheit zu sein und um eine Ausbildung zu erhalten.

*Liebe Ellen,*

*sei versichert, dass Austin und Patrick sicher in Liverpool angekommen sind und sich bei mir aufhalten. Zurzeit genießen sie Tee und Kuchen in meinem Wohnzimmer.*

*Die Jungen sind an Bord nicht krank geworden und scheinen bei bester Gesundheit zu sein. Kapitän Leonards hat sich gut um sie gekümmert. Patrick leidet jedoch unter seinem Weggang. Er vermisst Dich, und ich kann gut nachvollziehen, wie er sich fühlt. Austin will unbedingt zur Schule gehen.*

*Alistair hat mich gebeten, sie nach Harrow zu schicken, obwohl er erwähnte, dass er all dies ohne Deine Zustimmung getan hat. Ich werde sie in Harrow anmelden, wenn sie die Aufnahmeprüfung bestehen, wovon ich überzeugt bin. Zudem wird eine großzügige Spende an die Schule ihre Plätze sichern, daran zweifle ich nicht.*

*Solltest Du mir jedoch nach Erhalt dieses Briefes raten, sie zu Dir zurückzubringen, werde ich dies mit aller Eile tun.*

*Bis ich von Dir höre, werde ich alles tun, was in meiner Macht steht, um sie glücklich zu machen und für sie zu sorgen, als wären sie meine eigenen Söhne.*

*Ich bin und werde es immer sein,*
*Dein ergebener Freund,*
*Rafe Hamilton.*

Rafe las den Brief noch einmal durch und hielt inne. Er klang kalt. Ellen würde das nicht von ihm wollen, nicht jetzt, wo sie die Jungs so sehr vermissen würde, und ihn hoffentlich auch. Er knüllte das Papier zusammen, warf es ins Feuer und begann von neuem.

*Liebste Ellen,*

*ich kann Dir gar nicht beschreiben, wie überrascht und erfreut ich war, als ich die Jungen heute in Liverpool sah. Als ich ihre Geschichte hörte, wusste ich plötzlich, dass Du sehr traurig sein würdest. Bitte wisse und tröste Dich damit, dass sie bei guter Gesundheit sind und sich in meiner Obhut befinden.*

*Sei versichert, dass ich mich um sie kümmern werde, als ob sie meine eigenen Söhne wären, und da sie Deine Söhne sind, werde ich sie auch so lieben.*

*Du wirst feststellen, dass sie Dir geschrieben haben, was Dir zweifellos viel Freude bereiten wird.*

*Ich habe es eilig, diesen Brief zusammen mit den Briefen der Jungen abzuschicken, damit er Dich so schnell wie möglich erreicht, um Deinen Geist und Dein Herz zu beruhigen. Ich verstehe, dass es Dich schmerzt, nicht bei ihnen zu sein und dass sie so weit von Dir entfernt sind, aber sie werden immer meine oberste Priorität sein. Ich würde Dir niemals Grund zu der Annahme geben, dass sie nicht von mir gewollt sind.*

*Alistair möchte, dass sie in seiner alten Schule eingeschrieben werden, und ich werde diese Verantwortung übernehmen. Sie werden jedoch in den Ferien bei mir sein, also zweifle bitte nicht daran, dass sie ohne Führung und Fürsorge sind, denn ich werde sie wie meine eigenen Kinder behandeln.*

*Ich weiß, dass ich Dir einmal versprochen habe, Dir nie wieder zu schreiben, aber dieser Anlass war zu wichtig, als dass ich ein solches Versprechen einhalten konnte. Ich musste Dir einfach schreiben, um Dich zu beruhigen.*

*Wie sehr wünschte ich, Du wärst mit ihnen auf dem Schiff gewesen. Ich liebe Dich noch immer.*

*Mit meiner innigsten und aufrichtigsten Liebe und Hingabe,*
*Rafe.*
*Liverpool.*
*Oktober, 1853.*

Mit schmerzendem Herzen versiegelt er den Brief.

Er schrieb ein paar kurze Zeilen an Alistair und adressierte seinen Brief an das Büro in Sydney, während Ellens Brief an sie auf Emmerson Park adressiert war, was, wie er von Alistair wusste, ihr bevorzugter Wohnsitz war. Es bereitete ihm ein Gefühl gestillter Freude, dass sie die meiste Zeit getrennt lebten. Der Gedanke, dass Alistair mit Ellen das gleiche Bett teilte, zerrte an seinen Gefühlen.

Ein Klopfen an der Tür erlöste ihn von seinen quälenden Gedanken. »Herein?«

Austin trat ein, Patrick folgte ihm. »Dürfen wir hochgehen und auspacken?«

»Gut, ja, aber schreibt zuerst ein paar Zeilen an eure Mutter. Ich kann die Briefe mit der *Ira Grey* nach Australien schicken, die heute Abend nach Sydney abfährt. Ihre letzte Reise nach Australien hat sie in achtzig Tagen zurückgelegt. Könnt ihr euch das vorstellen?«

»Wir haben Briefe in unserem Gepäck, die wir auf der Reise geschrieben haben.« Patrick wurde zum ersten Mal wirklich munter. »Können Sie sie für uns abschicken, Sir?«

»Nenn mich Rafe, Patrick, und ja, natürlich können wir sie abschicken. Wir werden sie jetzt zur Post bringen, in Ordnung?«

Das Lächeln auf dem Gesicht des Jungen erhellte sich, und Rafes Herz wurde weich vor Liebe zu dem Jungen. »Schreibt ihr, dass ihr gut angekommen seid, und dann gehen wir.«

Während Patrick und Austin jeweils ein paar Zeilen auf dasselbe Blatt Papier schrieben, zog Rafe seinen Mantel an und sammelte dann alle Briefe ein. »Eure Mutter wird überglücklich sein, wenn sie dieses Bündel Briefe erhält.« Rafe grinste und hielt die vielen Briefe in der Hand. Die Jungen schienen auf der Reise jeweils zwanzig Briefe geschrieben haben.

»Kommt.« Er führte sie aus dem Haus. »Das Postamt ist nur ein paar Straßen weiter. Ich erinnere mich, als ich aus Australien zurückkam, nachdem ich einige Zeit mit euch verbracht hatte, wartete ein Stapel Briefe auf mich, die eure Mutter auf der Reise geschrieben hatte. Vielleicht möchtet ihr sie morgen lesen und eure Reise nach Australien noch einmal erleben?«

»Ja, bitte.« Patrick strahlte Rafe voller Vertrauen an, und Rafe wusste, dass er diese Jungs niemals enttäuschen konnte.

»Ihr habt eine kleine Schwester bekommen, seit ich aus Australien zurück bin?«, fragte er, während sie durch den Nebel gingen.

»Lily. Sie ist sehr klein, nur ein Baby«, erklärte Patrick.

»Wie sieht sie denn aus?«, erkundigte Rafe sich und fragte sich, ob das kleine Mädchen von ihm war. Seit Alistair ihm die aufregende Nachricht mitgeteilt hatte, dass Ellen schwanger war und ein Mädchen bekommen hatte, hatte er sich die Daten ausgerechnet und sich gefragt, ob ihre eine Nacht der Leidenschaft dazu geführt hatte, dass er eine Tochter bekommen hatte. Insgeheim hoffte er, dass es so war.

»Sie sieht aus wie Mama«, sagte Austin. »Ihre Augen sind blau, aber Mama sagte, dass die Augen aller Babys am Anfang blau sind.«

»Lily wird uns nicht erkennen, wenn wir nach Hause zurückkehren.« Patricks Schultern sackten in sich zusammen.

»Deine Mutter wird sie die ganze Zeit daran erinnern, dass sie zwei große Brüder hat«, versuchte Rafe ihn aufzumuntern, und als sie an einem Porträtstudio vorbeikamen, hatte er eine Idee.

# Kapitel Sechs

Ellen schlenderte durch die Gärten, während sie den Gesprächen ihrer Gäste lauschte. Nach einer Woche Regen schien nun endlich wieder die Sonne, sodass die Gartenparty stattfinden konnte. Die Wärme des Novembertages ließ sie an den kommenden Sommer denken. An Tage, die viel zu schnell vergehen würden. Sie plante ihren nächsten Immobilienkauf noch vor Weihnachten abzuschließen und bevor die Schwangerschaft zu weit vorangeschritten war. Ihre weiten Röcke verbargen ihren Zustand ein wenig, aber sie wusste, dass sie bereits im vierten Monat war und man es bald würde sehen können.

»Mrs. Emmerson.« George Riddle und seine Frau kamen auf sie zu, beide mit einem breiten Lächeln im Gesicht. »Wir sind von Ihren Gärten bezaubert«, sagte er. »Nicht wahr, meine Liebe?«

»Ja, Mrs. Emmerson. Ich liebe Ihre Rosen.«

»Dann werde ich Ihnen im Herbst ein paar Stecklinge geben, Mrs. Riddle.«

»Wirklich? Sie sind zu freundlich.« Mrs. Riddle, deren große Haube den größten Teil ihres Gesichts verdeckte, richtete ihren Blick auf ihren Mann. »Unser Haus braucht einen besseren Gärtner als den, den wir momentan haben.«

»Schon bald werden wir das ändern, meine Liebe.« Mr. Riddle tätschelte die Hand seiner Frau, die auf seinem Arm lag. »Mrs. Emmerson, haben Sie gehört, dass das Slater-Anwesen in Mittagong versteigert werden soll?«

»Das habe ich, ja.«

»Werden Sie ebenfalls darauf bieten?«

»Da bin ich mir noch nicht sicher. Mein Mann ist von der Idee nicht begeistert. Er ist der Meinung, dass kleine Bauernhöfe die Investition nicht wert sind. Er würde lieber ein Grundstück in Sydney erwerben.«

»Und was ist Ihre Meinung dazu?«

»Das Slater-Anwesen ist in einem guten Zustand. Mein Verwalter, Mr. Thwaite, war letzte Woche dort, allerdings besitzen wir bereits eine Farm in Moss Vale. Ich würde sie gern vergrößern, wenn ich das Land auf beiden Seiten davon kaufen könnte. Aber die Besitzer wollen im Moment nicht verkaufen.«

»Sie haben sich den Ruf einer Frau erworben, die weiß, wie man investiert«, sagte Mr. Riddle, als sie durch den Rosengarten gingen. »Wir waren alle erstaunt, als wir erfahren haben, dass Sie fünfhundert Morgen in Marulan gekauft haben.«

»Es war eine gute Investition.«

Mrs. Riddle starrte Ellen an. «Liege ich mit der Annahme richtig, dass Sie das Grundstück in Marulan ohne das Wissen Ihres Mannes gekauft haben?«

»Ja, das stimmt, Mrs. Riddle. Alistair ist damit zufrieden, dass ich vernünftige Käufe tätige.«

»Aber fünfhundert Morgen sind nicht unbedingt das Gleiche wie ein Kleid oder eine Lampe für das Haus, oder?« Sie kicherte. »George würde mir so etwas nie erlauben und ich würde es auch nicht wollen.«

»Das liegt daran, dass du keinen Sinn fürs Geschäft hast, meine Liebe.« Der herablassenden Ton in Georges Stimme war deutlich herauszuhören. »Mrs. Emmerson hingegen ist eindeutig in der Lage, mit Geschäftsmännern umzugehen.«

Ellen war sich nicht sicher, ob er sie beleidigen oder loben wollte. »Viele Frauen können Geschäfte führen, Mrs. Riddle. Wir dürfen den Männern nicht den ganzen Spaß überlassen, nicht wahr?« Ellen zwang sich zu einem Lächeln. »Entschuldigen Sie mich, ich glaube, man verlangt nach mir.«

Ellen marschierte von dem Paar weg und rechnete damit, dass sie wieder einmal das Gesprächsthema in den Salons sein würde. Nun, es war ihr egal. Alistair sagte, wenn sie so weitermachte, würden sie ein Imperium haben. Sie war der Meinung, dass es das Beste war, was ihnen passieren konnte, auch wenn er sich über sie lustig machte.

Sie bemerkte, dass Miss Lewis mit Bridget und einem anderen Gentleman lachte, den Ellen eingeladen hatte. Einen gewissen Mr. Harold Tanner, der in der Nähe eine kleine Farm besaß. Riona unterhielt sich mit Augusta Ashford und ihrem Bruder Gil, einem gut aussehenden Mann, den Ellen sehr mochte. Er war ein echter Gentleman mit einer freundlichen und intelligenten Art. Sie hätte sich gefreut, wenn seine reizende Frau Pippa ebenfalls hätte kommen können, allerdings war sie hochschwanger mit ihrem ersten Kind und entschuldigte sich, dass sie heute nicht kommen konnte.

Es freute Ellen, dass sie in diesem Bezirk einen wachsenden Bekanntenkreis besaß, der ihre Herkunft mehr akzeptierte als die Menschen in Sydney. Dennoch sorgte ihre Beteiligung am Kauf von Grundstücken für Aufsehen. Aber die Männer der Gegend hatten sich mittlerweile daran gewöhnt, dass sie mit Mr. Thwaite die Viehauktionen besuchte.

»Mrs. Emmerson, was für eine nette kleine Feier. Ich fühle mich wahrlich gut unterhalten. Miss Lewis hat vorhin sehr hübsch auf dem Klavier gespielt.« Mrs. Ratcliffe, eine große ältere Frau, die durch den Tod ihres Mannes sehr wohlhabend geworden war, saß auf der Veranda und aß sich durch die zahlreichen Kuchen und Torten.

Ellen lächelte der Frau zu, die sie nur ein paar Mal auf anderen Feiern getroffen hatte. »Das freut mich.«

»Kommen Sie, setzen Sie sich ein paar Minuten zu mir und erzählen Sie mir von Ihren letzten Geschäften.«

Ellen nahm den freien Platz neben der Frau ein. »Ich bezweifle, dass sie zu Ihrer Unterhaltung beitragen werden, Mrs. Ratcliffe.«

»Liebes Mädchen, Geschäfte sind das Einzige, was mich am Leben hält.« Sie lachte, um die Aufmerksamkeit auf die beiden zu lenken. »Bieten Sie auf das Slater-Anwesen?«

»Nein, ich glaube nicht.« Ellen wollte darüber schmunzeln, dass man sie im Alter von dreißig Jahren als Mädchen bezeichnete.

Mrs. Ratcliffe hob eine Augenbraue. »Es hat eine ausgezeichnete Wasserquelle. Der Bach, der dort hindurchfließt, wäre sehr vorteilhaft für die Viehzucht.«

»Da haben Sie recht, allerdings finde ich, dass es nicht groß genug ist.«

»Ich gebe zu, dass es nichts ist, im Vergleich mit den fünfhundert Morgen Land, die Sie gerade erworben haben.« Mrs. Ratcliffes Augen verengten sich fragend in ihrem runden Gesicht. »Ich mag Sie außerordentlich. Ich habe das Gefühl, dass Sie viel intelligenter sind, als man Ihnen zutraut.«

»Vielen Dank.«

»Die meisten Leute sehen in Ihnen nur eine Frau, nicht Ihr Gehirn und Ihre Fähigkeit zu Denken.«

»Nun, das ist ihr eigener Schaden, Mrs. Ratcliffe. Lassen Sie sie das denken, wenn es sie glücklich macht.«

»Ha. Die sind nicht erfreut, wenn man sie in ihrem eigenen Spiel schlägt. Das tue ich schon seit Jahren.«

»Wirklich?« Ellen schenkte ihr ihre ganze Aufmerksamkeit.

»Sagen Sie mir, was werden Sie als nächstes erwerben?« Mrs. Ratcliffe biss in eine Zitronenquark-Torte.

»Wer sagt, dass ich das tun werde?« Ellen stutzte.

Die rundliche Frau lachte wieder. »Mir machen Sie nichts vor, Mrs. Emmerson. Ich sehe das Glitzern in Ihren Augen. Sie sind eine verwandte Seele, mein liebes Mädchen. Ich werde Sie in ein kleines Geheimnis einweihen. Mein Mann wurde nur durch mich so reich. Ich hatte Geld von meinem Vater, und ich habe es klug angelegt. Wilfred war ein kluger Mann, deshalb habe ich ihn geheiratet, und gemeinsam haben wir ein Vermögen geschaffen. Ich sehe das Gleiche bei Ihnen und Ihrem Mann.«

»Nicht jeder hat die gleichen Ansichten wie Sie. Die Freunde meines Mannes in Sydney sehen in mir eine Goldgräberin. Eine arme irische Witwe, die sich den begehrtesten Junggesellen der Stadt geschnappt hat.«

»Tsk. Geben Sie diesen Dummköpfen in Sydney nicht die Genugtuung, wegen ihres Geschwätzes runtergezogen zu werden. Eifersucht schafft Ungeheuer.« Mrs. Ratcliffe nickte weise und schob sich das letzte Stück Torte in den Mund.

»Ich möchte einfach nur, dass für meine Kinder gesorgt ist.« Ellen fühlte sind in der Gegenwart dieser Frau wohl und entspannte sich. »Ich weigere mich, meine Zeit mit Nichtstun zu verschwenden, wenn ich etwas für unsere Zukunft tun kann.«

»Sie haben einen guten Mann geheiratet, der Ihnen die Möglichkeit gibt, eigenständig zu handeln. Nicht viele würden eine solche Freiheit bei den Finanzen erlauben. Ich vermisse meinen Mann jeden Tag, aber in gewisser Weise bin ich froh, dass ich wieder die volle Kontrolle habe.« Sie machte eine Pause, um von einem Stück Apfelkuchen abzubeißen. »Ich werde die Slater-Immobilie kaufen, da sie an zwei anderen Immobilien, die ich besitze, angrenzt.«

»Jemand könnte Sie überbieten.« Ellen grinste.

Mrs. Ratcliffe schüttelte den Kopf, mit einem stählernen Blick in den Augen, obwohl sie lächelte. »Nein, niemand wird das tun.«

»Ich bringe Ihnen noch eine Tasse Tee.«

»Danke, meine Liebe. Oh, und Ellen, darf ich Sie Ellen nennen? Ich bin zu alt, um meine Zeit mit zu vielen Formalitäten zu vergeuden.«

»Natürlich.«

»Wenn Sie jemals etwas besprechen wollen, kommen Sie einfach zu mir.«

Ellen war dankbar, eine neue Freundin gefunden zu haben, und war gerührt von diesem Angebot. »Das werde ich. Ich danke Ihnen.«

Während Ellen eine Tasse Tee einschenkte, brachte Honor Duffy eine weitere Kanne Zitronenwasser für den Erfrischungstisch. »Ich danke Ihnen, Honor. Die Gäste sind durstig.«

Honor stapelte einige der leeren Teller auf. »Das liegt daran, dass sie sich die Bäuche vollschlagen. Was für ein Essen. Tische, die sich unter der Last der Speisen biegen, und dabei ist es noch gar nicht so lange her, dass wir alle hungern mussten.«

»Die Leute hier wissen sicher nichts von dem Hunger, den wir erlebt haben, aber wir können sie nicht danach beurteilen. Sein Sie dankbar, dass wir jetzt im Land des Überflusses sind.«

Honors Lippen verzogen sich zu einem schmalen Strich.

»Sie sind doch glücklich hier, oder?«, fragte Ellen.

«Habe ich eine Wahl?«

Verblüfft runzelte Ellen die Stirn. »Natürlich haben Sie eine. Ich halte Sie nicht gegen Ihren Willen hier fest. Wenn Sie gehen wollen, können Sie dies jederzeit tun.«

»Und meinen Mann und meine Töchter verärgern? Im Gegensatz zu Ihnen, Ellen Emmerson, steht bei mir die Familie an erster Stelle.« Honor stürmte zurück in die Küche.

»Was sollte das denn?«, fragte Alistair von hinten.

»Alistair!« Ellen umarmte ihn. »Wann bist du angekommen?«

»Gerade eben.« Er lächelte und küsste sie. »Ich weiß, dass ich gesagt habe, ich würde es nicht schaffen, aber ich habe euch vermisst und musste einfach kommen und Zeit mit euch allen verbringen.«

»Du verbringst viel zu viel Zeit in Sydney«, schimpfte sie zärtlich.

»Das muss ich, damit das Geschäft erfolgreich bleibt, aber heute wird nicht über das Geschäft gesprochen. Ich bin zu Hause und bei dir. Was kann ich mir mehr wünschen?«

»Komm und begrüße alle. Ich habe die erste Stunde damit verbracht, den Leuten zu erklären, dass du in Sydney wärst. Jetzt werden sie mich für eine große Lügnerin halten.«

Alistairs sonniges Gemüt brachte neues Leben in die Feier. Die Gespräche und das Lachen wurden lebhafter, und der Wein und das Bier flossen bis in den späten Nachmittag hinein.

Als schließlich der letzte Gast gegangen war, während die Sonne hinter den Bäumen verschwand, führte Alistair Ellen ins Arbeitszimmer.

»Stimmt etwas nicht?«, fragte Ellen, die sich einfach nur noch ausruhen wollen. Die Müdigkeit ließ sie gähnen.

»Nein, alles in Ordnung. Aber ich habe etwas mit dir zu besprechen.«

»Ach?«

»Ich habe Berichte über ein großes Grundstück gehört, das nördlich der Goulburn-Ebene zum Verkauf steht. Eine Schaffarm. Zehntausend Morgen, mit einem Cottage, Ställen, Scherschuppen und einem Bach.«

»Ich habe nichts davon gehört. Und Mr. Thwaite und ich erfahren vieles.«

»Das ist noch nicht allgemein bekannt, meine Liebe. Roger Maxwell, der Juwelier in der Castlereagh Street, hat mir davon erzählt, als ich ihm meine Uhr zum Reparieren brachte. Er erfuhr es durch den Eigentümer des Grundstücks, einen Mr. James Miller, der zu ihm kam, um einige Juwelen seiner verstorbenen Frau zu verkaufen. Sie ist bei der Geburt gestorben, und er, Mr. Miller, kehrt mit dem Baby nach England zurück.«

»Wie tragisch.«

»In der Tat. Aber als ich diese Nachricht hörte, dachte ich, dass wir uns das Anwesen vielleicht einmal ansehen sollten.«

»Warum interessiert dich so sehr dafür? Du interessierst dich doch sonst nicht für Schaffarmen.«

»Da hast du recht. Aber irgendetwas sagt mir, dass dies eine ausgezeichnete Investition wäre. Miller hat Tausende von Merinoschafen. Merinowolle wird in England sehr geschätzt und ist sehr begehrt. Ich muss es wissen, ich habe genug davon exportiert. Es scheint nur vernünftig, eine eigene Farm zu haben.«

»Das hatte ich dir gegenüber schon einmal erwähnt.« Sie warf ihm einen strengen Blick zu. »Damals warst du nicht interessiert. Als ich die fünfhundert Morgen in Marulan gekauft habe, warst du auch nicht begeistert. Du sagtest, es sei zu viel für uns und wir hätten keine Ahnung von der Schafzucht.«

»Ich weiß.« Er grinste. »Aber ich habe mich seitdem weitgehend informiert und mit einigen Freunden gesprochen, die selbst solche Betriebe im Norden haben. Sie sind sehr wohlhabend. Natürlich gibt es Dürreperioden, über die man sich Sorgen machen muss, aber solange es auf den Grundstücken Wasserquellen gibt, ist die Schafzucht eine sinnvolle Investition, sagen sie.«

Erregung durchströmte Ellen. »Können wir uns das leisten?«

Alistair trat hinter den Schreibtisch und kratzte sich am Kopf. »Nun, es wird eine beträchtliche Ausgabe sein. Dieses Anwesen ist viel größer als Marulan. Wir würden auch einen geeigneten Verwalter dafür finden müssen. Ich glaube, dass die Rendite stimmt, aber bis zur Schur oder Ankunft der nächsten Schiffsladung, könnte es ein wenig eng finanziell werden. Das nächste Schiff trifft erst in einem Monat ein.«

»Dann nehmen wir eine Hypothek auf ein paar der Grundstücke auf. Zum Beispiel die Reihenhäuser in Balmain?«

»Genau das habe ich auch gedacht. Sie werden einen höheren Wert haben als die Farm in Moss Vale oder das Grundstück im Kangaroo Valley.«

»Dann lass es uns tun.«

Er lächelte zärtlich. »Liebste, wir müssen uns den Ort erst ansehen.«

»Dann lass uns morgen aufbrechen.«

»Ich bin doch gerade erst angekommen.«

»Ja, aber wenn sich das herumspricht, werden wir nicht die Einzigen sein, die darauf bieten werden.« Sie dachte an Mrs. Ratcliffe. »Manchmal müssen wir einfach den ersten Zug machen und das Risiko eingehen.«

»Was ist nur aus dir geworden?« Er lachte und kam an ihre Seite, um sie an sich zu ziehen.

»Deine Geschäftspartnerin!« Sie zog die Augenbrauen hoch, als er Anstalten machte, ihr widersprechen zu wollen.

»Was für eine Frau ich habe! Ich habe dich vermisst, Liebste.« Liebe leuchtete in seinen Augen.

Ihr Herz flatterte. Sie wollte ihn glücklich machen. Und obwohl sie ihn nicht so sehr lieben konnte, wie er sie liebte, konnte sie ihm doch etwas Besonderes geben. »Ich muss dir etwas sagen. »

»Ach? Du hast doch nicht etwa noch eine andere Immobilie gekauft? Ich bin immer noch ungläubig wegen des Marulan-Anwesens.«

Sie schüttelte den Kopf und lachte. »Nein, diese Neuigkeit wird dir viel besser gefallen.«

»Ich bin gespannt.«

»Ich bin schwanger.«

Seine grünen Augen weiteten sich. »Ein Baby!«

»Ja. Voraussichtlich irgendwann im April.« Sie lächelte, trotz des unguten Gefühls, dass sie bald auf dem Anwesen gefangen sein würde.

Er drückte sie an sich. »Mein Schatz. Welch freudige Nachricht! Vielleicht wird es ein Junge?«

Sie grinste ihn an. »Ich würde dir gerne einen Sohn schenken, für alles, was du für mich und meine Familie getan hast.«

»Deine Familie ist *meine* Familie, Liebste. Ich brauche deinen Dank nicht, nur deine Liebe.«

»Ich hoffe, du bist nicht enttäuscht, wenn es ein Mädchen ist.«

Er lehnte sich zurück und schaute sie an. »Nein, natürlich nicht. Aber ein Junge wäre doch schön.« Dann runzelte er die Stirn. »Du bist schwanger. Die Reise nach Goulburn wäre zu viel für dich. Ich sollte mit Thwaite reisen.«

»Oh, nein. Ich komme mit, Alistair, und wage es ja nicht, mich aufhalten zu wollen! Ich bin schon nach Marulan und den Berg hinunter ins Kangaroo Valley gereist, während ich schwanger war.«

Er trat einen Schritt zurück. »Wie weit bist du schon?«

»Im vierten Monat.«

»Warum hast du das getan und bist dieses Risiko eingegangen?«

Sie warf ihm einen grimmigen Blick zu. »Es bestand kein Risiko. Tu nicht so, als sei ich aus Zucker! Ich bin fünfmal schwanger gewesen, und jedes Mal, außer bei Lily, habe ich das Land bearbeitet, bis ich die ersten Wehen bekam. Ich bin kein zartes Pflänzchen, wie die Frauen deiner Freunde es sind, Alistair.«

»Trotzdem wäre es mir lieber, wenn du zu Hause bleiben würdest.«

»Nein.« Sie reckte ihr Kinn und blickte ihn an. »Wage es ja nicht, mich einzuengen. Das werde ich nicht dulden. Du weißt, dass das nicht meine Art ist.«

»Nun gut.« Er seufzte schwer. »Ich werde nicht mit dir darüber streiten, nicht wenn du mich so glücklich gemacht hast. Aber ich werde mir die ganze Zeit Sorgen machen.«

»Warum solltest du? Ich habe schon fünf Kinder zur Welt gebracht, alle ohne Probleme. Ich bin sicher, bei diesem wird es nicht anders sein. Ich gehe und erzähle Riona von unseren Plänen, morgen früh abzureisen.« Sie verließ das Arbeitszimmer, um ihre Schwester zu suchen, und wünschte, sie hätte Alistair erst nach ihrer Reise von dem Baby erzählt.

Ellen saß im Buggy und ließ ihren Blick über die schrägen Ebenen und die zerklüfteten Hügel in der Ferne schweifen. Die Sonne schien zwischen flachen grauen Wolken, während Krähen hoch oben in den Ästen der Eukalyptusbäume schrien.

»Schau, ein Adler.« Alistair, der Betsys Zügel hielt, deutete auf den anmutigen Vogel, der hoch über ihnen durch die Luft flog.

»Es ist ein wunderschönes Land«, murmelte Ellen. Tief am Horizont bildete ein großer Schwarm weißer Kakadus eine eigene Wolke, während sie gemeinsam flogen.

Sie hatten das Gasthaus in Marulan im Morgengrauen verlassen, nachdem sie dort gestern Abend spät angekommen waren. Bevor sie Marulan erreichten, hatten sie an der Farm angehalten, die Ellen letzten Monat gekauft hatte, und die Hütte mit Dingen für den Arbeiter aufgefüllt, der sich um die Viehherde kümmerte.

»Ein bisschen karg für meinen Geschmack.« Alistair ließ seinen Blick über die Umgebung schweifen. Eine kleine Schar Kängurus graste am Fuße eines Hügels zu ihrer Rechten.

»Das liegt daran, dass du ein Stadtmensch bist«, stichelte Ellen. »Dir hätte das Stück Land, das wir in Mayo hatten, nicht gefallen. Mit Steinen übersäte Felder und kahle Hügel bis zum Meer, ohne viele Bäume.«

»Es stimmt, ich ziehe die Stadt dem Land vor.«

»Was ist Ihnen lieber, Mr. Thwaite?«, fragte Ellen ihn, während er neben dem Wagen herritt.

»Immer das Land, Mrs. Emmerson. Ich kann in der Stadt nicht atmen ... zu viele Menschen.«

»Das sehe ich auch so.« Sie hob ihr Gesicht in die Sonne. Der Himmel schien hier draußen in der flachen Ebene, endlos zu sein.

»Das ist ein schönes Land für Schafherden, Mr. Emmerson«, sagte Mr. Thwaite und nahm seinen Hut ab, um sich mit den Fingern durch das Haar zu fahren.

Alistair nickte. »Es sieht so aus.«

»Die Straße ist auch nicht allzu schlecht. Wir können die Ochsenkarren hierher bringen«, meinte Mr. Thwaite. »Hoffen wir, dass es hier anständig regnet.«

Sie fuhren noch ein paar Meilen weiter, verließen die flachen Ebenen und folgten dem Weg durch ein breites Tal, das von hohen Hügeln gesäumt war. In der Ferne erhob sich auf beiden Seiten des Tals eine baumbewachsene Bergkette.

»Auf der anderen Seite der Berge beginnt die Goulburn-Ebene, Mr. Emmerson«, erklärte Mr. Thwaite.

»Wir müssen die Karte herausholen, Liebste«, wies Alistair Ellen an.

Sie holte die Karte aus einer Tasche und führte Alistair vom Weg ab und durch offenes Land nordwestlich der kleinen Gemeinde Goulburn.

Sie durchquerten einen schmalen Bach und fuhren eine weitere halbe Stunde, bis sie auf einen gut befahrenen Weg stießen, auf den sie nach Norden abbogen.

Ellen bemerkte eine Gruppe berittener Männer, die auf sie zukam. Als sie sich näherten, starrte der Anführer, der ein rotes Taschentuch trug, sie direkt an. Er zügelte sein Pferd, verlangsamte es so weit, dass er Ellen ansehen konnte, und trieb es dann in den Galopp.

Ellens Herz pochte heftig in ihrer Brust. Konnte das sein? Sicherlich nicht ... Das rote Taschentuch! Instinktiv wusste sie, dass es der irische Bushranger war, der sie vor zwei Jahren überfallen hatte. Sie drehte sich in ihrem Sitz und beobachtete, wie sie verschwanden, in der Hoffnung, dass sie nicht umkehren würden.

»Ich sehe eine Hütte.« Alistair runzelte die Stirn. »Sind diese Männer von dort gekommen? Ich hoffe, es war nicht Miller, und wir haben gerade die Gelegenheit verpasst, mit ihm zu sprechen. Oder diese Männer haben den Ort gekauft, bevor wir die Chance hatten, ein Angebot zu machen.«

»Das werden wir bald herausfinden.« Erschüttert kletterte Ellen vom Wagen, ohne auf Alistair zu warten, damit er ihr half.

Ein Mann trat auf die Veranda der Hütte. »Willkommen. Haben Sie sich verfahren?«

»Guten Tag. Mr. Miller, nehme ich an?« Alistair streckte ihm die Hand entgegen.

»Ja, der bin ich.«

»Ich bin Alistair Emmerson, meine Frau Ellen und mein Verwalter Mr. Thwaite.«

»Wie kann ich Ihnen behilflich sein?«

»Mir ist zu Ohren gekommen, dass Sie verkaufen wollen, Mr. Miller«, sagte Alistair.

»Ist dem so?« Miller, ein Mann in den Vierzigern mit einem stark gebräunten Gesicht und einem langen Schnurrbart, bat sie herein. Seine Kleidung war ebenso schmutzig wie die Hütte. Die Kleider hingen an Haken in den Wänden und waren über Hocker geworfen.

Schmutzige Teller und Pfannen füllten Eimer, und lockten Fliegen an.

Ellens Augen brauchten ein oder zwei Sekunden, um sich an das Halbdunkel zu gewöhnen, dann fiel ihr Blick auf das Kinderbett in der Ecke, in dem ein Baby lag. »Darf ich?«, fragte sie Mr. Miller.

»Gewiss. Die Berührung einer Frau könnte den Kleinen beruhigen. Bei mir schreit er nur.«

Ellen hob das Baby hoch, das sie auf ein Alter von etwa zwei Monaten schätzte. Seine Windel war nass, und so legte sie ihn auf das Bett und wickelte ihn.

»Ich will verkaufen, ja«, sagte Miller und stellte sich neben Ellen. »Ich muss diesen Burschen nach England zu meiner Schwester bringen. Meine Frau ist bei seiner Geburt gestorben, und ich kann nicht gleichzeitig Landwirt und ›Mutter‹ sein.«

»Dürfen wir uns einmal umsehen?«, fragte Alistair. »Wir sind interessiert. Natürlich nur wenn der Preis stimmt.«

»Gewiss. Ich werde Ihnen das Haus zeigen.«

Ellen folgte ihnen mit dem Baby im Arm. Es wirkte dünn und schwächlich. »Wir sind gerade an ein paar Männern vorbeigekommen. Bieten sie auch auf das Anwesen?«, fragte Ellen, obwohl sie wusste, dass dem nicht so war.

»Nein, das war nur eine Gruppe von Männern, die Arbeit suchen.« Miller blickte sie nicht an und zog seine Hutkrempe tiefer ins Gesicht. »Kommen Sie hier entlang.«

Ellen wusste, dass er log, aber vielleicht wollte er sich nur schützen. Sie schwieg, während Alistair und Thwaite ihm Fragen über das Vieh, das Weideland und die Wasserversorgung stellten.

Als sie das Baby im Arm hielt und es einschlief, konnte Ellen nicht umhin, daran zu denken, dass sie bald dasselbe mit ihrem eigenen Baby tun würde. Es schien kaum Zeit vergangen zu sein, seit sie Lily bekommen hatte, und nun würde bald ein weiteres Baby zur Familie gehören.

Alistair blieb stehen und drehte sich zu Ellen um. »Was meinst du?«

»Mir gefällt, was ich gesehen habe.« Ellen ließ ihren Blick über die umliegenden Felder schweifen, die Miller mit Weizen und Gemüse bepflanzt hatte. Ein kleiner Stall und ein Hof beherbergten Millers Pferd, eine Milchkuh und ein Kalb, darüber hinaus waren die Felder flach, bis sie den Fuß einer Hügelkette erreichten. In der Nähe gab es keine Bäume, und die Kargheit berührte Ellen.

Plötzlich sah sie das Kreuz in einem eingezäunten Bereich in einiger Entfernung von der Hütte. Miller hatte dort seine Frau begraben. Ellen starrte das Kreuz einige Augenblicke lang an und dachte an Thomas, ihren in Irland begrabenen Sohn.

»Der Bach ist am Ende des Feldes hinter der Hütte.« Miller deutete nach links und riss damit Ellen aus ihren Gedanken. »Meine Frau hat eine Menge Gemüse für uns angebaut. Wir sind seit fünf Jahren hier und hatten noch nie Wassermangel. Der Bach war in einigen Sommern sehr niedrig, aber nie ganz trocken.«

»Und weiter entfernt?«, fragte Thwaite. »Sind die Schafe gesund?«

»Wir können hingehen und sie uns anschauen, wenn Sie wünschen.«

Ellen bemerkte die Asche eines Lagerfeuers in der Nähe einer Wiese. Leere Flaschen lagen neben Baumstämmen, die als Sitzgelegenheit gedient haben mussten. Bei näherem Hinsehen entdeckte sie eine zerbrochene Tonpfeife und einige Tierknochen. Sie starrte nach Süden, in die Richtung, in die die Männer geritten waren. Sie nahm an, dass sie hier genächtigt hatten. »Diese Männer, Mr. Miller. Haben sie hier übernachtet?« Sie deutete auf das Lagerfeuer.

»Ja, Mrs. Emmerson, das haben sie.«

»Wissen Sie, wer sie sind?«

Er seufzte und rieb sich das stoppelige Kinn. »Wissen Sie es?«

»Ja, ich weiß es.«

»Ellen?« Alistair war plötzlich interessiert. «Was ist los?«

»Mr. Miller hatte Bushranger hier zu Besuch. Die gleichen, die uns vor ein paar Jahren überfallen haben. Eddie Patterson und seine Bande.«

Erschrocken wandte sich Alistair an Miller. »Stimmt das?«

»Ja. Sie sind gestern angekommen. Ich wusste zuerst nicht, wer sie sind. Ich habe hier nichts von Wert, außer meinem Pferd und meiner Kuh. Sie sind nicht in der Lage, meine Schafe zusammenzutreiben. Wie auch immer, freundlich zu sein, hat wohl nicht nur mein Vieh, sondern auch mein Leben gerettet. Sie wollten nur Essen. Das Baby weinte, und Patterson meinte, ich hätte bereits genug Sorgen. Ich hatte erwartet, dass sie heute Morgen mein Pferd mitnehmen würden, aber das taten sie nicht.«

»Sie hätten sie anzeigen sollen!«, sagte Alistair ungläubig.

»Sie haben mir nichts getan. Patterson hat sich sogar etwa eine Stunde um meinen Jungen gekümmert, damit ich mich ausruhen konnte, und wir haben zusammen Känguru gegessen. Patterson hat ihm sogar etwas Milch gegeben. Um ehrlich zu sein, wirkten sie ziemlich erschöpft.«

»Das sind *gesuchte* Männer!« Alistair schnaubte.

»Werden Sie zurückkommen?«, fragte Ellen, die nicht wusste, was sie von Eddie Patterson halten sollte. Er war ein Krimineller und doch hatte er etwas an sich, das sie faszinierte.

»Das glaube ich nicht«, antwortete Miller mit einem müden Ausdruck im Gesicht und hängenden Schultern. »Um ehrlich zu sein, war es angenehm, etwas Gesellschaft zu haben. Seit Monaten war niemand mehr hier, nicht seit dem Tod meiner Frau. Ich war in dieser Zeit nur einmal in Sydney, und schon das war mit einem Neugeborenen schwierig.«

»Das kann ich mir vorstellen.« Ellen empfand Mitleid für ihn. Was sie noch mehr faszinierte, war, dass Eddie Patterson diesem Mann nichts angetan hatte, obwohl er es leicht hätte tun können. Patterson hatte jede Gelegenheit, Miller alles zu rauben, was er besaß, und hatte es nicht getan. War Patterson wirklich so böse, wie die Leute meinten?

Miller starrte auf das Holzkreuz. »Es wird schwer sein, sie zu verlassen ... Sie war eine gute Frau, und ich habe sie geliebt. Wir hatten so viele Pläne für diese Farm. Mariah wollte mir starke Söhne schenken ... Ich will sie nicht verlassen ... Aber ich muss tun, was für Thomas das Beste ist.«

Ellen zuckte zusammen. »Thomas?«

»Aye.« Miller berührte die Wange des Babys. »Thomas ist alles, was ich jetzt habe. Ich kann mich hier nicht allein um ihn kümmern.«

Als Ellen auf das winzige Baby in ihren Armen hinunterblickte, ein Baby, das Thomas hieß wie ihr eigener verlorener Junge, wollte sie am liebsten weinen. »Welchen Preis verlangen Sie?«, fragte sie Miller.

Er nannte ihn ihr und sie streckte ihm ihre Hand hin. »Abgemacht.«

»*Ellen*, ich habe dem nicht zugestimmt«, schnauzte Alistair.

»*Ich* habe für uns beide entschieden.« Ellen warf ihm einen sturen Blick zu. »Mr. Miller muss um seines Sohnes willen nach England zurück.«

»Ellen, wir haben die Schafe noch nicht gesehen!« Alistairs Stimme erhob sich gereizt.

»Ich brauche die Schafe nicht zu sehen. Ich vertraue Mr. Miller.«

»Bist du verrückt?«, knurrte Alistair wütend.

»Ich vertraue meinem Instinkt, Alistair. Das tut man im Geschäftsleben.« Sie lächelte Miller an. »Wir werden uns um das Grab Ihrer Frau kümmern.« Mit einem Nicken an Miller kehrte sie mit Thomas in die Hütte zurück, wobei ihr die Tränen über die Wangen liefen.

Vielleicht konnte sie wegen der Schwangerschaft nicht klar denken, aber etwas sagte ihr, dass dieser Ort etwas Besonderes war. Ihr Thomas war seines Lebens beraubt worden, aber dieser Thomas würde die Chance erhalten, zu leben und glücklich zu sein. Wenn sie dazu beitragen konnte, dann würde sie vielleicht den Verlust ihres eigenen Jungen auf irgendeine Weise ein wenig leichter ertragen.

Alistair folgte ihr in die Hütte. »Bist du dir da sicher?«

»Vollkommen.«

Er schaute auf das Baby in ihren Armen. »Ich hätte nie erwartet, dass du dich bei einer geschäftlichen Entscheidung von deinen Gefühlen leiten lässt.«

Sie hielt inne, um das Baby in das Bettchen zu legen, als es zu wimmern begann. »Manchmal weiß ich einfach, wann ich etwas tun muss. Ich kann es nicht erklären. Ich weiß einfach, wann es richtig ist, und das hier ist richtig.«

»Weil sein Sohn Thomas heißt, so wie deiner es tat?«

»Nein, es ist mehr als das.« Sie legte das Baby in das Bettchen und verließ mit Alistair die Hütte. Sie blieb stehen und überblickte die weite, trockene Grasebene. »Dieser Ort ist so, wie ich ihn mir vorgestellt habe, als ich in dieses Land reiste. Grasfelder und ferne Hügel.«

»Willst du damit sagen, dass Emmerson Park dem nicht gerecht wird?«, fragte er erstaunt.

»Nein ...« Sie seufzte. »Du würdest es nicht verstehen.«

»Nein, das tue ich nicht. Du hast ein prächtiges Haus und Gärten, für die viele töten würden.«

»Emmerson Park ist wunderschön, und ich liebe es, natürlich, aber alles, was ich dort noch zu tun habe, ist es, den Bäumen und Gärten beim Wachsen zuzusehen.«

»Und was ist daran falsch?«

»Es ist nicht genug, Alistair. Ich bin nicht wie andere Frauen. Ich möchte meine Tage nicht damit verbringen, Einladungen entgegenzunehmen, die Speisepläne für die Woche zu erstellen oder an Versammlungen teilzunehmen, um Geld für das Kirchendach zu sammeln.«

»Du bist Ehefrau und Mutter. Deine Hauptsorge gilt der Erziehung unserer Kinder.«

»Und ich bin auch ich, Ellen O'Mara, dann Ellen Kittrick, das Mädchen aus Mayo, das ihr ganzes Leben lang gearbeitet hat. Das ist es, was ich bin, Alistair. Ich muss mich beschäftigen. Mein Gehirn braucht etwas zu tun.«

»Ich lasse dir freie Hand, genau das zu tun, was du willst.« Er klang verbittert. »Meine Freunde lachen über mich. Ich bin eine Witzfigur in Sydney. Der Mann, dessen schöne Frau es vorzieht, auf dem Land zu leben und nicht an meiner Seite zu sein.«

»Und dass ich auf dem Land lebe, hat dich noch reicher gemacht.«

»Es geht nicht immer nur ums Geld, Ellen. Ich bin wohlhabend genug.«

»Du kannst nie wohlhabend genug sein«, spottete sie.

»Du bist nicht mehr in Irland. Hier besteht nicht die Gefahr, dass du an den Bettelstab kommst und weder ein Zuhause noch etwas zu essen hast. Dies ist nicht Irland. Du musst die Vergangenheit hinter dir lassen.«

»Das habe ich.«

»Wirklich? Das glaube ich nicht.« Er rieb sich mit den Händen über das Gesicht. »Ich kann mich nicht mit deinen Geistern messen.«

Ihr Herz schmolz angesichts seiner Verzweiflung dahin. »Es tut mir leid, Alistair. Ich wollte nicht so schwierig sein.«

»Es stimmt, ich verstehe dich nicht wirklich.« Er schenkte ihr ein schiefes Lächeln. »Ich nehme an, dass ich dich deshalb so sehr liebe. Du bist anders als alle anderen, die ich je kennengelernt habe.«

Sie ließ den Kopf hängen und wünschte sich, sie könnte ihn so sehr lieben wie er sie.

Alistair blickte hinüber zu Thwaite und Miller, die sich am Stall unterhielten. »Wir werden mit Miller nach Goulburn fahren und den Verkauf abschließen. Wir werden die Nacht dort verbringen müssen, denn ich weiß nicht, wie lange die Transaktion dauern wird. Wir brauchen Zeugen, die den Kauf bestätigen.«

»Ich werde hier bei Thomas bleiben. Du und Mr. Miller könnt nach Goulburn fahren.«

»Nein. Du kannst hier nachts nicht allein bleiben.«

»Mr. Miller würde das Baby nicht nach Goulburn mitnehmen wollen.« Ellen verschränkte ihren Arm mit dem von Alistair. Er verkrampfte sich ein wenig, bevor er tief ausatmete und ihren Arm tätschelte.

Sie neigte den Kopf zu ihm. »Kauf ihm eine Mahlzeit, Alistair, der Mann sieht aus, als würde er gleich umfallen. Ich komme schon zurecht. Mr. Thwaite wird bei mir bleiben.«

»Ich möchte, dass Thwaite in die Berge geht und sich die Schafe anschaut.« Alistair winkte Mr. Thwaite zu, damit er zu ihnen kam.

»Er kann das tun und dann heute Abend in die Hütte zurückkehren.« Ellen lächelte Mr. Miller an und erzählte ihm von ihren Plänen. »Sind Sie einverstanden, Mr. Miller? Am Ende ist es natürlich Ihre Entscheidung.«

»Sie bleiben und kümmern sich um meinen Sohn, während ich in Goulburn bin?«

»Das werde ich.«

»Danke.« Erleichterung zeichnete sich auf seinem Gesicht ab. »Zum ersten Mal seit Monaten werde ich eine ganze Nacht durchschlafen können.«

Nach kurzer Zeit sah Ellen, wie Alistair und Miller im Buggy davonfuhren, und Mr. Thwaite zur Schafherde ritt.

Ellen stand da und betrachtete ihr Land. Ein berauschendes Gefühl überkam sie. Endlich hatte sie einen Ort gefunden, an dem sie sich zu Hause fühlte. Dieses trockene, weite Land war nichts im Vergleich zu dem üppigen Grün Irlands, aber es hatte eine Wildheit, die sie an ihr Zuhause erinnerte. Sie würde über dieses Land wandern können und tagelang keine Menschenseele sehen.

Nachdem sie sich vergewissert hatte, dass das Baby schlief, machte sie sich auf den Weg zum Grab. Die Sonne schien von einem klaren Himmel und Krähen riefen von irgendwo in den Hügeln, wo Eukalyptus- und Akazienbäume wuchsen.

Ein grob geschnitztes, weißes Holzkreuz stand auf dem Grab.
*Hier ruht*
*Mariah Miller*
*1828 - 1853*
*Geliebte Ehefrau und Mutter*

Ellen kniete sich hin und riss das Unkraut aus, das am Fuß des Kreuzes wuchs. »Deinem Mann und deinem Sohn wird es gut gehen, Mariah. Ruhe in Frieden.«

Sie verließ das Grab und ging hinunter zum Bach. Das Wasser floss gut, klar und an manchen Stellen fast knietief. Weiter unten floss der Bach um einen Felsvorsprung herum und etwas, das wie ein alter Baumstumpf aussah. Hier sammelte sich das Wasser, und sie bemerkte, dass dies die Stelle war, an der Miller sein Wasser holen musste, da ein Seil an den Baumstumpf gebunden war, um zu verhindern, dass der Eimer davongetragen wurde.

Als Ellen zur Hütte zurückkehrte, holte sie einen Krug, um die Kuh zu melken, die plötzlich brüllte und die Stille des Landes durchbrach. Da sie genug für das Baby und vielleicht auch für eine Tasse Tee haben wollte, beugte sich Ellen unter die Kuh und begann zu melken – eine Arbeit, die sie seit ihrer Abreise aus Irland vor Jahren nicht mehr getan hatte. Die Freude, etwas Nützliches zu tun, verschaffte ihr große Befriedigung.

Das Füttern des kleinen Thomas war jedoch eine andere Sache. Es lief mehr Milch über sein Kinn, als in seinen Mund.

»Lieber Himmel, Kleiner, du wirst noch verhungern.« Ellen rückte auf dem Bett in eine bessere Position und versuchte es erneut. Nach einem zehnminütigen Hin und Her hatte er endlich eine angemessene Menge Milch getrunken. Sie stützte das Baby an ihrer Schulter, füllte Holz in den kleinen Ofen in der Ecke und brachte einen Topf mit Wasser zum Kochen.

»Du brauchst ein Bad, junger Mann. Du riechst nicht sehr gut.« Ihr wurde plötzlich bewusst, dass sie sich um das Kind eines Fremden kümmerte, während sie zu Hause zwei Töchter hatte, die sie vermisste. Aber das würde es wert sein.

Sie würde diese Hütte zu einem richtigen Zuhause für Bridget und Lily machen. Dieser Hof würde ein Ort sein, an den sie ab und zu kommen konnten, um sich von den Zwängen des Erwachsenwerdens eine Weile befreien zu können. Auch Patrick würde es hier gefallen. Er würde meilenweit reiten können. Plötzlich traf sie der vertraute Schmerz, ihre Jungs zu vermissen, in der Brust. Sie versteifte sich und kämpfte gegen das Gefühl an. Wenn sie zu viel Zeit hatte, musste sie unentwegt an sie denken. Deshalb brauchte sie etwas, womit sie sich beschäftigen konnte.

Dieses Stück Land würde ihr neues Projekt werden. Es gab eine Menge zu tun, und sie würde es für ihre Jungs tun. Eines Tages würde es ihnen gehören.

Als das Baby gewaschen und angezogen war und wieder schlief, brühte Ellen eine Tasse Tee mit Teeblättern, die ein wenig überaltert aussahen. Wieder fühlte sie sich an den schwachen, geschmacklosen Tee erinnert, den sie in Irland während der Hungersnot getrunken hatten. Sie dachte an die Menschen in ihrer Heimat, unter denen sie einst gelebt hatte und die sie nie wieder sehen würde. Wie kamen sie damit zurecht? War Kathleen, die Dienstmagd auf Wilton Manor, mittlerweile verheiratet? Seit einem Jahr hatte sie weder den Bediensteten des Anwesens noch Mr. Wilton selbst geschrieben. Das sollte sie ändern, sobald sie wieder in Berrima war.

Ellen nutzte das letzte Sonnenlicht, um den Boden der Hütte zu fegen und Millers Habseligkeiten ein wenig in Ordnung zu bringen. Sie holte zwei Eimer Wasser und wusch die Teller und Töpfe ab. Beim Aufräumen fand sie einen halben Laib Brot. Sie schnitt eine Scheibe ab und bestrich sie mit Erdbeermarmelade.

An der Tür blieb sie stehen und beobachtete den Sonnenuntergang über den Bergen, und eine halbe Stunde später kam Mr. Thwaite zurückgeritten und stieg vor der Hütte ab.

»Wie ist der Zustand der Schafe?«, fragte sie ihn.

»Nicht schlecht. Soweit ich sehen konnte, haben sie eine gute Anzahl von Lämmern. Die Herde ist weit verstreut, bis hinauf in die Hügel. Wir werden Männer brauchen, um sie zusammenzutreiben und zu zählen.«

»Eine gute Investition also?«

»Ja, Mrs. Emmerson. Eine gute Investition. Ausgezeichnetes Weideland und eine schöne Schafherde.« Er blickte sich um. »Es werden noch einige Gebäude benötigt. Wenn Sie die Herde vergrößern wollen, brauchen Sie einen größeren Scherschuppen und ein paar richtige Koppeln. Ich weiß nicht, wie Mr. Miller es ohne diese geschafft hat, es sei denn, er hatte behelfsmäßige Koppeln.«

»Wir werden diesen Ort in eine große Schaffarm verwandeln, Mr. Thwaite. Ich übertrage Ihnen die Verwaltung der Farm.«

Seine Augen weiteten sich vor Schreck. »Was ist mit Emmerson Park und den anderen Grundstücken?«

»Sie werden hier mehr gebraucht.«

»Aye, wenn Sie das wünschen, Mrs. Emmerson.« Er blickte niedergeschlagen auf seine Stiefel.

»Wir haben auf Emmerson Park gut zusammengearbeitet, nicht wahr?«, fragte sie und versuchte, seinen plötzlichen Stimmungsumschwung zu begreifen.

»Jawohl, Madam.«

»Das können wir hier wieder tun.«

»Ja.«

»Ihnen gefällt die Idee, hier der Verwalter zu sein, nicht wirklich.«

»Nicht wirklich, Madam. Ich genieße es, mit der Familie auf Emmerson Park zu sein. Bevor Sie kamen, habe ich jahrelang allein das Vieh gehütet. Ich mag die Gesellschaft.«

»Oh, ich verstehe. Nun gut, dann sollten wir noch keine übereilte Entscheidung treffen. Vielleicht können wir später noch einmal darüber sprechen.«

»Gewiss, Madam. Am besten baue ich das Zelt auf, bevor es dunkel wird.«

»Ich werde uns etwas zu essen machen, obwohl ich noch nicht weiß, was.«

«Lammbraten?« Thwaite grinste.

# Kapitel Sieben

»Es ist schön, zu Hause zu sein«, sagte Alistair, als sie drei Tage später durch die Tore von Emmerson Park fuhren.

Ellen blinzelte in das Sonnenlicht, das durch die Bäume drang, als die Sonne am Horizont unterging. »Es wird schön sein, in unserem eigenen Bett schlafen zu können.«

Das Sitzen im Buggy seit dem Morgengrauen ließ ihren Körper schmerzen. Sie hatten das Gasthaus in Marulan vor Sonnenaufgang verlassen, da sie es heute noch nach Hause schaffen wollten. Mr. Millers Farm gehörte jetzt ihnen. Ellen hatte Miller geholfen, seine Sachen zusammenzupacken und ihn und den kleinen Thomas in Goulburn in eine Kutsche für die lange Heimreise nach England zu setzen.

»Hat Riona Gäste eingeladen?«, fragte Alistair und deutete auf eine Reihe von Kutschen in der Nähe des Hauses und auf herumstehende Frauen.

»Nicht dass ich wüsste.« Ellen stöhnte innerlich auf. Sie hatte keine Lust auf Unterhaltung. Der Ausflug hatte sie erschöpft.

Als sie sich dem Haus näherten, eilten die Leute auf sie zu. Betsy scheute unter dem Trubel.

Ellens Magen verkrampfte sich. Riona stand schluchzend bei Miss Lewis und tröstete sie. Als sie aus dem Buggy stieg, setze Ellens Herz vor Angst einen Schlag aus. »Was ist passiert?«

Riona rannte zu Ellen. »Bridget wird vermisst!«

»Vermisst?« Ellen ballte die Hände zu Fäusten. Ein Schauer der Angst durchlief sie. »Erzähl mir alles, was geschehen ist.«

»Sie war heute früh mit Douglas ausreiten. Douglas kam zurück, nachdem Pepper ein Hufeisen verloren hat. Bridget sagte, sie wolle zum Fluss reiten und dann direkt nach Hause, aber sie ist noch nicht zurück.«

»Wie lange ist sie schon weg?«, verlangte Alistair zu wissen.

»Seit heute Morgen um acht Uhr.« Riona wischte sich über die Augen.

Alistair holte seine Armbanduhr hervor. »Es ist zehn nach fünf. Das sind neun Stunden.«

Moira, die hinter Riona stand, trat einen Schritt vor. »Ich habe alle Männer losgeschickt, um sie zu suchen.«

Riona ergriff Ellens Hände. »Als sie nach einer Stunde nicht zurückkam, suchte Douglas den ganzen Fluss entlang, konnte aber keine Spur von ihr finden. Dann ist er nach Berrima geritten und hat mit der berittenen Polizei gesprochen. Sie haben zwei Männer losgeschickt, die zusammen mit unseren Leuten nach ihr suchen. Douglas ist auch zu allen Nachbarn geritten und hat sie um Hilfe gebeten.«

»Wenn sie in den Fluss gefallen wäre, wäre Princess nach Hause zurückgekehrt«, sagte Alistair, und seine Worte lagen schwer in der Luft.

Ellen starrte hinunter zum Fluss, der sich durch das Tal schlängelte. Eine kalte Erkenntnis überkam sie. »Colm hat sich Bridget geschnappt.«

»Nein!« Rionas Augen weiteten sich. »Das kann nicht sein. Er ist schon seit Monaten fort. Er ist wahrscheinlich nach Irland zurückgekehrt.«

»Er hat sie.« Ellen wusste es mit dem Instinkt einer Mutter. Sie wandte sich an Alistair. »Reite nach Sydney. Er wird sie nach Irland mitnehmen, um sich an mir zu rächen. Überprüfe die Passagierlisten.«

Riona stieß einen Schrei aus.

»Das können wir nicht mit Sicherheit sagen«, wandte Alistair ein, aber ein verletzter Ausdruck trat in seinen Blick. »Sie könnte sich in den Wäldern verirrt haben, weil sie zu weit geritten ist und den Rückweg nicht kennt.«

»Sie weiß, dass sie dem Fluss folgen muss. Mr. Thwaite und Douglas haben ihr beigebracht, den Stand der Sonne zu lesen, den Spuren der Tiere zu folgen, denn sie führen zum Wasser ...«

Alistair fuhr sich mit der Hand durch die Haare. »Sie ist erst acht Jahre alt.«

»Aber klug. Mr. Thwaite«, rief Ellen dem Mann zu. »Haben Sie Bridget nicht beigebracht, als wir das erste Mal hierher kamen, dass sie, wenn sie sich verirrt, am Fluss bleiben oder ihm folgen soll, da er sie zu Menschen führt?«

»Das habe ich, Madam. Miss Bridget ist klug. Sie würde den Weg nach Hause finden.« Er sah verzweifelt aus. »Ich werde mit den Männern nach ihr suchen.« Er schritt davon.

»Colm hat sie«, sagte Ellen leise, aber entschlossen.

»Ich werde nach Sydney reiten. Wir dürfen keine Zeit mehr verlieren.« Alistair küsste Ellen. »Wir werden sie finden.« Er machte sich auf den Weg zu den Ställen.

Ellen nickte, unfähig, etwas zu fühlen. Einige Minuten später sah sie zu, wie er durch das Tor verschwand, als ein Buggy auf sie zukam. Mrs. Ratcliffe stieg aus.

Für ihre Größe war sie schnell an Ellens Seite. »Meine Liebe, ich habe gerade die Neuigkeiten gehört. Das ganze Dorf spricht davon, und es hat sich auch in den anderen Dörfern herumgesprochen. Die Männer versammeln sich, um die ganze Nacht hindurch zu suchen. Ich habe gerade mit Mr. Riddle gesprochen, und er hat fünf Männer dabei, die auf der Sydney Road nach Bargo Brush unterwegs sind. Ich habe keine Lust, diesen Männer nachts in dieser Gegend zu begegnen.«

Stirnrunzelnd starrte Ellen sie an.

»Bushranger, meine Liebe.«

Sie dachte sofort an Eddie Patterson. Könnte er ihr helfen? Er würde die örtlichen Raufbolde kennen, die sich bedeckt hielten. Vielleicht hatten sie schon von Colm gehört? Aber wo könnte er sein, und wie könnte sie ihn benachrichtigen? Das letzte Mal, als sie ihn gesehen hatte, war er in Richtung Goulburn geritten, und das war ein Zwei-Tages-Ritt entfernt. Würde er ihr trotzdem helfen?

Sie schritt auf der Veranda auf und ab, während Lampen angezündet und Kannen mit Tee gekocht wurden. In ihrer Brust brodelte die Wut auf Colm. Sie würde ihn am liebsten eigenhändig umbringen. Wie konnte er es wagen? Sie zitterte vor Angst um die Sicherheit ihrer Tochter.

Riona kam mit einem wollenen Schultertuch und legte es um Ellen. Gemeinsam standen sie da und hielten Ausschau nach jemandem, der Neuigkeiten brachte.

Je mehr Zeit verstrich, desto mehr schwand das Licht. Ellen ging mit einer hochgehaltenen Lampe durch die Gärten. Moira schloss sich ihr an und manchmal auch Riona und Miss Lewis. Sie hörte, wie die Männer Bridgets Namen riefen, und in der Ferne konnte man in der Nähe des Flusses oder durch die Bäume rund um das Anwesen das entfernte Leuchten der Lampenlichter sehen.

»Sie verschwenden ihre Zeit«, sagte Ellen zu Mr. Thwaite, als die Männer um Mitternacht zurückkehrten, um sich zu erfrischen und eine kurze Pause einzulegen.

»Sie könnte gestürzt sein und sich verletzt haben, Madam. Es lohnt sich, überall nach ihr zu suchen, falls sie nicht mehr nach Hause laufen kann.«

»Colm hat sie. Sie werden schon meilenweit von hier entfernt sein.« Sie fühlte sich ohnmächtig. Ihre Tochter war irgendwo da draußen, und sie konnte nichts tun. Sie hatte keine Ahnung, wo sie sein könnte, und die Sorge und Furcht, dass Colm sie erfolgreich nach Irland brachte, drehte ihr den Magen um. Das Essen, das Moira ihr anbot, konnte sie nicht anrühren.

Der morgendliche Gesang der einheimischen Vögel und das Krähen des Hahns ertönten, bevor die Morgendämmerung anbrach.

Ellen verließ den Stuhl, auf dem sie die ganze Nacht gesessen hatte, und streckte ihren schmerzenden Körper. Als die Nacht von Schwarz zu Grau und dann zu einem zarten Rosa überging, ging sie die Einfahrt entlang zum Tor. Dort blieb sie stehen und wartete.

Eine Stunde später kam Riona zu ihr. »Es tut mir leid.«

»Warum?« Ellen starrte weiter den von Bäumen gesäumten Weg hinunter, der zum Dorf führte, und hoffte, dass ihre Tochter kommen würde.

»Bridget befand sich in meiner Obhut.«

»Beruhige dich. Es ist nicht deine Schuld. Sie reitet jeden Morgen mit Douglas aus. Selbst wenn ich hier gewesen wäre, wäre sie ausgeritten, und Colm hätte sie trotzdem mitgenommen.«

»Douglas macht sich riesige Vorwürfe.« Riona schaute genauso wie Ellen den Weg hinunter.

»Sie sind gute Freunde. Er ist ihr Begleiter, seit wir hierher gekommen sind.«

»Er gibt sich selbst die Schuld.«

»Das sollte er nicht. Colm hätte nur auf die Gelegenheit gewartet. Wahrscheinlich hat er uns alle wochenlang beobachtet, seit wir aus Sydney zurückgekehrt sind, und hat auf eine Chance gewartet, um irgendwie zuzuschlagen.«

»Bist du sicher, dass er es war?«

»Ja.« Ellen atmete tief ein. »Er hat sie.«

Riona legte ihren Arm um Ellens Taille. »Komm rein und ruh dich aus. Du bist bestimmt ziemlich erschöpft, und wir wollen nicht, dass dem Baby etwas passiert.«

Ellen legte eine Hand auf ihren Bauch. »Ich hatte die Sache mit dem Baby ganz vergessen.«

»Komm bitte mit rein. Lily hat dich vermisst. Sie versteht nicht, was los ist, aber sie spürt, dass etwas nicht stimmt.«

Zurück im Haus schenkte Moira Ellen eine Tasse Tee ein, aber sie konnte sich nicht dazu durchringen, etwas zu essen. Stattdessen hielt sie Lily auf ihrem Schoß und sah zu, wie ihre geliebte Tochter selbständig ein paar Eier aß.

Der Tag verging. Der Mittag kam und ging. Die Männer kehrten zurück, um zu essen, bevor sie ihre Suche fortsetzten.

Noch einmal ging Ellen durch die Gärten, unfähig, still zu sitzen. Ihr Blick schweifte von der Stelle, an der Lily mit Miss Lewis auf einer Decke spielte, hinunter zum Fluss im Tal. An klaren Tagen wie heute konnte sie bis zu den fernen Hügeln auf der anderen Seite sehen, wo sich die Weizenfarmen von Moss Vale kilometerweit hinzogen.

Wie Colm es geschafft hatte, Bridget zu entführen, verstand sie nicht. Bridget war auf Princess geritten, also musste er sie ermutigt haben, mit ihm zu reiten, wenn er ein Pferd hatte. Hatte Colm ein Pferd, oder war er zu Fuß unterwegs? Und wenn er Bridget von Princess runtergeholt hatte, warum war das Pony seitdem nicht mehr gesehen worden oder in seinen Stall zurückgekehrt? Hatte er das Pferd erschossen oder irgendwo tief im Busch an einen Baum gebunden?

Die Gedanken wirbelten in ihrem Kopf herum, bis ihr der Kopf schmerzte.

Der Nachmittag zog sich hin, die Hitze nahm zu. Ellen wurde müde, konnte sich aber nicht hinsetzen und ausruhen, wie Riona es von ihr verlangte.

Mrs. Ratcliffe hielt mit Riona eine stille Wache, während Miss Lewis sich um Lily kümmerte und Ellen auf und ab ging.

Um drei Uhr kam ein einsamer berittener Polizist durch das Tor.

Ellen eilte auf ihn zu. »Gibt es Neuigkeiten?«

»Nein, Mrs. Emmerson. Es tut mir leid. Der gesamte Bezirk wurde alarmiert. Viele Männer und Frauen helfen bei der Suche. Ebenso einige Kinder, die gute Verstecke in den Wäldern kennen. Die Männer der FitzRoy-Eisenwerke durchsuchen das Buschland rund um das Werk, und wir haben die Bauernhöfe in der Umgebung in alle Richtungen informiert.«

»Ich danke Ihnen.«

Er strich sich über seinen langen dunklen Bart, die Augen in seinem wettergegerbten Gesicht waren freundlich. »Wir alle beten dafür, dass Ihre Tochter lebend und gesund gefunden wird.«

»Können wir Ihnen eine Erfrischung anbieten?«

»Danke, aber nein. Ich werde mich auf den Weg machen. Ich reite nach Sutton Forest, um zu sehen, ob dort etwas gesehen wurde.«

»Danke, dass Sie gekommen sind.« Ellen trat zurück, als er wieder auf sein Pferd stieg und davon ritt.

Riona stand hinter ihr. »Man wird sie finden.«

»Wird man das?« Ellen war nicht überzeugt. »Wenn Colm unterwegs frische Pferde zur Verfügung hatte, würde er jetzt schon fast in Sydney ankommen.«

»Es dauert drei Tage, um diese Strecke zu überwinden.«

»Nicht mit frischen Pferden und ohne Schlafpausen.«

»Das könnte er mit Bridget nicht machen. Sie würde den Ritt nicht überstehen. Außerdem sind die Straßen in einem zu schlechten Zustand, um schnell zu reiten.«

»Würde es ihm etwas ausmachen, sollte ein Pferd dabei zu Schaden kommen? Er kommt doch nicht zurück, oder?« Ellen kehrte ins Haus zurück. Die Wut darüber, so nutzlos zu sein, drohte, sie zu verzehren. Sie rieb sich den schmerzenden Hals. Ihre Augen brannten vor Erschöpfung.

»Hier.« Mrs. Ratcliffe trat zu ihr in den Salon und reichte ihr ein Glas mit etwas.

»Was ist das?«

»Brandy. Trinken Sie.«

»Ich habe noch nicht gegessen.«

»Was macht das schon? Trinken Sie.«

Sie tat, wie ihr gesagt wurde. Die Flüssigkeit brannte in ihrer Kehle und in ihrem Magen. Ellen hustete.

»Jetzt setzen Sie sich«, wies Mrs. Ratcliffe sie an. »Ich werde ein Bad für Sie vorbereiten lassen.«

»Ein Bad?«

»In der Tat. Ich wette, Sie haben schon seit einer Woche nicht mehr gebadet. Es wird eine Wohltat für die Muskeln sein. Es wird Ihnen helfen sich zu entspannen.«

»Ich will mich nicht entspannen.«

»Wollen Sie völlig am Ende sein, wenn Bridget zurückkehrt, oder so schwach, dass Sie sie nicht trösten können? Nein, das wollen Sie nicht. Ein Bad wird Ihre Sinne wiederbeleben.« Mrs. Ratcliffe schritt aus dem Zimmer.

Nach kurzer Zeit war Ellen in ihrem Zimmer und saß in einer Wanne mit warmem Wasser. Sie zog die Knie an und lehnte sich mit dem Rücken an den Wannenrand. Ihr Kopf fühlte sich schwer an, und sie schloss die Augen.

Riona brachte einen weiteren Krug mit heißem Wasser herein. »Komm. Ich werde dir die Haare waschen.«

»Ich habe keine Kraft dazu.«

»Du brauchst nichts zu tun, außer hier zu sitzen.«

Schweigend saß Ellen da, während Riona ihr den Staub aus dem Haar wusch. Es war ein wunderbares Gefühl, so verwöhnt zu werden.

Ein Klopfen ging Moira voraus, die ein Tablett mit Essen hereinbrachte. »Hammelragout, Damper und eine Tasse Tee, und ein Himbeertörtchen, falls du es schaffst. Honor treibt mich in den Wahnsinn, sage ich dir. Nicht einmal die Heilige Mutter hätte die Geduld, sich mit ihr zu befassen.«

»Ich danke dir. Was hat Honor jetzt angestellt?«, fragte Ellen, auch wenn es ihr eigentlich egal war.

»Sie glaubt, dass als nächstes ihre Mädchen dran sind. Sie lässt sie nicht aus den Augen, und Aisling tut nichts anderes, als vor Angst zu weinen, armes Lämmchen. Caroline hilft mir, sie zu beschäftigen, aber Honor lässt sie nicht einmal hinaus, um in den Gemüsegarten zu gehen!«

»Ich werde mit Honor reden.« Ellen seufzte und griff nach dem Handtuch.

»Nein, das wirst du nicht«, sagte Moira entschieden und ging zur Tür hinaus. »Ich werde mich um sie kümmern.«

»Iss das ganze Essen auf«, verlangte Riona, während sie sich vor den Kleiderschrank stellte und Ellen saubere Kleidung herausholte. »Passt dir das?« Sie hielt ein grün-weiß gestreiftes Kleid hoch.

»Ja, ich habe es getragen, als ich mit Lily schwanger war«, antwortete sie und begann sich abzutrocknen.

»Dann habe ich mich richtig erinnert.« Riona legte es auf das Bett. »Ich lasse dich jetzt allein, damit du dich in Ruhe anziehen kannst und um nach Lily zu sehen. Miss Lewis hat auch ziemliche Angst.«

»Ich nehme an, sie hätte nie erwartet, dass einer ihrer Schützlinge entführt wird.« Ellen zwang sich zu essen, denn sie wusste, dass sie die Energie brauchen würde.

Der Tag schien sich in die Länge zu ziehen. Die Ungewissheit trieb Ellen in den Wahnsinn. Sie ging wieder durch die Gärten, bis die Männer müde und hungrig zurückkamen.

Die Männer saßen auf dem Rasen hinter der Küche, rauchten und nahmen Bierkrüge entgegen, die Ellen Mr. Thwaite aus einem Fass einschenken ließ. Sie dankte ihnen für ihre Mühe und half Moira und Honor, ihnen das Essen zu servieren.

»Bridget wird es gut gehen«, sagte Caroline, die an Ellens Seite trat, als sie in die Küche zurückkehrten, um weiteres Essen zu holen. »Ich oder Aisling würden Angst haben, große Angst, aber Bridget nicht. Sie ist furchtlos.«

Ellen blieb stehen und sah das hübsche Mädchen an, das weiser war als ihre zwölf Jahre vermuten ließen. »Ich hoffe, du hast recht.«

»Bridget war schon immer mutiger als ich. Sie reitet besser als jedes andere Mädchen, das ich kenne, und wagt auf der Princess Sprünge, vor denen ich Angst habe. Mein Vater sagt, sie ist zwar erst acht Jahre alt, aber sie ist schnell, klug und temperamentvoll.« Caroline lächelte süß. »Ich wünschte, ich könnte mehr wie sie sein.«

Ellen spürte, wie die Tränen in ihren Augen brannten, aber sie blinzelte sie weg. Weinen würde sie brechen. Es würde bedeuten, sich die Niederlage einzugestehen. Sie musste stark sein und durfte nicht zusammenbrechen. »Danke, Caroline. Du bist ein gutes Mädchen.«

Ellen ging um das Haus herum zur Vorderseite. Sie atmete ein paar Mal tief durch und sah dann den Reiter durch das Tor kommen.

Douglas zügelte das Pferd und stieg ab. »Gibt es Neuigkeiten, Mrs. Emmerson?«

»Keine.«

Das hoffnungsvolle Funkeln in seinen Augen erlosch und seine Schultern sackten in sich zusammen. »Es tut mir so leid.«

»Es ist nicht deine Schuld, Douglas.«

»Ich hätte sie nicht allein lassen dürfen. Meine Aufgabe war es, sie zu begleiten.« Er nahm seinen Hut ab und wischte sich mit einer Hand über die Augen. Er sah aus, als hätte auch er kein Auge zubekommen.

Ellen wollte ihn beruhigen. »Ich kenne meine Tochter, und sie hätte dich überzeugt, nach Hause zurückzukehren.«

»Sie sagte, sie wolle nur zu unserem Strand reiten und würde dann gleich nachkommen.«

»Eurem Strand?«, fragte Ellen.

»Es ist kein richtiger Strand. Es ist einfach eine Stelle an der Flussbiegung, wo bei niedrigem Wasserstand eine breite, flache Fläche frei liegt. Wir nennen ihn unseren Strand. Sie tanzt gerne dort entlang.« Seine Stimme brach bei dem letzten Satz.

Ellen beobachtete, wie die Gefühle über sein Gesicht huschten. Douglas war etwa achtzehn Jahre alt, ein anständiger und fleißiger Junge. Dennoch wurde ihr klar, dass er und Bridget viel Zeit miteinander verbrachten. In ein paar Jahren würde Bridget zu einer jungen Dame heranwachsen. Ellen würde die Freundschaft ihrer Tochter mit dem Stallburschen einschränken müssen.

»Ich reite wieder los und suche weiter.« Er nahm die Zügel auf, sein Tonfall war niedergeschlagen.

»Iss erst einmal etwas. Lass dein Pferd ein wenig ausruhen.«

Er nickte mit niedergeschlagenen Blick. »Ich fühle mich so hilflos. Miss Bridget ist wie eine kleine Schwester für mich.«

»Sie wird heil zurückkehren, Douglas.« Ellen wandte sich ab, als ein weiterer Reiter durch das Tor galoppierte.

Der Fremde sprang von seinem erschöpften Pferd. »Mrs. Emmerson?«

»Ja?«

Er reichte Ellen einen Zettel.

*Liebling, noch kein Anzeichen von Bridget oder Colm. Ich habe mich in Bargo Brush und Myrtle Creek nach ihr erkundigt. Habe in Picton die Pferde gewechselt und diese Nachricht geschrieben.*

*Ich mache mich auf den Weg nach Campbelltown. Alles Liebe, Alistair.*

Ellen schloss die Augen.

»Mrs. Emmerson?«, fragte Douglas voller Hoffnung.

»Keine Neuigkeiten.« Sie zerknüllte das Stück Papier. »Bring diesen jungen Mann in die Küche, Douglas. Ihr benötigt beide eine Pause.«

⁓

Am Abend des dritten Tages hielt Ellen es nicht mehr aus. Sie ließ Douglas Betsy vor den Buggy spannen.

»Wo willst du hin?«, fragte Riona, als sie mit Lily im Arm Ellens Schlafzimmer betrat.

Ellen setzte gerade ihren Strohhut auf. »Ich kann keine Minute länger hierbleiben und einfach nur warten. Ich muss raus und etwas unternehmen.«

»Du kannst nicht gehen. Was ist, wenn es Neuigkeiten gibt oder wenn sie zurückkommt?«

»Ich werde nicht lange weg sein. Nur eine Stunde oder so. Ich fahre ins Dorf oder nach Mittagong.« Ellen küsste Lilys weiche Wange. »Ich brauche eine Veränderung. Ich fühle mich in diesem Haus gefangen.«

»Mir wäre es lieber, du würdest bleiben. Du hast so gut wie gar nicht geschlafen. Es ist nicht sicher für dich, einen Buggy zu fahren, wenn du so erschöpft bist.«

»Ich komme schon klar.« Im Flur blickte Ellen auf das Tablett mit den Karten und Notizen von Nachbarn und Freunden, die ihr ihre besten Wünsche schickten oder ihre Hilfe bei der Suche anboten.

»Dann soll wenigstens Douglas dich begleiten«, sagte Riona.

»Wo ist Mr. Thwaite?«

»Er ist noch mit der Gruppe, die heute Morgen aufgebrochen ist, unterwegs. Sie sollten bald zurück sein.«

»Ich bezweifle, dass er in den letzten Tagen geschlafen hat«, murmelte Ellen und schlüpfte in ihre Handschuhe.

»Du auch nicht!«

»Riona, ich kann nicht noch einen Tag länger rumsitzen und nichts tun.« Sie trat hinaus in den warmen Sonnenschein. »Es wird nicht lange dauern.«

Als sie ihre Röcke anhob, um auf den Sitz zu steigen, spürte sie, wie ein Schwindel sie überkam. Ihre Sicht verschwamm, alles wurde unscharf. Sie merkte, wie sie fiel.

»Ellen!«

Als sie wieder zu sich kam, lag sie auf dem Boden, der Kies drückte sich schmerzhaft in ihre Wange. Sie blinzelte, um ihre Sicht zu klären. Stimmen drangen zu ihr durch. Sie hob leicht den Kopf und ein Dutzend Schuhe kamen in ihr Blickfeld.

»Helft ihr auf. Vorsichtig.« Riona kniete neben ihr, Lily saß auf dem Kies hinter ihr.

Douglas und Mr. Thwaite nahmen jeweils einen ihrer Arm und halfen ihr auf die Beine. Langsam gingen sie mit ihr zurück in den Salon. Miss Lewis nahm Lily in den Arm und lief zu Moira.

»Mir geht es gut.« Ellen setzte sich dankbar auf das Sofa.

»Gut?!«, schnauzte Riona. »Du bist ohnmächtig geworden. Bist du verletzt?«

»Nein.« Sie spürte keinen Schmerz, nur eine kleine Schürfwunde an der Wange.

»Soll ich den Arzt holen?«, fragte Mr. Thwaite.

»Nein.« Ellen hob ihre Hand. »Ich brauche keinen Arzt.«

»Aber du wirst dich ins Bett legen und keine Widerrede.« Riona drehte sich um und flüsterte Mr. Thwaite etwas zu, und im nächsten Moment wurde sie von seinen starken Armen hochgehoben und ins Bett getragen.

Mr. Thwaite errötete leicht über die Intimität und eilte aus dem Schlafzimmer.

Riona zog Ellen die Schuhe und Handschuhe aus und nahm ihr den Hut ab. »Solltest du es wagen dieses Bett zu verlassen, bevor ich damit einverstanden bin, bin ich nicht mehr für meine Taten verantwortlich. Ich kann mir nicht auch noch Sorgen um dich machen. Versprich mir, dass du ein Nickerchen machst.«

Ellen nickte und ließ sich in die Kissen sinken. Die Müdigkeit übermannte sie und sie schloss die Augen. Sie würde ein kurzes Nickerchen machen und dann ins Dorf fahren. Nur ein kleines Nickerchen ...

Etwas weckte sie und riss sie aus dem Tiefschlaf. Träge bewegte Ellen ihren Kopf und öffnete langsam ihre Augen. Das Schlafzimmer lag im Dunkeln, die Vorhänge waren zugezogen, und eine Decke war über sie ausgebreitet worden.

Sie brauchte dringend den Topf. Schläfrig erleichterte sie sich, dann schob sie sich wieder ins Bett und rollte sich auf die Seite. Sie hatte das Gefühl, sie könnte eine Woche lang schlafen.

Ein leises Geräusch ließ sie ihre Augen weit aufreißen. Sie lauschte. War es eine sich öffnende Tür gewesen? Lily die weinte?

Die Vorhänge bewegten sich, wurden auseinandergeschoben. Ein Schatten stand in der Balkontür.

Ellen schreckte hoch. Der Mann stürzte sich auf das Bett und packte sie.

Er hielt ihr die Hand über den Mund und zog sie zu sich heran. »Nicht schreien. Ich werde dir nicht wehtun.«

In der Dunkelheit konnte sie sein Gesicht nicht erkennen, aber sein Akzent war irisch. Colm?

Zitternd nickte Ellen.

Langsam nahm er seine Hand von ihrem Mund. Ungeschickt zündete er die Lampe neben dem Bett an und tauchte den Raum in ein schwaches goldenes Licht.

Ellen starrte ihn an. Es war nicht Colm.

Eddie Patterson riss sich das rote Tuch vom Gesicht. »Du weißt, wer ich bin?«

»Ja«, flüsterte sie und musterte sein Gesicht, auch wenn sie nicht viel sehen konnte, da sein langer Bart den größten Teil davon verdeckte.

Sein Blick blieb an ihrem haften. »Ich möchte, dass du mit mir kommst«, murmelte er.

Sie krabbelte rückwärts von ihm weg. »Nein!«

»Sei still!«, flüsterte er barsch. »Heilige Jungfrau Mutter. Ich entführe dich nicht, Weib.« Er schlich zu den Flügeltüren. »Beeil dich.« Er trat hinaus, ohne auf sie zu warten.

Nach einigem Zögern verließ Ellen das Bett. Sie griff nach ihrem Schultertuch, wickelte sich darin ein, zog ihre Stiefel an und folgte ihm auf den Balkon.

Er hielt einen Finger an seine Lippen und zog dann das Tuch wieder über sein Gesicht.

Im fahlen Mondlicht folgte Ellen ihm durch die Gärten und auf die Felder dahinter. Wolken verdeckten den Mond, und er verlangsamte sein Tempo, damit sie mit ihm Schritt halten konnte.

Eine schmale Baumgrenze trennte das Grundstück vom Nachbargrundstück. Hier hatte Patterson sein Pferd angebunden.

Mit einer raschen Bewegung stieg er auf und streckte Ellen die Hand entgegen. »Beeil dich jetzt.«

Sie zögerte.

»Gott im Himmel, Weib, beeil dich! Stell deinen Fuß in den Steigbügel.«

Ohne weiter nachzudenken, ergriff sie seine Hand, und er zog sie vor sich in den Sattel. Sein Pferd protestierte einen Moment lang, machte ein paar Schritte seitwärts, und Ellen dachte, sie würde fallen. Aber Patterson hielt sie an der Taille fest und schnalzte mit der Zunge, damit das Pferd vorwärtslief.

Sie ritten um das Dorf herum und in Richtung Süden. Nachdem sie die Brücke über den Wingecarribee überquert hatten, gab er dem Pferd die Sporen. Sie ließen die umliegenden Farmen hinter sich und ritten durch den dichten Busch.

Ellen klammerte sich am Sattel fest. Die Bewegungen des Pferdes ließen ihre Zähne aufeinanderschlagen. Sie hatte den Verstand verloren. Es musste so sein, wenn sie mitten in der Nacht mit einem gesuchten Bushranger ritt.

Als Patterson das Pferd zügelte, konnte Ellen sich etwas besser konzentrieren. Der Mond brach durch die Wolken und erhellte den Weg ein wenig. Sie überquerten einen seichten Bach und ritten durch eine dichte Baumreihe.

Sie nahm den Geruch von Rauch war, bevor sie das rote Glühen eines Lagerfeuers sah. Kurze Baumstämme standen dicht am Feuer, und die gebratenen Reste eines kleinen Kängurus hingen darüber, während in der Nähe Sättel und andere Ausrüstungsgegenstände auf dem Boden lagen. Ein Pferd schnaubte in der Dunkelheit. Sie waren nicht allein.

Patterson stieg ab, half ihr runter und führte sie zum Feuer, wo er ihr bedeutete, sich zu setzen. »Warte hier.«

Die Schwere ihrer Tat wurde ihr langsam bewusst und ihre Hände begannen zu zittern. Was war sie doch für eine Närrin. Was hatte sie dazu getrieben, so etwas zu tun? Sie war im Busch mit gesuchten Männern. Doch irgendetwas, ein Instinkt, sagte ihr, dass alles gut sein würde. Dass es das Richtige war, hierher zu kommen.

Ein Geräusch hinter ihr ließ sie herumwirbeln. Völlig verblüfft starrte sie auf Bridget, die auf sie zugerannt kam, in ihre Arme stürzte und sie beide fast zu Boden warf.

»Bridget! Liebling!« Ellen küsste den Scheitel ihrer Tochter und hielt sie fest. »Süßes Mädchen, Mammy hat dich.« Sie lehnte sich zurück und musterte Bridgets Gesicht. »Bist du verletzt?«

Bridget, der die Tränen über die schmutzigen Wangen liefen, schüttelte den Kopf und kuschelte sich dann an Ellen, ihr Gesicht an der Schulter ihrer Mutter vergraben.

Über ihren Kopf hinweg beobachtete Ellen, wie Patterson Colm zwischen den Bäumen hervorzerrte, dessen Hände vor ihm gefesselt waren. Ein unbändiger Hass brodelte in Ellens Brust. Sie stand auf und schob Bridget hinter sich. »Du! Ich wusste, dass du es warst! Du abartiger *Dreckskerl*!«

Geknebelt grummelte Colm etwas. Im flackernden Schatten bemerkte Ellen die blauen Flecken in seinem Gesicht und war froh darüber.

»Er ist der Onkel deines Mädchens?«, fragte Patterson.

»Ja. Er kam, um meine Söhne nach Irland zu entführen, aber als er nicht an sie herankam, holte er sich stattdessen meine Tochter.«

»Drecksau«, spuckte Patterson.

Ellen starrte Colm an. »Dafür werde ich dich hängen lassen. Das Gefängnis wäre zu gut für dich. Weißt du, was du mir angetan hast?«

Colm brabbelte und hob die Hände, als würde er betteln.

Sie blickte Patterson an. »Woher wusstest du, dass Bridget meine Tochter ist?«

»Heilige Mutter, das wusste ich nicht, jedenfalls nicht am Anfang. Wir hörten, dass ein kleines Mädchen verschwunden sei, als wir nördlich von Marulan anhielten. Wir haben dort Freunde, die in der Stadt waren und den Bericht von einem berittenen Polizisten gehört hatten. Wir waren der Meinung, dass es an der Zeit sei, weiterzuziehen, wenn Leute auf der Suche waren. Wir wollten nicht ebenfalls gefunden werden. Jedenfalls trafen wir auf *ihn* kurz nachdem wir wieder unterwegs waren. Ich sah, wie er mit dem Mädchen seine Pferde in der Nähe eines Baches ausruhen ließ. Als wir uns unterhielten, schien er etwas vage zu sein. Er sagte uns, er sei auf dem Weg zu den Goldfeldern. Aber ich fand, dass es ein ziemlich weiter Weg sei, um mit einem Kind im Schlepptau auf der Straße zu reisen. Die meisten machen diese Reise mit dem Boot. Quer durchs Land zu den Goldfeldern würde Wochen dauern, falls man diesen Weg überlebt und sich nicht verirrt. Dann erinnerte ich mich an den Bericht über ein vermisstes Mädchen. Ich fragte die Kleine nach ihrem Namen, und als sie Bridget Kittrick-Emmerson sagte«,

Patterson schlug Colm auf die Schulter, »reagierte er ziemlich seltsam und meinte, sie sei seine Nichte, Bridget Kittrick. Er wirkte verschlagen. Ich ahnte, dass etwas nicht stimmte.«

Ellen marschierte auf Colm zu und riss ihm den Knebel aus dem Mund. »Goldfelder? Ernsthaft? Du wolltest über Melbourne zurück nach Irland? Du wolltest das Leben meiner Tochter für deine Rache riskieren!«

»Ich wollte, dass du für all das bezahlst, was du mir angetan hast.«

»Ich habe dir *gar nichts* angetan!«

»Du bist mir seit Jahren ein Dorn im Auge. Malachy ist deinetwegen gestorben. Dann hast du mir meine Familie weggenommen. Zu allem Überfluss, hat mir dein verdammter Mann in den Arm geschossen. Ich wäre fast gestorben!«

»Ich wünschte, du wärst es! Du bist wahnsinnig. Malachy ist durch sein eigenes rücksichtsloses Handeln gestorben, und ich habe meine Kinder vor Hunger und Tod bewahrt. Hör auf, mir die Schuld für dein eigenes erbärmliches Leben zu geben.«

»Schlampe!«, bellte Colm.

Sie zuckte erschrocken zurück.

Patterson schlug Colm seitlich gegen den Kopf, dieser fiel zur Seite und zappelte wie ein Wurm an einem Haken.

Patterson stand über ihm, sein Blick war voller Hass. »Komm ihr noch einmal zu nahe, und ich schwöre bei allem, was mir heilig ist, dass ich dich erschieße.«

»Bastard«, murmelte Colm.

Patterson rieb sich die Fingerknöchel und trat an Ellens Seite. »Geht es dir gut?«

Sie nickte und bemerkte, dass Bridget alles beobachtete. »Danke. Auch wenn die Worte erbärmlich klingen, nachdem du meine Tochter gerettet hast. Wir haben sie seit Tagen gesucht. Ich dachte, er würde sie mit dem ersten Schiff nach Irland mitnehmen.«

»Darauf hat er sich verlassen. Er hoffte ihr wärt der Meinung, er sei schon längst auf den Weg nach Irland und hättet die Suche aufgegeben. Danach hätte er sich frei in Melbourne bewegen können, wenn er dort angekommen wäre. Der dumme Narr versteht nicht, wie weit weg das ist.« Patterson starrte auf Colm hinunter. »Was soll ich mit ihm machen?«

Bevor sie antworten konnte, trat Bridget an ihre Seite und legte ihre Hand in ihre. »Er wird doch nicht wieder kommen und mich mitnehmen, oder, Mammy?«

Bridgets erschrockene Worte rüttelten Ellen auf. Ihre Tochter war immer temperamentvoll gewesen, hatte fast nie Furcht gezeigt und wirkte älter als ihre eigentlichen Jahre vermuten ließen. Aber diese Worte, die mit so dünner Stimme gesprochen wurden, ließen Ellens Herz vor Schmerz erstarren. Colm würde immer ein Schatten sein, der drohte, ihre Familie auseinanderzureißen.

Sie Colm den Rücken zu und sah zu Patterson auf. »Mach mit ihm, was du für richtig hältst.«

Eddie Pattersons Blick blieb weiterhin auf Colm gerichtet. »Er hat mein Gesicht gesehen ... weißt du, was das bedeutet?«

Ein Schauer durchlief sie, aber sie nickte.

Patterson pfiff, und zwischen den Bäumen tauchten zwei Männer auf und zerrten Colm in die Dunkelheit.

Colm kämpfte wie ein wildes Tier. »Ellen! Ellen! Halt sie auf! Heilige Mutter Christi. Ellen!«, schrie er, bis ihn jemand zum Schweigen brachte.

»Kommt, ich bringe euch beide nach Hause.« Patterson holte tief Luft.

»Nein, du bringst dich in Gefahr.« Ellen blickte auf Bridget hinunter. »Wo ist Princess?«

»Sie ist mit unseren Pferden angebunden«, antwortete Patterson für sie.

»Wir nehmen Princess und verlassen euch.«

»Lass mich euch aus dem Busch zur Straße führen.«

Patterson setzte Bridget kurz darauf auf Princess' Rücken, und führte sie durch Bäumen zur Schotterstraße. »Wendet euch nach Norden. Die Straße führt euch nach Berrima.«

»Wie kann ich dir jemals danken?«

»Indem du der Polizei nichts von mir erzählst.« Sein direkter Blick verunsicherte sie, aber nicht auf eine einschüchternde Weise. Dieser Mann aus dem Busch zog sie in seinen Bann.

»Ich werde niemandem etwas erzählen«, versprach sie. »Ich werde sagen, dass Fremde Bridget gefunden haben. Colm war verschwunden. Er hatte sie alleingelassen ...«

»Und wird deine Tochter dasselbe sagen?«

»Ich werde es niemandem sagen, Mister«, erklärte Bridget und klang wieder wie sie selbst. Sie schaute Patterson an. »Sie haben mich gerettet, aber ich weiß nicht, wie Sie heißen.«

Patterson grinste im Mondlicht. »Deine Mammy wird es dir gewiss sagen, wenn du älter bist.«

Ellen ging mit Patterson ein paar Schritte, damit ihre Tochter das nächste nicht hörte. »Ich werde dich niemals verraten. Das ist mein feierliches Versprechen.«

»Danke, Ellen.«

»Sag mir, wusstest du, dass ich es war, als wir uns vor einer Woche auf der Straße in der Nähe von Goulburn begegneten?«

»Ja. Wie könnte ich nicht? Du hast ein Gesicht, das nicht viele Männer vergessen würden. Es ist das schönste Gesicht, das ich je gesehen habe und von dem ich schon ein paar Mal geträumt habe.«

Sie war froh, dass die Halbdunkelheit ihr Erröten verbarg. »Das Land nördlich von Goulburn, Millers Farm. Es gehört jetzt mir. Es heißt Louisburgh, nach dem Dorf, in dem ich aufgewachsen bin. Du wirst dort immer willkommen sein, um dich auszuruhen.«

Im silbernen Mondschatten lächelte er und nahm ihre Hand. »Als gesuchter Mann bezweifle ich, dass ich noch lange auf dieser Erde weilen werde, liebe Ellen, aber ich danke dir.«

Er trat zwischen die Bäume und verschwand.

Ellen holte tief Luft, dann drehte sie sich um und nahm die Zügel von Princess in die Hand. Sie küsste Bridget auf die Wange. »Lass uns nach Hause gehen, Liebling.«

# Kapitel Acht

In der drückenden Januarhitze legte Ellen sich ein feuchtes Tuch in den Nacken, um sich zu kühlen. Im Tal war kein Lüftchen zu spüren, aber vor einer Weile war sie ein wenig im Fluss geschwommen und hatte die Frische des Wassers genossen.

Die Müdigkeit, nicht nur von der Hitze, sondern auch von der Feier am Vorabend, mit der sie das neue Jahr achtzehnhundertvierundfünfzig gefeiert hatten, machte sie träge. Sie war dankbar, dass Alistair im Haus war und sich mit Mr. Thwaite um die anstehenden Angelegenheiten kümmerte. Sie selbst hatte heute nicht die Energie, sich mit Büchern und Rechnungen zu beschäftigen.

Sie ruhte sich in der Nachmittagssonne aus und beobachtete, wie Bridget mit Caroline und Aisling unter der Aufsicht von Miss Lewis im flachen Wasser planschte. Während Riona, die Röcke hochgehoben hatte und Lilys Füße ins Wasser baumeln ließ, und das Baby zum Quieken brachte.

»Darf ich Ihnen noch etwas zu trinken einschenken, Ellen?«, fragte Mrs. Ratcliffe und setzte sich auf einen Stuhl neben Ellen unter einer großen Plane, die Mr. Thwaite und Seamus Duffy für sie aufgebaut hatten. Auf der Decke davor hatten Honor Duffy und Moira ein Picknick vorbereitet.

»Wenn ich noch mehr trinke, Mrs. Ratcliffe, schaffe ich es nie wieder den Hügel hinauf zum Haus. Dieses Baby drückt schon genug auf meine Blase.«

»Oh ja, Sie sind in einem heiklen Zustand. Ich vergesse das immer wieder, da Sie kaum Anzeichen für den bevorstehenden Nachwuchs zeigen. Wann ist es so weit?«

»April. Noch drei Monate.«

»Man sieht es Ihnen nicht an. Manche Frauen werden so rund wie Kühe, riesig.«

»Ich fühle mich riesig!« Sie grinste, aber in Wahrheit war es mit diesem Baby anders. Lily war bereits klein gewesen, aber Ellen befürchtete, dass dieses Baby bisher kaum gewachsen war, so flach war noch ihr Bauch.

»Sie hat nicht wirklich zugelegt, weil sie sich nie eine Pause gönnt«, nörgelte Moira. »Sie ist ständig unterwegs, hauptsächlich zwischen Goulburn und hier.«

Mrs. Ratcliffe, die einige Monate in Sydney verbracht hatte, runzelte die Stirn. »Wie ich höre, haben Sie eine Menge Geld für das Anwesen in Goulburn ausgegeben.«

Ellen grinste. »Ihnen entgeht nichts, nicht wahr? Selbst wenn Sie seit Monaten nicht mehr in der Gegend waren.«

»Ich habe meine Augen und Ohren überall, meine Liebe.« Der Stuhl knarrte unter Mrs. Ratcliffes Gewicht, als sie sich eine weitere Tasse Tee von dem kleinen Tisch neben ihr einschenkte.

»Louisburgh braucht eine Menge Arbeit, um sein Potenzial voll auszuschöpfen.«

»Höre sich das einer an!« Mrs. Ratcliffe lachte. »Sie klingen wie ein Geschäftsmann.«

»Ich bin eine *Geschäftsfrau*.«

»In der Tat.« Mrs. Ratcliffe nahm einen Schluck Tee. »Ich erwäge, nach London zu reisen.«

Ellens Augen weiteten sich bei ihren Worten. »London? Wieso?«

»Ich habe dort einen Cousin. Percy. Ein langweiliger Kerl, um genau zu sein. Seine Briefe langweilen mich, man kann sie höchstens einmal lesen. Aber ich habe kürzlich erfahren, dass er im Sterben liegt. Der arme Mann. Und aus Gründen, die ich noch nicht verstehe, bittet er mich, nach London zu reisen, um ihm zu helfen, seine Angelegenheiten zu regeln. Er hat sonst niemanden, und er traut seinen Freunden nicht über den Weg.«

»Was für eine traurige Aufgabe.«

»In der Tat.« Mrs. Ratcliffe schniefte. »Natürlich werde ich es tun. Aber die Vorstellung, drei Monate auf See zu sein, dann einige Monate in London zu leben und dann wieder hierher zurückzukehren, ist ziemlich ermüdend.« Sie seufzte schwer. »Ich hatte gehofft, dass Sie vielleicht mit mir kommen würden, aber ich weiß, dass das mit dem Baby nicht möglich ist. Ich würde Bridget und Miss Lewis mitnehmen, aber ich fürchte, dass Sie sich dann nach ihr sehnen würden, besonders nach dem, was ihr Onkel getan hat.«

Ellen dachte über die Idee nach, nach England zu reisen. Nach London zu reisen, würde bedeuten, ihre Jungs zu sehen. Es schmerzte sie in der Seele, dass sie ablehnen musste, aber sie war nur drei Monate davon entfernt, ein weiteres Kind zur Welt zu bringen. »Wenn ich nicht schwanger wäre, würde ich das Angebot annehmen, aber ich kann nicht riskieren, auf See zu gebären. Alistair hat versprochen, uns alle mitzunehmen, wenn das Baby über ein Jahr alt und es so weniger riskant ist, es auf eine so lange Reise mitzunehmen.«

»Es gibt kein bestimmtes Alter, wo es keine Risiken gibt, Ellen.«

»Nein, aber mit einem winzigen Säugling zu reisen, ist eine Herausforderung, auf die ich mich nicht einlassen möchte, obwohl ich mich danach sehne, meine Jungs wiederzusehen.« Wie gerne würde sie Zeit mit Austin und Patrick verbringen, aber es würde auch bedeuten, Rafe zu sehen, und sie glaubte nicht, dass ihr Herz es ertragen würde, ihn noch einmal zu sehen, nur um sich dann wieder von ihm zu trennen.

»Nun, das habe ich mir schon gedacht. Aber das macht nichts. Ich werde Ihre Jungs in ihrer Schule besuchen und sie persönlich sehen, wenn Sie das möchten?«

»Das würden Sie tun?« Ellen ergriff Mrs. Ratcliffes Hand. »Was für eine wahre Freundin Sie doch sind.«

»Ich muss Sie allerdings um einen Gefallen bitten.«

»Und um was für einen?«

»Ich möchte, dass Sie während meiner Abwesenheit ein Auge auf mein Anwesen haben. Es ist nichts allzu Anstrengendes, vor allem möchte ich, dass Sie dafür sorgen, dass der Mann, Sampson, dem ich die Verantwortung übertragen habe, jemanden hat, dem er Rechenschaft ablegen kann. Er ist vertrauenswürdig, aber es ist gut, wenn er weiß, dass er sich an Sie wenden kann. Er kann Ihnen jeden Monat seine Berichte schicken, und Sie können mit ihm über alle Belange korrespondieren.«

»Ich fühle mich geehrt, dass Sie mich fragen. Ich werde Ihnen helfen, wo ich nur kann.«

»Danke.« Mrs. Ratcliffe tupft sich mit einem Taschentuch den Schweiß von der Stirn.

»Wann werden Sie abreisen?«

»Nächste Woche. Am Achten. Es ist mir gelungen, kurzfristig eine Kabine auf einem Schiff zu bekommen.«

»Das ist schon sehr bald. Selbst wenn ich Sie begleiten könnte, würde ich nie rechtzeitig fertig werden.«

»Das verstehe ich vollkommen. Ich beeile mich mit den Vorbereitungen. Ich nehme an, dass mein Cousin mich so bald wie möglich bei sich haben möchte.«

»Ich habe morgen Geburtstag. Kommen Sie zum Essen?« Ellen wedelte mit einem Fächer vor ihrem Gesicht herum, um sich abzukühlen.

»Nein, meine Liebe, aber trotzdem vielen Dank. Ich muss packen und meine Angelegenheiten sowohl hier als auch in Sydney regeln. In zwei Tagen reise ich nach Sydney. Davor komme ich vorbei, um mich zu verabschieden.«

»Mama, schau mal!«, rief Bridget von der Mitte des Flusses, wo sie begann, zurück zum Ufer zu schwimmen.

Ellen winkte, um sie anzufeuern. Sie wusste, dass die Strömung im Sommer schwach und die Mitte nicht so tief war.

»Sie scheint ihr traumatisches Erlebnis überwunden zu haben«, meinte Mrs. Ratcliffe und nahm einen Teller mit Sandwiches von Honor entgegen.

»Ja, sie hat sich ziemlich bald so verhalten, als wäre nichts geschehen. Eine Woche lang blieb sie an meiner oder Rionas Seite und wollte nicht reiten gehen oder mit Caroline und Aisling spielen. Aber bald begriff sie, dass es keinen Grund zur Sorge gab, und wurde wieder ganz normal, was für uns alle eine Erleichterung war.« Ellen beobachtete Bridget, die selbstbewusst im Wasser schwamm.

Ihre Tochter hatte versprochen, Patterson nicht zu erwähnen, und sie hatte Wort gehalten, auch als die Polizei ihr zahlreiche Fragen stellte. Sie hatte ihnen gesagt, dass Colm sie am Straßenrand zurückgelassen hatte und sie in der Nacht zurück nach Berrima geritten war. Ellen hatte allen erzählt, sie sei nachts im Garten spazieren gegangen, weil sie nicht schlafen konnte, und habe Bridget in der Einfahrt entdeckt. Alle glaubten ihre Geschichte und lobten Bridget, weil sie so mutig war. Alistair hatte die Zeitungsreporter vom Grundstück verwiesen, als sie Bridget befragen wollten, und zum Glück beruhigte sich die Aufregung, als Weihnachten näher rückte.

Wenn Ellen sie jetzt ansah, fragte sie sich, was ihrer ältesten Tochter bei diesem Vorfall durch den Kopf ging. Bridget war wieder dazu übergegangen, sich älter zu benehmen, als sie war, und unter Miss Lewis' Anleitung lernte und studierte sie gut, obwohl ihr Temperament das Einzige blieb, was niemand kontrollieren konnte. Wieder einmal nannte Bridget Ellen Mama und nicht Mammy, wie sie es getan hatte, als sie sie wiedergefunden hatte. Ellen wusste, dass ihre älteste Tochter immer ein Mensch sein würde, der sie überraschte.

»Kinder passen sich schneller an als Erwachsene«, murmelte Mrs. Ratcliffe. »Sie wird eine Schönheit sein, wenn sie älter ist, Ellen. Sie müssen gut auf sie aufpassen. Die Gentlemen werden Ihnen die Tür einrennen.«

Alle klatschten, als Bridget erfolgreich zum Ufer schwamm, aus dem Wasser kam und Caroline und Aisling zu einem Wettschwimmen herausforderte, den die beiden schnell ablehnten.

»Ich glaube, ich müsste eher auf die Männer aufpassen. Sie wird sie terrorisieren!«, meinte Ellen und lachte.

Alistair gesellte sich bald darauf zu ihnen.

Während Alistair sich mit Mrs. Ratcliffe unterhielt, rief Honor nach Caroline und Aisling und geleitete sie den Hügel hinauf zum Haus, ohne auf ihre Proteste zu achten, dass sie bei Bridget bleiben und das Picknick genießen wollten.

»Was ist mit Honor los?«, fragte Ellen an Moira gewandt.

»Was ist jemals mit dieser Frau nicht los?« Moira seufzte und scheuchte die Fliegen vom Essen weg. »Sie ist so sauer wie drei Tage alte Milch.«

»Nun, sie hatte schon immer ein Problem mit mir, aber Riona hat mir erzählt, dass sie in letzter Zeit mit kaum jemandem spricht. Seit einer Woche hält sie auch noch Caroline und Aisling vom Unterricht mit Miss Lewis fern.«

»Wer kann schon den Verstand dieser Frau verstehen? Sie ist eine Last für sich selbst. Ich weiß nicht, wie Seamus es mit ihr aushält, der arme Trottel, der er ist.«

»Ich werde später mit ihr reden.«

Moira warf ihr einen Seitenblick zu, während sie Zitronenwasser in die Gläser goss. »Sie wird nicht mit dir reden. Sie ist so verschlossen wie eine Muschel.«

Später, nachdem Mrs. Ratcliffe gegangen war und Miss Lewis und Riona den Mädchen ihr Abendessen gegeben hatten, ging Ellen zur Hütte der Duffys und klopfte an die Tür.

Honor kam zu ihr heraus und wischte sich die Hände an einem Tuch ab. »Werde ich im Haus gebraucht?«

»Nein, ganz und gar nicht. Ich wollte nur mit Ihnen reden.«

»Habe ich etwas falsch gemacht?«, fragte Honor sofort mit einer abwehrenden Haltung.

»Nein.« Ellen ließ die Schultern hängen, denn sie wusste, wie anstrengend diese Frau war, und bezweifelte, dass ihr Gespräch angenehm werden würde. »Ich bin gekommen, um zu fragen, warum Sie Ihre Mädchen nicht von Miss Lewis unterrichten lassen.«

»Meine Mädchen stammen aus einfachen Verhältnissen. Es ist nicht nötig, dass sie von einer Gouvernante erzogen werden.«

»Warum? Es ist doch zu ihrem eigenen Besten.« Ellen bemühte sich um Geduld. Diese Diskussion wurde langsam anstrengend.

Honor verengte die grauen Augen. »Wie soll das möglich sein?« Sie deutete hinter sich auf die Hütte. »Sie leben hier. Nicht da drüben.« Sie zeigte auf das Haus. »Meine Mädchen sind anders als Ihre, und ihnen etwas anderes beizubringen, wird nur zu Problemen führen, wenn sie älter sind.«

»Das glaube ich nicht.«

Honor verschränkte die Arme vor der Brust und verzog das Gesicht. »Glauben Sie etwa, dass es meinen Mädchen nichts ausmachen wird, wenn sie sehen, dass Bridget und Lily ein paar vornehme Herren heiraten, dieselben Herren, die über meine Mädchen die Nase rümpfen werden? Bridget und Lily werden den Namen Emmerson tragen und Geld haben. Sie werden als Damen erzogen werden, um in eine Gesellschaft zu passen, die meine Mädchen meidet.«

Ellen seufzte. »Ich verstehe Ihren Standpunkt, wirklich. Ich bin selbst mit der gleichen Feindseligkeit konfrontiert worden, weil ich nicht gut genug war, um in die elitäre Gesellschaft von Sydney aufgenommen zu werden.«

»Dann muss ich mich ja nicht rechtfertigen, oder?«, verteidigte Honor sich.

»Nein, aber die Mädchen könnten dennoch von dem Unterricht profitieren. Caroline spricht davon, eine Gouvernante wie Miss Lewis zu werden. Wollen Sie, dass sie eine bessere Position erreicht oder ihr Leben lang als Dienstmädchen arbeitet?«

»Ja, natürlich möchte ich, dass sie eine bessere Position erreicht.«

»Dann braucht sie eine ausgezeichnete Ausbildung. Und Miss Lewis kann sie ihr geben.«

Honor rieb sich mit den Händen über das Gesicht. »Sie verstehen das nicht. Wenn ich sehe, wie Miss Lewis ihnen beibringt, wie sich eine Dame zu verhalten hat, wird mir angst und bange. Denn innerhalb einer Stunde, nachdem sie Klavier- und Tanzunterricht hatten, helfen sie mir und Moira in der Küche beim Schrubben von Töpfen. Ich will nicht, dass sie sich wertlos oder Ihrem Mädchen unterlegen fühlen.«

»Das will niemand«, stimmte Ellen zu. »Es kann für Ihre Mädchen schwierig sein, wenn sie sehen, dass Bridget und Lily die Dinge haben, die Sie und Seamus ihnen nicht geben können. Aber gewähren Sie ihnen wenigstens eine Ausbildung, damit sie Positionen erreichen können, die ihnen ein besseres Leben ermöglichen, als wir es als Kinder hatten. Dies ist ein anderes Land, ein Neuanfang für uns alle, Honor. Sie sind hierher gekommen, damit Ihre Mädchen eine Zukunft haben. Also lassen Sie zu, dass sie diese haben, indem Sie ihnen eine Ausbildung ermöglichen, die ihnen eine gute Chance auf ein glückliches Leben gibt. Das ist doch alles, was wir wollen, nicht wahr?«

»Sicher, und ich natürlich möchte ich, dass meine Mädchen aufwachsen und so klug sind, dass sie sich für ihre Mammy schämen, die kaum lesen und schreiben kann!«

»Sie würden sich niemals für Sie schämen. Sie lieben Sie, aber sie werden es Ihnen nicht danken, wenn Sie sie vom Lernen abhalten, vor allem, wenn es ihnen hilft, eine anständige Position zu erreichen, wenn sie älter sind. Wollen Sie, dass sie ihr ganzes Leben lang Töpfe schrubben? Oder ist es wichtiger, dass sie nicht klüger werden als Sie?«

»Es geht nicht um mich!«

»Ach nein?«

Einige Augenblicke lang herrschte Schweigen.

Honor knetete das Tuch zwischen ihren Händen und sprach schließlich. »Nun gut. Sie können den Unterricht bei Miss Lewis fortsetzen.«

»Sie haben die richtige Entscheidung getroffen.« Um Caroline und Aisling willen war Ellen erleichtert.

»Habe ich das? Ich nehme an, das wird sich in den nächsten Jahren zeigen.« Honor ging wieder hinein und schlug die Tür hinter sich zu.

~ ~ ~ ~

»Herzlichen Glückwunsch zum Geburtstag, Mama«, rief Bridget und kam in Ellens Schlafzimmer, um sie zu wecken. Sie trug eine lächelnde Lily im Arm, die ihre kleinen Zähne zeigte.

»Danke, mein Schatz.« Ellen setzte sich auf und küsste sie beide.

»Moira macht dir ein besonderes Frühstück.« Bridget setzte Lily auf Ellens Schoß. »Ich muss gehen und helfen. Papa ist unterwegs, um Blumen für dich zu pflücken.« Sie schlug sich eine Hand vor den Mund. »Das sollte eine Überraschung sein.«

»Ich werde überrascht tun.« Ellen grinste, küsste Lilys Wangen und kitzelte sie am Bauch.

Wieder allein, stand Ellen auf und zog sich an, während Lily durch das Schlafzimmer tapste und mit Hilfe der Möbel laufen lernte.

Sie wählte ein rosa und cremefarben gestreiftes Kleid. Sie bürstete ihr Haar aus, rollte es auf und hielt es mit Kämmen in Form.

»Du bist auf!« Alistair betrat das Schlafzimmer. Er schloss Lily in seine Arme. »Herzlichen Glückwunsch zum Geburtstag, meine Liebste.«

»Danke.« Er küsste sie. »Ich habe Hunger!«

»Das Frühstück wartet. Wie fühlt es sich an, einunddreißig zu sein?«

»Genauso wie dreißig, zum Glück! »

Im Esszimmer schmückten Blumen in verschiedenen Vasen und Krügen jede freie Fläche. Es sah aus wie ein Blumengarten, der ins Haus gebracht worden war.

»Oh, das sieht unglaublich aus.« Ellen keuchte auf, der Duft von Rosen und anderen Blumen erfüllte den Raum.

»Ich glaube allerdings, dass du jetzt keine Blumen mehr im Garten hast. Riona und ich haben es ein wenig übertrieben«, gestand Alistair. »Mr. Fenton sagt, das wird schon wieder und fördert neue Knospen, also mach dir keine Sorgen.«

»Vielen Dank.« Sie lächelte auch Riona und Bridget an.

»Was wollen wir heute machen? Du hast natürlich die Wahl.«
Alistair füllte ihren Teller mit Speck und Eiern und dann seinen
eigenen.

»Ich bin mir nicht sicher. Es ist jetzt schon heiß«, antwortete
Ellen und fütterte Lily mit Ei.

»Schwimmen!«, schlug Bridget von der Anrichte aus vor, wo sie
ihren Teller füllte.

»Du bist gestern geschwommen«, erinnerte Riona sie und
schenkte ihr eine Tasse Tee ein. »Außerdem ist es nicht deine
Entscheidung.«

Ellen begrüßte Miss Lewis, die sich als Letzte an den Tisch setzte.

»Ich wünsche Ihnen alles Gute zu Ihrem Ehrentag, Mrs. Emmerson«, sagte Miss Lewis und nahm neben Lilys Hochstuhl Platz.

»Nun«, fragte Alistair, »was möchtest du tun?«

Bevor Ellen antworten konnte, kam Moira mit einem Strauß
Wildblumen hereingestürmt. »Die sind von Mr. Thwaite, Ellen.«

»Oh, das ist aber nett von ihm.«

»Er respektiert dich sehr«, sagte Alistair.

»Er ist ins Dorf geritten, um die Post von der Morgenkutsche
abzuholen, sobald sie ankommt«, sagte Moira, während sie die
leeren Teller von der Anrichte räumte.

Ellen aß etwas von ihrem Frühstück. »Vielleicht könnten wir
heute Morgen und später einen Spaziergang am Fluss entlang
machen.« Sie warf einen Blick auf Alistair. »Ich würde gerne nach
Louisburgh fahren.«

»Wie bitte? Louisburgh?« Er runzelte die Stirn. »Du bist schon
ganz besessen von diesem Anwesen.«

»Ich möchte die Fortschritte, die es macht, sehen. Ich habe es seit
einem Monat nicht mehr besucht.« Das Anwesen in Goulburn war
bald zu ihrem Lieblingsort geworden, obwohl es nicht die Raffinesse
von Emmerson Park besaß. Es war roh und ungekünstelt, es fehlte
an grundlegenden Annehmlichkeiten, und doch liebte sie es, dort
zu sein.

Vielleicht lag es am Fehlen jeglicher Gesellschaft in der Nähe, da
die Siedlung Goulburn eine Stunde Fahrt von Louisburgh entfernt

war. Sie kannte niemanden in Goulburn und hatte es auch nicht vor. Sie mochte den Platz und die Freiheit der weiten Ebenen. Louisburgh gehörte ihr. Alistair war davon nicht sonderlich beeindruckt gewesen, und seit dem Kauf hatte er ihr alles zur Aufsicht überlassen. Er war der Meinung, dass die Schaffarm immer von Verwaltern geführt werden würde und dass sie dem Anwesen nur einmal im Jahr oder so einen Besuch abstatten müsse. Ellen war damit nicht einverstanden. Sie war der Meinung, dass sie irgendwann dauerhaft dort leben würde. Eines Tages würde Emmerson Park an Austin oder eines der Kinder übergehen, und sie würde nach Louisburgh gehen und dort ihren Lebensabend in Frieden und Ruhe verbringen.

»Darf ich mitkommen, Mama?«, fragte Bridget und aß ihren Toast. »Ich kann Princess reiten.«

Ellen lächelte. »Wir werden alle nach Louisburgh fahren. Die ganze Familie. Lily und Miss Lewis, Riona und auch Moira, wenn sie möchte.«

»Ich?«, fragte Riona und hielt mit der Tasse Tee auf halben Weg zu ihren Lippen inne. »Warum?«

»Ich möchte, dass du es siehst. Ich möchte, dass ihr alle es seht.«

»Wir würden in Zelten schlafen müssen, Ellen.« Alistair sah nicht sonderlich begeistert aus. »Die Hütte dort ist zu klein. Sie reicht kaum für zwei erwachsene Leute.«

»Dann nehmen wir einen Wagen mit Zelten, Bettzeug und Vorräten mit. Wir werden ein paar Wochen bleiben.«

Bridget klatschte aufgeregt in die Hände. »Wann werden wir aufbrechen?«

»Morgen«, entschied Ellen, die sich genauso freute wie ihre Tochter. »Wir werden den heutigen Tag damit verbringen, zu packen und zu organisieren, was wir brauchen. Außerdem muss ich zu Mrs. Ratcliffe fahren, um mich von ihr zu verabschieden.«

»Damit hatte ich nicht gerechnet, Ellen.« Alistairs finsterer Blick ärgerte sie.

»Ein Familienabenteuer wird lustig.« Ellen beendete ihr Frühstück und stand auf. »Ich werde nachsehen, ob Mr. Thwaite aus dem Dorf zurückgekehrt ist. Er wird wissen, was wir brauchen.«

»Willst du dein Geschenk nicht von mir haben?«, fragte Alistair, schob seinen Teller weg und hielt sie auf.

»Das wäre schön.« Ellen setzte sich wieder und zwang sich zu einem Lächeln, weil sie wusste, dass sie Alistair aus der Bahn geworfen hatte.

Aus der Schublade eines kleinen Tisches am Ende des Raumes holte er eine kleine Schachtel heraus und überreichte sie Ellen. »Ich hoffe, es gefällt dir.«

Ellen öffnete das schwarze Kästchen. Darin lag, auf einem lila Samtkissen, ein Armband aus Gold und Diamanten. »Es ist wunderschön.«

»Mir wurde gesagt, dass Schmuck nicht nur ein Weg zum Herzen einer Frau ist, sondern auch eine sehr gute Investition.« Alistair lachte.

Die Aussage ließ Ellen zusammenzucken. Eine Investition? Ihr Geburtstagsgeschenk war eine Investition. Hatte er vor, es eines Tages zu verkaufen, wenn sein Wert gestiegen war? War es nur eine Leihgabe für sie?

»Leg es an, Mama.« Bridget berührte sanft das Armband.

»Nein, noch nicht. Ich kann es nicht tagsüber tragen, weil ich es sonst verlieren könnte. Ich trage es bei besonderen Dinnerpartys oder im Theater.«

»Herr im Himmel, verliere es nicht.« Alistair hielt das wohl für einen Scherz.

Ellen schloss den Deckel und stand auf. »Ich werde es weglegen.«

»Nein, gib es mir, Liebste.« Alistair hielt ihr die Hand hin. »Ich schließe es im Tresorraum ein.«

Ellen reichte ihm das Kästchen freudig. So schön das Armband auch war, sie wusste, dass sie es kaum tragen würde. Es war ein Prunkstück. Etwas, das man im Theater oder auf einem Ball tragen konnte. Keines von beiden besuchte sie, außer in Sydney.

»Sollen wir unten am Fluss spazieren gehen, bis Mr. Thwaite zurückkommt?«, fragte Ellen. »Danach packen wir.«

Riona nickte, ihr Blick war wachsam, als sie Ellen anschaute.

»Soll ich bei Lily bleiben, Mrs. Emmerson?«, bot Miss Lewis an. »Sie wird die ganze Zeit nur runter wollen und versuchen zu laufen, und für den Kinderwagen ist es zu uneben.«

»Vielen Dank, Miss Lewis. In der Tat will sie zurzeit überall hingehen.«

»Ich werde mich mit ihr unter den Baum auf der anderen Seite des Obstgartens setzen.«

Eine ganze Weile schlenderten Ellen und Riona schweigend am Fluss entlang, während Bridget am Ufer entlanglief, Wildblumen sammelte und Schmetterlinge und Libellen untersuchte.

»Alistair wollte in ein paar Tagen nach Sydney zurückfahren«, sagte Riona und bückte sich, um einen langen Grashalm zu pflücken. Sie zwirbelte ihn zwischen ihren Fingern. »Du weißt, dass er nicht gerne zu lange weg ist.«

»Dann würde ich vorschlagen, dass er uns nicht nach Louisburgh begleitet, sondern nach Sydney fährt.«

»Ich verstehe nicht, was an dieser Farm so reizvoll sein soll, wo du doch hier ein so komfortables Zuhause hast.«

Ellen hielt inne, als ein kleiner Schwarm roter und blauer Sittiche vom Himmel herabstürzte und im Gras auf der anderen Seite des Flusses landete. »Diese Vögel sind so schön.«

»Das sind sie. Bridget möchte einen in einem Käfig haben, aber ich habe ihr gesagt, dass es wilde Vögel sind. Ich habe sie gefragt, ob sie an einem Tag frei sein will und am nächsten für immer in einem Käfig eingesperrt.« Riona lächelte sanft. »Du kannst dir ihre Antwort vorstellen.«

»Sie lässt sich nicht zähmen.«

»Nein.« Riona sah sie an. »Du hast meine Frage nicht beantwortet.«

Ellen hakte ihren Arm bei Riona ein. »In vielerlei Hinsicht ist Louisburgh mehr mein Zuhause als hier. Ich kann mit Louisburgh machen, was ich will.«

»Ich dachte, es wäre bereits hier so.«

»Ist es auch, natürlich, aber es war immer Alistairs Eigentum. Dieser Ort ist das Paradies nach Irland und sogar Sydney. Und doch fühlt sich Louisburgh an, als gehöre es mir. Es ist das Land, von dem ich immer geträumt habe, als wir mit dem Schiff hierher kamen. Es ist das Land, das ich für uns alle wollte.«

»Sieh dich um, Ellen. Du lebst auf fünfhundert Morgen. Du hast Land.«

»Das ist Alistairs Besitz. Es wurde ihm zugesprochen. Er hat das Haus entworfen, um es darauf zu bauen.«

»Und du bist seine Frau.«

»Du verstehst das nicht. Ich wollte mein eigenes Land.«

»Nein, du hast recht. Ich verstehe dich überhaupt nicht.«

»Louisburgh gehört mir. Es war meine Entscheidung, es zu kaufen, und Alistair ist es egal.«

»Eines Tages musst du mit dieser Besessenheit von Land aufhören.« Riona blickte wieder den Hügel hinauf. »Moira wedelt mit dem roten Tuch.«

»Lass uns zurückgehen. Bridget«, rief Ellen und deutete auf das rote Tuch, das das Signal war, dass man im Haus gebraucht wurde.

Oben auf dem Hügel angekommen und durch die Gärten auf das Haus zugehend, rannte Moira aufgeregt zu ihnen. »Die Post. Mr. Thwaite ist mit der Post zurück. Ich habe Tee gekocht.«

»Warum bist du wegen der Post so aufgeregt?«, lachte Riona.

»Du wirst schon sehen!«

Ellens Herz machte einen Sprung und sie griff nach Moiras Arm. »Briefe von den Jungs?«

Moira nickte und hüpfte fast von einem Fuß auf den anderen, so glücklich war sie. »Geh, schnell. Ich will wissen, was sie schreiben.«

Ellen raffte ihre Röcke und eilte ins Haus, Riona und Bridget hinterher. Sie eilte ins Arbeitszimmer, wo Alistair am Schreibtisch saß und einen großen Stapel Briefe sortierte.

Er schaute auf. »Nun, dein Geburtstag hat sich plötzlich für dich aufgehellt, nicht wahr?« Er reichte ihr einen dicken Stapel Briefe.

Ellen fragte sich, ob ihr das Herz gleich zerspringen würde. Sie drückte die Briefe an ihre Brust, während Alistair auch Riona einige Briefe überreichte.

»Bekomme ich keine Briefe?« wimmerte Bridget.

»Ich bin sicher, die Jungs erwähnen dich in ihren Briefen, Püppchen.« Alistair lächelte. »Ich habe einen Brief von Rafe erhalten«, erzählte er Ellen. »Mein Vater schreibt ebenfalls. Ich werde dir den Inhalt mitteilen, sobald ich ihn gelesen habe.«

Ellen nickte und drehte sich um, weil sie irgendwo in Ruhe lesen wollte. Sie ging nach draußen und setzte sich auf die Veranda, die Briefe in ihrem Schoß. Sie blätterte sie durch und sah dann einen Umschlag, von dem sie wusste, dass er von Rafe war. Ein Schauer der Sehnsucht durchlief sie. Sie konnte nicht hier sitzen und seine Worte lesen. Sie wollte nicht gestört werden, und sie konnte durch die offenen Fenster hören, wie Bridget Riona bat, die Briefe laut vorzulesen.

Das Baby bewegte sich, als Ellen über den Rasen schritt und den Hügel hinunter zum Fluss ging. Am Ufer angekommen, setzte sie sich ins Gras und öffnete den Umschlag. Drei Seiten fielen heraus. Als sie sie überflog, sah sie je einen von Rafe, Austin und Patrick. Den von Rafe las sie zuerst.

*Liebste Ellen,*

*ich kann Dir gar nicht beschreiben, wie überrascht und erfreut ich war, als ich die Jungen heute in Liverpool sah. Als ich ihre Geschichte hörte, wusste ich plötzlich, dass Du sehr traurig sein würdest. Bitte wisse und tröste dich damit, dass sie bei guter Gesundheit sind und sich in meiner Obhut befinden.*

Ein Schluchzen entwich ihr. Bis zu diesem Moment, hatte sie mit der Angst gelebt, dass ihren Jungs auf der Reise etwas zugestoßen sein könnte. Es war eine Angst, die sie mit niemandem teilen konnte, aber zu wissen, dass sie nun bei Rafe in Sicherheit waren, gab ihr eine gewisse Erleichterung.

*Sei versichert, dass ich mich um sie kümmern werde, als ob sie meine eigenen Söhne wären, und da sie Deine Söhne sind, werde ich sie auch so lieben.*

*Du wirst feststellen, dass sie Dir geschrieben haben, was Dir zweifellos viel Freude bereiten wird.*

*Ich habe es eilig, diesen Brief zusammen mit den Briefen der Jungen abzuschicken, damit er Dich so schnell wie möglich erreicht, um Deinen Geist und Dein Herz zu beruhigen. Ich verstehe, dass es Dich schmerzt, nicht bei ihnen zu sein und dass sie so weit von Dir entfernt sind, aber sie werden immer meine oberste Priorität sein. Ich würde Dir niemals Grund zu der Annahme geben, dass sie nicht von mir gewollt sind.*

*Alistair möchte, dass sie in seiner alten Schule eingeschrieben werden, und ich werde diese Verantwortung übernehmen. Sie werden jedoch in den Ferien bei mir sein, also zweifle bitte nicht daran, dass sie ohne Führung und Fürsorge sind, denn ich werde sie wie meine eigenen Kinder behandeln.*

*Ich weiß, dass ich Dir einmal versprochen habe, Dir nie wieder zu schreiben, aber dieser Anlass war zu wichtig, als dass ich ein solches Versprechen einhalten konnte. Ich musste Dir einfach schreiben, um Dich zu beruhigen.*

*Wie sehr wünschte ich, Du wärst mit ihnen auf dem Schiff gewesen. Ich liebe Dich noch immer.*

*Mit meiner innigsten und aufrichtigsten Liebe und Hingabe,*
*Rafe.*
*Liverpool.*
*Oktober, 1853.*

Ellen schloss ihre Augen und küsste den Brief, während ihr die Tränen über die Wangen liefen. Ihr Herz schmerzte vor Liebe zu einem Mann, den sie nie wiedersehen würde. Wie sollte sie das ertragen?

Sie versuchte sich zu sammeln, schob den Schmerz beiseite und nahm Austins Brief in die Hand.

*Liebe Mama,*

*Wir sind sicher in Liverpool angekommen und befinden uns bei Mr. Hamilton in seinem Haus. Wir gehen gleich zum Postamt, um alle Briefe abzuschicken, die wir auf dem Schiff geschrieben haben.*

*Es tut mir sehr leid, dass ich mich nicht von Dir verabschieden konnte, aber es macht mich nicht traurig, dass ich nach Harrow gehen werde, denn ich werde dort viel lernen und Du wirst stolz auf mich sein können. Mr. Hamilton sagt, dass wir in allen Ferien bei ihm sein werden und auch Papas Eltern besuchen werden. Ich freue mich darauf, eine englische Schule zu besuchen und zu lernen, ein Gentleman, wie Papa und Mr. Hamilton, zu sein.*

*Ich habe mich während der ganzen Reise um Patrick gekümmert, da er sehr traurig war, und ich werde mich auch in der Schule um ihn kümmern.*

*Liebe Grüße an alle,*

*Dein Sohn,*

*Austin Emmerson.*

*P.S. Bevor wir losgefahren sind, hat Papa mir gesagt, ich solle den Namen Emmerson annehmen, was ich auch tun werde. Ich würde lieber diesen Namen annehmen als den meines Vaters, auf den ich nicht stolz bin.*

Der letzte Satz ließ sie zusammenzucken. Dachte Austin so über seinen Vater? Austin hatte ihr das nie gesagt. Er würde lieber ein Emmerson sein? Sie fühlte sich in Malachys Namen verletzt. Es stimmte, am Ende war Malachy durch den Kampf gegen die Krautfäule und die jahrelangen Missernten ein anderer Mensch geworden. In den letzten Jahren seines Lebens hatte er nicht genug getan, um seine Familie durch die Hungersnot und das Chaos zu bringen. Trotz alledem hatte Malachy seine Kinder geliebt, und kein Mann hätte stolzer sein können, als Austin geboren wurde. Es machte sie traurig, dass sein ältester Sohn keinen Trost daraus zog, ein Kittrick zu sein. Im Gegenteil, der Name beschämte ihn, und Colm hatte es noch schlimmer gemacht.

Sie entfaltete Patricks Brief.

*Liebe Mammy.*
*Ich möchte nach Hause kommen. Ich vermisse Dich und alle anderen. Kannst Du bitte etwas tun, damit ich zurückkehren kann?*
*Dein Sohn, Patrick Kittrick. Ich will nicht Emmerson genannt werden, aber Austin sagt, ich muss.*

Ihr Herz schmerzte erneut für ihren zweiten Sohn. Die Tränen rannen in Strömen über ihre Wangen, als sie auf seinen einfachen Zettel starrte. Er vermisste sein Zuhause, und sie konnte ihn nicht umarmen und ihm Trost spenden, wie sie es sich so verzweifelt wünschte. Patrick war so anders als Austin. Patrick war weicher, sanfter als sein älterer Bruder. Er genoss eine einfachere Lebensweise. Patrick wollte nicht die Aufmerksamkeit wie Bridget, und er war kein Überflieger wie Austin. Sie betete, dass er sich im Internat einleben würde. Sie hatte das Gefühl, dass er es hassen würde, während Austin über sich hinauswachsen würde.

Die nächste Stunde verbrachte sie damit, all die Briefe der beiden zu lesen, die sie auf dem Schiff geschrieben hatten. Sie lächelte über die Streiche, die Austin beschrieb, und schluckte ihren Schmerz über Patricks Heimwehbriefe hinunter. Austin blühte unter der Aufsicht von Kapitän Leonards auf und füllte die Seiten mit Details darüber, was Kapitän Leonards tat und warum, und dass der Kapitän Austin Unterricht in Navigation und Schiffsführung gab. Patrick fertigte ein paar Zeichnungen von den Seeleuten und Teilen des Schiffes an, und Ellen bemerkte, dass er ein gewisses Talent für Skizzen hatte. Sie hoffte, dass er das während der Schulzeit ausbauen konnte, denn es schien ihm Spaß zu machen.

Als sie schließlich alle Briefe gelesen hatte, schlenderte sie zurück zum Haus und übergab das Bündel an Alistair, Riona und Bridget, damit sie sie lesen konnten. Wobei sie Rafes Brief in die Innenseite ihres Mieders geschoben hatte.

Dann machte sie sich auf die Suche nach Lily. Miss Lewis war im Schlafzimmer des Mädchens und wechselte Lilys Windel.

»Wie ich höre, haben Sie gute Nachrichten erhalten, Mrs. Emmerson?«, sagte Miss Lewis und übergab Lily an Ellen.

»Ja, meine lieben Jungs sind sicher in England angekommen.« Ellen drückte Lily fest an sich. Das Gefühl von Lilys Babyarmen, die ihren Nacken umschlossen, ließ weitere Tränen in ihren Augen brennen. »Ich werde sie für eine Weile übernehmen, bevor ich Mrs. Ratcliffe besuche«, sagte sie zu Miss Lewis und setzte sich in den Schaukelstuhl am Fenster.

Allein gelassen, summte Ellen die irischen Melodien, die ihre eigene Mutter einst gesummt hatte, während Lily sich an sie schmiegte. Leise weinend schaukelte Ellen Lily in den Schlaf und wünschte sich, Rafe könnte seine Tochter, die ihm so ähnlich sah, im Arm halten, und wünschte sich, ihre geliebten Söhne wären zu Hause.

# Kapitel Neun

E llen zog sanft an den Zügeln, damit Betsy langsamer wurde, als sie in den Weg einbogen, der sie die letzte Meile zur Hütte führen würde. »Wir sind jetzt auf Louisburgh-Land.« Sie strahlte Riona und Miss Lewis an, die Lily festhielt.

Neben ihnen ritten Bridget, Alistair, Mr. Thwaite und Douglas. Sie waren an diesem Morgen von Marulan aus angereist, nachdem sie in einem Gasthaus übernachtet hatten.

»Es ist sehr karg. Die einzigen Bäume sind die, die die Hügelkette in der Ferne säumen.« Riona schien unbeeindruckt, als sie durch trockene, braune Grasfelder fuhren.

»Die Hügel zu unseren Seiten sind schön«, sagte Miss Lewis.

»Es gefällt mir, Mama.« Bridget lenkte Princess neben Ellen. »Ich kann meilenweit reiten.«

»Das kannst du, Liebling, aber du musst immer jemanden dabei haben, denn du kennst die Gegend noch nicht und könntest dich leicht verirren.«

»Das ist in Ordnung. Douglas ist hier. Er wird mit mir reiten.«

»Dieses Mädchen steigt nie vom Pferd«, murmelte Riona. »Sie stellt Miss Lewis beim Unterricht immer ein Ultimatum, weißt du. Sie hört nur auf Miss Lewis, wenn sie ihr jeden Nachmittag einen Ausritt verspricht.«

»Stimmt das, Miss Lewis?«, fragte Ellen, als sie sich der Hütte näherten.

»Ich fürchte ja, Mrs. Emmerson.«

»Ich werde mit ihr reden.« Ellen zügelte Betsy, und Alistair stieg neben dem Wagen ab, um den Damen beim Aussteigen zu helfen.

Ellen schaute sich um und fühlte sich wie zu Hause. Bei den wenigen Malen, die sie seit dem Kauf auf dem Anwesen gewesen war, hatte sie das Gefühl, dass ihr eine Last von den Schultern fiel. Hier war sie einfach Ellen, nicht Mrs. Emmerson, die Herrin von Emmerson Park, die Frau eines angesehenen Geschäftsmannes aus Sydney. Die Frau, die sich auf eine bestimmte Art und Weise zu verhalten hatte, die ein Mitglied der feinen Gesellschaft war, die Besucher empfing, in Wohltätigkeitsausschüssen mitwirkte, mit Moira Speisepläne besprach und all den Rest, der von ihr erwartet wurde.

Louisburgh war ein Zufluchtsort, weit entfernt von der Gesellschaft. Sie würde niemals Leute hierher einladen.

»Wir schlagen die Zelte auf«, sagte Alistair. »Dann werden Mr. Thwaite und ich den Hirten suchen und nach der Herde sehen.«

»Ich wollte auch nach der Herde sehen«, sagte Ellen und hob eine Tasche aus dem Buggy.

»Warum?«

»Ich will sehen, wie es den Lämmern geht, und weil du deutlich gemacht hast, dass dich dieser Ort nicht interessiert.« Sie übergab Riona die Tasche. »Also werde ich lernen, wie man es profitabel macht, und es wird für dich keine Last darstellen.« Sie starrte auf die Hütte. »Ich habe sehr viele Pläne, wir müssen ein Haus entwerfen, bessere Ställe bauen und …«

»Kann ich dich bitte unter vier Augen sprechen, Liebste?« Alistair nahm sie am Ellbogen und führte sie von den anderen weg.

»Was ist denn?«

Sein Blick war starr und kalt. »Hier wird kein Haus gebaut werden.«

Erstaunt wich sie zurück. »Was soll das heißen? Wir brauchen ein Haus.«

»Nein, brauchen wir nicht. Dieser Ort ist eine Schaffarm, die von einem Verwalter geleitet wird, der in der Hütte lebt und nicht mehr braucht als das.«

»Nein, Alistair. Ich möchte, dass dies mein Zuhause wird.«

Seine Lippen verzogen sich zu einem dünnen Strich vor Verärgerung. »Du hast ein Zuhause. Emmerson Park ist dein Zuhause, das Zuhause der Kinder, unser Zuhause! Nicht dieser Hinterhof!«

»Du weißt, dass es mir hier gefällt«, wandte sie ein, und Wut begann in ihrem Inneren zu brodeln.

»Ich werde kein weiteres Geld für diesen Ort ausgeben, bis die Schafe Gewinn abwerfen. Mit dem Verkauf der Wolle konnten wir einen Teil der Hypothek abbezahlen, und mit dem Verkauf der Lämmer können wir einen weiteren Teil abbezahlen, aber da sind noch die laufenden Kosten und die Steuern. Es war nie meine Absicht, daraus einen komfortablen Ort zu machen. Es sollte immer nur ein Ort sein, an dem man Schafe züchten kann.«

»Willst du mir sagen, dass wir kein Haus bauen können?«

»Richtig. Wir haben kein Geld dafür übrig.«

»Sind wir in finanziellen Schwierigkeiten?«

»Nein ...« Er wandte den Blick ab.

Es schockierte sie, dass Alistair ihr etwas über ihre finanzielle Situation verschweigen könnte. »Was verschweigst du mir?«

»Nichts. Ich werde einfach kein weiteres Geld für diese Immobilie ausgeben.« Er fuchtelte mit dem Arm herum, um auf die kleine Holzhütte, den einzigen Stall, den Anbau daneben und den kahlen, nicht vorhandenen Garten zu deuten. »Sieh dich um, Ellen. Keiner will hier leben.«

»Ich schon. Ich. Ich will hierher kommen und ...«

»Was? Dich vor deinen Verantwortungen drücken? Wozu hast du uns alle hierher geschleppt?«

»Um etwas Abwechslung zu haben. Um frei zu sein von den Verpflichtungen, die unsere Tage beherrschen. Hier können wir uns einfach nur entspannen und sind nicht von Leuten umgeben. Wir können reiten und Picknicks machen, lesen und müssen uns nicht für das Abendessen umziehen ...«

»Alles, was du bisher gemacht hast?« Er war furchtbar ruhig. »Du willst deinem Leben den Rücken kehren?«

»Sei nicht albern, Alistair«, wetterte sie. »Ich will irgendwo sein, wo ich, ich selbst sein kann.«

»Weil es dir unangenehm ist, meine *Frau* zu sein?«

»Warum sagst du so etwas? Es geht hier nicht um dich, Alistair. Es geht um mich. Ich will hier sein und tun, was ich will.«

»Und das kannst du auf Emmerson Park nicht tun?«

»Ich kann, aber nur bis zu einem gewissen Grad. Berrima wird immer mehr wie Sydney, wo ich jeden Tag Besuche erhalte oder Briefe beantworten muss. Für all das bin ich nicht gemacht.«

»Aber du wolltest es für deine Kinder. Du hast mich geheiratet, um ihnen eine gute Stellung in einer Gesellschaft zu sichern. Eine die dir selbst nicht gefällt. Das ist der Preis, den du zahlen musst«, spottete er.

»Ich bin mir dessen voll bewusst, und ich bin bereit, meine Rolle für die Kinder und für dich zu spielen, aber ich möchte auch irgendwo hingehen können, wenn ich etwas Zeit für mich allein brauche.«

»Die meisten Frauen würden dich um deine Stellung beneiden. Du hast Häuser in der Stadt und auf dem Land, das Beste von allem, und doch ist es nicht genug für dich.« Er seufzte. »Ich werde dich nie verstehen.«

»Es tut mir leid, dass du es so siehst.«

»Morgen reite ich zurück und fahre weiter nach Sydney. Wirst du dich in ein oder zwei Wochen zu mir gesellen? Ich habe Karten fürs Theater für Anfang Februar, den fünften, glaube ich. Ich möchte, dass du mich begleitest, wenn es möglich ist. Danach sind wir zu einem Abendessen im Haus der Gardner-Hills eingeladen.«

Ellen zuckte zusammen. Sie und Mrs. Gardner-Hill waren nicht unbedingt Freundinnen. »Nun gut. Wenn du es wünschst, aber ich werde nicht lange bleiben. Nur ein paar Wochen. Ich will nicht in Sydney entbinden.«

»Nein, Gott bewahre, das würde bedeuten, dass du bei mir bleiben müsstest.« Er drehte sich um, um zu gehen.

»Oh, und Alistair?«

Er blickte sie über die Schulter an, seine Augen wirkten leer und zeigten kein Interesse an dem, was sie zu sagen hatte. »Ja?«

»Ich werde einen Weg finden, den Wert von Louisburgh zu erhöhen. Es könnte einige Jahre dauern, aber ich werde es nicht nur profitabel, sondern auch komfortabel machen.«

»Ich habe keine Zweifel, dass du es tun wirst, Ellen. Wenn man eine Leidenschaft für etwas hat, gibt man alles.« Er sprach so, als wäre es eine Beleidigung und kein Lob, und Ellen ärgerte sich über ihn.

Alistair gesellte sich wieder zu den anderen, aber Ellen war zu angespannt, um eine freundlich Miene aufzusetzen, und ging in die andere Richtung zum Grab von Mariah Miller.

Sie bückte sich und riss das Unkraut, das um das Kreuz wuchs, raus.

»Wer ist das?«, fragte Bridget, die hinter ihr auftauchte.

»Mrs. Mariah Miller. Sie war die Frau des Mannes, dem das Land gehörte und der es an uns verkauft hat.«

»Mariah ist ein schöner Name.«

»Stimmt. Sie hatte ein kleines Baby namens Thomas.«

»Ist er auch gestorben?«

»Nein. Mr. Miller hat ihn mit nach England genommen.« Ellen stand auf und lächelte ihre Tochter an. »Wir müssen uns um Mariahs Grab für ihn kümmern.«

»Das ist schön. Ich kann helfen. Wir können eine Rose für sie pflanzen. Wir können eine aus Emmerson Park mitbringen.«

»Das ist eine wunderbare Idee, Schatz. Das machen wir.«

»Ist der Bach tief genug, um darin zu schwimmen, wie unser Fluss zu Hause?« Bridget hüpfte zum Ufer des Baches.

Ellen folgte ihr. »Nein. Er ist zu seicht, aber an heißen Tagen können wir mit den Füßen hineingehen.«

»Mir gefällt es hier, Mama.« Bridget zog an einem Grashalm. »Patrick würde es gefallen, mit mir über die Hügel zu reiten, da bin ich mir sicher.«

»Und eines Tages werdet ihr das auch.«

»Papa sagt, wir werden nächste Woche nach Sydney fahren. Ich will nicht mitkommen. Ich werde Princess vermissen.«

»Es wird nur für eine kurze Zeit sein. Zu deinem Geburtstag sind wir wieder auf Emmerson Park.«

»Miss Lewis sagt, in Sydney ist es im Sommer zu heiß.«

»Das stimmt, aber wir müssen bei Papa sein, wenn er uns braucht.« Ellen unterdrückte einen Seufzer.

»Mr. Thwaite sagte, ich solle Princess morgen ausruhen lassen, da sie einen langen Ritt hinter sich habe. Was sollen wir stattdessen tun?«

»Deinen Unterricht mit Miss Lewis fortsetzen?«, schlug Ellen grinsend vor.

»Das ist so langweilig!«

»Dann die Gegend zu Fuß erkunden?« Ellen zwinkerte.

»Können wir?«

»Natürlich. Wir werden einen langen Spaziergang machen und das ganze Land sehen, das uns gehört.«

Am nächsten Morgen, noch bevor die Sonne über der Gebirgskette aufgegangen war, stieg Alistair auf Pepper. Er hatte sich am Abend zuvor verabschiedet, aber Ellen war mit ihm im Morgengrauen aufgestanden.

Seit ihrem gestrigen Streit hatten sie nicht viel miteinander gesprochen. Am Nachmittag hatten sie die Herde inspiziert und die gesunden Lämmer bewundert, wobei sie Mr. Jollis, den Hirten, lobten.

Am Abend hatten sie am Lagerfeuer gesessen und über viele Dinge geplaudert. Riona hatte ihnen ein paar irische Lieder vorgesungen, und auch Miss Lewis hatte zu einer Ballade angestimmt, bevor die Schüchternheit sie übermannte.

Alistair hatte in einem Zelt geschlafen, während Ellen das Bett in der Hütte mit Riona und Lily teilte. Während sie den Geräuschen der Nacht lauschte, hatte Ellen in ihrem Kopf Pläne für die Verbesserungen gemacht, die sie in Louisburgh vornehmen würde.

»Komm gut an«, sagte sie zu Alistair, während sie mit vor dem Bauch verschränkten Händen im blassrosa Licht der Morgendämmerung stand. Die einheimischen Vögel riefen ihren morgendlichen Chor von den Bäumen in den Hügeln und erzeugten eine Sinfonie von Geräuschen.

»Kann ich dich bald in Sydney erwarten?«, fragte Alistair und rutschte im Sattel zurecht.

»Ja, das kannst du.«

Er beugte sich hinunter, um sie zu küssen. »Sei vorsichtig bei deinen Spaziergängen. Nimm immer Mr. Thwaite mit. Und übertreibe es nicht. Denk an das Baby.«

Sie nickte, irritiert darüber, dass er sie daran erinnerte, als wäre sie ein Kind.

Als sie ihn davonreiten sah, spürte Ellen Erleichterung. Sie mochte Alistair sehr, aber es gab Zeiten, in denen sie nicht einer Meinung waren, und sie wusste, dass sie ihn enttäuscht hatte. Er wollte eine unterwürfige Frau, eine, die ihm, ohne zu fragen gehorchte, wie es die Frauen seiner Freunde taten. Ihre Unabhängigkeit, ihre Intelligenz und die Tatsache, dass sie anders war als die Frauen in seinem Umfeld, hatten ihn angezogen, aber diese Anziehungskraft ließ nach. Er wollte, dass sie sich anpasste, dass sie wie die anderen Frauen war, die gerne Tee tranken, nähten oder lasen, Kleider anprobieren gingen und Kutschfahrten durch die Stadtparks unternahmen. All die Dinge, die sie für sinnlos erachtete und sie langweilten.

Wie sollten sie das überwinden? Würden sie die vor ihnen liegenden Jahre getrennt verbringen? Sich über Theatertermine und Essenseinladungen streiten?

Ellen glaubte nicht, dass sie das würde ertragen können.

»Mama, ich habe Hunger.« Bridget kam aus der Hütte und rieb sich den Schlaf aus den Augen.

»Das können wir doch nicht zulassen, oder?« Ellen drückte sie an ihre Seite. »Sollen wir anfangen, Frühstück für alle vorzubereiten?«

»Und danach können wir auf Erkundungstour gehen?«

»Wir können ein Picknick in den Hügeln machen, was meinst du? Vielleicht kann Mr. Thwaite ein Känguru für unser Abendessen schießen.«

Ellen fühlte sich unwohl und dick in ihrem cremefarbenen und rosaroten Kleid. Während des gesamten Abends im Theater von Sydney hatte sie sich von dem Mieder eingeengt gefühlt. Das Kleid war mit dem Voranschreiten der Schwangerschaft zu eng geworden. Aber sie war, sehr zum Ärger von Alistair, später als geplant in Sydney angekommen, und hatte keine Zeit mehr gehabt, sich in Mrs. Haggertys Salon ein neues Kleid anpassen zu lassen.

Als sie nun nach dem Ende der Aufführung auf einem Stuhl in der Nähe des Erfrischungstisches in der Villa der Gardner-Hills saß, war sie sich des gespannten Stoffes und der Blicke, die ihr von den Frauen im Raum zugeworfen wurden, sehr wohl bewusst. Sie hatte gehört, wie eine erwähnte, dass Ellens Haut fast die Farbe eines Eingeborenen angenommen hatte, da sie zu viel im Freien war. Eine andere erwähnte, dass sie mit den Hirten ein raues Leben führte und allein durch das wilde Land fuhr.

Sie verbarg ein Gähnen hinter ihrer Hand. Sie war erschöpft von der späten Stunde und dem langweiligen Frauengeschwätz.

Mehrere von Alistairs Freunden hatten ihre Aufmerksamkeit in Anspruch genommen, sobald sie beim Abendessen angekommen waren, und wollten etwas über das Land in der Nähe von Goulburn wissen und fragten sie nach ihrer Meinung zur Landwirtschaft dort. Sie hatte ihnen mit Freuden erzählt, was sie in den letzten

Wochen in Louisburgh gelernt hatte. Sie und Bridget waren meilenweit gelaufen und hatten jeden Teil des Grundstücks erkundet. Mr. Thwaite hatte Ellen das Schießen beigebracht, und Mr. Jollis, der die Gesellschaft genoss, hatte ihr angeboten, ihr verschiedene Dinge über Schafe, Lämmer, Schur und Zucht beizubringen. Aus den zwei Wochen in Louisburgh waren drei geworden, und Ellen hatte sich beeilen müssen, um rechtzeitig zum Theaterbesuch in Sydney zu sein, den sie Alistair versprochen hatte.

»Guten Abend, Mrs. Emmerson.« Mrs. Percival, eine der Ehefrauen, deren Mann mit Alistair Geschäfte machte, kam zu ihr und setzte sich neben sie. »Sie müssen erschöpft sein.«

»Ein wenig schon.« Ellen warf einen Blick auf die Standuhr und stellte fest, dass es bereits ein Uhr morgens war.

»Wie ich höre, sind Sie gerade erst von irgendwo in der Wildnis in Sydney angekommen?«

»Das ist richtig.« Ellen versuchte, freundlich zu sein, obwohl diese Frau in der Vergangenheit unhöflich zu ihr gewesen war.

»Wie schrecklich.« Der Blick der anderen Frau schweifte durch den Ballsaal, als ob sie jemanden suchen würde.

»Eigentlich nicht. Ich genieße die Weite des Landes. Die Stadt ist zu beengend.«

»Finden Sie? Ich empfinde das Gegenteil, fürchte ich. Das Land, das Wenige, das ich gesehen habe, ängstigt mich zu Tode. Die gefährlichen Tiere, die ungezähmten und wilden Wälder, die Bushranger ... Die Liste ist endlos. Ich weigere mich, die Stadt zu verlassen.«

»Es muss sehr langweilig sein, die Stadt nie zu verlassen.«

»Ich habe Mr. Percival angefleht, uns ein kleines Haus an der Küste zu kaufen, um der Sommerhitze in der Stadt zu entfliehen, aber ich muss gestehen, dass ich die Küste auch nicht mag und nur selten dorthin gehe. Mr. Percival hingegen genießt es dort und fährt oft dorthin, um zu segeln und in den Flüssen zu fischen.«

»Es muss friedlich für ihn sein.« Ellen konnte sich diese kleine Bemerkung nicht verkneifen.

»In der Tat. Oh, da ist Mrs. Hinch, sie spricht gerade mit Helen Swan. Kennen Sie sie?«

»Wen?«

»Mrs. Helen Swan.«

»Nein.«

»Sie ist vor kurzem aus New York gekommen, können Sie sich das vorstellen? Sie ist in den Flitterwochen. Ihr Mann ist unglaublich reich und bereist die Kolonie. Es heißt, er habe in Melbourne viel Geld in die Goldgräber investiert, und sie stand einst auf der *Bühne*. Können Sie sich das vorstellen?« Mrs. Percivals Stimme senkte sich zu einem Flüstern. »Eine *Schauspielerin*, hier, unter uns. Keiner weiß, was er zu ihr sagen soll.«

»Vielleicht wäre es ein Anfang, guten Abend zu sagen?« Ellen war gelangweilt und wollte einfach nur gehen.

»Sie bleiben nur ein paar Wochen in Sydney, was ein Segen ist, denn die Peinlichkeit, mit einer Schauspielerin zu verkehren, ist zu groß.«

Ellen zog die Augenbrauen hoch. »Wirklich? Ist es das, was Sie denken?«

Mrs. Percival starrte sie verständnislos an.

Verärgert erhob sich Ellen von ihrem Stuhl und ging direkt zu Mrs. Swan, einer schönen, großen Frau mit engelsgleichem Gesicht und dichtem blondem Haar. Ihr Anblick war einfach umwerfend.

»Mrs. Swan?« Ellen hielt ihr die Hand hin.

»Ja?« Die anmutige Frau lächelte freundlich und nahm Ellens Hand.

»Ich bin Ellen Emmerson, freut mich, Sie kennenzulernen.«

»Sie sind die Gattin von Mr. Emmerson? Ich habe ihn letzte Woche bei einem Essen kennengelernt. Es freut mich, dass ich Sie nun ebenfalls kennenlernen durfte. Man hat mir gesagt, Sie seien schön und eine Irin.«

»Nun, ich bin definitiv eine Irin.« Ellen lachte und zog damit die Blicke der anderen Anwesenden auf sich.

»Meine Großeltern waren Iren, aus Cork.«

»Also fließt auch in Ihnen das wahre Blut.« Ellen grinste.

»Das tut es.« Der Blick in Mrs. Swans Augen war warm und freundlich. »Wenn ich irischen Gesang höre, passiert etwas mit mir.«

»Es sind die Stimmen Ihrer Vorfahren, die Sie rufen«, sagte Ellen sanft.

»Das ist eine schöne Art, es zu sagen. Das werde ich mir ab jetzt merken, danke.«

»Ich habe gehört, Sie sind eine Schauspielerin aus New York?«

Die große Frau versteifte sich, was sie noch größer erscheinen ließ. »Das bin ich.«

Ellen spürte, dass diese Frau daran gewöhnt war, dass über sie getratscht wurde. »Ich finde das großartig. Sie müssen wirklich mutig sein, um vor so vielen Leuten aufzutreten. Ich könnte das nicht. Ich würde den Verstand verlieren. Wie viele Stunden üben Sie?«

»Ich übe jeden Tag mehrere Stunden, wenn ich weiß, dass ein Auftritt bevorsteht.«

»Ich würde Sie gerne einmal auftreten sehen. Ich habe gehört, dass Sie in den Flitterwochen sind?«

»Ja, das sind wir. Nach unserer Zeit hier in Sydney, werden wir uns auf den Weg zurück nach New York machen. Ich habe eine Aufführung, die im Oktober beginnt.«

»Vermissen Sie Ihr Zuhause?«

Mrs. Swan spürte, dass Ellen nett und aufrichtig war, ließ die Schultern sinken und entspannte sich. »Es gibt Tage, an denen ich mir wünsche, wir wären zu Hause, aber es gibt auch Tage, an denen ich nicht will, dass unsere Flitterwochen zu Ende gehen. Sobald wir wieder in New York sind, wird mein Mann mit der Arbeit beschäftigt sein und ich ebenfalls.«

Ellen kämpfte gegen ein weiteres Gähnen an, die Müdigkeit machte sich in ihr breit. »Verzeihen Sie mir, Mrs. Swan. Ich versichere Ihnen, es liegt nicht an Ihnen.«

Der Blick der Frau fiel auf Ellens Bauch. »Sie müssen um diese Zeit völlig ausgelaugt sein.«

»Bin ich auch.« Sie schaute sich nach Alistair um und wollte nach Hause gehen.

»Ich sehne mich nach einem Baby.«

Ellen sah die unverhüllten Gefühle auf Mrs. Swans Gesicht. »Sie sind ein Segen.«

»Und einer, den ich nie haben werde …« Als würde sie merken, was sie laut gesagt hatte, spannte Mrs. Swan sich leicht an und setzte ein Lächeln auf. »Ich sollte gehen und meinen Mann suchen.«

»Ich auch. Es hat mich gefreut, Sie kennenzulernen.«

Sie nickten sich verständnisvoll zu und gingen ihrer Wege.

In der Kutsche auf dem Rückweg zu ihrem Haus in der Lower Fort Street döste Ellen.

»Wie hältst du von Mrs. Swan?«, fragte Alistair sie.

»Sie ist eine äußerst nette Person«, antwortete sie und wurde wach.

»Ihr Mann, Wilf, ist ein intelligenter Mann. Ich habe ein paar Mal mit ihm über geschäftliche Dinge gesprochen. Ich habe darüber nachgedacht, sie nächste Woche nach Emmerson Park einzuladen.«

»Nächste Woche? Ich bin gerade erst angekommen, Alistair.« Ellen starrte ihn an. »Du wolltest, dass ich nach Sydney komme, also bin ich hier. Ich habe wirklich keine Lust, schon wieder abzureisen und den ganzen Weg zurück nach Berrima zu fahren. Ich brauche ein paar Tage Ruhe, und außerdem muss ich für Bridgets Geburtstag einkaufen.«

Er hob die Hände. »Also gut. Immer mit der Ruhe. Wir laden sie nicht nach Berrima ein und werden sie hier bewirten.«

Ellen schloss müde die Augen. »Ich stehe etwa acht Wochen vor der Entbindung, Alistair. Ich möchte nicht jeden Abend mit Gästen verbringen.«

»Nein, aber du kannst deine Zeit am Ende der Welt damit verbringen, Bauer zu spielen«, schnauzte er sie an. »Meine Frau sollte an meiner Seite sein und mir helfen, und dazu gehört auch, Geschäftspartner zu unterhalten, um unsere Zukunft auszubauen.«

»Es tut mir leid, dass ich dich enttäusche, Alistair.«

»Du enttäuschst mich *tatsächlich*, Ellen.«

Sie biss sich auf die Lippe, um eine heftige Erwiderung zu unterdrücken. Es würde nichts nützen und nur noch mehr Unmut hervorrufen.

Er seufzte schwer und griff in der Dunkelheit nach ihrer Hand. »Verzeih mir meinen Ausbruch. Ich habe in letzter Zeit nicht sehr gut geschlafen.«

»Warum?«

Er zuckte mit den Schultern und ließ sich mit der Antwort viel Zeit. »Es wird mir gut gehen. Es ist nichts, worüber du dir Sorgen machen müsstest.«

Missmutig, dass er sie ausschloss, starrte Ellen aus dem Kutschenfenster auf die dunklen Straßen und wünschte sich, sie wäre wieder in Louisburgh.

# Kapitel Zehn

Ellen holte tief Luft und legte ihren Kopf auf ihre Unterarme auf dem Schreibtisch im vorderen Zimmer des Hauses in der Lower Fort Street mit Blick auf den Hafen. Die Wehen waren in den letzten drei Stunden immer stärker geworden, aber sie hielt die Schmerzen unter Kontrolle, indem sie im Haus umherlief.

Heute Morgen hatte sie so getan, als ginge es ihr gut, und Alistair war in die Stadt gefahren, ohne etwas von ihrem wahren Zustand zu ahnen. Sie hatte Riona und Miss Lewis ermutigt, nach dem Mittagessen mit Bridget und Lily spazieren zu gehen. So war sie nun allein zu Hause, zusammen mit Mrs. Lawson, der Köchin und Dilly, dem Hausmädchen, die mit ihrer eigenen Arbeit beschäftigt waren.

Ellen versuchte, sich auf die Briefe zu konzentrieren, die sie den Jungen als Antwort auf ihre letzten Briefe schrieb, die erst gestern angekommen waren. Die Gewissheit, dass sie alle drei Monate eine Nachricht von ihnen erhalten würde, bot Ellen etwas, worauf sie sich freuen konnte.

Draußen wehte der Aprilwind die Blätter von den Bäumen und tauchte die Straßen in herbstliche Gold- und Rottöne. Aus der Küche hörte sie Mrs. Lawson brummen, als Dilly mit einem Teetablett hereinkam.

»Mrs. Lawson dachte, Sie möchten vielleicht eine Tasse Tee, Mrs. Emmerson?«

Ellen lächelte und stand auf. Eine noch stärkere Schmerzenswelle durchfuhr ihren Körper und ließ sie in die Knie gehen.

»Oh, Mrs. Emmerson!« Dilly ließ fast das Tablett fallen und stellte es schnell auf einen Beistelltisch, bevor sie an ihre Seite eilte.

»Lauf zur Hebamme, Dilly«, stieß Ellen durch zusammengebissene Zähne hervor. »Beeil dich.«

»Mrs. Lawson!« Dilly rannte aus dem Zimmer und rief nach der Köchin.

Einen Moment später kam die ältere Frau herein und wischte sich die Hände an ihrer Schürze ab. »Sollen wir Sie vielleicht besser nach oben und ins Bett bringen, Mrs. Emmerson?«

»Ich glaube, das wäre klug, Mrs. Lawson«, keuchte Ellen.

Ein paar Stunden später lag Ellen erschöpft im Bett. Ihr gesamter Körper schmerzte von der Geburt.

»Nun, Mrs. Emmerson, ich hoffe, sie fühlen sich jetzt besser, wo Sie gewaschen sind und ein sauberes Nachthemd tragen«, sagte die Hebamme, die zum Glück nur ein paar Straßen weiter wohnte.

»Das tue ich. Vielen Dank. Schicken Sie uns Ihre Rechnung. Mein Mann wird sie umgehend bezahlen.«

Die Hebamme gluckste und reichte Ellen das frisch gewickelte Baby. »Vielleicht nicht, wenn er sieht, dass es wieder ein Mädchen ist.«

Ellen starrte auf das winzige rote Gesicht hinunter. Alle ihre bisherigen Babys hatten am Anfang schwarzem Flaum auf dem Kopf gehabt. Aber das Haar dieser Kleinen war so hell, dass sie auf den ersten Blick kahl aussah.

»Sie kommt nach Mr. Emmerson«, sagte Mrs. Lawson und nahm das schmutzige Leinentuch, das während der Geburt die Bettlaken und die Matratze geschützt hatte.

»Ja, sie wird ihr ganzes Leben lang so hell bleiben«, fügte die Hebamme hinzu. »Ich habe genug solcher Babys gesehen, um es zu wissen.«

Als Ellen mit ihrem Baby allein war, entfernte sie alles, was den kleinen Körper bedeckte und untersuchte sie auf Unvollkommenheiten. Ihre neue Tochter war in jeder Hinsicht perfekt. Ellens Herz quoll über vor Liebe für das kostbare Kind. »Wie sollen wir dich nennen?«, flüsterte Ellen, und als sie die schrillen Töne von Bridget hörte, wusste sie, dass ihr Frieden vorbei war.

Augenblicke später stürmte Bridget durch die Tür, dicht gefolgt von Riona.

»Mama, Dilly hat uns gerade erzählt, dass du das Baby bekommen hast. Was ist es?« Bridget sprang auf das Bett und bekam von Riona einen Klaps auf die Hand.

»Ruhig, Kind. Benimm dich. Deine Mammy hat gerade entbunden und wird erschöpft sein.« Riona warf einen Blick auf das kleine Neugeborene. »Oh, Ellen.«

»Es ist ein Mädchen«, sagte Ellen.

»Noch eine Schwester?« Bridget klang enttäuscht, aber Riona nahm Ellen das Baby ab und drückte es an sich.

»Sie ist wunderschön, Ellen, und so hell. Sie kommt ganz nach ihrem Vater.«

Müde kuschelte sich Ellen in die Kissen. »Das tut sie in der Tat.«

»Ich hätte gerne einen Bruder gehabt. Vielleicht beim nächsten Mal?«, meinte Bridget und sprang vom Bett.

»Ich habe es nicht eilig, das alles zu wiederholen, danke«, sagte Ellen schläfrig.

»Sollen wir sie nach unten bringen, damit du dich ausruhen kannst?«, fragte Riona.

»Ja, bitte. Ich würde gerne schlafen.«

Als Ellen Stunden später aufwachte, dämmerte es bereits. Sie fühlte sich leicht benebelt, als sie aus dem Tiefschlaf erwachte, aber als sie ihren Körper bewegte, erinnerte sie sich wieder an alles. Ihre Glieder waren steif, und auch sonst tat ihr alles weh. Sie suchte nach dem Baby, aber die Wiege war leer.

»Riona!«, rief sie und nahm all ihre Kraft zusammen, um aufzustehen.

Innerhalb von Sekunden öffnete sich die Tür und Riona stürmte mit dem Baby herein. »Du hast vier Stunden lang geschlafen. Sie muss gestillt werden.«

»Hat sie geweint?«

»Nein, sie hat keinen Mucks von sich gegeben. Sie hat genauso geschlafen wie du.«

Ellen legte das Baby an ihre Brust und spürte das vertraute Ziehen an der Brustwarze. »Es ist so ermüdend, wieder zu stillen. Wieder einmal bin ich eingeschränkt.«

»Die Zeit wird bald vergehen. Aber ich denke, du solltest ein Kindermädchen einstellen. Miss Lewis und ich können nicht alles machen, und es ist uns allen klar, dass du so bald wie möglich wieder unterwegs sein willst.«

»Da hast du recht. Würdest du eine Anzeige in der Zeitung aufgeben? Bitte. Wir werden zwei Kindermädchen einstellen.«

»Ich begebe mich gleich in die Stadt.«

Unten hörten sie eine Männerstimme.

»Oh, Alistair ist zu Hause«, sagte Riona. »Ich schicke ihn hoch.«

Ellen wartete, bis er das Schlafzimmer betrat, und lächelte ihn müde an.

»Warum hast du nicht Bescheid gesagt? Ich wäre sofort nach Hause gekommen«, sagte er und setzte sich an den Rand des Bettes. Er schaute auf das kleine Geschöpft, das an ihrer Brust lag. »Riona wollte mir das Geschlecht nicht verraten und hinderte auch Bridget daran, es mir zu sagen. Ist es ein Junge?«, fragte er hoffnungsvoll.

»Es tut mir leid, dich enttäuschen zu müssen, aber es ist ein kleines Mädchen.« Ellen beugte sich schützend über das Baby. Sie wusste, wie sehr sich Alistair nach einem Jungen sehnte.

»Ein Mädchen ...« Kurz blitzte Unzufriedenheit in seinem Gesicht auf, aber als Ellen ihm das Baby reichte, leuchteten seine Augen auf.

»Sieh nur, wie schön sie ist! So anders als die anderen Kinder, besonders Lily.« Er starrte voller Bewunderung auf das kleine Gesicht. »Sie sieht aus wie ich.«

»Dann wird sie ein wunderschönes Kind sein, besonders wenn sie dein Grübchen und deine Haarfarbe hat.« Ellen strahlte, während sie bei der Erwähnung von Lilys Äußerem innerlich zusammenzuckte.

»Nein, sie wird heller sein als ich. Sie wird eher nach meiner Mutter kommen. Wir müssen sie Ava nennen, nach meiner Mutter. Gefällt dir der Name?«

Da Ellen viele liebe Briefe von Alistairs Mutter erhalten hatte, zusammen mit Samen und Blumenzwiebeln für den Garten, hatte sie keine Bedenken bei diesem Namen. »Deine Mutter ist eine wundervolle Person. Ava wird stolz darauf sein, nach einer so gutherzigen Frau benannt zu sein.«

Alistair küsste Avas Scheitel und dann Ellen. »Mutter wird über ihre Namensvetterin sehr erfreut sein. Wir werden eine Skizze von Ava anfertigen lassen und sie ihnen schicken.«

Ellen nickte. Sie lehnte sich zurück in die Kissen. »Das ist eine großartige Idee.«

»Ich weiß, dass wir in den letzten Monaten ein wenig distanziert zueinander waren ...« Alistair veränderte die Art, wie er das Baby hielt. In keinem Moment blickte er Ellen an. »Ich bin dir sehr dankbar, dass du in Sydney geblieben bist und nicht nach Berrima oder Louisburgh zurückgekehrt bist, obwohl du es wolltest. Das hast du wegen mir getan.«

»Ja, das habe ich. Ich bin in Sydney geblieben, damit wir an unserer Ehe arbeiten konnten, aber du warst kaum zu Hause. Ich hätte schon vor Wochen nach Berrima zurückkehren sollen, aber ich wollte nicht, dass du denkst, ich würde es nicht versuchen, Alistair. Dann wurde es zu spät, um zu reisen, da die Geburt so kurz bevorstand.« Ellen suchte in seinem Gesicht nach Antworten. Sie hatte ihre Pläne für ihn geändert. Sie hatte das Baby in Berrima bekommen wollen. Der monatelange Aufenthalt in Sydney hatte ihre Geduld strapaziert, erst recht, weil sie bei Alistair geblieben war und er die meiste Zeit im Büro oder mit seinen Freunden verbracht hatte.

Hatte sie ihre Zeit mit dem Versuch verschwendet, ihre Ehe zu retten, die von Tag zu Tag schwieriger wurde? Sie war es leid, zu versuchen, so zu sein, wie er es wollte, und dabei zu scheitern.

Alistair berührte mit einem Finger die Wange des Babys. »Ich weiß, es ist meine Schuld. Vieles hat mich im Büro auf Trab gehalten. Aber nun ist die letzte Lieferung auf dem Weg nach England, und die letzte Ladung kam sicher in Melbourne an. Heute erhielt ich einen Brief von Robin, in dem er mir mitteilte, dass die Ladung gut angekommen sei und er das meiste davon bereits verkaufen konnte.«

»Heißt das, dass du dir weniger Sorgen machen musst als bisher?«

»Ja ...«

Sie glaubte ihm nicht. Irgendetwas stimmte nicht. »Ich habe das Gefühl, dass du mir etwas verheimlichst, Alistair. Ich würde gerne wissen, was es ist.«

Er reichte ihr das Baby und stand auf. »Es ist nichts, worüber du dir Sorgen machen musst, meine Liebe. Ruh dich aus und komm wieder zu Kräften. Überlass die Geschäfte mir.«

Seine letzte Bemerkung ärgerte sie. Eine so schneidende Bemerkung, wo er doch wusste, dass sie gut im Geschäft war. Wie oft musste sie es ihm noch beweisen?

Noch lange nachdem er den Raum verlassen hatte, dachte Ellen über sein distanziertes Verhalten nach. In letzter Zeit war er immer länger im Büro geblieben, und wenn er zu Hause war, war er zerstreut. Ihm und ihrer Ehe zuliebe hatte sie beschlossen, in der Stadt zu bleiben. Und bis vor zwei Tagen hatte sie die feinen Damen der Stand empfangen und war allen Einladungen gefolgt, die sie erhalten hatte. War das alles umsonst gewesen?

Aber jetzt, wo das Baby zur Welt gekommen war, wollte sie abreisen und zunächst für eine Weile nach Berrima und dann nach Louisburgh zurückkehren. Sie hatte ihre Zeit in Sydney abgesessen, nicht dass Alistair das zu schätzen schien.

Rafe verließ die Droschke in der High Street und eilte den Weg hinauf zum rot gemauerten Hauptgebäude von Harrow, der angesehenen Schule nordwestlich von London. In dem Gebäude hielt er einen Schüler an. »Das Büro des Schulleiters oder das Krankenzimmer?«

»Dort liegt die Krankenstation, Sir.« Der Junge deutete nach rechts. »Gehen Sie durch diese Türen und den Korridor entlang und dann nach links.«

Nachdem er mehrere Korridore durchquert hatte, fand Rafe einen Mann, der einen Stapel Bücher trug. »Krankenstation?«

»Krankenstation, Sir?« Der Mann sah Rafe von oben herab an, was schwierig war, da er einige Zentimeter kleiner war als Rafe. »Die Krankenstation ist hinter mir, Sir. Darf ich fragen, wer Sie sind?«

»Sind Sie der Verantwortliche der Krankenstation?«

»Nein, ich bin der Sekretär des Schulleiters.«

»Rafe Hamilton. Man hat mir einen Brief über mein Mündel Patrick Kittrick geschickt. Dort wurde mir mitgeteilt, er sei krank.«

»Ah, ja. Eine schlimme Sache. Folgen Sie mir bitte.«

Nachdem sie das Gebäude verlassen und einen freien Platz zu einem anderen Gebäude überquert hatten, betrat Rafe schließlich ein Büro.

Der Mann klopfte an eine andere Tür, sprach mit demjenigen, der sich in dem Raum befand, und winkte Rafe dann herein.

Ein Mann in einem schwarzen Anzug und einem langen schwarzen Mantel stand hinter seinem Schreibtisch und reichte Rafe die Hand. »Charles Vaughan, Mr. Hamilton. Willkommen in Harrow.«

»Ich danke Ihnen. Sie hatten mir wegen meines Mündels geschrieben, Patrick?« Er hatte den Brief gestern Morgen erhalten und sofort den Zug von Liverpool nach London genommen.

»Er ist sehr krank gewesen. Ich bin froh, dass Sie so schnell kommen konnten. Kommen Sie mit mir. Ich werde Sie zu ihm bringen.«

Rafe folgte ihm, die Erschöpfung einer schlaflosen Nacht holte ihn ein und auch die bange Fahrt, bei der er sich stundenlang fragte, ob er zu spät kam.

»Ihrem Mündel geht es sehr schlecht, Mr. Hamilton. Der Arzt musste sehr häufig nach ihm sehen.«

In einem kleinen, fensterlosen Raum ohne jeglichen Komfort lag Patrick auf einem Bett, zugedeckt mit einem dünnen weißen Decke. Der Gestank von Krankheit und Tod empfing Rafe. Der Junge war bis auf die Knochen abgemagert, seine Haut blass und dunkle Ringe waren unter den eingesunkenen Augen erschienen. Sein Kopf war kahlgeschoren.

Rafe schnappte nach Luft und glaubte einen Moment lang, dass es gar nicht Patrick war. Dass es ein Irrtum sei.

»Doktor Rutledge, Mr. Hamilton«, stellte Mr. Vaughan die beiden Männer einander vor.

Wortlos schüttelte Rafe die Hand eines rundlichen Herrn.

»Ein Fieber, mein guter Mann. Ich habe nicht viel Hoffnung, muss ich leider sagen.« Doktor Rutledge schnäuzte laut in ein Taschentuch, prüfte den Inhalt und steckte es dann in seine Manteltasche. »Schreckliche Verschwendung eines jungen Lebens.«

Rafe trat vor und blickte auf Patrick herab, den Jungen, zu dem er in der kurzen Zeit, die er und Austin bei ihm in Liverpool verbracht hatten, bevor sie im Oktober letzten Jahres nach London kamen, um die Schule zu besuchen, eine enge Beziehung aufgebaut hatte.

Vor vier Monaten hatte Rafe sowohl Patrick als auch Austin zu Weihnachten für zwei Wochen bei sich gehabt, und sie hatten sich prächtig amüsiert. Er hatte sie wie seine eigenen Söhne behandelt, wie er es Ellen versprochen hatte, und es war ihm ein Leichtes gewesen. Die Jungen waren sympathisch und einnehmend. Die drei hatten Theatervorstellungen besucht, waren einkaufen gegangen, auf einem Teich Schlittschuh gelaufen, hatten Glühwein gekocht und die Festessen gegessen, die seine Köchin für die Feiertage zubereitet hatte. Am ersten Weihnachtsfeiertag hatten sie Geschenke ausgetauscht und dann einen langen Spaziergang entlang der Docks unternommen. Abends hatten sie ein üppiges Mahl eingenommen und dann stundenlang Karten gespielt.

Diese Verwandlung von dem gesunden Jungen, der letztes Jahr in Liverpool angekommen war, zu diesem verwahrlosten Körper, schien unmöglich.

Ein Kloß bildete sich in seinem Hals, und er musste mehrmals hart schlucken, bevor er sprechen konnte. »Er muss überleben.«

Das war alles, woran er denken konnte. Für Ellen musste er diesen Jungen am Leben erhalten. Er musste alles in seiner Macht Stehende tun, damit er wieder gesund wurde. Er durfte Ellen nicht im Stich lassen. Er hatte ihr versprochen, sich um ihre Jungen zu kümmern.

»Es ist zweifelhaft, dass er die Nacht übersteht.« Doktor Rutledge sah auf seine Armbanduhr und hustete.

Rafe konnte Alkohol im Atem des massigen Mannes riechen. Als Rafe ihn ansah, schreckte er vor dem Schweiß zurück, der dem Mann über die Stirn rann. Schnupftabak befleckte seine Weste. Der Mann schien kaum in der Lage zu sein, sich um sich selbst zu kümmern, geschweige denn um seinen Patienten. »Was haben Sie mit meinem Mündel gemacht, um ihn zu heilen?«

»Er hat Fieber, wahrscheinlich eine innere Infektion ... Ich habe ihn mehrmals zur Ader gelassen, aber es hat nicht geholfen. Fieber ist eine heikle Sache, es liegt im Körper, und entweder hat der Patient die Kraft, dem Ansturm eines Angriffs standzuhalten, oder er stirbt.«

Rafe biss die Zähne zusammen und starrte den Mann an. Er drehte sich zu dem Schulleiter um. »Ist er den Aufgaben als Arzt gewachsen? Er stinkt nach Schnaps.«

»Wie können Sie es wagen?«, rief Doktor Rutledge.

Mr. Vaughan trat unbehaglich von einem Fuß auf den anderen. »Doktor Rutledge hat sich in der Vergangenheit sehr erfolgreich um die Krankheiten unserer Jungen gekümmert, Mr. Hamilton.«

»Ich wünsche, dass er sich ab sofort nicht mehr um Patrick kümmert. Ich werde meinen eigenen Arzt bezahlen, der dies übernimmt.«

»Nun, lassen Sie uns nichts überstürzen.« Vaughan hob seine Hand.

Doktor Rutledge sträubte sich. »Ich will mein Honorar!«

Rafe konnte sich gerade noch zurückhalten, um die fette Kröte nicht zu schlagen. »Gibt es in der Nähe der Schule ein Krankenhaus?«

Vaughan nickte. »Eine Meile oder so entfernt. Allerdings ist es nur ein Kleines.«

»Da gehen alte Leute hin, um zu sterben«, stotterte Rutledge. »Es ist kaum mehr als ein Almosenhaus.«

Rafe warf einen Blick auf Patrick. Er musste alles tun, was er konnte. »Haben Sie eine Kutsche, die ich ausleihen kann?«

»Ja, gewiss. Sie steht zu Ihrer Verfügung.« Vaughan trat an die Tür, als es klopfte und öffnete sie. Austin stand vor der Tür.

»Rafe?« Austins Augen weiteten sich. »Ist Patrick ...?«

»Er atmet noch«, sagte Vaughan freundlich und ließ ihn herein.

Austin blieb am Bett stehen, sprach aber mit Rafe. »Man hat mir die Erlaubnis gegeben, dass ich Patrick nach dem Unterricht heute Vormittag besuchen kann.«

Rafe lächelte Austin leicht an. »Ich bringe Patrick zum Haus meiner Schwester in der Nähe von Watford. Möchtest du mitkommen?«

»Ich habe heute Nachmittag einen Geschichtstest. Da muss ich gut abschneiden.«

»Vielleicht kann Austin am Samstag zu Ihnen kommen?«, unterbrach Vaughan ihn. »Er kann ein paar Tage bleiben.«

Rafe legte seine Hand auf Austins Schulter. »Außerhalb dieses Zimmers wird er besser versorgt sein.« Er warf einen Blick auf Rutledge, um zu verdeutlichen, was er meinte.

Austin nickte. »Ich habe mir die ganze Nacht über Sorgen um Patrick gemacht.«

»Wenn Sie ihn heute aus diesem Zimmer holen«, erklärte Rutledge, »werde ich nicht für das Ergebnis verantwortlich sein.«

»Das Risiko werde ich eingehen«, spottete Rafe.

Innerhalb einer Stunde hielt Rafe Patrick quer über sich auf dem Sitz einer Kutsche, die Vaughan ihnen zur Verfügung gestellt hatte, und sie rumpelten über schlammigen Straßen. Der Regen prasselte in Strömen und verhinderte ein schnelles Vorankommen. Patrick rührte sich während der gesamten Fahrt nicht, noch gab er auch nur einen Ton von sich. Der Junge fühlte sich so leicht an, dass Rafe sich fragte, ob er die Reise überleben würde. War es ein Fehler gewesen, ihn mitzunehmen?

Vor Cherrybank, dem Anwesen des Ehemanns seiner Schwester, winkte Rafe dem Mann am Tor, und sie fuhren hindurch, umrundeten den offenen Wildpark und kamen vor dem beeindruckenden Herrenhaus im Tudorstil zum Stehen.

Babcock, der Butler, öffnete die Haustür, und zwei Lakaien eilten die Treppe hinunter, um die Kutschentür zu öffnen. Sie verbargen ihre Überraschung, als sie Rafe erblickten.

»Mr. Hamilton?« Babcock kam mit einem Regenschirm in der Hand die Treppe herunter. »Wir haben Sie nicht erwartet, Sir.«

»Babcock, mein Mündel ist sehr krank. Ich brauche einen Arzt. Bitte holen Sie meine Schwester«, rief Rafe aus der Kutsche.

»Gewiss, Sir.«

Augenblicke später erschien Iris mit gerafften Röcken und eilte die Treppe zur Kutsche hinunter. »Rafe! Was in Gottes Namen ist geschehen?«

»Patrick hat ein grauenvolles Fieber ereilt. Wir müssen irgendwo übernachten. Allerdings wäre es nicht klug, das Haus zu betreten. Habt ihr eine Hütte auf dem Gelände, wo wir unterkommen können?«

»Eine Hütte? Nein, die sind alle verpachtet. Komm ins Haus. Du kannst doch nicht ernsthaft annehmen, dass ich meinen Bruder und den lieben Patrick woanders unterbringen werde.«

»Aber das Risiko für den kleinen Edmund?« Er würde das Baby seiner Schwester nicht gefährden.

»Er ist im Westflügel. Ich bringe dich im Ostflügel unter, weit weg von Edmunds Kinderzimmer.« Sie wandte sich an Babcock. »Jemand soll Dr. Griggs holen und die Zimmer vorbereiten, bitte.«

Babcock machte sich daran den Lakaien Anweisungen zu geben. Rafe stieg die Kutschentreppe hinunter und drehte sich dann um, um Patrick in die Arme zu nehmen, wobei er betete, dass er das Richtige getan hatte, als er den Jungen hierher brachte, denn Patricks Körper blieb schlaff und seine Haut schien zu glühen.

Rafe trug Patrick die Treppe hinauf und ins Haus.

»Liebling?« Mama kam aus dem Salon.

»Komm nicht zu nah, Mama«, rief Rafe und ging die Treppe zum Ostflügel hinauf.

»Das erste Zimmer«, wies Iris an und öffnete die Tür. Sie lief zum Bett und schlug die Decken zurück.

Nachdem sie es Patrick bequem gemacht hatten, wies Iris ein Dienstmädchen an, ein Feuer im Kamin zu entfachen. Iris bat Babcock, den schönen Louis-XIV-Stuhl in der Ecke des Zimmers durch einen bequemeren Ohrensessel aus einem anderen Schlafzimmer zu ersetzen, da sie wusste, dass Rafe einen Stuhl zum Ausruhen brauchen würde.

Während all diese Vorbereitungen getroffen wurden, goss Rafe Wasser aus einem Krug in eine Schüssel und tupfte mit einem Tuch Patricks heiße Stirn, seine Wangen und seinen Hals ab.

Iris stellte sich neben ihn. »Er wird wieder gesund werden, Bruder. Mach dir keine Sorgen.«

»Er muss wieder gesund werden, Iris. Ich kann seine Mutter nicht im Stich lassen.«

Sie streichelte über seinen Rücken. »Ich denke, seine Mutter würde wissen, dass du dein Bestes für ihren Sohn tun würdest.«

»Du solltest nicht hier drin sein. Denk an Edmund.«

Iris lächelte beschwichtigend. »Edgar hat unseren Sohn bei jedem Wetter draußen. Edmund ist so stark wie ein kleiner Stier. Er hat einen Appetit wie ein Riese. Jetzt, wo er laufen kann, reitet Edgar mit Edmund, der vor ihm auf dem Sattel sitzt. Edgar lehnt es ab, dass unser Sohn behandelt wird, als wäre er zerbrechlich.« Sie hielt inne, als sie merkte, dass sie abgeschweift war. »Ich werde zu Mama gehen und auf Doktor Griggs warten. Ich werde dir ein Tablett hochschicken lassen.«

»Danke.«

An der Tür hielt sie inne. »Hast du Patricks Mutter geschrieben?«

»Noch nicht. Ich wollte warten ...«

»Bis es ihm gut geht und du ihr *gute* Nachrichten übermitteln kannst«, beendete sie den Satz für ihn. Sie drückte Rafes Hand. »Er wird wieder gesund werden.«

# Kapitel Elf

Die kühlen Herbstwinde Ende Mai hatten die letzten bunten Blätter von den importierten Bäumen im Garten von Emmerson Park gerissen. Allerdings boten die einheimischen Eukalyptusbäume, die die Grundstücksgrenze säumen, einen idealen Windschutz, als der Wind den Hügel hinaufblies, um das Haus zu treffen.

»Wenn das Wetter morgen besser ist, kann ich dann einen Ausritt machen?«, fragte Bridget an Ellen gewandt, als sie ins Schlafzimmer kam, wo Ellen gerade Ava stillte.

»Ja, mit Douglas, und solange Miss Lewis mir sagt, dass dein Unterricht für heute beendet ist.«

»Wegen des Wetters habe ich heute zusätzlichen Unterricht.« Bridget setzte sich auf das Bett und sah zu, wie Ellen Avas Rücken streichelte.

»Ich habe dir beim Klavier üben zugehört. Du wirst schon sehr gut.«

Bridget strahlte. »Ich bin besser als Caroline und Aisling, nicht wahr?«

»Das bist du, aber sei nicht so eingebildet deswegen. Vergiss nicht, dass Caroline besser singen kann als du, und Aisling ist die bessere Sängerin von euch dreien.«

Bridget zuckte mit den Schultern. »Ich singe sowieso nicht gerne. Ich bin die bessere Tänzerin. Wann kommt Papa?«

»Nächste Woche.« Ellen versuchte, einen positiven Ton in ihre Stimme zu bringen. Seit sie Sydney letzte Woche, sechs Wochen nach Avas Geburt, verlassen hatte, fühlte Ellen eine große Erleichterung, endlich wieder Zuhause zu sein. Die lange Zeit, die sie nicht nur in Sydney, sondern auch mit Alistair verbracht hatte, hatte an ihren Nerven gezerrt. Alistair verheimlichte etwas vor ihr. Sie konnte nicht genau sagen, was es war, aber sie glaubte, dass es etwas mit den Geschäften zu tun hatte.

Ein Klopfen an der Tür ließ sie aufschrecken. »Herein.«

Rachel, das Kindermädchen, das Ellen in Sydney angestellt hatte, betrat den Raum. »Sind Sie fertig, damit ich das Baby nehmen kann, Madam?«

»Ja. Ihre Windeln müssen gewechselt werden.« Ellen übergab Ava, nachdem sie ihr einen Kuss gegeben hatte. Rachel und auch Lettie als Kindermädchen zu haben, war eine neue Freiheit, die Ellen ziemlich freudig stimmte. Nach jedem Stillen konnte sie ihrem Tagwerk nachgehen, und Rachel kümmerte sich um Ava, während Lettie sich um Lily kümmerte.

Ellen dachte über die Tatsache nach, dass sie drei Töchter von drei verschiedenen Männern hatte, und der Unterschied zwischen ihnen wurde immer deutlicher. Bridget war immer ein kräftiges Kind gewesen, sogar während der Hungersnot. Mittlerweile jedoch, wenn sie sie ansah, war Ellen von der Schönheit ihrer ältesten Tochter erstaunt. Bridgets Augen waren eine Mischung aus Blau und Grau, und sie besaß einen starken Charakter, der sie herausstechen ließ. Lily hingegen war zierlich, ihr Haar hatte eher die Farbe von Kastanien und sie hatte dunkelblaue Augen. Sie hatte Rafes edle Züge und besaß ein ruhiges Temperament, dennoch behielt sie immer alles um sich herum, aufmerksam im Auge. Und dann noch Ava, ihr sechs Wochen altes Baby war wunderschön und ihr feines, blondes Haar war fast weiß.

Ellen liebte ihre Töchter, besonders die Unterschiede zwischen ihnen. Wenn sie doch nur auch ihre Söhne bei sich haben könnte.

Sie dachte kurz an Thomas. Er wäre Ende April zwölf Jahre alt geworden ... Wie sehr sie sein süßes, liebes Gesicht vermisste, das Lächeln ... Der Anblick seines bleichen Körpers, wie er im Sand lag ...

Sie schüttelte sich, um die Erinnerung zu verdrängen und reichte Bridget die Hand. »Wollen wir Austin und Patrick schreiben?«

»Wir haben erst gestern Briefe geschrieben.« Bridget nahm ihre Hand, als sie das Schlafzimmer verließen.

»Ich weiß, aber da ging es nur um unsere Rückreise aus Sydney und den Achsbruch des Wagens.«

»Und wir mussten bis zum nächsten Dorf laufen.«

»Warum schreiben wir ihnen heute nicht, dass wir in ein paar Tagen nach Louisburgh fahren?«

Bridget blickte zu Ellen auf. »Papa hat gesagt, wir würden nicht fahren, weil Ava noch zu klein für diese Reise ist.«

Ellen ärgerte sich über die Anweisungen, die Alistair ihr bezüglich Ava gab, bevor sie Sydney verlassen hatten. Er war ganz vernarrt in das Baby, mehr noch als in Lily, und bestand darauf, dass Ellen das Baby wie einen zarten Engel behandelte. Sie hatte ihm erzählt, wie sie mit Bridget auf den Feldern gearbeitet und mit dem Baby auf dem Rücken Kartoffeln gepflanzt hatte, so wie sie es mit den Jungen als Babys getan hatte. Dennoch hatte er darauf bestanden, dass sie sich mit besonderer Sorgfalt um Ava kümmerte.

Ellen bestand darauf, nach Louisburgh zu reisen, bevor der Winter Einzug hielt und das Wetter für solche Reisen zu kalt wurden. Sie hielt es für die perfekte Lösung, ein paar Wochen in Louisburgh zu verbringen und dann über den Winter nach Emmerson Park zurückzukehren. »Ava hat die Reise von Sydney hierher gut gemeistert. Sie wird auch die zwei Tage nach Louisburgh gut überstehen.«

»Können wir Ava und Lily nicht hier lassen und nur du und ich fahren nach Louisburgh?«, fragte Bridget.

»Das wäre ihnen gegenüber aber nicht fair, meinst du nicht? Und ich werde sie vermissen.«

»Aber sie sind doch noch Babys. Rachel und Lettie können sich um sie kümmern und Tante Riona und Miss Lewis.«

Ellen gluckste. »Ich kann Ava nicht allein lassen, während ich sie stille, das weißt du doch. Und jetzt geh und such Miss Lewis.«

Im Salon beaufsichtigte Riona die Reinigungsarbeiten des Dienstmädchens mit einem kritischen Blick. »Miss Augusta Ashford und Mrs. Pippa Ashford werden bald eintreffen.«

Ellen hielt inne. »Oh, ich habe ihren Besuch ganz vergessen.«

»Heute Nachmittag war Mrs. Riddle hier.« Riona nahm ein kleines Büchlein, wo sie immer ihre Notizen eintrug. »Wir müssen Mr. Taylors antworten und Mrs. Connelly besuchen. Sie war so freundlich, uns zum Tee einzuladen. Ich weiß, dass sie nicht zur *feinen* Gesellschaft der Gegend gehört, aber sie ist sehr nett.«

Ellen rollte mit den Augen. Sobald die Gegend erfahren hatte, dass sie aus Sydney zurück waren, wurden sie mit Einladungen nahezu überhäuft.

»Wir haben am Dienstag eine Dinnerparty bei den Riddles und dann am Freitag die Gartenparty bei den Ashfords.«

»Freitag? Ich wollte am Mittwoch nach Louisburgh fahren.«

»Dann wirst du deine Reise wohl auf Samstag verlegen müssen.« Riona schloss ihr Büchlein. »Am Mittwoch habe ich eine Treffen mit dem Kirchenausschuss, und am Donnerstagabend ist der Wohltätigkeitsball im *Victoria Inn*.«

»Wofür sammeln wir noch mal Geld?« Ellen setzte sich und stocherte mit dem Schürhaken im Feuer herum.

»Die alte Mrs. Finch. Ihr Haus ist abgebrannt, weißt du noch?«

»Ich werde nicht zu diesem Ball gehen, Riona. Nimm stattdessen Miss Lewis mit. Ich werde nur Geld spenden.«

»Warum kannst du nicht gehen?«

»Ich möchte nach Louisburgh fahren«, seufzte Ellen und lehnte sich in ihrem Stuhl zurück. »Und außerdem ich habe keine Lust auf einen Ball.«

»Alistair kommt nächste Woche her. Wirst du in Louisburgh sein, wenn er ankommt?« Riona blickte sie scharf an. »Er wird nicht sonderlich erfreut darüber sein.«

Ellen zuckte die Achseln. »In letzter Zeit erfreuen ihn nicht viele Dinge. Er war nicht dankbar für die zusätzliche Zeit, die ich in

Sydney verbracht habe. Er hat kaum Notiz davon genommen, dass wir dort waren.«

»Du musst diese Distanz zwischen euch überwinden, Ellen. Sie tut euch nicht gut.«

»Wie denn? Alistair weigert sich, mit mir über die wichtigen Dinge zu reden. Wir haben uns beide verändert. Ich wünschte, ich wüsste, wie ich die Kluft zwischen uns überbrücken kann.« Sie strich sich die Röcke glatt, traurig über die Realität ihrer Ehe.

»Getrennt zu leben, ist nicht hilfreich. Wenn du in Louisburgh bist, während Alistair hier ist, wird eure Beziehung nicht besser, sondern schlechter werden. Er hat dir sowieso verboten, Ava mitzunehmen, also wäre er wütend, wenn du gehst, und um ehrlich zu sein, will ich nicht mit ihm, wenn er sich in einer solchen Stimmung befindet, unter einem Dach sein. Er ist dein Mann, nicht meiner. Du solltest hier sein.«

Sie rieb sich müde mit einer Hand über die Augen. »Gut. Dann werde ich nicht nach Louisburgh reisen. Ich bleibe, solange Alistair hier ist.«

»Gut.« Riona schaute sie an. »Hast du in letzter Zeit geschlafen?«

»Willst du damit sagen, dass ich müde aussehe?« Sie versuchte zu scherzen, aber es gelang ihr nicht.

»Ava schläft mittlerweile die ganze Nacht durch, aber du siehst erschöpft aus. Du ruhst dich tagsüber nicht genug aus. Du setzt dich nur hin und gönnst dir einen Moment der Ruhe, wenn du Ava stillst, oder wenn jemand zu Besuch kommt, und selbst dann schaffst du es kaum länger als fünf Minuten stillzusitzen, bevor du dich entschuldigst.«

»Die Frauen, die hierher kommen, sind deine Freunde, nicht meine.« Ellen starrte in die Flammen.

»Du redest Unsinn. Sie kommen, um dich zu sehen. Du bist die Herrin des Hauses. Sie sind Freunde von uns beiden, vor allem, wenn du dir mehr Mühe geben würdest.« Riona legte ihr Notizbüchlein in die Schublade eines edlen Konsolentisches aus Walnussholz am Fenster. »Wirklich, Ellen, du musst dich um Alistairs und der Kinder willen mehr bemühen. Du bist gut darin, wenn du dich darauf konzentrierst. Ich habe immer das Gefühl, dass ich nicht gut genug bin, um mit diesen Leuten Zeit zusammen zu verbringen.«

»Papperlapapp. Du bist besser als ich!«, rief Ellen aus. »Ich beherrschte nicht die Kunst, nichtige Gespräche zu führen, du schon. Sinnloses Gerede langweilt mich, es sei denn, es hat mit Land und Landwirtschaft zu tun.«

»Ich musste es erlernen, weil wir so oft Besuch hatten, sowohl hier als auch in Sydney, und du warst immer verschwunden!«

Ellen gluckste. »*Darin* bin ich schon ziemlich gut. »

Riona grinste. »Du bist unmöglich. Bridget wird auch immer schlimmer. Das Mädchen verschwindet sofort, wenn Miss Lewis sie ruft.«

Ein Klopfen unterbrach sie, und Honor Duffy betrat den Salon. »Ja, Honor?«

»Tut mir leid, wenn ich störe, aber Moira scheint es nicht gut zu gehen.«

»Was?« Ellen und Riona stürmten aus dem Zimmer, durch den Flur und den Korridor entlang in die Küche.

Moira saß mit gesenktem Kopf an dem großen Zedernholztisch. Der Raum war heiß, die Öfen glühten. Frisches Brot lag auf der Anrichte und kühlte ab, und auf dem Tisch standen die ersten Teetabletts, die für die Besucher vorbereitet waren.

»Moira.« Ellen kniete sich neben sie. »Was ist passiert?«

»Nichts. Mir geht es gut.«

»Du siehst blass aus.« Ellen befühlte ihre Stirn. »Deine Haut fühlt sich nicht fiebrig an.«

»Mir geht es gut, sage ich dir.«

»Komm mit nach draußen an die frische Luft.« Ellen half ihr auf. »Honor, können Sie hier drin übernehmen?«

Honor hob ihr Kinn an. »Aye, natürlich kann ich das.«

Ellen warf einen Blick auf Riona. »Ich höre eine Kutsche, die sich nähert. Das müssen Mrs. und Miss Ashford sein.«

Riona rieb sich besorgt die Hände. »Du kümmerst dich um Moira. Ich werde unsere Gäste begrüßen und dich entschuldigen.«

»Ich komme, so schnell ich kann«, sagte Ellen.

»Hör auf, so viel Aufhebens zu machen, Ellen, ja?«, seufzte Moira. »Ich bin nicht behindert.«

»Diskutiere nicht mit mir, Moira.« Ellen nahm ihren Ellbogen und ging mit ihr nach draußen an die kühle Luft. Sie setzten sich auf eine Holzbank, die Seamus Duffy in der Nähe des Kräutergartens aufgestellt hatte. »Du hast mir einen Schrecken eingejagt. Bist du sicher, dass es dir gut geht?«

Moira seufzte. Es gab kein Geplänkel, keine Scherze und kein abschätziges Lachen.

Ellen starrte ihre Freundin an. »Bist du krank? Sag es mir.«

»Ich muss krank im Kopf sein, weil ich mich in einen solchen Zustand gebracht habe.«

»Was meinst du?«

Moira starrte einige Minuten lang auf den Garten hinaus. »Oh, Ellen. Ich bin eine solche Närrin.«

»Warum?«

»Ich glaube, ich bin schwanger.«

Nichts, was Moira hätte sagen können, hätte Ellen mehr überraschen können. »Ein Kind?«

»Aye. Ist das nicht der beste Witz, den es gibt?«

»Ich wusste gar nicht, dass du ... dich zu jemanden hingezogen fühlst, oder dich umwerben lässt.« Ellen versuchte, nicht so schockiert zu wirken, wie sie sich fühlte.

»Na ja, immerhin können wir ein wenig lachen, oder? Bis jetzt.«

»Bist du sicher, dass du schwanger bist?«

»Entweder das oder die Umstellung des Lebens. Aber eigentlich bin ich mit vierzig ein bisschen zu jung für so etwas, oder? Meine Mutter war in den Fünfzigern, bevor ihre monatlichen Blutungen aufhörten.«

»Ich weiß es nicht. Vielleicht sollten wir einen Arzt fragen?«

»Einen Mann? Als ob der die Antwort auf solche Dinge wüsste«, spottete Moira.

»Natürlich würde er das. Ärzte werden gut unterrichtet.«

»Nein. Ich glaube nicht, dass ein Arzt die Antwort ist.«

»Wer ist der Vater?«

Moira errötete. »Werd' nicht wütend.«

»Wütend? Warum sollte ich das sein?« Ellen spannte sich an, bereit für die Antwort.

Es dauerte einen Moment, bis Moira antwortete. Moira knetete die Hände in ihrem Schoß. »Weil es Mr. Thwaite ist.«

»Mr. Thwaite?« Wieder ließ der Schock Ellens Augen größer werden.

»Ich weiß, wie sehr du ihn magst. Er ist dein Mann. Derjenige, auf den du dich mehr als auf alle anderen verlässt. Manchmal sogar mehr als auf deinen Ehemann.«

»Da hast du recht. Ich wüsste nicht, was ich ohne Mr. Thwaite tun würde«, antwortete Ellen. Mr. Thwaite war einer der besten Männer, die sie kannte. Sie verstanden sich über die Maßen gut, und besaßen eine wunderbare Arbeitsbeziehung und Freundschaft, die ihnen beiden sehr viel bedeutete.

»Er hält sehr viel von dir, und er würde alles tun, um dich glücklich zu machen. Wenn ich eine eifersüchtige Frau wäre, würde ich mich Tag und Nacht darüber ärgern, wie sehr er von dir schwärmt.«

»Ich halte auch viel von ihm. Aber so sehr ich auch von ihm abhängig bin, verbindet uns nichts weiter als Freundschaft.«

»Ja, ich weiß.«

»Ich habe das Gefühl, dass ich dich enttäuscht habe, Moira«, sagte Ellen plötzlich.

»Wieso das?«

»Weil du einem guten Mann direkt vor meiner Nase den Hof gemacht hast, ohne dass ich es gemerkt habe. Ich habe nicht gemerkt, wie egozentrisch ich geworden bin.«

»So würde ich es nicht nennen, Ellen. Du bist eine vielbeschäftigte Frau, Besitzerin von Ländereien, Tieren, Angestellten und zudem bist du Mutter und Ehefrau.«

»Das ist keine Entschuldigung. Du bist meine Freundin.«

»Ja, das bin ich, und Mr. Thwaite und ich haben unsere enge Freundschaft verheimlicht. Heimliche nächtliche Besuche und so weiter waren nur ein kleiner Spaß. Wir haben es nicht offen ausgesprochen. Unsere Unterhaltungen im Garten oder in der Küche finden vor allen Leuten statt.« Moira ließ den Blick über die Gärten schweifen. »Niemand würde etwas ahnen. Du warst monatelang weg, wie hättest du also all das bemerken sollen?«

»Werdet ihr heiraten?«

»Uns bleibt wohl keine Wahl mehr, nicht wahr? Dummköpfe, die wir sind.« Moira lächelte verschmitzt.

»Wir werden euch ein Häuschen bauen.«

»Das wäre großartig. Vielen Dank.« Moira war keine Person, die ihre Gefühle oder Zuneigung offen zeigte, und als sie Ellens Hand nahm, wusste Ellen, dass es etwas bedeutete. »Weißt du, Ellen, ich kann mich nicht erinnern, jemals so glücklich gewesen zu sein. Ich hätte nie gedacht, dass ich einmal Mutter werde. Jahrelang war ich auf mich allein gestellt. Mein erster Mann wurde in Ketten weggeschickt, und ich überquerte die Meere, um ihn zu finden, nur damit er kurz nach meiner Ankunft in Sydney starb. Ich dachte, das wäre das Ende aller Chancen, glücklich zu sein oder eine Familie zu gründen. Ich bin nicht schön, und ich werde alt. Ich habe Dinge getan, auf die ich nicht stolz bin … Aber Mr. Thwaite war das alles egal. Er ist ein guter Mann.«

»Das ist er. Es wäre schwer, einen besseren zu finden.«

»Und ich habe riesige Angst.«

»Die musst du nicht haben.« Ellen drückte ihre Hand. »Du darfst glücklich sein.«

»Ja, ich habe hier eine Familie mit euch allen. Eine gute Stellung und jetzt einen Mann und ein Baby. Ich habe das Gefühl, das ist zu viel, weißt du?«

Ellen nickte. »Ich verstehe dich sehr gut. An manchen Morgen wache ich immer noch auf und denke, ich bin wieder in der Hütte in Mayo, rieche den Gestank von verfaulten Kartoffeln oder höre das Weinen meiner Kinder, weil sie hungrig sind oder frieren. Wir haben die Hungersnot besser überstanden als so viele andere. Und doch verfolgte uns der Tod, und ich musste stehts wachsam sein, damit wir nicht krank wurden und starben.«

»Und sieh dich jetzt an«, murmelte Moira.

Der Blick auf die Gärten und Gebäude, das Sitzen in der frischen Brise und das Wissen, dass sie Essen und Unterkunft hatte, fühlten sich immer noch surreal an. »An manchen Tagen habe ich das Gefühl, dass das alles nicht real ist. Ich führe das Leben einer Dame. Früher habe ich die Damen der Gemeinde in Mayo mit Neid beobachtet. Sie fuhren in ihren feinen Kutschen an mir vorbei, während ich mit Löchern in den Schuhen durch den Schlamm lief, die Kälte durch meine Kleidung drang und mein Magen knurrte, und ich stellte mir immer vor, wie ihr Leben wohl aussah. Nicht in meinen kühnsten Träumen hätte ich mir vorgestellt, dass ich eines Tages eine von ihnen sein würde. Eine Dame in einer Kutsche, die feine Kleider und glänzende Stiefel trägt. Ich war Ellen Kittrick, die Frau eines Bauern und Mutter kleiner Kinder. Meine Tage verbrachte ich mit harter Arbeit auf dem Feld und ging die Straßen entlang, um meine Waren auf dem Markt zu verkaufen. Dann kam die Krautfäule und veränderte alles. Ich musste für einen englischen Gentleman arbeiten, um uns ein Dach über dem Kopf zu sichern, während mein Mann vom Weg abkam und sich dem Alkohol zuwandte. Das Leben hat sich seitdem vollkommen verändert.«

»Aber du hast auch überlebt, Mädchen. Du wurdest nicht in einem Armengrab oder noch schlimmer in einem Graben am Straßenrand mit deinen Kindern begraben. Du hast gekämpft und bist in deinem Gedanken stark geblieben. Du hast es geschafft. Und zwar indem du nicht einfach aufgegeben hast und ins Arbeitshaus gegangen bist, hast du es bis *hierher* geschafft.«

Ellen fröstelte in der kühlen Brise. »Ich bin eine Dame geworden, weil ich Alistair geheiratet habe.«

»Aye, und was ist daran falsch?« Moira warf ihr einen finsteren Blick zu.

»Ich habe ihn geheiratet, weil er mir Sicherheit bot.«

»Daran ist nichts auszusetzen. Ehen wurden auch schon wegen weniger geschlossen.« Moira strich sich eine lose Haarsträhne hinters Ohr.

»Ja, aber das bedeutet nicht, dass sie glücklich sind.«

»Wer kann schon behaupten, dass er weiß, wie eine glückliche Ehe gelingt? Es ist Glück, Mädchen. Ganz einfach.«

»Liebst du Mr. Thwaite?«, wollte Ellen wissen.

»Ich respektiere ihn, und wir kommen gut miteinander aus. Aber ich bin mir nicht sicher, ob das Liebe ist. Ich bin kein Mädchen mehr, das törichte Träume hegt.« Moira seufzte. »Es ist alles so ein Schock. Ich bin schwanger. In diesem Alter. Das ist verrückt.«

Ellen lächelte. »Es ist eine wundervolle Sache. Ein Baby, das du lieben kannst.«

»Und um das man sich sorgen muss, so wie ich mich um mein Los gesorgt habe. Ich bin all die Jahre gut allein zurechtgekommen.«

Das Geräusch eines Pferdes, das durch das Eingangstor trabte, wurde vom Wind herangetragen. Noch ein Besucher? Ellen und Moira standen auf und wandten sich dem Haus zu.

»Fühlst du dich jetzt besser?«, fragte Ellen.

»Ja.«

»Ruh dich mehr aus. Übertreibe es nicht. Gib Honor mehr Aufgaben. Ich werde mehr Mägde einstellen, die dir helfen.«

»Ruhig jetzt. Ich werde schon zurechtkommen.«

In der Küche machte sich Moira sofort wieder an die Arbeit, um die nächste Mahlzeit für die Familie vorzubereiten, während Honor aus dem Flur kam und ein Tablett mit benutzen Teetassen und Tellern trug.

Ellen eilte in den Salon, um mit ihren Gästen zu sprechen. Mrs. Pippa Ashford und Miss Augusta Ashford verabschiedeten sich gerade auf der vorderen Veranda, als Alistair aus einer glänzenden schwarzen Kutsche stieg, wo Higgins auf dem Kutschbock saß.

Sie verbarg ihre Überraschung über Alistairs Ankunft und lächelte die Frauen an. »Verzeihen Sie mir, dass ich nicht in der Lage war, mit Ihnen Tee zu trinken.«

Pippa Ashford, eine schöne Frau mit Haltung und Eleganz, winkte die Entschuldigung ab. »Wir verstehen das vollkommen. Manchmal, vor allem, wenn man einen großen Haushalt führt, steht einem nicht die Zeit zur Verfügung, die man benötigt, nicht wahr?«

»Ja«, stimmte Augusta mit einem Lächeln zu, »wir haben alle schon erlebt, dass Pläne nicht so verlaufen, wie man es sich wünscht.«

»Danke, dass Sie trotzdem gekommen sind«, sagte Ellen.

»Sie kommen doch zur Gartenparty am Freitag?«, fragte Pippa Ashford.

»Ja, natürlich werde ich kommen.«

»Was findet am Freitag statt?«, fragte Alistair, kam auf die Veranda und verneigte sich vor den Frauen.

»Eine Gartenparty bei uns zu Hause«, antwortete Pippa. »Es könnte die letzte Party sein, die wir für mehrere Monate im Freien veranstalten. Sobald das Wetter kalt wird, sind wir bis mindestens September, wenn der Frühling kommt, drinnen eingesperrt.«

»Es wird uns eine Freude sein, ihrer Einladung anzunehmen.« Alistair schenkte ihnen sein strahlendes Lächeln. »Ich habe Gil schon seit einiger Zeit nicht mehr gesehen. Es wird schön sein, mit ihm zu sprechen.«

Sie gingen alle zur Kutsche der Ashfords, und Alistair half den Damen beim Einsteigen.

Ellen winkte ihnen zum Abschied und sah Alistair an. »Du bist früher angekommen als erwartet.«

Er küsste sie auf die Wange, dann Rionas. »Nachdem ihr weg wart, habe ich euch alle vermisst. Wie geht es Ava? Hat sich Rachel zufriedenstellend um sie gekümmert?«

»Ava geht es sehr gut, und Rachel kümmerst sich wunderbar.« Ellen verbarg ihre Enttäuschung darüber, dass er sich nur für das Baby zu interessieren schien. »Wem gehört die Kutsche?«

»Uns, meine Liebe.«

»Du hast eine Kutsche gekauft?« Sie runzelte die Stirn, da er davon gesprochen hatte, dass sie kein unnötiges Geld ausgeben sollten.

»Das habe ich. Und ich habe auch Higgins fest angestellt. Er hat es aufgegeben, selbstständig zu arbeiten, und hat sich bereit erklärt, unser Kutscher zu sein, obwohl er die meiste Zeit mit mir in Sydney sein wird. Die Stadt wird immer größer, und ich muss schnell von einem Punkt zum nächsten kommen. Es wird ein großer Vorteil sein, eine Kutsche und Higgins zur Verfügung zu haben.« Er grinste und ging davon. »Ich werde mir den Reisestaub abwaschen und dann ins Kinderzimmer gehen.«

»Wie lange bleibst du?« Ellen hielt ihn an der Tür auf.

»Weiß nicht, Liebste, weiß nicht.«

Ellen biss sich irritiert auf die Unterlippe. Sein seltsames Verhalten überraschte sie immer wieder, und das gefiel ihr nicht.

Als Alistair eine Stunde später endlich zum Mittagessen zu ihnen ins Esszimmer kam, lächelte er breit. »Ich schwöre, sie ist gewachsen, und dabei ist es erst etwas mehr als eine Woche her, seit ich sie gesehen habe. Ich bin sicher, sie hat mich angelächelt und wusste, wer ich bin. Rachel kann gut mit ihr umgehen, da hast du recht. Ava ist in meinen Armen eingeschlafen, so zufrieden wie sie sein kann. Ich muss sie erschöpft haben. Sie ist so ein süßes Ding, so ein schönes Baby.«

»Alle meine Kinder waren wunderschöne Babys«, murmelte Ellen und nippte an ihrer Suppe.

»In der Tat.« Alistair strahlte. »Und vielleicht wird unser nächstes Kind ein wunderschöner Sohn sein.«

»Du scheinst sehr glücklich zu sein«, stellte Riona fest und warf Ellen einen kurzen Blick zu.

»Bin ich auch.« Alistair grinste.

»Dürfen wir fragen, wieso?« Riona nahm sich eine Scheibe Brot.

»Zufälligerweise habe ich ein brillantes Geschäft abgeschlossen. All unsere Probleme werden dadurch gelöst sein.«

Ellen zuckte zusammen, nachdem sie über Alistairs Wunsch nach einem Sohn nachgedacht hatte. »Probleme? Wir haben Probleme?«

Alistair blinzelte einen Moment lang und schüttelte dann den Kopf. »Das ist nur eine Redewendung, Liebste. Wir haben überhaupt keine Probleme, vor allem jetzt nicht.«

Sie glaubte ihm nicht. »Was ist das für ein Geschäft?«

»Ich habe in ein Handelsabkommen mit einer Firma in Hobart investiert. Sie brauchen englische Werkzeuge und Maschinen, die Rafe und ich für sie besorgen können, und im Gegenzug importiere ich ihr Holz. Ich habe in die Kieferngesellschaft investiert.«

Ellens Herz machte einen kleinen Hüpfer, wie immer, wenn Rafe erwähnt wurde. Würde es jemals damit aufhören? Würde sie jemals aufhören, einen Mann zu begehren, den sie nicht haben konnte? Sie konzentrierte sich auf Alistairs Worte.

»Haben wir nicht genug Holz auf dem Festland?«, fragte Riona. »Wir sind von Bäumen umgeben.«

»Ja, aber im Van-Diemens-Land gibt es große Huon-Kiefern-Plantagen. Die Kiefer ist sehr gefragt. Vielleicht reise ich zur Davey River Siedlung und schaue mir den Betrieb selbst an.«

»Nach Van-Diemens-Land reisen?«, fragte Ellen. »Das ist ein weiter Weg.«

»Ja. Der Winter ist nicht die ideale Reisezeit. Die Überfahrt von Melbourne über die Bass-Straße ist bei rauer See gefährlich, und auf der Insel selbst wird es furchtbar kalt. Daher werde ich mich erst im Frühjahr dorthin wagen.«

»Ich dachte, du wolltest, dass wir unsere Ausgaben einschränken? Aber du hast eine Kutsche gekauft und willst reisen.«

Alistair starrte Ellen an. »Das ist ein geschäftliches Unterfangen, Liebste. Die Ausgaben lohnen sich sehr, wenn wir dadurch mehr Geld verdienen können.« Sein Lächeln verhärtete sich. »Genug übers Geschäft geredet, erzähl mir von deinen Plänen für die Woche. Welche Einladungen haben wir?«

Ellen ärgerte sich innerlich über Alistairs Zurückweisung. Langsam schloss er sie von seinen Geschäftsabschlüssen aus. Anders als zu Beginn ihrer Ehe, als er mit seinem verletzten Bein im Bett lag, hatte sie genau gewusst, welche Geschäfte er tätigte, und dazu beigetragen, dass sein Unternehmen lief und florierte. Aber in den letzten Jahren, vielleicht auch länger, hatte Alistair immer weniger preisgegeben und sie mehr in die Rolle der Ehefrau und Mutter als in die der Geschäftspartnerin geschoben, obwohl er wusste, dass

Ellen geschäftlich geschickt war, klug und weise Geld investierte. Etwas, das sie beide überrascht hatte.

Seit sie Louisburgh gekauft hatte, hatte er sich geweigert, sie noch mehr Land kaufen zu lassen. Ihre Liebe zu diesem Grundstück hatte ihn dazu veranlasst, ihre Ausgaben in dieser Hinsicht einzuschränken. Dennoch hatte er das Bedürfnis, in ein so weit entferntes Unternehmen zu investieren, ohne mit ihr darüber zu sprechen. Es war frustrierend und zutiefst beunruhigend, dass er sie von seinen Geschäften fernhielt.

Verärgert wischte sich Ellen den Mund ab und schob ihre halbaufgegessene Suppe beiseite. Alistair weigerte sich, Geld für Louisburgh auszugeben, war aber dennoch bereit, in andere Projekte zu investieren. Sie würde mit ihm über all das reden müssen, allerdings war das kein Gespräch, auf das sie sich freute.

Während Riona ihn über ihre gesellschaftlichen Zusammenkünfte informierte, konnte Ellen es nicht ertragen, im Zimmer zu bleiben, und verließ den Tisch, um Ava zu stillen. Insgeheim hoffte sie, dass Alistair nicht lange in Berrima bleiben würde.

# Kapitel Zwölf

In der kühlen Nachtluft schlenderte Ellen über die Veranda, nachdem sie Ava für die Nacht gestillt hatte. Das Baby war wahrlich ein Engel und hatte begonnen, bis zum Morgen durchzuschlafen. Es war, als wüsste sie, dass es in Ellens geschäftigen Leben nötig war, anspruchslos zu sein.

Fröstelnd öffnete Ellen die Balkontür ihres Schlafzimmers und dachte an die morgige Gartenparty. Pippa und Gil Ashford waren charmant, ihr Haus wunderschön. Ellen fühlte sich von der Familie ein wenig eingeschüchtert, nicht dass sie unfreundlich zu ihr gewesen wären oder sich für ihre Vergangenheit interessiert hätten. Die Ashfords hatten, wie einige der anderen wohlhabenden Familien in der Gegend, eine einfache Art, mit ihrem Status und ihrer Klasse zufrieden zu sein. Obwohl Ellen wie eine von ihnen behandelt wurde, blieb sie doch ein wenig distanziert und hütete sich davor, sich zu sehr anzunähern, zu freundlich zu sein. Riona sagte, sie benehme sich, als trage sie eine Rüstung, vor allem um ihr Herz, und wolle niemanden an sich heranlassen, nur für den Fall, dass sich jemand gegen sie wendete. Ellen konnte es nicht ändern. Tief in ihrem Inneren wusste sie, dass sie in dieser Gesellschaft eine Hochstaplerin war.

Als sie das Ankleidezimmer betrat, blieb sie abrupt stehen, als sie sah, dass Alistair mehrere Briefe in der Hand hielt. Den, den er las, war der persönliche Brief, den Rafe ihr geschickt hatte und den Ellen normalerweise direkt am Körper trug. Aber da sie Ava stillte und sich dafür teilweise entblößen musste, hatte sie den Brief in einer Lederhülle in einer Schublade versteckt und mit Strümpfen bedeckt.

Schock, Abscheu und Wut darüber, dass Alistair nicht nur ihre Sachen durchwühlt hatte, sondern auch ihre private Korrespondenz las, wüteten in ihr. »Was tust du da?«, schrie sie.

Alistair zuckte schuldbewusst zusammen und drehte sich um, sein Gesicht war leichenblass. »Das ...« Er hielt Rafes Brief hoch. »Ich ... du und er ...« Sein Gesicht verzog sich vor Schmerz.

»Wie kannst du es wagen, meine privaten Briefe zu lesen!« Sie trat vor und versuchte, den Brief zu ergreifen. Aber Alistair war schneller und größer und hielt ihn außerhalb ihrer Reichweite.

Alistair starrte sie mit äußerster Verachtung an. »Du und Rafe?«

»Da ist nichts. Gib mir meinen Brief.«

»Nichts sagst du?« Alistair las von der Seite ab. »*Wie sehr wünschte ich, Du wärst mit ihnen auf dem Schiff gewesen. Ich liebe Dich noch immer. Mit meiner innigsten und aufrichtigsten Liebe und Hingabe ...*« Er schluckte, und die Farbe kehrte in einem Anfall von Groll und Abscheu in sein Gesicht zurück. »*Ich liebe Dich noch immer!*«

Ellen stellte sich vor ihn. Wütend und gekränkt, doch wissend, dass Alistair zutiefst verletzt war und dass es ihre Schuld war.

Sie trat einen Schritt zurück. »Zwischen Rafe und mir ist nichts, Alistair. Es war ein Moment des Wahnsinns, und es ist Vergangenheit.«

»Wirklich? Nur ein Moment des Wahnsinns? Und doch liebt er dich noch immer, als er diesen Brief vor wenigen Monaten schrieb?«

»Ich habe ihm nie geschrieben.«

»*Liebst* du ihn noch immer?«, knurrte er.

»Wir werden uns nie wieder sehen. Das spielt keine Rolle. Ich bin mit dir verheiratet. Wir haben eine Familie.«

»Wann ist das alles passiert? Bevor du in dieses Land gekommen bist?«

»In Liverpool? Nein ...«

»Aber in Liverpool ist etwas passiert?«

»Nein.« Ihr Herz klopfte ungleichmäßig. Wie sollte sie das alles erklären? »In Liverpool wurden wir Freunde. Ich fühlte mich zu ihm hingezogen.«

»Und er fühlte sich offensichtlich zu dir hingezogen.«

»Damals hatte ich keine Ahnung, dass er so empfand.«

Alistair trat auf die andere Seite des Ankleidezimmers und zerknüllte das Blatt Papier in der Faust. »Hattest du eine Affäre mit Rafe, als er nach Sydney kam?«

»Alistair, das ist alles Vergangenheit.«

Er stürzte sich auf sie und packte ihre Schultern, wobei sich seine Finger schmerzhaft in ihr Fleisch bohrten. »Sag mir die Wahrheit, verdammt!«

»Ja! Ja, wir haben einmal miteinander geschlafen, nur ein einziges Mal!«, schrie sie zurück, weil sie es leid war, das Geheimnis zu bewahren, die Liebe zu verbergen, die sie für einen Mann empfand, der am anderen Ende der Welt war.

Er verpasste ihr eine harte Ohrfeige, die ihren Kopf zur Seite riss. Angewidert stieß er sie von sich.

Ellen taumelte zurück und hielt sich die brennende Wange. Dass er sie geschlagen hatte, war unverzeihlich. Jede Zuneigung, die sie je für ihn empfunden hatte, verkümmerte und erstarb.

»Du ekelst mich an«, knurrte Alistair. »Ich habe dich vor dem Abgrund gerettet. Ich hätte jede haben können!«

»Warum hast du dich dann für mich entschieden?!«, schrie sie zurück. »Warum nicht eine von all den anderen?«

»Weil deine Schönheit mich geblendet hat. Du warst anders, eine Herausforderung, eine Frau, von der ich dachte, dass sie interessant und anders sein würde.«

»Nein«, spottete Ellen. »Du wolltest das Gesprächsthema Nummer eins in Sydney sein. Du wolltest einen Skandal heraufbeschwören, die Aufmerksamkeit der Männer auf dich lenken und dadurch dein Geschäft verbessern. Du wolltest dich über die gesellschaftlichen Regeln hinwegsetzen, ein Rebell sein, auffallen!«

»Und es hat funktioniert!«

Ellen keuchte auf, ihre Befürchtungen bestätigten sich. Er hatte sie nur benutzt.

Alistair lachte spöttisch. »Dachtest du, ich hätte es aus Liebe getan? Du bist wirklich dümmer als ich annahm.«

Ellen versteifte sich und setzte eine tapfere Miene auf, obwohl sie sich innerlich benutzt und betrogen fühlte. »Dann bist du ein guter Schauspieler, Alistair, denn du hast nicht nur mich, sondern alle um dich herum getäuscht.«

Seine Schultern sackten leicht ein und er fuhr sich mit einer Hand über die Augen. »Ich liebe dich wirklich, Ellen. Es war aufregend für mich, außerhalb meiner Klasse zu heiraten, dass die Gesellschaft über uns und über mich tratscht, aber ich wollte dich, und ich habe mich in dich verliebt. Ich habe dich geliebt, und das ist die Wahrheit. Ich wollte eine eigene Familie haben, wie andere Männer in meinem Bekanntenkreis. In dir habe ich sofort eine Familie gefunden. Ich war nicht mehr allein.«

Bei der Erwähnung ihrer Kinder hob sie den Kopf. »Dass du mich benutzt hast, kann ich verstehen, aber dass du meine Kinder benutzt hast, um dich besser zu fühlen, ist eine andere Sache.«

»Ich habe sie nicht benutzt. Ich liebe die Kinder, das weißt du.«

»Wirklich, oder tust du nur so?«

Seine Lippen verzogen sich zu einem schmalen Strich. »Wage es nicht, meine Gefühle für die Kinder in Frage zu stellen. Ich würde alles für sie tun. Habe ich dir das nicht gezeigt? Ich habe deine drei angenommen und sie wie meine eigenen behandelt. Ich habe meine Freude, als du schwanger wurdest, nicht geheuchelt, sie war echt. Selbst Vater zu werden, war der glücklichste Tag in meinem Leben. Als Lily geboren wurde, habe ich Rafe geschrieben und ihm mitgeteilt, wie wunderbar es ist, Vater zu sein. Ich habe es allen erzählt. Es war mir egal, dass sie kein Junge war ...« Plötzlich stöhnte er auf und starrte sie an. »Lily ... Oh mein Gott. Lily.«

Ellens Herz machte einen Satz und ihr Magen verkrampfte sich.

»Sie ist Rafes ...« Seine grünen Augen weiteten sich, als ihm die Erkenntnis dämmerte. »Sie ist sein Ebenbild. Die Ähnlichkeiten werden mir jetzt klar ... Sie hat seine Augen und sein Lächeln ...«

»Alistair.« Das Blut wich aus ihrem Gesicht.

»Ich habe recht, nicht wahr?«

Ellen schluckte, die Angst vor seiner Ablehnung Lily gegenüber überwältigte sie. »Ich bin mir nicht sicher, aber ich glaube schon.«

»*Du glaubst schon!* Halte mich nicht für einen Narren, Ellen. Jetzt, wo ich es weiß, sehe ich es ganz klar.« Er fluchte laut. »Allmächtiger Gott! Ich komme mir lächerlich vor, dass ich es nicht vorher bemerkt habe. Sie sieht so anders aus als Ava.«

»Lily sieht aus wie ich«, verteidigte sie ihre Tochter, obwohl sie wusste, dass es eine Lüge war. Das Kind war Rafe wie aus dem Gesicht geschnitten.

Er sackte auf dem Stuhl in der Ecke des Zimmers zusammen. »Was für ein Narr ich doch war. Von meiner Frau und meinem besten Freund betrogen.«

»Wir wollten nicht, dass das passiert. Es ist einfach geschehen. Du wusstest bereits, als wir heirateten, dass ich dich nicht liebe, aber ich hatte nie die Absicht, dich zu verletzen.«

»Aber das hast du getan.« Er blickte zu ihr auf.

»Es tut mir leid.« Sie konnte nicht zu ihm gehen. Eine Mauer stand jetzt zwischen ihnen, so groß, dass sie nicht überwunden werden konnte.

»Es ist nicht genug.« Tränen schimmerten in seinen Augen. »Von dir und Rafe verraten zu werden, ist nicht zu ertragen.«

»Es war ein einziges Mal, Alistair.«

Er schüttelte den Kopf. »Vielleicht körperlich, aber in deinem Herzen bist du sein und er ist dein. Ich war für dich nie von Bedeutung.«

Sie schluckte ihre Tränen hinunter. »Meine Gefühle für Rafe waren schon da, bevor wir uns kennengelernt haben. Es tut mir aufrichtig leid.«

»Tut es dir leid, dass du mich verletzt hast, oder tut es dir leid, dass ich es herausgefunden habe?«

»Beides.« Sie stellte sich vor ihn. »Die Wahrheit hätte niemandem etwas gebracht. Rafe weiß es nicht, und du wusstest es auch nicht. Wir konnten unser Leben normal weiterleben. Ava wurde geboren, wir haben weitergemacht.«

»Wir haben mit einer Lüge gelebt!«

»Ich habe mit der Lüge gelebt, Alistair, nicht du, nicht Rafe, sondern *ich*. Ich habe sie auf mich genommen, um euch beide davor zu bewahren, verletzt zu werden und eure Freundschaft zu zerstören.«

»Soll ich dir etwa dafür danken?«, fragte er ungläubig.

»Nein, natürlich nicht.«

»Gut!« Seine Nasenflügel blähten sich vor Wut.

Ellen holte tief Luft. »Ich weiß, dass es schwierig ist, aber Rafe wird am Boden zerstört sein, wenn er erfährt, dass du wegen unseres einen Fehlers gelitten hast. Er schätzt eure Freundschaft sehr.«

»Freundschaft? Wenn er sie zu schätzen wüsste, hätte er *meine* Frau nie mit in *sein* Bett genommen!«

»Es war ein Moment des Wahnsinns!«

»Es gibt keine Freundschaft mehr mit diesem Mann. Er hat mich mit meiner eigenen Frau betrogen!«

»Und es tut uns unendlich leid.«

»Tut es das?« Alistairs Augenbrauen hoben sich spöttisch. »Ich glaube, es tut dir gerade nur leid, dass ich es herausgefunden habe.« Er schritt ins Schlafzimmer und warf den Brief ins Feuer. Er sah zu, wie er verbrannte. »Ava ist die Einzige, die mir gehört. Die Einzige, die mir von heute an etwas bedeutet.«

Ellen lehnte sich an den Türrahmen, während Rafes Worte verbrannten und zu Asche wurden. »Ich bitte dich, Lily nicht anders zu behandeln. Nichts davon ist ihre Schuld.«

»Nein, es ist deine.«

»Ja. Verachte mich von mir aus, aber nicht sie.«

Alistairs Hände ballten sich zu Fäuste. Er schritt auf die Tür zu. »Ich gehe in mein Arbeitszimmer. Stör mich nicht.«

»Wir müssen über unsere Zukunft sprechen.«

Er stieß ein trockenes, hasserfülltes Lachen aus. »Unsere Zukunft? Was für ein guter Scherz.« Er schlug die Tür hinter sich zu.

Ellen saß auf dem Bett und wusste nicht, was sie tun oder denken sollte. Ein Teil von ihr war erleichtert, dass die Wahrheit über Lily herausgekommen war. Doch sie wusste auch, dass ihre Ehe am Ende war. Sie erwartete nicht, dass Alistair ihr verzeihen würde. Sie hatte falsch gehandelt. Jetzt musste sie nur noch herausfinden, wie sie es wieder gutmachen konnte.

Obwohl die Jahreszeiten wechselten und der Winter vor der Tür stand, herrschte am Tag der Gartenparty der Ashfords strahlender Sonnenschein. Starker Frost bedeckte am Vormittag das Land, aber er war bereits geschmolzen, als Ellen, Riona und Bridget im Buggy durch die Tore des herrlichen Anwesens der Ashfords in Sutton Forest fuhren.

Alistair ritt mit Pepper neben dem Buggy her. Seit Tagen hatte er nicht mehr mit ihr gesprochen.

Ellen hatte Riona erzählt, was geschehen war, und ihre Schwester hatte daraufhin Bridget und Lily so weit wie möglich von Alistair ferngehalten. Vierundzwanzig Stunden lang hatte sich Alistair im Arbeitszimmer eingeschlossen und getrunken. Er hatte alle Versuche Ellens, mit ihm zu reden, ignoriert. Schließlich hatte sie es aufgegeben und hatte ihn dem Alkohol überlassen.

Selbst jetzt, als sie vor dem Herrenhaus der Ashfords hielten, sah man Alistair die Müdigkeit an, als er im Sattel schwankte. Zwar hatte er sich die Mühe gegeben, sich zu rasieren und obwohl er angemessen gekleidet war, hatte er sich nicht gewaschen und stank nach Alkohol.

Nachdem sie vom Butler begrüßt worden waren, gingen sie zu viert um das Haus herum und über die Rasenfläche zu dem Ort, an dem die Versammlung inmitten der üppigen Gärten stattfand.

Ellen, die sich alles andere als glücklich und in der Stimmung nach Gesellschaft fühlte, zwang sich zu einem Lächeln und unterhielt sich mit Pippa, Augusta und Gils Eltern. Pippas Mutter, Mrs. Noble, saß an einem der Tische mit einigen anderen Frauen, darunter Mrs. Riddle. Ellen ging zu ihnen, um sich mit ihnen zu unterhalten, wobei sie sich so weit wie möglich von Alistair entfernte.

Je weiter der Tag voranschritt, desto mehr sorgte sich Ellen um Alistair, der immer mehr trank. Sie bot ihm eine Tasse Tee an, aber er wandte sich mit einem spöttischen Blick von ihr ab.

Nach ein paar Stunden höflichen Geplauders über Nichtigkeiten wollte Ellen sich entschuldigen und nach Hause zurückkehren. Sie schaute sich nach Bridget um, die mit einigen anderen Kindern spielen gegangen war.

»Ihre Tochter malt mit den anderen Kindern«, sagte Mrs. Riddle. »Augusta hat eine Kinderunterhaltung auf der Westseite des Hauses organisiert.«

»Wunderbar. Ich werde ihnen eine Weile Gesellschaft leisten und zuschauen, was sie treiben.« Ellen erhob sich gerade von ihrem Stuhl, als Riona auf sie zueilte. »Was ist los?«

Riona zog Ellen von den anderen weg. »Gil hat ein Pferderennen für die Männer organisiert.«

»Und?«

»Alistair will ebenfalls daran teilnehmen. Aber er ist furchtbar betrunken!«

Ellen, die keine Aufmerksamkeit auf sich ziehen wollte, ging schnell mit Riona zum Stallgebäude, wo sich die Männer versammelt hatten und miteinander lachten und scherzten, während sie ihre Pferde bestiegen.

»Alistair?« Ellen trat näher an ihn heran, gerade als er sich auf Pepper schwang.

»Was willst du?« Mit blutunterlaufenen Augen blickte er auf sie herab.

»Ich glaube nicht, dass du in der Verfassung bist, um zu reiten«, flüsterte sie.

»Maße dir nicht an, mir sagen zu wollen, was ich tun kann und was nicht, Weib.« Er stieß Pepper die Absätze in die Seite und trabte mit den anderen davon.

Wütend schritt sie zurück zu Riona und packte ihre Schwester am Arm. »Der verdammte Trottel!«

Riona runzelte die Stirn. »Was will er beweisen? Er wird sich nicht im Sattel halten können und herunterfallen, und alle werden ihn auslachen.«

Ellen starrte auf Alistairs Rücken und war hin- und hergerissen zwischen Sorge und Verärgerung. »Er wird sich selbst erniedrigen und noch wütender werden. Wir müssen nach Hause zurückkehren.«

»Ja. Und später werden du und er miteinander reden, Ellen. Das Haus war in letzter Zeit ein furchtbarer Ort. Bridget stellt Fragen. Alistair hat sie heute Morgen komplett ignoriert, als sie mit ihm gesprochen hat.«

Ellen biss sich besorgt auf die Unterlippe. »Sollte er sich weigern mit mir zu reden, fahren wir alle nach Louisburgh, bis er nach Sydney zurückkehrt.«

Sie folgten den Männern und stellten sich an den Rand eines Feldes, wo sich die Frauen versammelt hatten, um zu jubeln und mit Taschentüchern zu winken.

»Männer können solche Kindsköpfe sein«, lachte Pippa. »Sie versuchen immer, den anderen zu übertrumpfen. Sie haben Wetten abgeschlossen, wer gewinnen wird, können Sie sich das vorstellen?«

Ellen lächelte nur, obwohl sie innerlich vor Wut kochte. Würde Alistair sich jetzt immer so verhalten? Leichtsinnig und unverantwortlich sein? Und würde er sie in Zukunft immer anschnauzen und anpöbeln? Sie glaubte nicht, dass sie das ertragen würde. Wenn das ein Vorgeschmack auf ihre Zukunft war, würde sie für immer nach Louisburgh ziehen und was ihn und ihrer Ehe anbetraf, einen endgültigen Schlussstrich ziehen.

Ein älterer Mann, Gils Vater, Mr. Ashford, trieb die Männer an, und unter lautem Jubel stürmten die Pferde vorwärts und preschten über das grasbewachsene Feld.

»Wie weit werden sie reiten?«, fragte Riona an Augusta gewandt.

»Bis zum Fuße des Hügels dort, dann um die Baumgruppe herum, über den Bach und zurück zu uns. Der erste Reiter, der an Vater vorbeikommt, gewinnt eine Flasche von Gils bestem Portwein.«

Ellen wollte lieber zurück zu den Erfrischungen oder zu Bridget gehen, als sich das Rennen anzusehen. Alistair befand sich in der Mitte der Gruppe, als die Männer hinter dem Hügel außer Sichtweite gerieten.

Während die Frauen sich unterhielten und Vermutungen anstellten, wer wohl gewinnen würde, machte sich Ellen auf den Rückweg zu den Gärten.

»Da kommen sie!«, rief Augusta.

Ellen bog am Rande der Gärten in den Weg ein und blickte zurück auf die weiten Felder. Sie konnte nicht sehen, welcher Reiter die Führung übernommen hatte, und es war ihr auch egal. Sie wollte nach Hause.

Ein Schrei durchdrang die Luft.

Dann noch einer.

Das Donnern der Hufe vermischte sich mit den Schreien der Frauen.

Als Ellen stehenblieb und zurückblickte, konnte sie nicht erkennen, was der Grund für die Aufregung war. War eine Schlange im Gras aufgetaucht und hatte die Frauen oder Pferde erschreckt?

Erstaunt sah sie, wie eine der jungen Frauen in Ohnmacht fiel. Sie raffte ihre Röcke und eilte zurück zu der Gruppe von Frauen, die alle wild durcheinanderredeten.

»Riona?« Ellen kam an der Seite ihrer Schwester zum Stehen, aber Rionas Blick war auf die Reiter gerichtet, die eilig abstiegen und zu dem gefallenen Mann und dem Pferd eilten.

»Ellen ... Ist das Pepper?« Riona deutete auf das Pferd, das verzweifelt versuchte, aufzustehen und dabei nach den Männern schlug, die versuchten ihr zu helfen.

»Es ist Pepper!« Ellen schlüpfte zwischen den Zaunlatten hindurch und rannte mit gerafften Röcken über das Feld zu dem schmalen Bach am Fuße des Hügels.

Peppers gequältes Wiehern wehte ihr entgegen.

»Heilige Mutter«, betete Riona und eilte Ellen hinterher. »Das arme Tier!«

Ellen schnaufte und wurde langsamer, als sie sich Pepper näherte. Das Weiße in ihren Augen zeigte, dass sie Angst oder Schmerzen hatten. Ellen konnte nicht sagen, was von beidem zutraf. Dann bemerkte sie den gebrochenen Knochen, der aus dem Vorderbein ragte. Ellen keuchte auf.

»Großer Gott!«, rief Riona und bekreuzigte sich.

»Wendet euch ab, meine Damen.« Einer der Männer drängte sie zurück. »Wir werden sie erschießen müssen.«

»Alistair?« Ellen sah sich nach ihm um. »Er wird untröstlich sein wegen Pepper.«

Eine andere Gruppe von Männern stand oder kniete am Ufer des Baches. Ellen rannte zu ihnen hinüber, um Alistair zu finden. Dann wurde sie langsamer, ihr Herz setzte einen Schlag aus. Alistair lag im Gras am Ufer. Gil hatte seinen Mantel ausgezogen und ihn unter Alistairs Kopf gelegt.

Sie ließ sich neben Alistair auf die Knie fallen und drückte seine Hand an ihre Brust. »Alistair! Wo bist du verletzt?«

»Nirgends.« Sein Gesicht verzog sich zu einer Grimasse. »Ich habe überhaupt keine Schmerzen. Hilf mir auf ...«

Als Ellen ihm helfen wollte, damit er sich aufrichten konnte, hielt Gil sie zurück und schüttelte den Kopf. Sie starrte ihn wortlos an.

»Er hat sich beim Sturz den Kopf verletzt.« Gil zeigte Ellen die breite, tiefe Wunde an Alistairs Hinterkopf. Das Blut sickerte wie ein kleiner Fluss und färbte Alistairs blondes Haar dunkel und das Gras darunter rot.

»Ein Arzt.« Ellen drehte sich um, bereit, einen Arzt zu holen.

»Man hat nach ihm geschickt.« Gil nahm einen Mantel, den ein anderer Mann angeboten hatte, und breitete ihn über Alistair aus. »Ich habe einen der Männer gebeten, den Ackerwagen aus den

Ställen zu holen. Wir werden ihn damit zum Haus bringen.« Gil versuchte, das Blut aus der Kopfwunde zu stillen.

Riona und ein anderer Mann knieten nieder, um ihm mit Taschentüchern zu helfen, die sich innerhalb von Sekunden mit Blut vollgesogen hatten.

»Ellen«, krächzte Alistair, ein Rinnsal Blut lief aus seiner Nase.

»Ja, ich bin hier.« Sie lächelte auf ihn herab und benutzte ein Taschentuch, das Riona ihr gab, um das Blut wegzuwischen. »Bleib einfach ruhig liegen. Der Arzt wird sich bald um dich kümmern und dann werden wir dich nach Hause bringen.«

»Es tut mir leid.«

»Shhh«, beruhigte sie ihn. »Bewege dich nicht. Und du solltest auch nicht sprechen.«

Männer und Frauen versammelten sich um sie. Ellen war sich vage bewusst, dass Gil und Pippa Anweisungen erteilten, dass Riona direkt neben ihr saß und ein Tuch an Alistairs Kopf hielt. Die Szene wirkte surreal, doch sie konzentrierte sich nur auf Alistair, hielt seine Hand fest und lächelte ihn an.

»Vergib mir ...«, flüsterte er.

»Sprich nicht. Ruh dich aus.«

»Ich liebe dich ...«

Sie küsste sanft seine Stirn. »Bitte hör auf zu reden. Schone deine Kräfte.« Sie küsste ihn erneut. »Wir müssen dich ...«

»Ava ... Lass nicht zu, dass sie mich vergisst ...« Seine Augen schlossen sich, und sein Körper erschlaffte.

»Alistair?« Sie schüttelte ihn sanft. »Alistair!« Sie beugte sich näher an ihn und wartete darauf, dass seine grünen Augen sich öffneten, dass er etwas sagte. »Alistair.«

Ellen blickte zu Riona, die zu beten begonnen hatte. Ellen starrte Gil an, der sich hinkniete und Alistairs Puls am Hals überprüfte. Er prüfte seine Atmung, riss Alistairs Weste und sein Hemd auf und legte ein Ohr an seine Brust.

Völlig schockiert starrte Ellen Gil an, der sich auf seine Fersen setzte und den Kopf schüttelte.

Ellen packte Alistair an den Schultern und schüttelte ihn. »Alistair, wach auf. Wach auf, hörst du mich?«

»Ellen«, rief Riona und versuchte sie von Alistair wegzuziehen. »Er ist tot.«

»Nein. Er ist nur ohnmächtig geworden. Wir müssen ihn ins Haus bringen.« Noch während sie die Worte aussprach, drang die Wahrheit zu ihr durch. Ihr Kopf schien wie leergefegt.

Ein Schuss ließ sie aufschrecken. Jemand hatte Pepper von ihrem Elend erlöst. Ellen schwankte angesichts der Realität, die auf sie einschlug.

Riona half ihr auf die Beine, und sie starrte auf den gut aussehenden Mann hinunter, den sie aus Sicherheitsgründen geheiratet hatte, den Mann, den sie betrogen hatte, für den sie aber auf ihre eigene Weise Gefühle gehegt hatte. Sie hätte ihm sagen sollen, dass sie ihn liebte ...

# Kapitel Dreizehn

Rafe betrat das kühle Haus, nachdem er in einer stickigen Kutsche in der warmen Juni-Sonne gefahren war. Er eilte die Treppe zu Patricks Zimmer hinauf und trat nach einem kurzen Klopfen ein. Er grinste den Jungen an, der auf einem Stuhl am offenen Fenster saß. »Du siehst gut aus.«

»Ich fühle mich deutlich besser. Ich bin froh, dass du wieder hier bist«, sagte Patrick. Er war zwar immer noch viel zu dünn, aber immerhin hatten seine Wangen wieder eine gesunde Farbe angenommen.

»Ich habe dir doch gesagt, dass ich nur ein paar Tage weg sein werde, um ein paar Dinge in Liverpool zu regeln.« Rafe zerzauste das Haar des Jungen und setzte sich auf die Fensterbank. »Wie ist es dir ergangen?«

»Großartig. Obwohl ich mich mittlerweile ein bisschen langweile. Der Arzt hat gesagt, dass er nur noch einmal am Tag kommen wird, weil es mir schon viel besser geht.«

»Ah, das bedeutet, dass du dich gut erholst.« Rafe zwinkerte ihm zu. Freude erfüllte ihn. »Wollen wir einen Spaziergang machen?«

»Können wir?«, fragte der Junge und sprang auf.

»Ja, und wenn du morgen nicht zu müde bist, können wir vielleicht angeln gehen.«

»Das ist toll!«

Rafe lachte über Patricks Enthusiasmus. »Hast du deiner Mutter geschrieben?«

»Ja, seit einer Woche jeden Tag.«

»Gut. Das habe ich auch. Jetzt, wo es dir wieder gut geht, habe ich ihr von deiner jüngsten Krankheit berichtet. Den Brief habe ich letzte Woche abgeschickt. Sie sollte ihn im August in den Händen halten.«

Ein sehnsüchtiger Ausdruck trat in Patricks Gesicht. »Das ist eine lange Zeit.«

»In der Tat, das ist es.« Rafe verstand den Kummer, unter dem der Junge litt. »Lass uns nach draußen gehen und die Sonne genießen. Ein Spaziergang durch die Gärten wird deine Stimmung aufhellen.«

Rafe half ihm, seine Socken und Stiefel anzuziehen, da Patrick noch immer ziemlich schwach war. Das Fieber hatte ihn wochenlang ans Bett gefesselt, da es in unterschiedlichen Schweregraden kam und ging. Erst Mitte Mai erklärte der Arzt Patrick für außer Gefahr, doch der Weg zur Genesung war lang. An manchen Tagen ging es Patrick gut, an anderen Tagen hatte er Mühe, überhaupt die kleinste Bewegung auszuführen.

Unten hielt Rafe im Flur inne, als die Haustür geöffnet wurde und Iris und seine Mutter das Haus betraten.

»Oh, du bist zu Hause?« Iris küsste Rafe auf die Wange.

»Ich freue mich, dich zu sehen, mein Sohn.« Seine Mutter küsste ihn ebenfalls.

»Wirst du diesmal etwas länger bleiben?«, fragte Iris und reichte einem Bedienstete ihren Sonnenschirm.

»Ja, ich habe die letzten zwei Tage hart gearbeitet, um die Büroangelegenheiten zu regeln und Pollard Anweisungen zu hinterlassen. Ich werde erst nächste Woche nach Liverpool zurückkehren.«

»Sehe sich einer diesen junger Mann an.« Seine Mutter lächelte Patrick an. »Du siehst jeden Tag besser aus, nicht wahr, Rafe?«

»Das tut er. Und deshalb werden wir jetzt einen Spaziergang durch die Gärten machen.«

»Wunderbar.« Iris ging in den Salon. »Ich werde in einer halben Stunde ein Teetablett auf die Terrasse schicken lassen, dann können wir alle zusammen Tee trinken und Kuchen essen.«

Rafe und Patrick schlenderten den weiß Kiesweg entlang, der sich durch die hübschen und gepflegten Gärten schlängelte. Ein Pfau rief von einer Mauer aus, die die Gärten von den Wirtschaftsräumen abgrenzte.

»Er ist hübsch«, sagte Patrick und deutete auf den männlichen Pfau. »Ich sehe ihn oft von meinem Schlafzimmerfenster aus. Sein Schwanz ist prächtig, aber die Pfauendamen wollen trotz seiner Zurschaustellung nichts von ihm wissen.«

Rafe lachte. »Das ist es, was Frauen manchmal machen. Egal, was ein Mann tut, sie ignorieren ihn.«

»Warum bist du nicht verheiratet?«, fragte Patrick plötzlich.

»Weil ... Weil die Frau, die ich liebe, unerreichbar für mich ist.«

»Das ist traurig.«

»Das Leben kann manchmal hart sein.«

Patrick blieb am Tor, das zum Wildpark führte, stehen. »Ich wäre fast gestorben, nicht wahr?«

Rafe holte tief Luft. »Ja.«

»Wenn ich sterben muss, dann möchte ich das mit meiner Mammy in meiner Nähe tun.«

»Du hast dich jetzt erholt. Du wirst nicht sterben.« Rafe runzelte die Stirn über die morbiden Gedanken des Jungen. »Sieh nur, wie gut es dir geht.«

»Ich hörte, wie der Arzt zu Iris sagte, dass die Fieberschübe jederzeit wiederkehren könnten. An manchen Tagen kann ich mich nicht einmal aus dem Bett erheben.«

»Wann hat er das gesagt?«

»Gestern, als er kam, um nach mir zu sehen. Sie unterhielten sich an der Tür und dachten, ich würde schlafen. Aber ich habe sie gehört. Wenn ich wieder erkranke, habe ich vielleicht nicht so viel Glück, hat er gesagt.«

Rafe legte seine Hand auf die magere Schulter des Jungen und drückte sie sanft. »Was wir also tun müssen, ist, dir reichlich zu Essen zu geben und so gesund zu machen, dass dich das Fieber nicht wieder packen kann.«

Patrick schenkte ihm eines seiner seltenen Lächeln, doch es verblasste ebenso schnell wieder. »Kann ich nach Hause zurückkehren, bitte?«

Rafes Herz verkrampfte sich in seiner Brust. Der Junge würde in England niemals glücklich werden, das wusste er instinktiv. »Ich kann dich nicht auf eine so lange Reise schicken, solange du noch nicht vollständig genesen bist.«

Patrick richtete sich auf, Hoffnung schimmerte in seinen graublauen Augen. »Aber ich kann nach Hause zurück, sobald ich wieder ganz gesund bin?«

Rafe nickte, seine Kehle war plötzlich wie zugeschnürt. Er konnte den Jungen nicht hierbehalten. Das war ihm gegenüber nicht fair. Er hatte eine Nahtoderfahrung überstanden, und Rafe wusste, wenn er in England noch einmal erkrankte, hätte er vielleicht nicht den Willen, ein zweites Mal zu überleben. Er wollte nach Hause, zu seiner Familie, und wer könnte ihm das verdenken?

Patrick umarmte ihn um die Taille. »Danke, Rafe, danke!«

Rafe klopfte dem Jungen auf den Rücken und spürte, wie ihn ein Wirbelsturm der Gefühle ergriff. Er widersetzte sich Alistairs Anweisung, ihn in Harrow ausbilden zu lassen und ihn zu seiner eigenen Sicherheit in England zu behalten. Aber wenn Patrick nicht nach Hause zurückkehrte, würde er eingehen, wie eine Pflanze, der man das Wasser verweigerte, dessen war sich Rafe sicher. Und so sehr er den Jungen, der ihm so ans Herz gewachsen war, auch vermissen würde, er wusste, dass es das Richtige war, ihn nach Australien zurückzuschicken, zurück zu Ellen.

Im strömend kalten Juniregen stand Ellen an Alistair Emmersons Grab auf dem Kirchhof in Berrima. Der Steinmetz hatte seinen Grabstein fertiggestellt, und er war gerade an diesem Morgen aufgestellt worden, bevor der Himmel seine Schleusen öffnete und sintflutartige Regenfälle niedergehen ließ.

Mit seltsamer Faszination beobachtete sie, wie der Regen kleine Rinnsale auf dem frischen Erdhügel bildete und auf den vertrockneten, abgestorbenen Blumen, die darauf platziert worden waren, landete.

In den drei Wochen seit seinem Tod hatte Ellen versucht, mit Bridgets Trauer umzugehen, die die Nachricht von Alistairs, aber auch von Peppers Tod schwer getroffen hatte. Lily war zu klein, um es zu verstehen. Dasselbe galt für Ava. Das gesamte Anwesen trauerte. Mr. Thwaite kümmerte sich um die täglichen Angelegenheiten, während Ellen die Beerdigung organisierte und die zahlreichen Briefe an die Menschen schrieb, die ihr wichtig waren. Das Schreiben an Rafe, die Jungen und Alistairs Eltern war das Schwerste von allem gewesen.

Es schien, als wäre der ganze Bezirk zu Alistairs Beerdigung erschienen. Es war sogar eine Vielzahl von Menschen aus Sydney angereist, nachdem Ellen eine Anzeige in den Zeitungen von Sydney geschaltet hatte. Sie hatte an Robin in Melbourne, Alistairs Cousin, geschrieben, aber ein Fieber hatte ihn ans Bett gefesselt und er konnte die Reise nicht antreten.

Alistair wäre stolz auf seine Beerdigung gewesen. Ellen hatte nur das Beste für ihn bestellt. Das war das Mindeste, was sie hatte tun können. Sie musste ihn ehren, den Mann, der ihr ein großartiges Leben geschenkt hatte, auch wenn es aus seinen eigenen Gründen geschehen war. Aber abgesehen davon hatten sie eine gute Zeit gehabt und eine Familie gegründet. Er hatte es nicht verdient, so jung zu sterben. Trotz allem, was vorgefallen war, würde sie ihn vermissen.

»Ellen.« Riona kam zwischen den Gräbern hindurch auf sie zu. »Komm, bevor du dich erkältest.«

»Er sieht großartig aus, findest du nicht auch?« Ellen nickte zu dem Grabstein.

»Ja, das tut er.« Riona lächelte traurig über das in Sandstein gehauene Stück, das Alistair als guten Ehemann und liebevollen Vater auswies. »Du ehrst ihn. Und jetzt komm.«

Ellen ging zurück zur Straße, wo die Kutsche mit Higgins auf dem Kutschbock wartete. Sie wich den Pfützen aus, um ihren schwarzen Rock nicht zu beschmutzen.

Auf der Rückfahrt nach Emmerson Park überreichte Riona Ellen ein Bündel Briefe. »Von den Jungs.«

»Wie wunderbar.« Sie drückte das kostbare Bündel an ihre Brust. »Natürlich wissen sie noch nichts von Alistairs Tod. Es wird Monate dauern, bis sie es erfahren.«

»Ich habe meinen Brief von Patrick gelesen, während ich auf dich gewartet habe.« Riona überreichte Ellen das einzelne Blatt Papier. »Er wurde im März abgeschickt.«

*Liebe Tante Riona,*

*Ich schreibe diesen Brief, anstatt den Text aus einem Buch abzuschreiben. Ich mag Latein nicht. Ich mag diese Schule nicht. Ich sehe Austin nicht so oft. Er ist meistens mit den älteren Jungen zusammen. Wir können hier nicht reiten gehen. Das Dorf ist schön. Wir können dort am Samstagnachmittag in den Geschäften einkaufen. Rafe hat uns das Geld dafür gegeben. Ich vermisse euch alle.*

*Dein Neffe,*

*Patrick Kittrick.*

*1. März, 1854*

*Harrow, England.*

Ellen las den traurigen Brief noch einmal durch und kämpfte mit den Tränen. »Er klingt furchtbar unglücklich.«

»Ja, das tut er.« Riona nahm den Brief wieder entgegen und faltete ihn.

»Ich werde Rafe schreiben und ihn bitten, die Jungen nach Hause zu schicken«, beschloss Ellen. »Jetzt, wo Alistair von uns gegangen ist, habe ich das Gefühl, dass ich es tun kann. Ich wollte sie nach Hause holen, sobald Colm keine Gefahr mehr darstellt, aber Alistair wollte nichts davon hören.«

Riona holte tief Luft. »Und was ist mit Rafe Hamilton?«

»Was soll mit ihm sein?« Ellen ignorierte die Tatsache, dass ihr Herz bei der bloßen Erwähnung seines Namens schneller schlug.

»Liebst du ihn noch immer?«

Ellen warf einen Blick aus dem Fenster. »Ist das von Bedeutung? Rafe lebt in England und ich hier.«

»Und? Kannst du nicht alles verkaufen und nach England segeln, um bei ihm in Liverpool zu leben?«

Ellen dachte über Rionas Worte nach, während sie darauf wartete, dass Higgins die Kutsche vor dem Haus anhielt.

Seamus kam, um ihnen die Treppe hinunterzuhelfen und ihre Pakete und Einkäufe, die sie vor der Fahrt zum Friedhof erledigt hatten, entgegenzunehmen.

In der Halle angekommen, wandte sich Riona an Ellen, während sie sich ihrer Mäntel und Handschuhe entledigten. »Und? Ist es das, was du willst? Verkaufen? Ich würde gerne wissen, wie deine Meinung dazu aussieht.«

Ellen betrat fröstelnd den Salon, legte die Briefe auf einen Beistelltisch und stellte sich an den Kamin, wo sie ihre Hände an die Wärme hielt. »Ehrlichgesagt möchte ich das nicht.«

»Das überrascht mich. Ich dachte, du würdest mit dem ersten Schiff nach Liverpool reisen.«

Ellen hatte sich selbst mit ihren Gedanken seit Alistairs Tod überrascht. »Ich habe keine Interesse daran, in Liverpool zu leben.«

»Ich bin mir sicher, dass Mr. Hamilton ein wunderschönes Haus irgendwo auf dem englischen Land für dich kaufen würde.« Rionas Augen weiteten sich. »Du könntest sogar ein Haus in Mayo kaufen.«

»Ich habe hier ein wunderschönes Haus auf dem Land, und dann ist da noch Louisburgh. Ich möchte es nicht verlassen.«

»Nicht einmal für Irland?«

Ellen seufzte, die langen Nächte, in denen sie nicht gut geschlafen hatte, lasteten auf ihr. »Nein, nicht einmal für Irland. In Irland gibt es keine Zukunft für uns, nur Erinnerungen und Gespenster.«

»Was willst du dann tun?«

»In diesem Land bleiben.«

»Ich freue mich über diese Entscheidung.«

»Wirklich?« Das überraschte sie.

Riona setzte sich zu ihr ans Feuer. »Das ist jetzt unser Zuhause. Ich bin glücklich hier.«

»Dann werden wir hier bleiben.« Ellen setzte sich auf das Sofa.

»Und was ist mit Rafe Hamilton?«

»Ich weiß es nicht.« Das tat sie wirklich nicht. Sie spürte, dass sie ihn immer noch liebte, aber sie hatte auch das Bedürfnis, eine Weile allein zu sein. Seit ihrem sechzehnten Lebensjahr war sie zweimal verheiratet gewesen, und in jeder dieser Ehen hatte sie sich gefangen gefühlt, eingeengt von den Wünschen und Bedürfnissen ihrer Ehemänner. Es war an der Zeit, dass sie etwas Freiraum bekam, um die Dinge zu tun, die sie tun wollte, ohne erst um Erlaubnis bitten oder die Meinung und Wünsche ihres Mannes berücksichtigen zu müssen.

»Nun, für all das ist genug Zeit. Im Moment wissen Rafe und die Jungs noch nicht einmal, dass Alistair gestorben ist, und sie werden es auch nicht vor August erfahren.«

Ellen löste das Band, mit der das Bündel Briefe umwickelt war. Die Briefe der Jungs sortierte sie auf eine Seite, um sie später zu lesen, wenn Bridget mit dem Unterricht fertig war und sie sie ihr vorlesen konnte. Die Rechnungen und Geschäftsbriefe wurden auf einen anderen Stapel gelegt. Sie öffnete einen Umschlag und las den Brief darin.

»Ich habe einen Brief von Alistairs Anwalt erhalten«, sagte sie zu Riona. »Morgen früh muss ich nach Sydney aufbrechen. Ich muss mich um die Geschäfte kümmern, außerdem wird das Testament verlesen.«

»Willst du, dass ich dich begleite?«

»Nein, es wäre mir lieber, wenn du hier bleibst, denn ich möchte die Mädchen bei diesem kalten Wetter nicht mitnehmen.«

»Aber du stillst Ava doch noch.«

»Nein, nicht mehr. Ich habe beschlossen, dass sie von nun an Kuhmilch bekommen wird.«

»Warum? Sie ist doch erst neun Wochen alt.«

»Ich habe zu viel zu tun, um mich an das Kinderzimmer zu binden. Ich weiß nicht, was auf mich zukommt, wenn ich erst einmal in Sydney bin.« Ellen stand auf. »Ich werde mit Rachel sprechen und es klären. Vielleicht gibt es im Dorf eine Amme, die wir anstellen können.« Sie hielt an der Tür inne und wollte gerade etwas sagen, als Caroline Duffy ins Zimmer stürmte. »Sie müssen sofort kommen, schnell!«

»Was ist denn, Caroline?«, fragte Ellen.

»Es geht um Moira. Sie ist zusammengebrochen.« Das Mädchen sah aus, als würde sie gleich anfangen zu weinen.

Ellen und Riona eilten in die Küche, wo Honor neben Moira auf dem Boden kniete.

»Gott im Himmel«, murmelte Riona, als sie das Blut entdeckten, das Moiras Röcke tränkte.

Moira stöhnte auf.

»Honor«, rief Ellen. »Schicken Sie nach dem Arzt und nach Mr. Thwaite. Beeilen Sie sich! Riona, such eine Decke, um Moira zuzudecken.«

Mehrere Minuten lang herrschte in der Küche ein reges Kommen und Gehen. Die Küchenmädchen wurden zu den Öfen und Kochtöpfen zurückgeschickt, während Mr. Thwaite hereinkam, Moira hochhob und sie in ihr Zimmer auf der anderen Seite der Küche trug.

Dort legte er sie sanft auf das Bett. »Ganz ruhig, Mädchen. Es wird alles gut«, säuselte er.

»Es ist das Baby«, murmelte Moira. »Es kommt.«

»Bleib ruhig liegen, Moira.« Ellen scheuchte Mr. Thwaite aus dem Zimmer, und sie und Riona kümmerten sich um Moira und versuchten, es ihr bequem zu machen, als sie sich vor Schmerzen krümmte. Sie zogen sie aus und kleideten sie in ein Nachthemd, bevor sie die Laken mit Tüchern bedeckten.

Honor kam etwas später mit einer Schüssel mit warmem Wasser und weiteren Tüchern auf dem Arm herein. Sie tauschten einige der Tücher, die bereits voller Blut waren, gegen die neuen aus, während Moira darum kämpfte, ihr Kind auf die Welt zu bringen.

Moira stieß einen gellenden Schrei aus und zog ihre Knie an.

Ellen starrte auf einen winzigen Jungen, nicht größer als ihre Hand, der zwischen Moiras blutbeschmierten Schenkeln lag. Sie nahm ihn vorsichtig hoch. Seine Haut war blau, seine Augen geschlossen, sein Brustkorb bewegte sich nicht.

»Er ist zu klein«, murmelte Honor.

Riona drückte Moira weinend an ihre Brust, während Ellen Honor half, alles aufzuräumen und zu säubern.

Vorsichtig wickelte Ellen das winzige Baby in ein Handtuch. Da sie nicht wusste, was sie tun sollte, wollte sie das Baby aus dem Zimmer tragen, zögerte dann aber und kehrte an Moiras Seite zurück. »Willst du ihn sehen?«

Ohne eine Regung zu zeigen, hob Moira den Kopf und starrte ihren Sohn an. Sie berührte sanft seinen Scheitel und küsste ihn dann. »Bring ihn zu seinem Vater, damit er ihn beerdigen kann.«

Ellen deckte das Baby zu und verließ den Raum. Mr. Thwaite wartete vor der Tür. Schweigend streckte er die Hände aus, und Ellen legte ihm das Bündel in die Arme. »Suchen Sie ihm einen schönen Platz im Garten«, sagte sie unter Tränen.

»Ich weiß bereits einen Platz.« Mit einem Nicken ging Mr. Thwaite mit hängenden Schultern davon.

Ellen sah ihm nach, wie er auf den Rosengarten zuging. Sie wusste sofort, dass er das Baby unter der Rose begraben würde, die zum Andenken an ihren Thomas gepflanzt worden war und in dessen Nähe sich eine Sitzbank befand, auf der Bridget gerne saß und mit ihrem toten Bruder sprach. Jetzt würde es zwei kleine Jungen geben, um die sie alle trauern konnten.

# Kapitel Vierzehn

Ellen saß in Alistairs holzgetäfeltem Büro mit Blick auf den kreisrunden Kai und ging erneut die Zahlen durch. Auf dem Schreibtisch lagen mehrere Hauptbücher, und Alistairs Angestellter, Mr. McCulloch, sortierte an einem anderen Schreibtisch Rechnungen.

Sie war gestern in dem Haus in der Lower Fort Street in Sydney angekommen. Da es sich um ein Haus in Trauer handelte, wusste sie, dass sie keine Besucher würde empfangen müssen, wenn Bekannte hörten, dass sie in der Stadt war, und sie war dankbar dafür.

Nachdem sie heute Morgen Mrs. Lawsons ausgezeichnetes Frühstück verzehrt hatte, hatte sie sich auf den Weg zu diesem Büro gemacht. Sie war nicht mehr hier gewesen, seit Alistair sich kurz nach ihrer Heirat am Bein verletzt hatte und Ellen die Leitung des Geschäfts übernommen hatte, während er sich erholte.

Seitdem hatte Alistair das Import- und Exportunternehmen ausgebaut, aber auch Anteile an anderen Unternehmen sowohl hier in Sydney als auch in Melbourne erworben.

»Haben Sie die Papiere für das Geschäft meines Mannes mit der Huon Pine Company in Davey River gefunden, Mr. McCulloch?«

»Nein, Madam, noch nicht. Ich weiß, dass Mr. Emmerson auf Dokumente aus Van-Diemens-Land gewartet hat.« Mr. McCulloch, etwa vierzig Jahre alt, sprach mit einem starken schottischen Akzent.

Ellen warf einen Blick auf die Uhr an der Wand. »Ich muss gehen. Mr. Baldwins Büro befindet sich auf der anderen Seite der Stadt.«

»Sehr gut, Madam. Ich werde die Post weiter sortieren und die Korrespondenz von Mr. Emmerson beantworten, soweit ich kann. Ich werde sie alle für Sie bereithalten, damit Sie sie nach Ihrer Rückkehr gegenzeichnen können.«

»Danke, Mr. McCulloch. Ich werde versuchen bis drei Uhr zurück sein. Sollte ich es nicht schaffen, gehen Sie nach Hause, und wir sehen uns morgen.«

Unten wehte der Wind direkt vom Hafen und ließ sie frösteln, als sie in die Kutsche stieg. »Bent Street, Higgins, Baldwin Solicitors.«

Kurz darauf stieg Ellen in der Bent Street aus der Kutsche und betrat das Reihenhaus von Mr. Baldwin. Das vordere Zimmer des Hauses war zu seinem Büro umfunktioniert worden.

»Mrs. Emmerson. Willkommen.« Mr. Baldwin, ein grauhaariger Mann in den Sechzigern mit Brille, nahm ihre Hand und geleitete sie zu einem Stuhl auf der anderen Seite seines Schreibtisches. »Was für ein schrecklicher Anlass, wegen dem wir uns treffen. Ich möchte Ihnen nochmals mein aufrichtiges Beileid aussprechen.«

»Ich danke Ihnen. In Ihrem Brief erwähnten Sie die Verlesung des Testaments. Wann und wo soll sie stattfinden?«

»Nun, hier und jetzt, Mrs. Emmerson.«

»Nur wir beide?«

»Mein Sekretär wird gleich kommen und meine Verlesung bezeugen, aber es ist alles ganz einfach.«

»Wirklich?« Ellen war überrascht. »Ich hatte erwartet, dass es eine Verzögerung geben würde, da vielleicht Robin Emmerson, der Cousin meines verstorbenen Mannes, ebenfalls anwesend sein müsste, oder Mr. Hamilton, sein Geschäftspartner, der in Liverpool, England, wohnt.«

»Nein, ganz und gar nicht.« Mr. Baldwin winkte seinen jungen Angestellten herein, der ein Teetablett hereinbrachte und Tassen mit Tee einschenkte.

Ellen bedankte sich, rührte den Tee aber nicht an und konzentrierte sich auf Mr. Baldwin.

»Gut, soll ich gleich zur Sache kommen, Madam?«

»Bitte.« Sie verschränkte die Hände in ihrem Schoß, nicht wissend, was sie erwarten würde.

Baldwin las ihr ein paar Zeilen vor, in denen er erklärte, dass Alistair bei der Abfassung des Testaments bei klarem Verstand gewesen sei. Das Testament wurde von Mr. Baldwin verfasst und war von seinem Sekretär Haberfield, der angesichts der Aufmerksamkeit errötete, und ebenso von Mr. Baldwins Partner, Mr. Friend, bezeugt worden, der gerade bei einer Gerichtssitzung war.

»Im Grunde genommen, Mrs. Emmerson, hat Ihr Mann Ihnen alles hinterlassen.«

»Alles mir?«, wiederholte Ellen und beugte sich ungläubig nach vorne.

Mr. Baldwin las aus dem Testament vor: *Alle Besitztümer, Gelder und Vermögenswerte werden meiner Frau, Ellen Emmerson, vermacht.*

Mr. Baldwin rückte seine Brille zurecht. »Sie verstehen sicherlich, dass ein Testament bei einem so umfangreichen Immobilien- und Geschäftsportfolio unerlässlich ist? Nach dem Tod Ihres Mannes sind Sie zu einer wohlhabenden Frau mit Vermögen geworden. Ein eigenes Testament ist äußerst wichtig.«

»Ich verstehe.«

»Wenn ich mich recht erinnere, hat Mr. Emmerson bei einem früheren Treffen gesagt, dass der älteste Junge, Austin, noch nicht volljährig ist, ist das richtig? Dass keines der Kinder volljährig ist?«

»Nein, keines.«

»Dann müssen Sie eine oder mehrere Personen benennen, denen Sie vertrauen können, um Ihr Testament zu vollstrecken, falls Ihr Ableben eintritt, bevor Ihr ältester Sohn volljährig ist, aber das können wir gleich besprechen. Zunächst werden wir das Testament Ihres Mannes eingehend prüfen.« Baldwin nahm einen Schluck Tee. »Ich werde Ihnen eine Kopie geben, die Sie für Ihre eigenen Unterlagen aufbewahren können.«

In Ellens Kopf drehte sich alle. Alistair hatte ihr alles hinterlassen.

»Erstens, Mrs. Emmerson, sind Sie jetzt Eigentümerin des Hauses in der Lower Fort Street, der fünf Reihenhäuser in der Nicholson Street in Balmain, des Landsitzes Emmerson Park, eines Anwesens mit einem stattlichen Haus und neun Nebengebäuden sowie fünfhundert Morgen Land und allen Tieren, die sich dort befinden.« Er hielt inne. »Soll ich Ihnen alle aufgeführten Tiere vorlesen?«

»Nein, danke. Ich kenne jedes Tier dort. Fahren Sie bitte fort.«

»Sie besitzen auch eine Schaffarm nördlich der Goulburn-Ebene namens Louisburgh mit einer Hütte und zwei Nebengebäuden, zehntausend Morgen und zweitausend Schafen, die Farm in Marulan mit fünfhundert Morgen und einem Rinderbestand von zweihundertvier Tieren und einen kleineren Betrieb in Moss Vale, der aus einem Bauernhaus und drei Morgen Weizenanbau besteht. Außerdem gehören Ihnen fünfundzwanzig Prozent des Import- und Exportgeschäfts von Hamilton und Emmerson.«

Ellen runzelte die Stirn. »Sie haben den Besitz im Kangaroo Valley vergessen.«

»Nein, Madam. Dieser Besitz wurde im März verkauft, am vierundzwanzigsten, wenn ich mich recht erinnere.«

»Verkauft?« Alistair hatte das Land, das sie gekauft hatte, verkauft, ohne es ihr zu sagen? Sie hatte es erst gekauft, als sie mit Ava schwanger war, also vor weniger als einem Jahr.

»In der Tat. Ich habe die Unterlagen, die bezeugen, dass es verkauft wurde. Ich glaube, Mr. Emmerson wollte mit dem Geld einige Schulden begleichen.«

»Schulden? Was für Schulden?« Sie wusste von keinen Schulden, nur von den ursprünglichen kleinen Bankkrediten. Einen für den Bau von Emmerson Park und ein anderer für den Kauf von Louisburgh. Alistair hatte ihr gesagt, Lower Fort Street sei frei von Hypotheken.

Mr. Baldwin blickte unbehaglich drein. »Es scheint, dass Mr. Emmerson in einige Projekte investiert hatte, die keinen Gewinn abwarfen. Ich sollte Sie auch darüber informieren, dass die fünf

Reihenhäuser in Balmain, die Farm in Marulan und Emmerson Park alle mit zweiten Hypotheken belastet sind.«

»Zweite Hypotheken?« Die Luft schien ihr aus den Lungen gesaugt zu werden.

»Das Haus in der Lower Fort Street wurde ebenfalls mit einer Hypothek zur Absicherung von Krediten belastet.«

Sie starrte ihn an und wollte ihm am liebsten sagen, da würde ein Irrtum vorliegen, aber ihr Instinkt sagte ihr, dass alles, was er sagte, richtig war. Ihr Instinkt hatte ihr bereits zuvor gesagt, dass etwas nicht stimmte. Warum hatte sie Alistair nicht mehr Fragen gestellt?

»Leider sind die Rückzahlungen an die Bank ein wenig im Rückstand ...«

Ellen starrte ihn an. »Im Rückstand?« Sie kam sich dumm vor, weil sie seine Worte wiederholte, aber es war zu viel, um alles mit einem Mal zu verarbeiten.

»Ja. Ich glaube, Mr. Emmerson wollte eine neue Investition in Van- Diemens-Land finanzieren und hat dafür das Eigenkapital des Hauses in der Lower Fort Street verwendet. Die Rendite dieser Investition wurde jedoch noch nicht von dieser Firma vorgelegt. Außerdem glaube ich, dass Ihr Mann ...« Herr Baldwin konnte ihr nicht in die Augen sehen und blätterte die Seiten vor sich um.

»Ja?«

»Nun, sagen wir es höflich, er genoss einen extravaganten Lebensstil. Einen, den er sich nicht wirklich leisten konnte. Ich habe ihm von vielen seiner Vorhaben abgeraten, aber er hat meine Meinung ignoriert. Glücklicherweise konnte er die Verluste durch eine Hypothek auf die Immobilien ausgleichen. Der Verkauf der Immobilie im Kangaroo Valley warf einen ordentlichen Gewinn ab, allerdings investierte Mr. Emmerson diesen Gewinn in eine Goldmine in Ballarat. Diese hat noch keine Dividende gezahlt, und ich würde Ihnen raten, die Goldlizenz für diese Mine zu verkaufen.«

»Ich verstehe.« Ihre Schultern sackten unter dem Gewicht der Probleme, die er ihr schilderte, zusammen.

»Die Banken wollen ihre Zahlungen, Mrs. Emmerson. Ich kann das nicht genug betonen. Wenn Sie nicht bald anfangen die Kredite abzubezahlen, werden sie ein Verfahren gegen Sie einleiten.«

Sie spürte, wie alles Blut aus ihrem Gesicht wich. Sie könnte vor Gericht landen?

Baldwin sah in seinen Unterlagen auf dem Schreibtisch nach. »Sie müssen auch wissen, dass ich ein Schreiben von Mr. Gardner-Hill erhalten habe, in dem er erklärt, dass er Ihre verbleibenden Anteile am Import- und Exportgeschäft kaufen möchte, falls Sie verkaufen wollen, was in Anbetracht Ihrer gegenwärtigen Lage vielleicht ratsam wäre.«

Verwirrt versuchte Ellen zu verstehen, was er damit sagen wollte. »Mr. Gardner-Hill?«

Baldwin warf ihr einen mitleidigen Blick zu. »Ich verstehe, dass es ein Schock für Sie ist, sich in diesem Moment mit solchen Dingen beschäftigen zu müssen.«

»Wollen Sie damit sagen, dass Alistair bereits einen Teil seiner Anteile an dem Import- und Exportgeschäft, das er zusammen mit Rafe Hamilton besaß, an Mr. Gardner-Hill verkauft hat?«

»Das ist richtig. Er hat fünfundzwanzig Prozent seines fünfzigprozentigen Anteils verkauft.«

Sie konnte das alles nicht glauben. Dieses Geschäft war sein und Rafes erstes Unternehmen gewesen, das sich als kluge und lukrative Investition erwiesen hatte und ihnen beiden sehr viel bedeutete. »Warum?«

Baldwin bewegte sich unbehaglich auf seinem Stuhl. »Wie ich bereits erwähnte, stand Ihr Mann unter finanziellem Druck. Ich erhielt einen Brief von ihm, der nur einen Tag vor Ihrem Brief, der mich über seinen Unfall informierte, eintraf. Sein Tod hat mich davon abgehalten, seine Anweisungen zu befolgen.«

»Und wie lauteten diese?«

»Louisburgh zu verkaufen.«

»Louisburgh verkaufen«, wiederholte sie. Das Einzige, von dem Alistair gewusst hatte, dass sie es mehr als alles andere wollte.

»Ja. Aber ich hatte keine Gelegenheit, mit einem Makler zu sprechen, denn schon am nächsten Tag informierte mich Ihr Brief über seinen unerwarteten Tod.«

Eine weißglühende Wut brodelte in ihrem Inneren, aber sie zügelte sie. Sie musste sich auf Mr. Baldwin und das, was er ihr sagte, konzentrieren.

»Wollen Sie Ihre Anteile an Mr. Gardner-Hill verkaufen?«

»Nein!« Sie sagte es zu laut, so groß war ihre Wut. »Verzeihen Sie mir, aber nein, das will ich nicht.«

»Mrs. Emmerson, im Moment übersteigen Ihre Ausgaben Ihre Einnahmen. Die Bank verlangt Zahlungen. Ihr Mann hat verstanden, dass er ein Teil seines Vermögens aufgeben muss, um die Rückzahlungen zu leisten. Wenn Sie es nicht tun, droht Ihnen der Ruin.«

Ellen fuhr sich mit ihren behandschuhten Händen über das Gesicht. »Können wir andere Dinge verkaufen, um die Schulden zu begleichen?«

»Gewiss.« Er nickte energisch. »Ich glaube, das ist die beste und vielleicht die einzige Möglichkeit, die Ihnen offensteht.«

»Sind Sie in der Lage, das für mich zu tun, Mr. Baldwin?«

»Natürlich, Madam. Wenn Sie es wünschen, kann ich Ihr Anwalt sein und sie in allen Angelegenheiten vertreten.«

»Ja, das ist mein Wunsch.« Die Enttäuschung über Alistair kämpfte mit dem Bedürfnis, praktisch zu handeln. Sie brauchte Zeit, um über die Dinge nachzudenken, aber sie hatte keine.

»Sehr gut.« Er wies seinen Sekretär an, mit den Notizen zu beginnen. »Was möchten Sie tun, Mrs. Emmerson?«

Ihr Verstand raste. »Die Anteile an der Pine Company in Van-Diemens-Land und die Goldlizenz verkaufen und alles andere, was mit der Mine in Ballarat zu tun hat.«

Mr. Baldwin machte sich ebenfalls Notizen. »Sonst noch etwas?«

»Ich will die Reihenhäuser in Balmain verkaufen.« Es schmerzte, das zu tun. Sie selbst hatte alles ausgearbeitet, an den Entwürfen gearbeitet und zugesehen, wie sie vom ersten Spatenstich an gebaut worden waren. Ihr Ärger verwandelte sich in einen harten Knoten der Wut auf Alistair.

Mr. Baldwin blickte von seinen Notizen auf und wartete.

Sie holte tief Luft. »Auch das Haus in der Lower Fort Street soll verkauft werden.«

»Lower Fort Street!« Er starrte sie an. »Das ist erstklassiges Hafenvorland, Mrs. Emmerson. Sie sollten jetzt noch nicht so weit gehen. Vielleicht sollten Sie stattdessen etwas anderes verkaufen? Die Moss Vale Farm und das Land in Marulan? Anteile an dem Importgeschäft?«

Sie würde lieber auf der Straße leben, als den Gardner-Hills irgendetwas zu verkaufen. Außerdem war es eine Verbindung zu Rafe und ein Einkommen.

»Alles, was mich interessiert, Mr. Baldwin, sind Emmerson Park, Louisburgh und das Importgeschäft. Solange ich die behalten kann, bin ich glücklich. Ich muss etwas haben, das ich meinen Kindern vererben kann. Wenn möglich, möchte ich auch den Besitz in Marulan behalten.«

»Sie wollen weder Marulan noch Louisburgh verkaufen?«

Sie biss die Zähne zusammen, um nicht zu sagen, dass Alistair Louisburgh hinter ihrem Rücken hatte verkaufen wollte. Er hatte sie verletzen wollen. Nachdem er das mit Lily herausgefunden hatte, hatte er an Mr. Baldwin geschrieben, um Louisburgh zu verkaufen. »Nein. Keines dieser beiden Grundstücke.«

Mr. Baldwin begann auf einem neuen Blatt Papier zu schreiben. »Ich verstehe. Sie müssen einen guten Preis für die fünf Reihenhäuser erzielen, aber ich denke, das werden Sie auch, damit sie die Hypothek tilgen können. Es ist unwahrscheinlich, dass Sie einen Gewinn erzielen, aber wir werden sehen, wie es läuft. Die Hauptsache ist, dass all die Schulden an die Bank zurückgezahlt werden. Das Gleiche gilt für die Anteile an dem Unternehmen in Van-Diemens-Land. Wir müssen den richtigen Käufer für diese Anteile finden, und wenn sie verkauft sind, kann das Bankdarlehen zurückgezahlt werden. Bleibt noch das Haus in der Lower Fort Street. Es würde einen sehr guten Preis erzielen, da es direkt an der

Küste liegt. Ich könnte mir vorstellen, dass Sie dann noch Geld übrig hätten, um mit die Rückzahlung der Hypothek auf Emmerson Park beginnen zu könnten.«

»Dann tun Sie es.«

»Sind Sie ganz sicher? Ein Haus in Sydney ist sicher vorteilhaft.«

»Das ist es nicht, wenn sich eine Schlinge um meinen Hals legt, weil ich es mir nicht leisten kann. Ich werde Emmerson Park, Louisburgh und das Land in Marulan und die kleine Farm in Moss Vale haben. Wenn ich die behalten kann, ist das erst einmal genug.«

»Und nicht zu vergessen Ihre Anteile am Importgeschäft.«

»Und meine Anteile.«

»Sie müssen natürlich einen Verwalter für das Importgeschäft einstellen. Mr. Emmerson hat das meiste selbst gemacht, nachdem er im Laufe der Jahre die Kontakte in Sydney und später in Melbourne geknüpft hat.«

Ellen nickte. »Ich werde mich darum kümmern.«

»Und Ihre Ländereien müssen anfangen, Rendite abzuwerfen. Das kann ich nicht genug betonen. Sie brauchen ein Einkommen. Allein die Ausgaben für Emmerson Park sind ziemlich hoch, was schön und gut war, als mit anderen Unternehmungen Geld verdient wurde, aber jetzt muss es neu bewertet oder zumindest ein Weg gefunden werden, um damit Einnahmen zu erzielen ...«

»Auch darum werde ich mich kümmern.« Sie streckte den Rücken durch, angesichts der überwältigenden Aufgabe, die vor ihr lag.

»Mit dem Verkauf dieser Immobilien werden Sie eine gewisse Ordnung schaffen und wissen, worauf Sie sich in Zukunft konzentrieren müssen. Ich weiß, dass ich Ihnen das eigentlich nicht sagen muss, Mrs. Emmerson, aber Sie müssen anfangen zu sparen.«

»Mr. Baldwin, ich habe die Hungersnot in Irland miterlebt. Ich weiß, wie man mit dem absolut Nötigsten überleben kann.«

Er nickte und machte sich die letzten Notizen. »Möchten Sie einen weiteren Tee, um dann mit Ihrem eigenen Testament zu beginnen?

»Ja.« Ellen lehnte sich in ihrem Stuhl zurück. Verschiedene Gefühlen wirbelte in ihrem Inneren umher. Erleichterung, dass Emmerson Park und Louisburgh vorerst in Sicherheit waren, aber ebenso Wut über Alistair und seine schlechten Entscheidungen, die den Verkauf ihrer anderen Grundstücke zur Folge hatten.

Nach gefühlten Stunden, als sie kaum noch sprechen konnte, verließ Ellen Mr. Baldwins Büro und atmete dankbar die frische Luft ein.

»Ich habe mir schon Sorgen gemacht, Madam«, rief Higgins vom Kutschbock herunter.

»Es tut mir leid, Higgins. Es hat sich schier endlos in die Länge gezogen.« Sie schenkte ihm ein schiefes Lächeln.

»Nach Hause, Madam?«

Sie seufzte. Das Letzte, was sie tun wollte, war, in das Haus zurückzukehren, das Alistair geliebt hatte und das mit seinen Habseligkeiten gefüllt war. »Nein, können wir bitte zu The Domain fahren? Ich würde gerne einen Spaziergang machen.«

»Gewiss, Madam.«

Sie entspannte sich in der Kutsche, während ihr noch immer die Ereignisse des Tages durch den Kopf gingen. Wie hatte Alistair es geschafft, ihr das alles zu verheimlichen? Wie er das Grundstück im Kangaroo Valley, zu dem sie während ihrer Schwangerschaft gereist war, um es zu besichtigen, und von dem sie ihm sagte, es sei allein schon wegen der Zedernwälder wertvoll, verkaufen konnte, war für sie unmöglich zu verstehen. Und dann auch noch ihr Vermögen zu verpfänden? Das verblüffte sie. Solche Risiken einzugehen und dann in Vorhaben zu investieren, die zu weiteren Schulden führten. Warum spielte er mit ihrem Vermögen, als würde es nichts bedeuten? Allein der Gedanke daran ließ sie erschaudern. All die Jahre, in denen sie in Irland unter der Kartoffelfäule und dem Hunger gelitten hatte, nur um hierher zu kommen und ein besseres Leben zu führen, hätten durch Alistairs Launen und seine unüberlegten Investitionen leicht zunichte gemacht werden können.

Hatte sie ihm nicht wiederholt gesagt, dass Land die beste Investition sei? Doch das Land, das sie gekauft hatte, hatte er mit

Hypotheken belastet oder verkauft, um seinen Gelüsten nachgehen zu können. Sie konnte ihm nicht verzeihen, dass er sie nicht ernst genommen hatte. Er kannte ihre Albträume von Obdachlosigkeit, von den Kindern, die nichts hatten, von Hunger und Tod. Er hatte nicht an die Not gedacht, die durch seine leichtsinnigen Unternehmungen über sie hätte hereinbrechen können. Während sie versucht hatte, ihre Zukunft mit Immobilienkäufen zu sichern, hatte er Geld für Pläne riskiert, die sie fast in den Bankrott getrieben hätten. Wäre Alistair nicht gestorben, wer wusste schon, wo sie hätten enden können. Hätte er alle Immobilien mit einer Hypothek belastet oder sie ohne ihr Wissen verkauft?

Sie war immer noch geschockt von seinem Plan, Louisburgh hinter ihrem Rücken zu verkaufen. Den Brief an Mr. Baldwin hatte er geschrieben, nachdem er herausgefunden hatte, dass Lily Rafes Tochter war, wahrscheinlich gleich am nächsten Morgen. Aus Bosheit, Schmerz und Wut hätte er dieses Land verkauft und es wahrscheinlich genossen, ihr zu sagen, was er getan hatte. Wie würde sie ihm je verzeihen können?

Doch als er im Sterben lag, hatte er ihr gesagt, dass er sie liebte. Er hatte gesagt, es tue ihm leid.

Der Schmerz traf sie wie ein Schlag direkt in die Brust.

Ihre Ehe hätte nicht weiter Bestand haben können. Wenn er überlebt hätte, hätten sie sich gegenseitig in Stücke gerissen und sich am Ende gehasst.

Als die Kutsche zum Stehen kam, hob Ellen den Blick und starrte auf das weitläufige Gelände von The Domain, einem Gebiet mitten in der Stadt, in dem die Menschen spazieren gehen und die Kinder spielen konnten.

Ellen stieg aus und ging die Wege zwischen den weitläufigen Rasenflächen und großen Gärten entlang, die mit Exemplaren aus den erforschten Teilen des Landes bepflanzt waren.

Ihr Gesicht wurde größtenteils durch ihre schwarze Haube bedeckt und schütze sie vor den Blicken der anderen Spaziergängern, die durch die Gärten schlenderten oder auf den Bänken in der Nachmittagssonne saßen. Sie hoffte, niemandem zu begegnen, den sie kannte. Da sie Trauerschwarz trug, würde es die Leute möglicherweise aus Respekt davon abhalten, mit ihr zu sprechen. Sie war jetzt nicht in der Stimmung, über das Wetter zu plaudern. Sie musste nachdenken, planen.

Sie müsse anfangen zu sparen, hatte Mr. Baldwin gesagt.

Nun, sie hatte es schon einmal getan, sie konnte es wieder tun, und es würde nicht so schlimm sein wie in Irland. Ein Schiffshorn tönte in der leichten Brise vom Hafen herüber. Ellen hob den Kopf und blickte auf die Schiffe und kleinen Boote, die sich am Ufer entlangbewegten. Eines ähnelte der *Blue Maid*, dem Schiff, das sie und ihre Familie in dieses Land gebracht hatte. Sie erinnerte sich daran, wie sie das erste Mal einen Fuß auf australischen Boden setzte. Wie nervös und aufgeregt sie damals war. Ihr Traum, ihren Kindern ein besseres Leben zu ermöglichen, war wichtiger als alles andere gewesen. Sie war entschlossen gewesen, aus ihrem neuen Leben einen Erfolg zu machen.

Durch die Heirat mit Alistair war dieser Traum Wirklichkeit geworden, doch nun sah sie sich mit der Aussicht konfrontiert, erneut alles zu verlieren, wenn die Schulden nicht beglichen wurden. Als sie Alistair heiratete, dachte sie, sie sei sicher. Sie hatte sich ein wenig zu sehr entspannt, weil sie glaubte, ihre Zukunft sei gesichert. Wie töricht von ihr, einem anderen die Zukunft ihrer Kinder anzuvertrauen. Hatte sie diese Lektion nicht bereits in Irland gelernt?

Niemand konnte sich besser um sie und ihre Familie kümmern als sie selbst. Ihre Aufmerksamkeit hatte nachgelassen, und die Folgen waren extrem. Sie konnte alles verlieren, wenn sie nicht aufpasste.

Das würde sie nicht zulassen.

Sie hatte zu viel durchgemacht, als dass sie jetzt die Hände einfach in den Schoß legen und abwarten würde.

Sie hatte keine Zeit zu verlieren.

Wenn die Immobilienverkäufe nicht genug Geld einbrachten, um die Bankdarlehen zu tilgen, konnte sie ernsthafte Probleme bekommen. Sie musste schnell zu Geld kommen. Die Lämmer auf

Louisburgh und die Wolle konnten erst im Frühjahr verkauft werden, also erst in mehreren Monaten.

Damit blieb nur noch das Import- und Exportgeschäft, aber das Geld dafür hing von den Schiffsankünften und den Auktionsverkäufen für die Waren ab. Einen Moment lang fühlte sie sich von der Aufgabe, die vor ihr lag, überfordert.

Wieder ertönte ein Schiffshorn, und sie atmete tief durch. Jetzt lag alles an ihr.

Rasch kehrte sie zur Kutsche zurück. »Higgins, bringen Sie mich bitte zurück ins Büro.«

Die Dämmerung brach über die Stadt herein. Wieder im Hafenviertel angekommen, stieg Ellen die Treppe zum Büro über dem Lagerhaus von *Hamilton & Emmerson* hinauf. Oben traf sie auf Mr. McCulloch, der die Tür abschloss.

»Mrs. Emmerson. Ich hatte nicht erwartet, dass sie heute noch zurückkehren würden.«

»Verzeihen Sie, es hat alles mehr Zeit in Anspruch genommen als erwartet.« Sie wartete darauf, dass er die Tür entriegelte und ihr öffnete. »Sie brauchen nicht zu bleiben. Ich wünsche Ihnen einen guten Abend, Mr. McCulloch.« Damit befreite sie ihn von jeglichen Pflichten und setzte sich hinter Alistairs Schreibtisch. Sie zündete die Lampe auf dem Schreibtisch und eine weitere am Fenster an.

»Sie bleiben noch, Mrs. Emmerson?«

»Das tue ich. Die Nachricht des Anwalts war nicht gut.«

Mr. McCulloch erbleichte. »Das habe ich mir schon gedacht.« Er zog seinen Mantel aus und hängte ihn an einen Haken. »Ich bleibe und helfe Ihnen, Madam.«

Ellen löste ihre Haube. »Es wird eine ganze Weile dauern, Mr. McCulloch. Vielleicht die ganze Nacht.«

»Ich bin alleinstehend, Madam. Meine Zeit gehört mir.«

»Vielen Dank.« Seine Freundlichkeit und Hilfsbereitschaft ließ ihr die Tränen in die Augen steigen, aber sie hatte keine Zeit, um sentimental zu werden. Sie musste wieder einmal für die Sicherheit und das Wohlergehen ihrer Kinder kämpfen.

*Kapitel Fünfzehn*

In der glühenden Augusthitze warf Rafe den Cricketball vorsichtig zu Patrick, der ihn gut traf. Der Ball segelte über den Rasen und landete in den Hortensienbüschen.

»Ein hervorragender Schlag, junger Mann«, rief er. Edgar klatschte von seinem Platz neben der Picknickdecke, auf der Baby Edmund spielte.

Rafe lachte, als Austin losrannte, um den Ball zu holen. Iris' kleiner Hund kläffte und jagte ihm hinterher.

»Ist es nicht schön, die Jungs den Sommer über hier zu haben?«, fragte Olive, Rafes Mutter. »Besonders nach den Sorgen um Patrick und seine Krankheit.«

»Ich kann den Ball nicht finden«, rief Austin.

»Ich werde dir helfen.« Patrick ließ den Schläger fallen und joggte hinüber, um seinem Bruder zu helfen.

Rafe ruhte sich einen Moment aus und setzte sich auf die Picknickdecke neben Iris, die ihm ein Glas Holunderblütensirup einschenkte. »Ich vergesse immer wieder, dass ich nicht mehr so jung bin, wie ich einmal war.«

Edgar gluckste. »Das passiert uns allen.« Er kitzelte seinen Sohn am Bauch. »Ich werde uralt sein, wenn der kleine Mann in die Schule kommt und einen Cricketball schlägt.«

»Apropos Schule: Bald wird es für Austin Zeit, nach Harrow zurückzukehren«, murmelte Rafe und beobachtete die Jungen bei der Suche nach dem Ball.

»Und dann schickst du Patrick nach Hause«, murmelte Iris. »Der liebe Junge redet nur noch davon.«

»Du solltest ihn nicht zu seiner Mutter nach Hause schicken, Rafe.« Seine Mutter wedelte langsam mit dem Fächer vor ihrem Gesicht. »Er wurde auf Anweisung seines Stiefvaters hierher geschickt.«

»Ich werde mich nicht noch einmal mit dir über diese Entscheidung streiten, Mama«, seufzte Rafe und nippte an seinem Getränk. »Ich habe meine Entscheidung getroffen, und sobald Kapitän Leonards wieder im Hafen ist, werde ich Patrick für die Rückreise nach Sydney in seine Obhut geben.«

»Und was ist, wenn er auf der Reise krank wird? Wer kümmert sich dann um ihn?«, schnauzte seine Mutter. »All die harte Arbeit, die wir geleistet haben, um den Jungen am Leben zu erhalten, könnte umsonst gewesen sein, und wenn er stirbt, werde ich dir das nie verzeihen, Rafe.«

»Mama!«, ermahnte Iris ihre Mutter. »Es ist wohl kaum Rafes Schuld. Er tut das nur, damit Patrick glücklich ist.«

»Er ist ein Kind. Wir sind die Erwachsenen und Rafe ist für ihn verantwortlich. Patrick sollte mit Austin nach Harrow gehen und seine Ausbildung fortsetzen.«

Rafe starrte seine Mutter an. »Du hast ihn zu sehr liebgewonnen, Mama.«

»Ist das ein Verbrechen?« Sie wedelte schnell mit ihrem Fächer.

»Nein. Es freut mich wirklich sehr, dass ihr alle die Jungs so gut aufgenommen habt.«

»Wir haben es genossen, sie hier zu haben«, sagte Edgar und bestrich sich eine Scheibe Brot mit Butter. »Dieses Haus ist groß und muss gefüllt werden.«

»Ich tue mein Bestes«, lachte Iris und strich über ihren Bauch, in dem ein weiteres Kind heranwuchs.

Edgar küsste ihren Handrücken. Zärtlichkeit lag in seinem Blick. »Nachdem ich jahrelang allein auf Cherrybank gelebt habe, ist es eine große Freude für mich, eine Familie in diesen Mauern zu sehen.«

»Ich kann dir nicht genug dafür danken, dass du mir und den Jungen erlaubt hast, den Sommer über hier zu verbringen, Edgar«, sagte Rafe und sprang auf. Die Jungen hatten den Ball gefunden, sehr zur Freude des kleinen Hundes.

Ein Lakai kam mit einem silbernen Tablett auf sie zu.

Olive warf einen Blick darauf. »Ich hoffe, es ist kein Brief von eurem Vater dabei, in dem er seine Absicht ankündigt, hierher zu kommen«, flüsterte sie.

Rafe hoffte das ebenfalls. Dass sein nerviger Vater auf Kosten von Edgar wieder in London lebte, ersparte ihnen allen den Ärger, ihn bei sich zu haben. Glücklicherweise war Drew bei der Armee, was für Rafe eine weitere Erleichterung darstellte, da sie sich nun nicht mehr mit ihm und seiner rücksichtslosen Art herumschlagen mussten.

Ohne seinen Bruder oder seinen Vater in Cherrybank hatte seine Mutter wieder etwas von ihrem alten Selbst zurückgewonnen. Der Stress, mit einem Spieler verheiratet zu sein, hatte etwas nachgelassen, da sie wusste, dass sie bei Iris und Edgar für immer ein Zuhause haben würde. Ihre Gesundheit und ihr allgemeines Wohlbefinden hatten sich verbessert. Es hatte Rafe überrascht und erfreut, wie schnell seine Mutter Patrick und Austin liebgewonnen hatte. Es war, als ob es sie aus ihrem Elend herausholte, wenn sie junge Menschen um sich hatte.

Der Bedienstete verbeugte sich neben Rafe. »Für Sie, Sir.«

»Danke.« Rafe nahm den Brief entgegen und erkannte sofort Ellens Handschrift. Er entfernte sich von seiner Familie, ging über die Terrasse und in den Wintergarten.

Mit zitternden Händen öffnete er den Umschlag und zog ein einzelnes Blatt Papier heraus.

*Liebster Rafe,*

*ich schreibe Dir in aller Eile, da noch eine Vielzahl weiterer Briefe auf mich warten, und ich möchte, dass die nächste Postkutsche sie mitnimmt.*

*Alistair ist heute gestorben. Er wurde vom Pferd geschleudert und erlag noch vor Ort seinen Kopfverletzungen.*

*Es ist ein großer Schock für uns alle. Einen, den ich im Moment noch nicht akzeptieren kann. Es tut mir leid, dass es Dir obliegt, Austin und Patrick diese tragische Nachricht zu überbringen.*

*Doch nach diesem Unfall möchte ich, dass meine Jungs zu mir nach Hause zurückkehren. Ich bitte Dich, sie so bald wie möglich zu mir zu schicken.*

*Ich werde jemanden einstellen, der das Geschäft weiterführt, bis ich wieder von Dir höre.*

*Im Januar habe ich den Brief erhalten, den Du im Oktober geschickt hast, und Deine Gefühle erfreuen mein Herz und werden vollständig erwidert. Glaub mir, wenn ich Dir schreibe, dass Du immer in meinem Herzen bist.*

*Danke, dass Du dich um meine Jungen gekümmert hast. Es erfreut mein Herz zu wissen, dass sie unter Deinem Schutz und Deiner Führung stehen.*
*Mit tiefster Zuneigung,*
*Ellen.*
*Emmerson Park*
*25. Mai, 1854*


Er las den Brief erneut durch. Die Worte drangen langsam zu ihm durch. Alistair tot. Er konnte es nicht fassen. Sein Freund und Geschäftspartner nicht mehr am Leben? Trauer erfüllte ihn. Der arme Alistair hatte es nicht verdient, so jung zu sterben. Er hatte so viel, ein gutes Leben, eine Familie, Ellen ...

Dies änderte so viele Dinge. Er schob den Gedanken beiseite, dass Ellen nun frei war. Daran durfte er im Moment nicht denken. Er hatte kein Recht, in diesem Moment solch egoistische Gedanken zu hegen.

Er warf einen Blick durch das Fenster auf seine Familie und stählte sich, um es den Jungen mitzuteilen. Langsam ging er zu ihnen hinüber. »Austin. Patrick. Ich muss mit euch beiden sprechen.«

Er ging weiter und schlug den Weg zum Brunnen hinter einer hohen Hecke ein.

»Ist etwas passiert?«, fragte Austin und runzelte die Stirn.

»Ja. Ich habe gerade diesen Brief von eurer Mutter erhalten.«

Patricks Augen leuchteten auf.

Rafe sah weg, dann konzentrierte er sich auf Austin, der Alistair als eine Art Vater angesehen hatte. »Es gibt traurige Kunde. Ein tragischer Unfall hat sich ereignet. Alistair ist an den Folgen eines Reitunfalls gestorben. Es tut mir aufrichtig leid.«

»Tot?« Austin starrte ihn geschockt an.

Rafe nickte.

»Mammy wird uns zu Hause brauchen«, erklärte Patrick.

Austin stürzte sich auf ihn. »Ist das alles, was dich interessiert? Nach Hause zu gehen? Wie könntest du Mama jetzt noch helfen? Du bist doch kein richtiger Mann.«

Patrick, der schon immer ein stiller, schüchterner Junge war, kniff die Augen zusammen. »Nein, ich bin noch kein Mann, aber ich werde es bald sein, und wenn ich zu Hause bin, kann ich Mammy trösten.«

»Nenn sie nicht so!«, brüllte Austin. »Mammy ist ein irisches Wort und für Babys. Es heißt *Mama*.«

»Warum? Nur weil du es sagst?«, rief Patrick. »Du und deine vornehmen Freunde?«

»Papa wollte, dass wir richtig sprechen. Und nicht wie irische Bauern klingen!«

»Alistair war nicht mein Papa! Mein Papa ist tot!«, brüllte Patrick.

»Unser Papa war ein erbärmlicher Nichtsnutz!«, schrie Austin wütend zurück.

»Und ich bin Ire!«, rief Patrick. »Ich will kein Engländer sein. Ich bin Ire.«

»Du bist ein Idiot!« Austin stürzte sich auf seinen Bruder.

»Jungs. Genug!« Rafe trennte sie. »So benimmt man sich nicht. Ich schäme mich für euch beide. Hört auf damit.« Rafe packte beide an der Schulter, als sie sich erneut aufeinander stürzen wollten. »Ich sagte, es *reicht*!«

»Rafe!« Iris kam zu ihnen geeilt. »Was ist hier los?«

»Alistair ist tot«, antwortete Rafe leise und behielt die beiden Jungen im Auge.

»Das ist ja furchtbar.« Sie legte ihren Arm um Austin. »Ich weiß, wie sehr du ihn bewundert hast. Er war ein guter Mann, und obwohl ich ihn nur ein paar Mal getroffen habe, mochte ich ihn.«

Austin nickte mit gesenktem Kopf.

Rafe steckte die Hände in die Hosentaschen. »Eure Mutter will, dass ihr beide nach Hause geschickt werdet.«

Patrick sackte vor Erleichterung in sich zusammen, und Rafe dachte, er würde umfallen.

Doch Austin streckte den Rücken durch. »Nein. Ich werde nicht zurückgehen. Noch nicht. Ich muss meine Schulausbildung beenden.«

»Mammy braucht uns!«, flehte Patrick ihn an. »Willst du sie und Tante Riona und Bridget nicht wiedersehen?«

»Ich möchte sie sehen, aber ...« Austins trauriger Blick verweilte auf Rafe. »Ich möchte in Harrow bleiben. Bitte erlaube mir das, Rafe, bitte.«

Sein flehender Tonfall ließ Rafe zögern. »Ich muss darüber nachdenken, Austin. Es wäre gegen die Wünsche deiner Mutter.«

»Sie wird froh sein, Patrick zu Hause zu haben, und wenn du ihr erklärst, dass ich wirklich meine Ausbildung beenden will, wird sie es verstehen. Jetzt, wo sie allein ist, ist es von noch größerer Bedeutung, dass ich eine gute Ausbildung bekomme.«

»Du kannst die King's School in Parramatta besuchen«, erinnerte Rafe ihn. »Das ist eine gute Schule.«

»Es ist nicht Harrow.« Ein unnachgiebiges Recken von Austins Kinn erinnerte Rafe an Ellen.

»Ich werde darüber nachdenken.«

Iris lächelte. »Geht beide hinein und wascht euch Gesicht und Hände.« Als die Jungs gegangen waren, wandte sie sich Rafe zu und hakte sich bei ihm ein. »Dieser Tag fing so schön an. Wer hätte gedacht, dass er so traurig enden würde.«

Rafe seufzte. »Stimmt. Ich hätte nie erwartet, dass Alistair so jung stirbt.«

»Ich spreche nicht von Alistair, so schrecklich das auch ist.«

»Wovon dann?« Er runzelte die Stirn, seine Gedanken kreisten um Alistair und sein tragisches Ende.

»Heute ist der Tag, an dem ich erfahre, dass ich meinen Bruder verlieren werde.«

Rafe blieb stehen und blickte sie finster an. »Wovon sprichst du?«

»Mrs. Emmerson ist frei, und mein Bruder liebt sie. Mrs. Emmerson lebt am anderen Ende der Welt, und mein Bruder wird zu ihr gehen.«

»Iris ...«

»So wie du es letztes Mal getan hast.« Sie drückte seinen Arm. »Nur dass sie dich dieses Mal heiraten wird.«

»Ich kann es nicht wagen zu hoffen ...« Sein Herzschlag beschleunigte sich bei dem Gedanken, endlich die Chance zu haben, Ellen zu der seinen zu machen.

»Bring Patrick nach Hause, Rafe, und sei mit der Frau zusammen, die du liebst. Wir werden uns um Austin kümmern.«

Sein Magen verdrehte sich bei dem Gedanken, Ellen wiederzusehen. Wenn sie ihn haben wollte, würde er sie so schnell wie möglich heiraten. »Zuerst muss ich Alistairs Eltern besuchen.«

⁓

Ellen hustete in ein Taschentuch und hielt inne, um zu Atem zu kommen. Eine Erkältung, die sie sich letzte Woche eingefangen hatte, wollte nicht abklingen. Und die kalten Augustwinde, die vom

Hafen herüberwehten, halfen ihr auch nicht, wenn sie bei jedem Wetter draußen sein musste, um mit den Frachthändlern zu verhandeln.

In der Stadt regnete es in Strömen. Die Bedingungen bei diesem Wetter waren gefährlich für die Männer, die die Fracht abluden. In dem riesigen Raum stapelten sich Kisten mit Haushaltsgegenständen. Im benachbarten Lagerhaus warteten Säcke mit Weizen auf ihre Verladung. Alles war bereit, um auf die Schiffe gebracht zu werden, die sie angeheuert hatte und die mit der Abendflut nach Melbourne auslaufen würden.

»Mrs. Emmerson.« Mr. McCulloch kam mit einem Hauptbuch an ihre Seite. »Das Schiff, *Snow Cloud*, wurde von der Quarantänebehörde freigegeben und legt in kürze an.«

»Sie transportiert den Tabak.« Ellen nickte und ging auf die großen offenen Türen zu. »Dem Schicksal sei Dank für Ihren Hinweis, Mr. McCulloch!«

»Higgins wartet auf Sie.« Er eilte hinter ihr her und in den Regen hinaus. »Donaldson ist der Kapitän. Ich habe einen Boten mit einer Nachricht über Ihre Ankunft zu ihm geschickt. Sie müssen den anderen Kaufleuten zuvorkommen«, rief er ihr nach, als sie in die Kutsche stieg.

Ellen lehnte sich im Sitz zurück, als Higgins die Pferde in schnellem Trab auf die andere Seite des Kais lenkte, und fröstelte unter der Feuchtigkeit, die sich in ihrem Mantel und ihrer Haube festgesetzt hatte. Müde schloss sie für einen Moment die Augen.

Die wochenlangen, ständigen Auseinandersetzungen mit anderen Kaufleuten und Händlern um die zu kaufende und zu verkaufende Fracht forderten ihren Tribut. Sie war seit Juni nicht mehr zu Hause in Emmerson Park gewesen, als sie zur Testamentseröffnung gekommen war. Jetzt war es Ende August, und sie vermisste die Mädchen und ihr Zuhause furchtbar.

Glücklicherweise hatte sich Mr. Baldwin als guter Anwalt erwiesen und die Lower Fort Street und die fünf Reihenhäuser schnell verkauft. Mit dem Geld aus diesen Verkäufen hatte sie zwei Kredite abbezahlt und genug Geld, um die Hypotheken die auf Emmerson Park und dem Grundstück in Marulan lagen, zu bezahlen. Mit dem Verkauf der Goldlizenz waren weitere Schulden getilgt worden. Aber trotz aller Bemühungen hatte Mr. Baldwin die Anteile an der Kiefergesellschaft in Van-Diemens-Land noch nicht verkaufen können.

Trotz der nun geringeren Last musste sie immer noch Geld verdienen, um die Grundstücke über Wasser zu halten. Seit Juni hatte sie begonnen, ihr Wissen über den An- und Verkauf zu erweitern. Sie besuchte Auktionen und Verkäufe und verhandelte mit Männern, die sie entweder auslachten oder verachteten. Am Ende war ihr Geld so gut wie das aller anderen, und obwohl sie sich mehr anstrengen musste als die Männer, um ernst genommen zu werden, merkten ihre Konkurrenten bald, dass sie nicht aufgab.

Ihr Name war wieder in aller Munde in Sydneys Gesellschaft. Alistairs Freunde halfen ihr anfangs, bis sie anfing, sie in ihrem eigenen Spiel zu schlagen. Daraufhin mieden sie und ihre Frauen sie. Nicht, dass es ihr etwas ausmachte. Zu viel hing jetzt von ihrem Erfolg ab. Zuvor hatte sie sich um der Kinder willen bemüht, sich anzupassen, aber jetzt ging es ums Überleben. Es war ihr egal, ob sie den Preis der Fracht, die andere Unternehmen verkauften, unterbot. Sie verkaufte, um ein Geschäft zu machen.

Es störte sie auch nicht, wenn sie Ware kaufte, die von anderen ignoriert wurde. Schlechte Waren, die von anderen Unternehmen oft zurückgewiesen wurden, waren die, die Ellen aufkaufte. Sie ließ sie ins Lagerhaus bringen, wo sie und Mr. McCulloch sie sortierten und das herausholten, was noch Geld wert war. Den Rest, der zu stark beschädigt war, schickten sie an kleinere Unternehmen, die dafür zahlten, da sie sich nur das leisten konnten.

Diese Art des Handels hatte sich zufällig ergeben. Ellen hatte unwissentlich Kisten mit Bolzen von einem neu eingetroffenen Schiff gekauft. Als sie die Kisten öffnete, stellte sich heraus, dass sie durch ein Leck im Laderaum des Schiffes nass geworden waren. Als sie sich darüber ärgerte, dass sie für eine Ladung unbrauchbaren Materials bezahlt hatte, war sie kurz davor gewesen, die ganze Ladung zu entsorgen, als sie feststellte, dass einige in der Mitte der Kisten vom

Wasser unberührt geblieben waren. Einen Teil der Bolzen hatte sie retten können und sie dann zum vollen Preis verkauft.

Sie besuchte den Salon ihrer Schneiderin, Mrs. Haggerty, und erfuhr nach einem Gespräch mit der Näherin, dass beschädigte Bolzen zu einem geringeren Preis an Marktständen an die Arbeiterklasse verkauft werden konnten. Die Käufer fertigten dann mit viel Einfallsreichtum Stücke oder Accessoires für Kleider, bei denen die Flecken nicht auffielen oder, falls doch, sie verdeckt werden konnten.

Mit diesem Gedanken im Hinterkopf kaufte Ellen weitere beschädigte Waren billig ein. Zerbrochene Kerzen und Seifenstücke wurden zu einem reduzierten Preis verkauft, und der Käufer schmolz die Kerzen und die Seife einfach ein und formte sie neu. Beschädigte Schuhe wurden zerlegt und neu angefertigt, Lebensmittel, die nicht mehr für den menschlichen Verzehr geeignet waren, wurden an Bauern für ihre Tiere verkauft, und so weiter.

Ellen lernte, dass sie nicht nur teure Wolle und feines Porzellan, Weizen und andere Verbrauchsgüter importieren und exportieren musste, die zwar einen hohen Wert hatten, aber auch ein hohes Risiko darstellten, wenn die Fracht bei einem Schiffsunglück beschädigt wurde oder verloren ging. Sie konnte Geld verdienen, indem sie in den unteren sozialen Schichten arbeitete. Sie schaltete den Zwischenhändler aus und ging direkt zu den Geschäften und Fabriken, zu den Bauern und Märkten.

Obwohl es harte Arbeit war, immer vorausschauend zu denken und zu planen, baute sie langsam ein Netz von Händlern und Kunden auf, die zu ihr kamen, wenn sie etwas brauchten. Ihr Name sprach sich rum. Ihre Rinder aus Marulan gingen zu den Märkten, wo sie die Käufer kannte, anstatt über Zwischenhändler verkauft zu werden. Und dasselbe würde sie mit den Lämmern aus Louisburgh tun, sobald diese verkauft werden konnten. Sie schickte die Wolle an Rafe in Liverpool, damit er sie verkaufte, und bat ihn im Gegenzug, ihr Landwirtschafts- und Industriemaschinen zu schicken, die mittlerweile zu begehrten Gütern geworden waren.

Überall in Sydney entstanden neue Fabriken, da die Bevölkerung durch den Goldrausch wuchs. Die Industrie konnte mit der Nachfrage der Verbraucher nicht mithalten und musste mit modernen Maschinen expandieren. Ellen wollte daran teilhaben.

Überall, wo sie hinkam, sah sie, wie mehr und größere Produktionsstätten entstanden. Sägewerke, Ziegeleien, Kutschenfabriken, Eisengießereien, Getränkehersteller, Mühlen, Brauereien und so weiter gewannen an Bedeutung, und Maschinen sorgten dafür, dass dies möglich war. Sydney wuchs über seine Grenzen hinaus und breitete sich schneller in die ländlichen Gebiete aus, als die Straßen gebaut werden konnten, um dorthin zu gelangen.

In den zwei Jahren, die seit ihrer Ankunft vergangen waren, hatte sich die Stadt immer weiter ausgedehnt, und Ellen wollte ein Stück davon abhaben. Alistair hatte zu viel Zeit damit verbracht, Waren nach Melbourne zu schicken, um den Bedarf des Goldrausches zu decken, und hatte dabei die Stadt vergessen, in der er lebte.

Sie würde nicht so selbstgefällig sein. Sydney und seine wachsende Bevölkerung brauchten Fleisch und Fleischerzeugnisse. Wolle und Weizen wurden schiffsladungsweise exportiert, aber kein Fleisch, das innerhalb weniger Tage verderben würde. Ellen war davon überzeugt, dass mit dem Wachstum der Bevölkerung auch die Ernährung an erster Stelle stehen würde. Land und Nahrung gehörten zusammen. Sie musste mehr Land kaufen.

Als sie am Kai ankam, schritt Ellen die Gangway hinauf und betrat das Schiffsdeck. Sie hielt Ausschau nach einem Matrosen, der das Kommando haben könnte, und fand stattdessen ein vertrautes Gesicht. »Mr. Donaldson!« Sie lächelte den Mann an, der der Erste Offizier auf der *Blue Maid* gewesen war, dem Schiff, mit dem sie nach Australien gereist war.

»Mrs. Kittrick. Was für eine angenehme Überraschung.«

»Ich bin jetzt Mrs. Emmerson, aber mein Mann ist vor kurzem gestorben.«

»Es tut mir leid, das zu hören. Wie geht es dem Rest der Familie? Ihrer Schwester und Ihren Kindern?«

»Es geht ihnen allen sehr gut. Haben Sie Austin und Patrick gesehen, als sie letztes Jahr mit der *Blue Maid* nach England segelten?«

»Leider nein. Ich verließ die *Blue Maid* zur gleichen Zeit wie Sie. Ich hatte ein besseres Angebot, als Kapitän meines eigenen Schiffes die Küsten Indiens zu umsegeln.« Er breitete seine Arme weit aus. »Dies ist mein Schiff.«

»Glückwunsch. Was für eine Leistung.«

»Ich bin sehr glücklich.« Er strahlte über seinen Erfolg. »Warum sind Sie dann hier auf meinem Deck, Mrs. Emmerson?«

»Ich bin gekommen, um Ihre Ladung Tabak zu kaufen.«

Er lächelte. »Direkt von den Westindischen Inseln.«

»Wurde die Ladung bereits verkauft?«, fragte sie.

»Nein, sie geht nächste Woche auf den Markt.«

»Ich kann Ihnen heute einen fairen Preis dafür nennen.«

Er runzelte die Stirn. »Verzeihen Sie, aber warum sollte ich das tun, wenn ich bei einer Auktion vielleicht einen höheren Preis erzielen kann?«

»Weil ich Ihnen einen Vorschlag machen möchte, Kapitän Donaldson.«

»Und der wäre?«

»Haben Sie bereits Ihren nächsten Auftrag?«

»Noch nicht. Ich habe gerade erst angedockt.«

Ellen lächelte. »Ich habe ein Lager voll mit dem schönsten australischen Hartholz, von dem ich weiß, dass es sich dank meiner Kontakte in Liverpool verkaufen lässt. Im Gegenzug benötige ich Maschinen, die in England hergestellt werden. Sie und ich könnten eine Geschäftsbeziehung eingehen, wie sie mein verstorbener Mann und Mr. Hamilton mit Kapitän Leonards pflegten. Eine dauerhafte Vereinbarung. Sie werden nicht mehr mit anderen Schiffen um Fracht konkurrieren müssen.«

Donaldson senkte den Kopf, tippte sich mit den Fingern ans Kinn und dachte über ihren Vorschlag nach. »Die Route zwischen Liverpool und Sydney. Das sind längere Fahrten als die, die ich bisher nach Indien gemacht habe.«

»Ist das ein Problem?«

»Nein ... konkurriere ich mit Kapitän Leonards?«

Sie schüttelte den Kopf. »Es gibt genug Fracht für alle. Mr. Hamilton und mein verstorbener Mann haben in ein weiteres Schiff investiert. Sie werden der dritte Kapitän sein, der unsere Waren befördert. Es sei denn, Sie bevorzugen die unstete Versteigerung Ihrer Fracht. Unsere Vereinbarung würde bedeuten, dass Ihre Laderäume ständig gefüllt wären.«

Donaldson grinste. »Ich habe Sie immer gemocht. Wollen wir uns in meine Kabine zurückziehen und bei einer Tasse Tee weiterreden?«

Sie hakte sich bei ihm unter. »Das ist eine ausgezeichnete Idee.«

# Kapitel Sechzehn

Ellen schlang sich ihr Schultertuch fester um den Körper und kämpfte gegen den kalten Luftzug unter der Tür an. Der Winter schien sich bis in den September hinein zu erstrecken, und sie sehnte sich nach der Wärme des Frühlings. Das schäbige kleine Häuschen, das sie in Surry Hills gemietet hatte, war billig und unbequem. Aber da sie nur wenig Zeit darin verbrachte, spielte es keine große Rolle.

Auf ihrem Schreibtisch ging sie die Zahlen im roten Hauptbuch durch und glich sie mit den Zahlen im grünen ab. Mühsam verdiente sie genug Geld, um sich die Banken vom Leib zu halten und einen Sparstrumpf für ihr nächstes Vorhaben anzulegen.

Vom Fenster aus hörte sie Bridget über etwas lachen, das Lily getan hatte. Die beiden Mädchen spielten unter einem Apfelbaum und pflückten die Frühlingsblüten, um Sträuße zu binden. Miss Lewis' Stimme erklang regelmäßig, wenn sie Bridget ermahnte, nicht so hoch zu klettern.

Riona kam mit einem Teetablett herein. »Ich weiß, es ist Frühling, trotzdem kann es im September immer noch ziemlich kühl sein. Ich habe darauf bestanden, dass die Mädchen ihre Wollmützen tragen.« Sie beugte sich zu dem kleinen Kamin und schürte das Feuer. »Leg das alles für eine kurze Weile beiseite. Du musst etwas essen und dir auch mal eine Tasse Tee gönnen. Rachel füttert Ava mit Milchbrötchen und die Mädchen sind draußen mit Miss Lewis beschäftigt.«

»Ja, ich kann sie hören.« Ellen schloss das Hauptbuch.

»Du kannst dir also einen Moment Zeit nehmen, um sich von diesen Zahlen zu erholen?«

Ellen nickte und streckte sich. Ein Schmerz in ihrem Rücken ließ sie zusammenzucken, und sie hustete.

Riona starrte sie an. »Was habe ich dir gesagt? Du musst langsam machen und dich ausruhen. Willst du nicht für ein paar Wochen zurück nach Emmerson Park kommen?«

»Das kann ich nicht, das weißt du. Ich muss hier in Sydney bleiben und Geld verdienen.«

»Du klingst genau wie Alistair früher«, spottete Riona.

»Nein, das tue ich nicht.« Ellen nippte an ihrem Tee und genoss den warmen, süßen Geschmack. »Außerdem verdiene ich Geld und häufe keine Schulden an.«

»Und du bist auf dem besten Weg dich dabei umzubringen, das stimmt. Willst du nicht eine Weile nach Hause kommen, bitte? Moira fragt nach dir. Sogar Honor hat sich gefragt, wann du zurückkommst, und ich bin sicher, dass Mr. Thwaite die Tage zählt, die du weg bist, und sich fragt, ob er dich jemals wiedersehen wird!«

»Ich werde darüber nachdenken.« In Wahrheit sehnte sie sich nach ihrem Zuhause in Berrima und nach Louisburgh.

»Gut.« Riona legte noch ein Holzscheit nach und setzte sich dann.

»Ich habe um vier eine Versammlung«, erinnerte Ellen sie.

»Worum geht es diesmal?«

»Eine Aktionärsversammlung für die Kieferngesellschaft in Van-Diemens-Land. Es wird mehr Geld benötigt, um Ausrüstung für die Abholzung zu kaufen.«

»Ich dachte, du wolltest es verkaufen?«

»Ja, aber niemand ist daran interessiert meine Anteile zu kaufen. Ich habe sogar Mr. Gardner-Hill angeboten, sie zu kaufen, aber er hat abgelehnt. Er grollt mir noch immer, weil ich ihm die Anteile am Importgeschäft nicht verkauft habe.«

»Als ob du das jemals tun würdest. Sieh nur, wie gut es läuft.« Riona schnitt den Obstkuchen auf und reichte Ellen ein großes Stück. »Iss auf. Du bist nur noch Haut und Knochen. Warum du dich von Mrs. Lawson und Dilly trennen musstest, weiß ich nicht. Wenigstens würdest du ordentlich essen, wenn Mrs. Lawson im Haus wäre.«

»Mrs. Lawson wollte kündigen, damit sie sich um ihre Schwester kümmern kann, und ich brauche hier weder eine Köchin noch ein Dienstmädchen. Ich unterhalte keine Gäste, und ich bin kaum mehr hier als zum Schlafen. Mir geht es sehr gut.«

»Gut? Ich habe schon mehr Fleisch an einem Knochen gesehen, nachdem ein Hund ihn zerkaut hat. Und dieser Husten! Du kümmerst dich nicht um dich selbst. Jetzt, wo ich hier bin, wirst du mehr essen, dafür werde ich sorgen.«

»Ich sagte doch, dass es mir gut geht.« Ellen nahm einen Bissen von dem Kuchen, um ihrer Schwester den Gefallen zu tun. Riona und die Mädchen hier zu haben, hob ihre Laune ungemein. Sie waren vor zwei Tagen unangekündigt gekommen, und Ellen hatte vor Freude geweint, als sie sie alle umarmte.

»Mama!« Bridget kam in das kleine Zimmer gestürmt. »Miss Lewis sagt, wir können einen Spaziergang zum Hyde Park machen. Ava und Lily können im Kinderwagen mitfahren. Möchtest du auch mitkommen?«

Sie zögerte, sie musste eigentlich ihre Zahlen weiter prüfen und ihr Termin war in einer Stunde, aber sie musste auch Zeit mit den Mädchen verbringen. »Wie wäre es, wenn ich mit euch in den Park gehe und mich von dort aus zu meinem Termin begebe?«

Bridget klatschte begeistert in die Hände und rannte hinaus, um es Miss Lewis zu sagen.

»Sie hat dich vermisst«, sagte Riona. »Drei Monate sind zu lang, Ellen. Lily erinnert sich kaum an dich und Ava hat keine Ahnung, wer du bist.«

»Ava ist ein Baby und kennt es nicht anders. Lily wird langsam wieder warm mit mir. Ich glaube, sie beginnt, sich an mich zu erinnern.« Der einzige Nachteil des Aufenthalts in Sydney war die Abwesenheit der Mädchen, zumal Lily sich Ellen gegenüber so zurückhaltend verhalten hatte, als hätte sie ihre Mutter vergessen. Das hatte Ellen zutiefst verletzt. Sie konnte das nicht noch einmal zulassen, aber sie musste auch arbeiten und Geld verdienen. Es war schwierig, ein Gleichgewicht zu finden.

»Wenn das Haus größer wäre, könntet ihr alle länger bleiben«, sagte sie zu Riona. »Aber ich habe wegen des günstigen Preises gemietet, nicht um uns alle unterzubringen.«

»Was ist denn so schlimm daran, sich einem Raum zu teile?« Riona grinste. »Wir haben in Irland schon in schlimmeren Zimmern geschlafen.«

»Das ist es, was ich zu vermeiden versuche.« Ellen lachte verschmitzt.

»Und schaffst du es? Nützt es all diese Stunden zu arbeiten? Denn so wie ich dich jetzt ansehe, bist du nur noch die Hälfte der Frau, die du einmal warst. Du bist blass und zu dünn, mit dunklen Schatten unter den Augen. Dein Haar ist schütter und der Husten zwingt dich fast in die Knie. Du siehst aus wie damals in Irland.« Riona beugte sich vor und nahm Ellens Hände. »Ist es das wert, Schwester? Kannst du dich nicht von allem trennen und alles verkaufen? Wir können in Emmerson Park glücklich werden, mehr brauchen wir nicht.«

»Ich habe dir in meinen Briefen geschrieben, dass Emmerson Park mit einer Hypothek belastet ist. Wenn ich die Raten nicht zurückzahle, wird es verkauft werden. Wir brauchen ein Einkommen.«

»Aber die anderen Grundstücke, kannst du die nicht verkaufen?«

»Louisburgh bezahlt sich selbst mit den Lämmern und der Wolle. Ich werde es niemals verkaufen.«

»Also gut. Warum ziehen wir dann nicht alle nach Louisburgh und verkaufen alles andere? Wir können Louisburgh zu unserem Zuhause machen.«

Ellen seufzte, Erschöpfung machte sich in ihr breit. »Ich habe bereits darüber nachgedacht.«

»Warum tust du es dann nicht? Mir ist es lieber, du bist mit uns an einem Ort, als dass du dich umbringst, um die anderen zu behalten.«

»Weil es nicht genug für die Kinder ist. Ich muss an ihre Zukunft denken. Die Jungen brauchen Land, um ihre irgendwann eigenen Familien zu gründen.«

»Die Jungen können sich selbst versorgen, wenn sie Männer sind!«, schnauzte Riona. »Vielleicht wollen sie dieses Land gar nicht und machen etwas ganz anderes. Hast du auch über diesen Fall nachgedacht?«

»Das habe ich, und wenn das der Fall ist, werden die Mädchen es bekommen.«

»Ellen, bitte. Dieses Imperium, das du aufbauen willst, wird dich zerstören, wenn du nicht vorsichtig bist.«

»Dieses *Imperium*, wie du es nennst, bewahrt uns davor, für immer an einem Ort wie *diesem* zu leben.« Ellen deutet auf den kahlen Raum, in dem sie saßen.

Riona seufzte und lehnte sich zurück. »Du wirst also jahrelang in Sydney bleiben und dich in ein frühes Grab treiben? Wann wird das alles genug sein?«

»Nein, ich werde nicht jahrelang in Sydney bleiben.« Ellen nippte an ihrem Tee. »Ich habe Pläne, die sich hoffentlich sehr bald auszahlen werden.«

»Zum Beispiel?«

»Ich habe vor, mehr Land zu kaufen.«

»Du und dein unstillbares Bedürfnis nach Land!« Riona wurde wütend.

»Hör mir zu. Ich will das Land in Marulan mit Louisburgh zusammenführen, indem ich die Hügelkette zwischen ihnen kaufe. Wenn ich dann noch Land auf der anderen Seite von Louisburgh kaufe und den Auslauf nach Nordwesten in unbewohntes Gebiet ausdehne, kann der gesamte Besitz größere Schafherden aufnehmen. Ich habe gehört, dass einige dieser Ländereien einst an die Familie Macarthur vergeben wurden, und andere werden gerade frei. Ein Abschnitt«, sie suchte in den Dokumenten auf ihrem Schreibtisch nach einem Stück Papier und hielt es hoch, »dieser Abschnitt am Tarlo River war ursprünglich einem der frühen Entdecker zugesprochen worden und erstreckt sich über die Bergketten. Die Familie des Mannes ist entweder gestorben oder will es nicht mehr, und es steht zum Verkauf. Es wird billig verkauft, weil ein Teil des Landes auf den hügeligen Gebirgsketten liegt und die Farmer das für eine Verschwendung halten, da es nicht genug Weideflächen für das Vieh bietet.«

»Warum willst du es dann kaufen?«

»Weil Schafe zwischen den Bäumen auf den Hügeln besser fressen als Rinder. Außerdem können wir einige der Hänge von Bäumen befreien, um Holz für den Bau eines Hauses und von Nebengebäuden zu gewinnen. An den Hängen des Gebirges gibt es trotzdem noch über eintausend Morgen Weideland. Viele Neuankömmlinge in diesem Land wollen nicht riskieren, so weit von der Zivilisation und den Städten und Häfen entfernt zu sein. Aus diesem Grund kann ich es vielleicht billiger erwerben. Ich habe mich bei den zuständigen Stellen erkundigt und um alle Einzelheiten gebeten. Nächsten Monat wird es zum Verkauf angeboten.«

»Sollen wir dort wohnen?«

»Nein, aber der zukünftige Verwalter braucht eine anständige Unterkunft.«

»Kannst du es dir leisten?«

»Ja, wenn ich diese Anteile an der Kiefergesellschaft verkaufen kann, und ich habe einen Fonds aufgebaut, um mehr Land zu kaufen, allerdings bin ich noch nicht so weit, aber in den nächsten Wochen werde ich es sein. Ich habe nicht umsonst so viele Stunden gearbeitet, weißt du. Schafe, und zwar viele, werden uns helfen zu überleben.« Ellen stand auf. »Bald werde ich meine Aufmerksamkeit wieder auf unsere Ländereien richten. Ich werde Mr. Mc-

Culloch zum Verwalter des Importgeschäfts machen und nur noch ein paar Mal im Jahr nach Sydney kommen müssen.«

»Ich ermüde schon, wenn ich nur von deinen Plänen höre. Ich weiß nicht, wie du das alles schaffst.«

»Ich tue es für uns.« Ellen ging zur Tür, als Bridget mit einer hübschen Mütze und einem Mantel für ihren Spaziergang bekleidet hereinkam. Ellen küsste sie auf die Wange. »Hol meine Haube, Liebling, während ich meinen Mantel anziehe.«

Auf dem Spaziergang durch die Straßen, die zum Hyde Park führten, hakte Ellen sich bei Riona unter. Bridget lief voraus, um dann wieder zurückzukommen und über die Dinge zu plaudern, die sie gesehen hatte. In der Stadt zu sein, mit Sehenswürdigkeiten und Geräuschen, die es in Berrima nicht gab, erdrückte die kleine Familie regelrecht. Händler boten ihre Waren an, während eine Kutsche vorbeirumpelte, Pferdegespanne in allen Formen und Größen verstopften die Straßen, während Jungen an Straßenecken Zeitungen zum Kauf anboten. Eine Frau verkaufte Blumen von ihrem Handkarren aus, während Fabrikpfeifen ertönten und der Lärm von Hunderten von Bauarbeitern widerhallte, die an der Errichtung neuer Geschäfte, Hotels und besser gepflasterter Straßen arbeiteten.

Der grüne Rasen des Hyde Parks lag inmitten des Wirbels einer wachsenden Stadt. Bridget rannte zu einem kleinen Trinkbrunnen am Rande des Weges und lachte, als zwei kleine Jungen sich gegenseitig nassspritzten.

»Achte darauf, dass du nicht nass wirst, Bridget. Es ist nicht warm genug«, warnte Ellen. Sie drehte sich zum Kinderwagen und beugte sich vor, um Lily und Ava einen Kuss auf die Wangen zu geben.

»Gehst du schon?«, fragte Riona.

»Ja, sonst komme ich zu spät.« Sie schritt die Bathurst Street entlang und bog dann in die Pitt Street ein. Nach weiteren hundert Metern erreichte sie das Büro, in dem das Treffen stattfinden sollte.

Ein wenig nervös, wie sie es immer war, wenn sie einen Raum voller Geschäftsmänner betrat, hielt Ellen den Kopf hoch und ging auf den Tisch in der Mitte des Raumes zu.

»Mrs. Emmerson.« Einer der Hauptaktionäre, Mr. Triverton, schüttelte ihr die Hand. »Ich freue mich, dass Sie kommen konnten.«

»Ich würde kein Treffen verpassen, das für mich wichtig ist.« Sie nickte einigen anderen Männern zu, die in der Nähe standen.

Sobald alle Platz genommen hatten, wurde die Sitzung eröffnet. Einige Minuten lang sprach Mr. Triverton über das Unternehmen und die Fortschritte, die es beim Ausbau seines Wachstums gemacht hatte. Er prognostizierte zum ersten Mal Gewinne für das nächste Quartal, was die Anwesenden zum Lachen brachte.

Ellen saß still da und hörte zu, registrierte aber auch die Reaktionen der anderen Männer. Das einzige andere Mal, dass sie an einer Versammlung dieses Unternehmens teilgenommen hatte, war im letzten Monat gewesen, als die Aktionäre wissen wollten, was in Davey River geschah und wann sie mit einem Gewinn rechnen konnten. Bei dieser Versammlung hatte es viel Geschrei und wütende Beleidigungen gegeben, bevor es Mr. Triverton gelungen war, die Männer unter Kontrolle zu bringen und ihnen baldige Gewinne zu versprechen.

Obwohl Ellen den älteren Mann mochte, hatte sie das Gefühl, dass er sie nur belächelte. Ihre Fragen wurden abgewiesen oder zugunsten anderer Aktionäre, für die mehr auf dem Spiel stand, beiseitegeschoben.

Als die Versammlung schließlich zu Ende war, stand Ellen auf und ging zu Mr. Triverton.

»Ah, Mrs. Emmerson.« Er reichte ihr eine Tasse Tee.

Ellen hielt die Untertasse und sah sich um. »Sie haben viele positive Dinge gesagt, Mr. Triverton.«

»In der Tat, die Zukunft sieht rosig aus, Madam.«

»Das freut mich sehr, denn so lassen sich meine Aktien leichter verkaufen.«

Mr. Triverton seufzte. »Wir haben bereits letzten Monat darüber gesprochen, Madam. Jetzt ist nicht der richtige Zeitpunkt zum Verkaufen. Wir brauchen Investoren, um stark zu bleiben. Wenn es sich herumspricht, dass die Leute ihre Anteile verkaufen, könnte das dem Ruf des Unternehmens gefährden.«

»Warum kaufen Sie dann nicht meine Anteile, und das Ganze bleibt unter uns?«

Er rieb sich die kahle Stelle. »Ich habe nicht das Kapital, um mehr zu kaufen, Mrs. Emmerson. Ich habe jeden Penny, den ich habe, in das Unternehmen gesteckt.«

»Aber ich nicht«, sagte eine Stimme hinter ihnen.

Ellen drehte sich um und stand einem großen Mann gegenüber, der einen schwarz-grau gestreiften Maßanzug trug. Er trug einen kurzen, gut gestutzten Bart, der nicht von seinem hübschen Gesicht ablenkte.

Er hielt ihr die Hand hin. »Maxwell Duncan. Freut mich, Sie kennenzulernen, Mrs. Emmerson.«

Sie nahm seine Hand.

Mr. Triverton blickte den Neuankömmling finster an. »Duncan, Sie sind hier nicht willkommen. Diese Versammlung ist ausschließlich für Aktionäre.«

»Verzeihen Sie meine späte Ankunft. Mein Schiff hat erst heute Morgen angelegt.« Maxwell Duncan grinste. »Und seit vier Tagen, Triverton, bin ich Aktionär, da ich fünf Prozent der Aktien von Mr. Hoddle in Melbourne gekauft habe.«

»Das ist unerhört.« Triverton ärgerte sich. »Hoddle liegt auf dem Sterbebett. Er kann unmöglich ein Geschäft mit Ihnen abschließen.«

»Und doch hat er es getan. Ich habe ihn besucht, und wir haben unsere Anwälte eingeschaltet. Es ist alles erledigt und mit Unterschriften besiegelt. Mrs. Hoddle kann nun ihren Mann so beerdigen, wie er es verdient hat, und sich im Alter selbst verwöhnen lassen.«

»Damit kommen Sie nicht durch.«

»Ich bin bereits damit durchgekommen.«

»Schurke!« Trivertons Gesicht lief rot an. »Wenn Sie mich entschuldigen würden, Mrs. Emmerson.« Mr. Triverton verbeugte sich und ging, um augenblicklich eine Unterhaltung mit dem Mann hinter ihnen zu beginnen.

Ellen warf einen Blick auf Maxwell Duncan. »Beeindruckend, wie leicht Sie ihn aus der Fassung gebracht haben.«

»Er hat es verdient, Mrs. Emmerson.« Er zuckte mit den Schultern, als ob es nichts bedeuten würde.

»Sie kennen meinen Namen.«

Maxwell Duncan lächelte. »Wie könnte ein Mann, der bei Verstand ist, den Namen einer schönen Frau nicht herausfinden, wenn er einen Raum betritt?«

Sie kicherte über die Schmeichelei, denn sie fühlte sich in ihren Trauerkleidern alles andere als schön. »Mr. Duncan, Sie sind also an meinen Aktien interessiert?«

»Das bin ich.« Seine dunklen Augen schienen sie regelrecht zu verschlingen. »Aber das ist nichts, was wir beim Tee besprechen sollten.« Er nahm ihr die Tasse und die Untertasse aus der Hand. »Wollen wir uns einen Tisch in einem schönen Restaurant suchen und Wein und ein feines Roastbeef bestellen?«

»Warum nicht?« Sie würde alles tun, um die Aktien zu verkaufen, und wenn das bedeutete, eine Stunde lang zu trinken und zu essen, um dies zu tun, umso besser für sie.

Draußen, in der kühlen Brise, die vom Hafen durch die Straßen zog, musste Ellen anhalten, um zu husten. Als sie wieder zu Atem gekommen war, gingen sie die Pitt Street entlang, bis sie die Market Street erreichten, wo sie links abbogen und bald an einem weiß gedeckten Tisch in einem kleinen eleganten Restaurant saßen.

»Auf ein gelungenes Abendessen.« Mr. Duncan hob sein Weinglas an ihr Glas, sein Blick wanderte über ihr Gesicht und hinunter zu ihrem Mieder.

Ellen nippte an ihrem Weißwein und lehnte sich in ihrem Stuhl zurück. »Sind Sie wirklich an meinen Aktien interessiert, Mr. Duncan?«

Er grinste. »In der Tat. Aber ich bin auch an Ihnen interessiert. Ist es sehr dreist von mir, das zu sagen, obwohl wir uns gerade erst kennengelernt haben?«

»Ich glaube schon.«

»Gut. Ich mag es, Leute zu überraschen.«

»Warum interessieren Sie sich für mich?«, fragte sie, da sie die anderen Gäste, die aus der oberen Gesellschaftsschicht stammten, kannte. Sie kannte einige der Gesichter von Partys und Bällen, die sie mit Alistair besucht hatte.

»Weil Sie anders sind. Faszinierend.«

»Sie kennen mich nicht.«

»Ich habe viel von Ihnen gehört. Ich weiß, dass Sie die Witwe von Alistair Emmerson sind. Ich weiß, dass Sie die Monate seit seinem Tod damit verbracht haben, ein gewisses Maß an finanzieller Sicherheit wiederzuerlangen, mit der Ihr Mann eher nachlässig umgegangen ist und ...«

»Woher wissen Sie das?« Sie beugte sich vor, erschrocken darüber, dass er all das über sie erfahren hatte und sie nichts über ihn wusste.

Er beugte sich näher zu ihr. »Ich mache es mir zur Aufgabe, die Angelegenheiten anderer Leute zu kennen, vor allem, wenn es um Geld geht«, sagte er leise, in einem Ton, der den Hauch einer Warnung enthielt.

Ellen lehnte sich zurück, eine Gänsehaut krabbelte ihr über den Körper. »Was wollen Sie?«

»Sie.«

Sie starrte ihn an.

Er lachte über ihren schockierten Gesichtsausdruck. »Aber werde warten. In der Zwischenzeit sollten wir zusammen ins Geschäft kommen.«

»Wollen Sie meine Aktien kaufen?«

»In der Tat, ja, aber abgesehen davon denke ich, dass wir gut zusammenarbeiten würden.«

»Wieso denken sie das?« Sie konnte ihren Blick nicht von ihm abwenden.

Er lehnte sich in seinem Stuhl zurück und nippte an seinem Wein. »Ihre Vergangenheit. Irisches Landvolk, ist das richtig?«

Ellen versteifte sich. Sofort griff sie nach ihrem Réticule und wollte sich erheben.

Seine Hand umschloss ihr Handgelenk und hielt sie fest. »Setzen Sie sich.«

Sie starrte ihn an. »Lassen Sie mich los.«

»Lassen Sie mich ausreden.« Er lockerte seinen Griff. »Bitte?«

Mit vor Verärgerung zusammengebissenen Zähnen setzte sie sich langsam wieder hin.

»Ich habe Ihre Herkunft erwähnt, weil meine ähnlich ist.«

Sie runzelte die Stirn. »Sie sind Ire?«

»Nein, Schotte. Das heißt, meine Großeltern waren Schotten. Ich wurde hier in diesem Land geboren ...« Er neigte leicht den Kopf. »Meine Großeltern kamen in Ketten hierher. Sie waren in Schottland von ihrem Land vertrieben worden und hatten sich auf der Suche nach Arbeit nach England gewagt. Sie waren am Verhungern. Mein Großvater stahl etwas Brot und gab es meiner Großmutter, die schwanger war. Sie wurden beide gefasst und zu lebenslanger Haft in Van-Diemens-Land verurteilt.«

Ellen hörte die Bitterkeit in seiner Stimme.

»Sie saßen jeweils sieben Jahre ab, bevor mein Großvater zu einem Gentleman nördlich von Hobart geschickt wurde, um dort zu arbeiten. Dieser Mann war freundlich und anständig. Er mochte meinen Großvater und schickte meine Großmutter zur Arbeit in sein Haus, damit sie zusammen sein konnten.« Mr. Duncan nippte an seinem Wein. »Dieser Gentleman ermutigte meinen Großvater, seinen Sohn zur Schule zu schicken, und das war mein Vater, für den sich der Gentleman ebenfalls interessierte. Meine Großeltern starben an Fieber, als mein Vater zwölf Jahre alt war. Der Gentleman machte meinen Vater zu seinem Mündel und erzog ihn ebenfalls zu einem Gentleman.«

»Warum erzählen Sie mir das alles?«, fragte Ellen und ignorierte den ersten Gang Austern, der an den Tisch gebracht wurde.

»Mein Vater musste darum kämpfen, in einer Klasse ernst genommen zu werden, in die er nicht hineingeboren wurde. Er wurde gemieden und heimlich ausgelacht, wenn er an gesellschaftlichen Veranstaltungen teilnahm.« Mr. Duncan schwenkte den Wein in seinem Glas. »Mein Vater wurde in Hobart nicht akzeptiert. Als der alte Gentleman starb, hinterließ er die Hälfte seines Vermögens meinem Vater. Die andere Hälfte hat sein Neffe bekommen.« Mr. Duncan blickte zu Ellen auf. »Mr. Triverton ist sein Neffe.«

»Das ist alles wirklich sehr faszinierend, aber noch einmal: Warum erzählen Sie mir das?«

»Weil, liebe Mrs. Emmerson, Mr. Triverton meinem Vater das Leben zur Hölle gemacht hat. Er hat das Testament vor Gericht angefochten, was er verloren hat, und dann hat er meinem Vater durchgehend Steine in den Weg gelegt.« Duncan nahm einen großen Schluck von seinem Wein. »Mein Vater hat sich wegen Triverton umgebracht.«

»Oh, das ist tragisch.« Ellen beobachtete, wie verschiedene Emotionen über sein Gesicht zogen.

Duncan füllte sein Glas erneut. »Meine Mutter starb sieben Monate später an einem gebrochenen Herzen. Ich war noch in der Schule, ein Kind. Durch Triverton habe ich meine beiden Eltern verloren. Ich möchte, dass Triverton dafür bezahlt.«

»Und wie wollen Sie das tun?«

»Der Erfolg von Triverton steht und fällt mit der Kiefergesellschaft in Davey River. Ich habe vor, genügend Aktien zu kaufen, damit ich der Hauptaktionär werde.«

»Wie wollen Sie das machen, wenn Mr. Triverton einundfünfzig Prozent hält?«

»Ich habe meine Wege.«

»Angefangen mit dem Kauf meiner Anteile?«

»In der Tat.«

»Ich bin gerne bereit, sie zum aktuellen Kurs zu verkaufen.«

»Danke, aber das ist noch nicht alles.«

»Nein?« Sie wandte den Kopf ab und hustete in ein Taschentuch.

Mr. Duncan wartete, bis sie sich wieder gefasst hatte. »Ich möchte Sie bitten, mich morgen Abend auf einen Ball zu begleiten.«

Ihre Augen weiteten sich bei diesem Vorschlag. »Warum?«, keuchte sie und kämpfte gegen das Kribbeln in ihrer Kehle an.

»Warum nicht?« Er nippte an seinem Wein, und seine Augen funkelten sie über den Rand hinweg an.

»Ich denke nicht, dass das eine gute Idee wäre.« Sie wandte den Blick ab und begegnete den Blicken einiger Frauen an einem anderen Tisch. Sie konnte sich ihre Namen nicht merken, aber sie kannte ihre Gesichter. Sie hustete erneut.

»Ich habe gehört, dass Mr. Gardner-Hill Ihre Anteile an Ihrem Importgeschäft haben will, und Sie wollen nicht verkaufen, obwohl Sie das Geld dringend benötigen.«

Sie wandte sich ihm wieder zu. »Woher wissen Sie das?«

»Ich weiß viele Dinge, Mrs. Emmerson. Ich weiß, in welchem finanziellen Zustand Ihr Mann Sie zurückgelassen hat, und ich weiß, wie gut sie sich dabei schlagen, um aus diesem tiefen Loch wieder herausklettern.«

Sie fühlte sich entblößt, als sein Blick erneut über sie glitt. Er wusste zu viel über sie, als wäre er eine Schlange im Gras und sie seine Beute. »Ich möchte an Ihrem Spiel mit Mr. Triverton keinen Anteil haben. Wenn Sie meine Aktien kaufen wollen, soll sich Ihr Anwalt mit meinem in Verbindung setzen. Mr. Baldwin in der Bent Street.«

Er aß eine Auster und nahm sich einen Moment Zeit, um den Geschmack zu genießen. »Verzeihen Sie mir. Ich bringe Sie in eine unangenehme Lage, und das möchte ich auf keinen Fall tun.« Er schenkte mehr Wein in ihr Glas ein, obwohl sie es kaum angerührt hatte. »Mrs. Emmerson, ich mag Sie. Ich mag, dass wir Gemeinsamkeiten haben. Wir sind Ausgestoßene in dieser geschlossenen Gesellschaft. Wir gehören nicht zu *ihnen*. Wollen Sie sie nicht mit ihren eigenen Waffen schlagen?«

»Das tue ich auf meine eigene Weise.« Sie trank einen Schluck Wein, um ihre Kehle zu befeuchten.

»Indem Sie sie bei bestimmten Frachtgeschäften unterbieten.«

Sie starrte ihn an. Er kannte wirklich ihr Geschäft. War er Freund oder Feind?

»Was sind Ihre eigentlichen Ziele, Mrs. Emmerson?«

»Ich glaube, Sie kennen sie bereits, Mr. Duncan«, sagte sie sarkastisch.

Daraufhin lachte er schallend auf. Er beugte sich vor, seine Stimme sank auf ein Flüstern. »Ich würde mich aufrichtig freuen, wenn Sie mir Ihre Wünsche mitteilen würden.«

Sie schluckte. Eine Welle des sexuellen Bewusstseins schärfte ihre Sinne. Dieser Mann war in der Tat aufregend, wenn nicht sogar ein wenig geheimnisvoll und gefährlich.

Mr. Duncan lehnte sich in seinem Stuhl zurück, seine dunklen Augen musterten sie. »Sie haben Land außerhalb der Städte.«

»Ja.«

»Wollen Sie mehr?«

»Ja.«

»Ich kann Ihnen mehr besorgen.«

»Wie?«

»Ich werde Ihre Anteile an der Kiefergesellschaft kaufen, und mit diesem Geld werden Sie weitere Anteile von anderen Investoren kaufen, die nicht an mich verkaufen werden, weil sie mit Triverton befreundet sind. Kaufen Sie die Aktien unter einem anderen Namen.«

»Sie wollen mich benutzen?«

»Nein, es ist ein gegenseitiger Vorteil. Sie kaufen weiterhin Aktien mit meinem Geld, und im Gegenzug verkaufe ich Ihnen zu einem günstigen Preis Land, das ich besitze und nicht will.«

»Land, das Sie nicht wollen? Warum sollten Sie kein Land wollen?« Das kam ihr lächerlich vor.

»Ich lebe in Van-Diemens-Land. Dort will ich mein Geld anlegen und ihnen zeigen, was sie alles falsch gemacht haben, um meinen Vater abzuweisen.«

Sein Bedürfnis nach Rache drang aus jeder seiner Poren. Ellen zitterte und spürte, wie sich in ihrer Kehle ein neuer Hustenreiz bildete. Sie nahm einen Schluck Wein.

»Also, was sagen Sie dazu? Sollen wir uns die Hand reichen?«

Sie hielt einen Finger hoch, um ihn zu stoppen. »Was, wenn ich Ihr Land nicht will? Es könnte an einem Ort liegen, wo es für mich zu schwierig ist, ihn regelmäßig zu besuchen, oder es könnte nutzlos sein und sich nicht für Ackerbau oder Viehzucht eignen.«

Ein verschmitztes Lächeln breitete sich auf seinem hübschen Gesicht aus. »Sie kennen dieses Land bereits.«

»Wirklich?«

»Ich habe das Land am Tarlo-Fluss gekauft, nach dem Sie sich erkundigt haben.« Er hatte seinen Trumpf ausgespielt.

Ellen spürte, wie ihr der Atem stockte, sie begann zu husten und schnappte nach Luft.

Besorgt versuchte Maxwell Duncan, sie zu beruhigen, indem er ihr sanft auf den Rücken klopfte und bestellte ihr ein Glas Wasser.

Als sie endlich wieder zu Atem gekommen war und sich schämte, eine Szene gemacht zu haben, wandte sie sich mit tränenden Augen an ihn. »Wir sind im Geschäft.«

# Kapitel Siebzehn

Ellen stieg aus der Kutsche. »Bis morgen früh, Higgins.«

»Gewiss, Mrs. Emmerson.«

Sie ging zum Tor, das zu dem kleinen Häuschen führte, und hielt einen Moment inne, um sich zu beruhigen. Die Benommenheit verflog ein wenig, und sie richtete sich auf, bereit, Riona und den Kindern entgegenzutreten.

Die Haustür öffnete sich, und Bridget stürzte zu ihr hinaus. »Mama, Mrs. Stein sagte, ich hätte heute sehr gut Klavier gespielt.«

»Wunderbar.« Ellen küsste den Scheitel ihrer Tochter.

»Mrs. Stein sagte, dass du gerne kommen kannst, um mir beim Spielen zuzuhören, wenn ich Unterricht habe. Wirst du kommen?«

»Ja, ich komme.« Ellen begleitete sie zur Tür. »Wie gut, dass wir eine Klavierlehrerin ganz in der Nähe haben.«

»Kannst du zu meiner nächsten Stunde kommen?«

»Ich werde es versuchen.« Ellen nahm ihre Haube ab und hängte sie an den Haken im Flur.

»Mama.« Lily trottete auf sie zu, und Ellen beugte sich vor, um das Kind an sich zu drücken. Je älter Lily wurde, desto mehr ähnelte sie Rafe. Obwohl ihr Haar immer länger wurde und die kastanienbraune Färbung von Ellen annahm.

Riona kam mit Ava auf dem Arm aus dem Vorderzimmer und sah ein wenig genervt aus. »Ich schwöre, die Kleine wild bald anfangen zu krabbeln. Sie ist erst sechs Monate alt und kann nicht eine Minute lang auf dem Teppich stillhalten.« Riona übergab Ava an Rachel und Lettie, die kamen, um die Mädchen in der winzigen Küche zum Abendessen zu versammeln.

»Du siehst erschöpft aus«, sagte Riona, als sie Ellen in das Schlafzimmer folgte, das für zwei erwachsene Frauen und drei Kinder nicht groß genug war. Der Anbau an der Rückseite, wo Miss Lewis, Rachel und Lettie untergebracht waren, war sogar noch kleiner.

»Ich fühle mich müde.«

»Ist das ein Wunder? Du hast den ganzen Tag gearbeitet, und abends bist du mit Mr. Duncan auf Dinner und Bälle gegangen.« Riona kniete nieder, um Ellen zu helfen, ihre Stiefel auszuziehen und sie durch Hausschuhe zu ersetzen.

»Heute Abend bleibe ich hier.« Ellen sehnte sich danach, einfach nur zu sitzen. Ihr Kopf pochte.

»Gut.« Riona stand auf und stellte die Stiefel an das Ende des Bettes. »So kann es nicht weitergehen, Ellen. Du siehst krank aus.«

»Ich bin nur müde von den vielen langen Nächten.«

»Dann hör auf auszugehen. Sag Mr. Duncan, er soll dich für ein paar Wochen in Ruhe lassen.«

»Das kann ich nicht.« Ellen goss Wasser aus dem Krug in das Waschbecken, um sich den Staub der Stadt vom Gesicht zu waschen.

»Bist du dabei dich in ihn zu verlieben?«

Ellen drehte ihren Kopf zu Riona herum. »Wie kommst du darauf?«

»Nun, die Leute reden. Ihr beide seid ständig zusammen. Ich nehme an, dass alle Welt jede Minute einen Antrag erwartet.«

»Ich kenne Mr. Duncan erst seit anderthalb Monaten. Das ist kaum einen Antrag wert.«

»Würdest du ja sagen, wenn er dir einen Antrag machen würde?«

Ellen hielt inne und trocknete sich das Gesicht. Maxwell war eine überraschend gute Gesellschaft. Er brachte sie oft zum Lachen. Sie konnten sich stundenlang unterhalten, aber er konnte auch in düstere Stimmungen verfallen, in denen er ausrastete und sich von ihr entfernte, egal wo sie waren. Das hatte er schon ein paar Mal getan, und sie hatte ihn dafür gehasst. Am nächsten Tag entschuldigte er sich immer und schickte ihr zahlreiche Blumensträuße, und sie verzieh ihm. Sie genoss seine Gesellschaft, und er ging gerne mit der Familie spazieren, verwöhnte Bridget mit kandierten Äpfeln und rannte mit ihr über die Rasenflächen im Park.

»Du lässt dir mit deiner Antwort viel Zeit«, unterbrach Riona ihre Gedanken.

Ellen faltete das Handtuch zusammen. »Maxwell Duncan ist ein Freund. Ein Geschäftspartner, wie ich dir schon erklärt habe.«

Riona schlug die Hände vor sich zusammen. »Können wir dann nach Emmerson Park zurückkehren?«

»Ich dachte, du bist gern mit mir in der Stadt?«

»Es hat mir tatsächlich gefallen, hier zu sein, aber jetzt nicht mehr. Ich habe mich mit Freunden getroffen, die wir in der Lower Fort Street hatten, aber da ich in diesem kleinen Häuschen wohne, ist es schwierig, Einladungen zu erwidern, besonders wenn wir kein Personal haben und ich koche.«

Ellen konnte sich ein Lächeln nicht verkneifen. »Höre sich einer an, wie du dich übers Kochen beschwerst und keine Gäste empfängst. Wie sehr du dich doch mittlerweile von der irischen Bäuerin unterscheidest, die vor ein paar Jahren hier angekommen ist.«

Riona gluckste. »Stimmt. Ich erkenne mich selbst kaum wieder, aber es ist deine Schuld, dass ich mich in eine Dame des Vergnügens verwandelt habe.«

»Es freut mich wirklich ungemein, dass es so ist. Ich will nur das Beste für dich und die Kinder.«

»Das Beste für uns ist, mit dir zusammen zu sein und dich gesund zu haben. In den letzten sechs Wochen hast du deine ganze Zeit mit

Mr. Duncan verbracht, und dieses Haus ist zu klein für uns alle. Wenn ich dich schon nicht sehen kann, dann kann ich es genauso gut in der Behaglichkeit von Emmerson Park tun.«

Ellen richtete ihr Haar und nickte. »Ich verstehe. Diese Hütte ist nicht ideal für uns alle.«

»Bitte komm mit uns zurück. Du musst dich ausruhen, Ellen.«

Eine Sehnsucht nach Emmerson Park und noch mehr nach Louisburgh überkam sie für einige Sekunden. Sie hatte die Stadt so satt, die Geschäfte, den Handel und den ständigen Versuch, den Männern, die mehr Kontakte und mehr Reichtum hatten als sie, einen Schritt voraus zu sein. Maxwell Duncan hatte sie zu Partys, Abendessen, Theatervorstellungen und gesellschaftlichen Anlässen mitgenommen, die für Aufsehen und Klatsch gesorgt hatten. Genau wie damals, als sie mit Alistair verheiratet war, nur dass es diesmal schlimmer war, weil sie nicht verheiratet war.

Sie hatte es satt, ständig zu lächeln, zu plaudern, zu tanzen, sich zu bemühen, mit Leuten umzugehen, die sie nicht als Alistairs Frau gemocht hatten und schon gar nicht, dass sie als seine Witwe von einem Fremden durch die Stadt begleitet wurde. Egal wie gut aussehend und kultiviert er war. Maxwell Duncan war keiner von ihnen. Er war ein Außenseiter, ein Nachkomme von Sträflingen.

Aber der Plan, den Maxwell für sie ausgearbeitet hatte, funktionierte. Ellen hatte mit Maxwells Geld fünfunddreißig Prozent des Kieferunternehmens unter Rionas Namen gekauft. Morgen Abend würde sie mit einem wohlhabenden Gentleman, George Evans, der zehn Prozent der Anteile hielt, zu Abend essen und ihm ein Angebot machen, das er hoffentlich nicht ablehnen konnte.

»Ellen?«

Rionas Stimme unterbrach ihre Gedanken. »Was sagtest du?«

»Ich habe gefragt, ob du mit uns nach Hause nach Emmerson Park kommen wirst?«

Plötzlich wünschte sie sich nichts sehnlicher als das. »Wenn das Essen morgen Abend gut läuft, dann ja, dann packen wir und fahren nächste Woche nach Hause.«

Riona klatschte in die Hände. »Der heiligen Jungfrau sei Dank, dass du zur Vernunft gekommen bist.«

Ellen warf ihr einen schiefen Blick zu, doch dann überkam sie ein Hustenanfall und sie verbrachte die nächsten Minuten damit, wieder zu Atem zu kommen.

»Ich glaube, du solltest einen anderen Arzt aufsuchen, Ellen«, sagte Riona, legte ihr ein Schultertuch um und zwang sie, sich auf das Bett zu legen.

»Mir geht es schon deutlich besser. Das wärmere Wetter hilft.« Sie legte sich aufs Bett und sehnte sich nach Schlaf, obwohl es erst sechs Uhr abends war.

»Du machst jetzt einfach ein Nickerchen.« Riona warf eine Decke über sie.

»Nur ein kurzes«, gähnte sie. »Weck mich zum Abendessen.«

Als Ellen aufwachte, hörte sie Regen auf das Blechdach prasseln. Das Licht war trüb und grau, als würde die Morgendämmerung anbrechen. Ihr war unglaublich warm und zog die Decke von sich.

Neben ihr drehte sich Riona um und stützte sich auf ihren Ellbogen, um die Decke wieder über sie zu ziehen.

»Mir ist zu heiß!«

»Aye, du hast die ganze Nacht geschwitzt und dann gezittert. Ich glaube, du hast Fieber.« Riona verließ das Bett und zog sich ihren Morgenmantel an. »Ich werde dir einen Tee machen«, flüsterte sie, um Bridget nicht zu wecken.

»Wie spät ist es?«

»Früher Morgen. Du hast seit gestern Abend geschlafen.« Riona stand an der Tür. »Bleib im Bett liegen. Ich werde den Arzt holen.«

»Mir geht es gut, ich habe nur eine Erkältung.«

»Still, der Arzt wird das beurteilen.«

Zwei Stunden später erklärte der Arzt, ein freundlicher junger Mann, der ein paar Straßen weiter wohnte, dass Ellen leichtes Fieber habe und für die nächsten Tage das Bett hüten müsse.

Nachdem er gegangen war, zog Ellen sich an und ging ins Wohnzimmer, wo Riona und Miss Lewis die Mädchen unterhielten, während es draußen weiter regnete.

»Warum bist du auf?«, fragte Riona verärgert.

»Ich habe zu viel zu tun, Riona, also fang nicht an mit mir zu streiten. Ich muss heute Abend zu diesem Essen gehen.«

»Warum?«

»Das habe ich dir doch gesagt. Ich brauche die Aktien für Mr. Duncan, dann wird er mir das Tarlo-Land verkaufen.«

Rionas Lippen verzogen sich vor Wut. »Ich habe es langsam satt, Ellen. Genug ist genug. Wir wollen nicht, dass du für mehr Land stirbst!«

Bridget schwenkte den Kopf von Riona zu Ellen. »Mama?« Ihre besorgte Stimme ließ die Schwestern sofort bereuen, dass sie vor ihr gesprochen hatten.

»Es ist nichts, Liebling.« Ellen lächelte. »Ein dummer Scherz.«

Riona setzte ebenfalls ein falsches Lächeln auf. »Ja, ein dummer Streit. Mal weiter. Du machst ein großartiges Bild.«

Ellen ging mit Riona auf den Fersen zurück ins Schlafzimmer.

»Schick eine Nachricht an Mr. Duncan. Sag ihm, dass du es heute Abend nicht schaffst. Du bist krank.« Riona stellte sich neben das Bett, als Ellen sich hinlegte.

»Je schneller ich dieses Geschäft abschließen kann, desto schneller kann ich die Stadt verlassen.«

»Ist es das, was du willst? Die Stadt verlassen? Mr. Duncan verlassen? Denn ich habe das Gefühl, dass er derjenige ist, der dich hier festhält und sonst niemand.«

Müde schloss Ellen ihre Augen. Das ist das Letzte, was ich tun muss, und dann kehren wir nach Hause zurück.«

Doch je mehr Stunden vergingen, desto schlechter fühlte sich Ellen. Riona zwang sie, an der Rinderbrühe zu nippen, aber die Anstrengung war zu groß.

Als die Sonne sich dem Horizont entgegen neigte, wusste Ellen, dass sie baden und sich anziehen musste. Als sie aus dem Bett stieg, stolperte sie, und die Gegenstände im Zimmer schwankten vor ihren Augen.

»Mama?« Bridget kam ins Zimmer und kam an ihre Seite, um sie zu beruhigen. »Tante Riona!«, rief sie.

Riona rannte ins Schlafzimmer und warf einen Blick auf Ellen. »Geh zurück ins Bett, sonst kann ich für nichts garantieren.«

Ellen griff nach dem Bett, aber alles wurde schwarz, und das Letzte, woran sie sich erinnerte, war Bridget, die schrie.

---

Drei Tage lang schwitzte und zitterte Ellen und schlief. Sie hörte den Arzt und Riona gedämpft sprechen, verstand nicht, was sie sagten, und es war ihr egal. Sie hatte keine Energie, keine Lust, etwas zu tun, sich nicht einmal zu bewegen.

Am Morgen des vierten Tages wachte sie auf, als Riona das Zimmer betrat, und verspürte das Bedürfnis, sich zu erleichtern. Sie versuchte, sich zu bewegen, aber es fiel ihr unglaublich schwer.

»Ellen!« Riona eilte zum Bett. »Ganz ruhig.« Sie lächelte sie liebevoll an. »Wie geht es dir?«

»Ich brauche den Topf.«

»Oh, richtig. Ja, natürlich.«

Nachdem Riona ihr geholfen hatte, legte Ellen sich zurück, erschöpft von dieser leichten Tätigkeit.

»Der Arzt wird in einer Stunde hier sein. Riona richtete die Decken. »Er wird sich freuen, dass du wach bist und wieder ansprechbar bist. Er hat sich solche Sorgen gemacht. Das haben wir alle. Ich ... ich ...« Tränen füllten Rionas Augen und rannen über ihre Wangen. »Ich habe mir solche Sorgen um dich gemacht«, flüsterte sie, kniete neben dem Bett nieder und nahm Ellens Hand. »Ich will das nie wieder durchmachen müssen. Ich dachte, du würdest sterben und ... und ... ich wusste nicht, was ich tun sollte!«

»Es tut mir leid.« Ellen drückte sanft Rionas Hand. Vasen mit bunten Blumen erregten ihre Aufmerksamkeit. Das Schlafzimmer war voll von ihnen. »Die Blumen ...«

Riona wischte sich mit dem Handrücken über die Augen. »Mr. Duncan. Er war in den letzten drei Tagen zweimal jeden Tag hier. Der arme Mann war völlig außer sich.«

Daraufhin fiel ihr alles wieder ein. Das Abendessen mit George Evans, die Aktien, das Geschäft mit Maxwell. Plötzlich war das alles unwichtig. Sie hatte nicht die Energie, sich um das Tarlo-Land zu kümmern. »Ich will nach Hause, Riona.«

»Aye.« Riona lächelte unter Tränen. »Das werden wir. Sobald du wieder zu Kräften gekommen bist, um reisen zu können.«

»Die Mädchen?«

»Ihnen geht es gut. Bridget war sehr besorgt, aber sie ist tapfer und benimmt sich so gut wie noch nie, um Miss Lewis, Rachel und Lettie mit Lily und Ava zu helfen. Sie wollte mir sogar beim Kochen helfen.«

Erleichtert lehnte Ellen sich tiefer in die Kissen und schloss die Augen. »Ich muss nach Hause ... nach Louisburgh ...«

Als Ellen später aufwachte, hörte sie Stimmen vor der Tür. In der Erwartung, dass Riona den Arzt hereingeleiten würde, war sie überrascht, als Maxwell Duncan hinter ihrer Schwester eintrat, sein Gesicht war vor Sorge gezeichnet.

»Mrs. Emmerson.«

Sie lächelte leicht, für mehr hatte sie nicht die Kraft.

Er setzte sich auf den Holzstuhl neben ihrem Bett. »Ich kann Ihnen gar nicht sagen, wie froh ich bin, Sie wach und über das Schlimmste hinweg zu sehen.«

»Danke, dass Sie mich besuchen.«

»Nichts würde mich davon abhalten, obwohl Ihre Schwester alles versucht hat, um mich daran zu hindern, durch die Tür zu kommen.« Er schmunzelte. »Sie haben uns allen einen ziemlichen Schrecken eingejagt.«

»Es tut mir leid wegen des Essens ... wegen der Aktien ...«

»Unsinn. Darüber müssen Sie sich überhaupt keine Gedanken machen. Die Wiederherstellung Ihrer Gesundheit ist das Wichtigste. Wenn es Ihnen gut geht, werde ich mit Ihnen Spaziergänge an der frischen Luft machen. Vielleicht sogar einen Ausflug zum Hafen und ein Picknick an einem der Strände.«

»Ich werde nach Hause zurückkehren ...«

Er wurde blass. »Nach Hause?«

»Ich bin der Stadt und der Geschäfte überdrüssig geworden.«

»Von mir?«, scherzte er halbherzig.

»Nein ...« Ihre Kehle war trocken, und sie griff nach einem Glas Wasser, aber er war vor ihr da und half ihr, daran zu nippen.

»Darf ich Ihnen und Ihrer Familie meine Hilfe anbieten, um Ihnen die Rückkehr aufs Land zu erleichtern?«

Sie schüttelte den Kopf. »Danke, aber nein.«

»Ellen.« Er nahm ihre Hand in seine. »Es hat mich sehr überrascht, aber ich sorge mich um Sie.«

»Maxwell ...« Sie spürte seine Gefühle, konnte sie aber nicht erwidern. Sie hatte ihm nichts zu geben. Ihr Herz war bereits von einem anderen erobert worden, auch wenn sie bezweifelte, dass sie Rafe jemals wiedersehen würde.

»Sagen Sie jetzt nichts. Ich werde Sie in ein paar Tagen wieder besuchen, wenn Sie sich wieder wie früher fühlen.« Er hauchte einen Kuss auf ihren Handrücken und verließ schnell das Zimmer.

Riona kam herein, mit einem fragenden Gesichtsausdruck. »Er ist in aller Eile gegangen. Er hat sich nicht einmal verabschiedet.«

»Er sagt, dass ich ihm etwas bedeute.«

Riona ballte die Hände vor sich. »Liegt dir etwas an ihm?«

»Nicht auf diese Weise, nein.«

»Ich bin egoistisch genug, um zu sagen, dass ich mich darüber freue. Mr. Duncan würde eine Komplikation darstellen. Er will zurück nach Hobart.«

Ellen starrte ihre Schwester an. »*Wir* werden nicht nach Hobart reisen.«

»Ich kann also unsere Sachen packen und den Mietvertrag für dieses Haus kündigen?«

»Je eher, desto besser«, antwortete Ellen müde.

Ein paar Tage später machte Ellen ihren ersten Spaziergang im Freien. Higgins hatte sie, Riona und Bridget in der Kutsche zu den Botanischen Gärten unten am Ufer gefahren.

Der Tag war wunderschön, mit einem klaren blauen Oktoberhimmel und einer warmen Brise vom Wasser her. Da es ein Sonntag war, waren die Wege durch die Gärten voll mit Menschen, die nach dem morgendlichen Gottesdienst spazieren gingen, alle in ihren besten Kleidern und in sommerlichen Farben.

Obwohl Ellen immer noch ihre schwarze Trauerkleidung trug und Riona dunkelgrau, fühlte sie sich so gut gelaunt wie schon lange nicht mehr.

»Du darfst dich nicht überanstrengen«, mahnte Riona und hielt einen Sonnenschirm über sie.

»Ich komme gleich wieder.« Ellen, die ihren Arm mit Rionas Arm verschränkt hatte, sah zu, wie Bridget herumhüpfte, an den aus den Knospen sprießenden Blumen roch und die Schiffe und Boote am Hafen bewunderte.

Sie gingen noch zehn Minuten weiter, bevor Ellen das Bedürfnis verspürte, sich auf eine der Sitzbänke zu setzen.

»Da unten sitzt ein sprechender Papagei auf der Schulter eines Mannes.« Bridget zeigte auf die kleine Menschenmenge, die sich um einen alten Mann und seinen Vogel versammelt hatte.

»Geh mit ihr hin«, sagte Ellen, als sie sich auf der Bank niedergelassen hatte und ihre Röcke richtete. »Ich warte hier und genieße ein wenig die Sonne.«

Von ihrem Platz aus winkte Ellen Bridget zu, während ihre Tochter im Gras saß und dem alten Mann und dem sprechenden Papagei zuhörte.

»Mrs. Emmerson.« Mrs. Gardner-Hill blieb vor ihr stehen. »Ich habe gehört, dass Sie krank waren. Es freut mich zu sehen, dass sie sich offensichtlich wieder erholt haben.«

»Ich danke Ihnen.« Ellen neigte den Kopf und erwartete, dass die ältere Frau weitergehen würde.

Stattdessen setzte sie sich neben sie und sagte einige Augenblicke lang nichts. Dann drehte die Frau den Ehering an ihrem Finger und blickte Ellen an. »Es tut mir leid, dass wir unsere Freundschaft nicht sehr gut begonnen haben. Ich entschuldige mich für jede Beleidigung Ihnen gegenüber.«

Verblüfft über dieses Eingeständnis starrte Ellen sie an. »Wirklich?«

»In der Tat. Ich habe mich Ihnen gegenüber abscheulich verhalten. Ich habe nur Ihre Vergangenheit gesehen und nicht die Person, die Sie sind, und ich habe zugelassen, dass meine Engstirnigkeit mein Urteilsvermögen trübt. Ich bedaure das.«

Ellen war fassungslos. »Verzeihen Sie mir, wenn ich Ihr Geständnis schockierend finde. Ich hätte nie erwartet, dass Sie so ehrlich zu mir sprechen würden.«

Mrs. Gardner-Hill drehte weiter den Ring an ihrem Finger. »Es ist ... schwierig, in dieser kolonialen Stadt eine Frau zu sein. Wir werden immer verurteilt. Wir Frauen aus der Oberschicht müssen mit gutem Beispiel vorangehen, um den Schandfleck der Sträflingsgeschichte zu tilgen und die Stadt und ihre Bewohner von einer dunklen, unangenehmen Vergangenheit zu befreien. Ich fürchte, sie hat uns zu großen Snobs gemacht, und unser Verhalten ist so, dass es unsere Kollegen in England beschämen würde. Nächstenliebe und Großzügigkeit scheinen uns in dem Moment abhandengekommen zu sein, indem wir hier an Land gegangen sind.«

»Ich stimme dem nicht zu. Ich glaube, wir haben eine Wahl, Mrs. Gardner-Hill. Wir können höflich und freundlich sein oder wir können anstößig und gemein sein. Wir sind keine Sklaven, die die Befehle anderer, die bösartig sind, befolgen müssen. Wir haben eine Wahl.«

»In der Tat, Sie haben Recht. Meine Taten beschämen mich. Ihre Ankunft in unserer Mitte hat uns erschüttert. Wir hielten uns alle für überlegener als Sie. Und doch haben Sie uns fasziniert. Als Alistair Sie zur Frau nahm, hielten wir ihn alle für dumm.«

»Vielleicht war er das.«

»Nein.« Die ältere Frau starrte hinaus in den Park. »Wir waren die Dummen, weil wir zugelassen haben, dass unsere Vorurteile über den gesunden Menschenverstand siegten. Sie sind ganz anders als wir, das ist wahr, und dieser Unterschied hat uns verärgert. Unsere Männer bewundern Sie, Mrs. Emmerson, weil Sie nicht so sind wie wir langweiligen Ehefrauen. Sie haben Spaß am Geschäft, erkunden die große unbekannte Welt, in die die meisten Frauen nicht eintauchen wollen. Außerdem haben Sie sich dadurch hervorgetan, dass Sie Landgüter geschaffen haben, dass Sie Ihre Meinung gesagt haben, dass Sie die Regeln gebrochen haben, dass Sie taten, was Sie wollten, ohne sich darum zu kümmern, was die Gesellschaft von Ihnen erwartet.«

»Ich habe das alles nie getan, um anderen ein schlechtes Gewissen zu machen. Ich habe es getan, weil ich so bin, wie ich bin.«

»Das weiß ich jetzt. Aber als Sie Alistair geheiratet und alles verhöhnt haben, was wir für wahr und gut hielten, haben Sie uns das Gefühl gegeben, minderwertig und schwach zu sein. Wir hatten das Gefühl, weniger zu sein, als wir sein sollten, und wir gaben Ihnen die Schuld dafür, dass wir uns so fühlten, anstatt unsere Einstellung zu ändern. Andere werden sich natürlich nie ändern, werden es nie in Betracht ziehen. Ein bestimmtes Verhalten, das einem von Geburt an anerzogen wurde, lässt sich nicht innerhalb weniger Monate oder sogar Jahre, manchmal sogar nie, ändern. Aber ich werde mich ändern. Ich schon. Sie, Ellen Kittrick Emmerson, haben mir gezeigt, dass Reichtum und Status einen Menschen nicht anständig machen. Es macht es nur einfacher, die Schwächen zu verbergen.«

Ellen wusste nicht, was sie sagen sollte.

»Ich habe gestern mit Mrs. Haggerty in ihrem Salon gesprochen«, fuhr Mrs. Gardner-Hill fort. »Sie erzählte mir, dass Ihre Schwester sagte, Sie seien auf dem Weg der Besserung und würden zurück aufs Land fahren, um sich vollständig zu erholen.«

»Ja.«

»Ich habe auch gehört, dass mein Mann Anteile an Ihrem Importgeschäft hat.«

«Das ist auch wahr.”

»Dann haben wir eine Verbindung, Sie und ich.« Die ältere Frau erhob sich, den Gehstock in der Hand. »Glauben Sie mir, Mrs. Emmerson, wenn Sie keinen Skandal über Ihren Namen bringen, werde ich nie wieder schlecht über Sie sprechen. Sie haben mein Wort.«

»Ich danke Ihnen.« Ellen neigte anerkennend den Kopf.

»Schönen Tag und alles Gute.« Mrs. Gardner-Hill schritt davon, und Ellen wurde klar, dass sie die Frau zum ersten Mal allein und nicht mit ihrem Schwarm von Freundinnen gesehen hatte.

Das ganze Gespräch überraschte Ellen. Warum hatte Mrs. Gardner-Hill ihre Meinung und sogar ihr Verhalten ihr gegenüber geändert? Was hatte den plötzlichen Wandel in ihrer Haltung verursacht? War das wichtig? Solange die andere Frau es ernst meinte, war das alles, was Ellen interessierte. Die Zeit würde es zeigen.

»Mama!« Bridget kam auf sie zugelaufen. »Der Papagei hat ein böses Wort gesagt.«

»Hat er das? Dann wiederhole es bloß nicht.«

»Er hat *verdammt* gesagt!«, erklärte Bridget mit einem Kichern. Ellen lachte. Auch ihre älteste Tochter brach alle Regeln. »Komm, lass uns zurückgehen, wir müssen packen, damit wir nach Hause fahren können.«

Als sie an der Hütte ankamen, stand Mr. Duncan bereits am Tor. Er half ihnen aus der Kutsche.

»Kommen Sie herein«, bat Ellen, der sich der Magen umdrehte. Maxwell sah in seinem lohfarbenen Anzug teuflisch gut aus.

Riona führte Bridget in die Küche, um sich zu waschen, und Ellen lud Mr. Duncan ein, sich zu setzen.

Ellen war froh, dass er nicht noch einen Blumenstrauß mitgebracht hatte, denn sie hatten keinen Platz mehr, um sie aufzustellen. »Tee?«

»Nein, noch nicht, danke.« Er sah ein wenig nervös aus. »Geht es Ihnen gut? Sie sehen so viel besser aus als bei meinem letzten Besuch.«

»Danke, ja. Ich fühle mich heute mehr wie ich selbst. Wir sind spazieren gegangen.«

»Ausgezeichnet.« Sein Lächeln erreichte seinen dunklen Augen nicht.

Er machte sie nervös, aber bevor sie etwas sagen konnte, beugte er sich vor.

»Haben Sie darüber nachgedacht, was ich bei meinem letzten Besuch gesagt habe?«

»Das habe ich.«

»Meine Gefühle haben sich nicht geändert. Sie liegen mir sehr am Herzen, Ellen. Ich würde es als großes Vergnügen betrachten, wenn Sie meine Frau werden würden.«

»Maxwell, ich bewundere Sie. Sie sind gut und freundlich, aber …«

Er hob eine Hand. »Aber Sie hegen keine Gefühle für mich.«

Sie schüttelte den Kopf. »Es tut mir leid. Ich liebe Sie nicht. Ich habe Alistair geheiratet, ohne ihn zu lieben. Noch einmal würde ich das nicht tun. Es ist zu schwer. Außerdem genieße ich meine Unabhängigkeit sehr.«

Seine Miene wurde weicher, ein schiefes Lächeln umspielte seine Lippen. »Das dachte ich mir schon. Aber einen Versuch war es wert.«

»Wir können Freunde sein, wenn es Ihnen recht ist? Es würde mich sehr freuen, wenn dies möglich ist.«

»Ich werde immer eine tiefe Freundschaft für sie hegen, Ellen.« Er zog ein zusammengerolltes Stück Papier aus seiner Manteltasche, das mit einem roten Band verschnürt war. »Das ist Ihres. Ich wollte es Ihnen geben, bevor ich nach Hobart zurückkehre.«

»Sie verlassen Sydney?«

»Ja. Genau wie Sie ist meine Zeit hier vorbei.«

»Was ist mit den Aktien der Kiefergesellschaft?«

»Oh, die bekomme ich schon noch.« Er lächelte. »Dank Ihnen besitze ich jetzt mehr Anteile an der Firma als zu der Zeit, als ich nach Sydney kam, es hat sich also gelohnt, auch wenn es bedeutet, dass mein Herz dabei etwas verletzt wurde.«

Sie grinste. »Es ist besser, geprellt als gebrochen zu sein.«

»Da haben Sie recht.« Er hauchte ihr einen Kuss auf die Wange. »Bleiben Sie genau so, wie sie sind, Ellen.« Er strich seinen Mantel glatt und deutete auf das Papier. »Schauen Sie es sich an. Machen Sie es gut.«

Sie hielt das zusammengerollte Papier in der Hand und sah durch das Fenster, wie er das Haus verließ und die Straße hinunterging. Als er aus dem Blickfeld verschwunden war, löste sie das Band und rollte das Papier aus. Sie erschrak, als sie las, dass die Urkunden für das Land am Tarlo-Fluss ihren Namen trugen.

# Kapitel Achtzehn

Ellen ging am Flussufer in der späten Nachmittagssonne, die mit dem Näherrücken der Weihnachtstage immer länger und heißer wurde, spazieren. Vor ihr galoppierte Bridget auf Princess, als wäre sie im Sattel geboren worden. Ihre Tochter blieb auf den Feldern, während Ellen sich zwischen die Bäume drängte, um Schatten zu finden. Jeden Tag unternahm sie lange Spaziergänge, um wieder zu Kräften zu kommen. Sie waren seit zwei Monaten Zuhause und sie wollte unbedingt nach Louisburgh und dann weiter zum Land am Tarlo River reisen. Aber Riona würde es nicht zulassen, bis Ellen wieder gänzlich zu Kräften gekommen war.

Eigentlich fühlte sich Ellen in der Lage zu reisen, aber sie war es ihrer Schwester schuldig, zu Weihnachten zu bleiben und das Fest zu einem glücklichen Ereignis zu machen. Die Mädchen wuchsen heran, und sie musste ihnen etwas Zeit widmen, bevor sie sich in die Verwaltung des Landes stürzte. Außerdem genoss sie es, mit Moira und sogar Honor zusammen zu sein, die ihr auch nach acht Wochen noch nicht auf die Nerven gegangen war.

Mr. Thwaite verbrachte jeden Tag mehrere Stunden mit ihr, während sie über die Grundstücke und Zukunftspläne sprachen. Er und Moira wollten nach Weihnachten in aller Ruhe heiraten, und das war ein weiterer Grund, warum Ellen bis zum neuen Jahr auf Emmerson Park bleiben würde.

Ein Zweig knackte hinter ihr, Ellen sprang auf und drehte sich um. Sie konnte nichts sehen. War es ein Tier im langen Gras? Eine Schlange? Sie wollte den Schutz der Bäume gerade verlassen, als eine Gestalt hinter einem Baum auftauchte.

»Eddie Patterson«, stieß sie überrascht hervor.

»Ellen.« Er tippte sich an den Rand des Hutes, aber die Bewegung war langsam. Er sah ausgehungert, schmutzig und ungepflegt aus.

»Ich hatte nicht erwartet, dich wiederzusehen.«

»Ich ...« Er stolperte.

Sie eilte ihm zu Hilfe, um ihn aufrecht zu halten. »Bist du krank?«

»Nein.« Er lehnte sich an einen Baumstamm und rutschte hinunter. Sie kauerte sich neben ihn. »Ich habe seit Tagen nichts mehr gegessen. Die Polizei hat uns in den letzten Wochen gejagt. Nirgendwo ist es sicher.«

»Dann geh nach Louisburgh. Ich habe dir gesagt, du kannst dich dort verstecken, wenn es nötig ist.«

»Ich glaube nicht, dass ich den Weg dorthin schaffen würde. Mein Pferd hat sich das Bein gebrochen. Die anderen haben es geschafft, zu fliehen. Dan ist tot, möge die Heilige Mutter ihn pflegen und beschützen.« Er bekreuzigte sich.

Das Geräusch von Hufen und das Knarren von Leder ertönte hinter ihnen, und Ellen drehte sich erschrocken um. Sie fürchtete, dass Eddie gefunden werden könnte.

Bridget saß auf Princess und starrte Eddie an.

»Bridget, Liebling.« Ellen stand auf. »Erinnerst du dich an Mr. Patterson, der dich vor Onkel Colm gerettet hat?«

»Ja. Ist er verletzt?« Bridget sah besorgt und nicht im Geringsten ängstlich aus.

»Er ist hungrig, das ist alles, und das hat ihn geschwächt.«

»Ich werde zum Haus reiten und etwas zu essen holen.« Bridget nahm die Zügel auf.

»Niemand darf dich sehen«, warnte Ellen, die über die Reife ihrer neunjährigen Tochter erstaunt war.

Bridget warf ihr einen Blick zu, als wäre sie viel älter. »Das weiß ich, Mama.« Sie ritt davon, und Eddie lachte leise.

»Was für ein Mädchen sie doch ist.« Eddie scheuchte eine Fliege weg. »Du kannst stolz auf sie sein.«

»Das bin ich auch, aber wenn sie älter ist, wird sie sehr anstrengend sein. Es gibt Momente, in denen ich mich frage, ob sie wirklich neun oder bereits zwanzig ist.«

Eddie grinste schief. »Die Männer werden um sie herum schwirren wie die Fliegen um die Sch...« Er hielt inne und grinste. »Verzeih mir, ich bin ungehobelt. Ich habe zu viele Jahre mit Männern im Busch gelebt, fernab der höflichen Gesellschaft.«

Sie schaute ihn an, sah den verkrusteten Schmutz, den langen, struppigen Bart. »Wir besorgen dir etwas zu essen, und dann versuche ich, dich zu den Nebengebäuden zu bringen, wo du die Nacht verbringen kannst.«

»Nein, das ist zu riskant.« Eddie lehnte sich müde gegen den Baumstamm. »Ich schlafe seit zwei Nächten hier und habe bemerkt, dass deine Männer nachts nicht patrouillieren.«

»Nein, das ist auch nicht nötig.«

»Keine Hunde?«

»Nein.«

»Das ist Musik in meinen Ohren.« Er kratzt sich am Bart. »Ich bleibe heute Nacht hier, und wenn ich gegessen habe, kann ich ein paar Meilen laufen.«

»In deinem Zustand kommst du nicht weit«, meinte Ellen. »Nimm heute Abend eines der Pferde auf dem Feld hinter den Ställen. Sobald es dunkel ist, lasse ich ein Zaumzeug am Zaunpfahl hängen. Ich bezweifle allerdings, dass ich einen Sattel bekommen kann, ohne dass es bemerkt wird.«

»Ein Zaumzeug wird ausreichen. Ich kann ohne Sattel reiten.«

»Douglas, unser Pferdepfleger, schläft in der Scheune neben den Ställen. Du wirst leise sein müssen.«

Er lachte. »Ich bin ein gesuchter Mann. Ich weiß, wie man sich leise verhält, so habe ich die letzten Jahre überlebt.«

Sie ignorierte diese Bemerkung. »Lass das Tor offen, damit es aussieht, als wäre es nicht richtig geschlossen worden. Die anderen Pferde werden sich nicht weit entfernen.«

Eddie nahm ihre Hand in seine schmutzige. »Danke, dass du mir ein Pferd schenkst. Du bist eine gute Frau.«

»Du hast mir meine Tochter zurückgegeben.« Sie löste ihre Hand aus seiner, damit er nicht auf die Idee kam, sie würde seine Berührung genießen. »Wo wirst du hingehen?«

»Untertauchen natürlich. Die Polizei sucht nach mir.«

»Oh, Eddie.« Sie wünschte, er wäre etwas anderes als ein Bushranger. Wenn er ein normaler Mann gewesen wäre, hätte sie ihm Arbeit und ein Zuhause geben können.

Zwanzig Minuten später sahen sie, wie Bridget den Hang hinunterdonnerte und über die Felder kam.

»Sie weiß, wie man reitet«, bewunderte Eddie.

Leicht keuchend stieg Bridget ab und löste einen großen Sack aus Jute.

»Himmel, was hast du da mitgebracht, Kind?« Ellen half ihr, den Sack zu Eddie zu bringen.

»Jede Menge Essen und eine Flasche Wein aus dem Keller, eine Decke und Streichhölzer. Ich habe auch einen von Papas alten Mänteln mitgenommen.«

»Was bist du doch für ein tolles Mädchen, Bridget. So schlau!«, lobte Eddie sie und biss in eine Hähnchenkeule.

»Hat dich jemand gesehen?«, fragte Ellen besorgt und half Eddie, seine schmutzige und zerrissene braune Jacke auszuziehen und sie durch Alistairs langen schwarzen Reitmantel zu ersetzen.

»Niemand.« Bridget strahlte triumphierend.

»Geht jetzt, ihr beiden.« Eddie winkte sie fort. »Und vielen Dank.«

»Das ist nichts im Vergleich zu dem, was du für mich getan hast.« Ellen hielt inne. »Begib dich zu den Tarlo River Ranges. Ich besitze dort Land an der Westseite der Gebirgskette und südlich des Flusses. Versteck dich dort.«

Seine Augen weiteten sich, aber er nickte nur. »Danke und Gott segne dich, Ellen. Bridget, sei ein braves Mädchen für deine Mammy.«

Ellen verließ den Wald und wartete darauf, dass Bridget wieder aufstieg, und gemeinsam gingen sie den Hang zum Haus hinauf.

»Ich mag Mr. Patterson«, murmelte Bridget.

Ellen warf einen Blick über ihre Schulter zurück, aber von Eddie Patterson war nichts mehr zu sehen. Sie fragte sich, ob sie ihn jemals wiedersehen würde. »Vergiss nicht, dass du seinen Namen nie erwähnen darfst.«

»Das habe ich nie, Mama. Ich bin nicht dumm.«

»Nein, das bist du nicht. Du bist ein großes Mädchen und ich bin stolz auf dich.«

Oben am Hang angekommen, ging Ellen den Weg durch die Gärten, während Bridget Princess um die Rückseite der Nebengebäude herum zu den Ställen führte.

Auf der Veranda hörte Ellen aufgeregte Stimmen und ging verwundert in die Richtung, aus der sie kamen. Hatten sie Besucher, von denen sie nichts wusste?

Als sie durch die Tür trat, wurde sie von einem Körper getroffen, der sich auf sie stürzte, und sie stolperte zurück.

»Mammy!«, rief Patrick und umarmte sie so fest, dass Ellen kaum atmen konnte, geschweige denn das plötzliche Auftauchen ihres geliebten Sohnes wahrnehmen konnte.

»Patrick?« Ellen riss sich von ihm los, damit sie in das Gesicht ihres geliebten Jungen sehen konnte, der mittlerweile genauso groß war wie sie. Er war gewachsen, hatte sich verändert und sah aus wie ihr Vater. Sie brach in Tränen aus und umarmte ihn, als ob sie ihn nie wieder loslassen würde.

»Oh, mein geliebter Junge.« Sie konnte die Tränen nicht zurückhalten, ihr Herz platzte schier vor lauter Liebe. Es war überwältigend.

Patrick umarmte sie ebenso fest und schwor ihr, sie nie wieder zu verlassen.

Über seine Schulter sah Ellen, wie Riona sich die Tränen abtupfte, und hinter ihr stand ... Rafe. Ellens Herz setzte eine Schlag aus, bevor es anfing zu rasen.

»Rafe ...« Sie schluckte ihre Tränen zurück.

In seinen Zügen lag Ergriffenheit, aber er blieb, wo er war, und sie fühlte sich unsicher, sich auf ihn zuzubewegen. Dann, als ob ein Flüstern des Schreckens ihr Glück durchdrang, schaute sie sich nach Austin um.

»Austin?« Ellen konzentrierte sich auf Rafe, denn sie wusste, dass er die Antworten hatte, wollte sie aber nicht hören.

Rafe trat um Riona herum und hielt ihr seine Hände hin. Angst in seinen strahlend blauen Augen. »Ellen, meine Liebe.«

»Wo ist mein Sohn?«, verlangte sie zu wissen, und ihre Brust wurde eng. War er tot? Gott, nein! Sie könnte es nicht ertragen, wenn er es wäre. »Wo ist er?«

»Er ist in England geblieben. In der Schule.« Rafe stand ein paar Meter von ihr entfernt, die Hände wie zum Flehen ausgestreckt.

»England?« Sie gab nach, beugte sich vor, als die Erleichterung darüber, dass er nicht tot war, sie überkam.

»Ja, er wollte in der Schule bleiben, Mammy.« Patrick stand neben ihr und sah besorgt aus.

»Aber es geht ihm gut?« Sie drehte sich zu Patrick um, um Rafe nicht anzusehen.

»Ja. Es ging ihm gut, als wir abgereist sind. Und mir geht es jetzt auch gut.«

Ellen runzelte die Stirn. »Du warst krank?«

Er nickte. »Ich wäre fast gestorben, aber jetzt geht es mir wieder gut. Viel besser.«

»Du wärst fast gestorben?« Angst erfasste Ellen. Sie drehte sich zu Rafe um. »Er wäre fast gestorben?«

»Ja, am Fieber.«

»Rafe hat mich gerettet, Mammy. Er hat mich von der Schule nach Cherrybank gebracht, und er, Iris und Mrs. Hamilton haben sich um mich gekümmert. Sie haben mich wieder gesund gemacht. Ich habe Rafe angefleht, mich nach Hause zu bringen.« Ein unsicherer Blick ging über sein sonnengebräuntes Gesicht. »Ich wollte nach Hause kommen.«

Sie drückte ihn an sich. »Ich wollte auch, dass du nach Hause kommst, mein Schatz. Ich wollte euch beide zu Hause haben.«

»Austin hat sich geweigert, mitzukommen«, sagte Rafe leise.

»Du hast ihm also erlaubt, an einem Ort zu bleiben, an dem das Fieber wütet und Patrick fast umgekommen wäre?«, knurrte sie voller Enttäuschung und Schmerz.

»Ich hielt es für das Beste, ihn bleiben zu lassen, damit er seine Ausbildung beenden kann.«

»Du hieltest es für das *Beste*?« Ellen stürzte sich auf ihn. »*Du* hieltest es für das Beste? Es lag nicht an *dir*, so etwas zu entscheiden! Er ist mein Sohn. *Mein Sohn.* Nicht Alistairs und auch nicht deiner, sondern *meiner*, und ich will, dass er *nach Hause* kommt!« Sie ergriff Patricks Hand und zog ihn aus dem Zimmer, die Tränen rannen ihr angesichts des Schmerzes, Austin für die nächsten Jahre nicht sehen zu können, über die Wangen.

»Gib Rafe nicht die Schuld, Mammy«, sagte Patrick, als Ellen endlich stehen blieb und sie sich auf einen Stuhl in der Mitte des Rosengartens setzten.

Sie holte tief Luft. »Austin ist ein Kind, das die Befehle der Erwachsenen befolgt und nicht seine eigenen Entscheidungen zu treffen hat. Ich wollte, dass ihr beide nach Hause kommt.«

Patrick starrte auf den Kies unter seinen Stiefeln. »Ich weiß, dass du Austin vermissen wirst, aber freust du dich trotzdem, dass ich hier bin?«

»Oh ja, Liebling.« Sie drückte ihn an sich. »Es macht mich unglaublich glücklich, dich wieder hier bei mir zu haben.«

»Ich habe alle vermisst, aber besonders dich.«

Sie küsste ihn auf die Wange. »Und ich habe dich vermisst, mein Sohn. Wir haben eine Menge nachzuholen. So viel zu erzählen.«

»Du wirst mich doch nicht wieder wegschicken, oder?«

»Nein, ganz gewiss nicht.«

»Rafe sagte, man könnte einen Lehrer einstellen, wenn ich keinen Platz an der King's School bekomme.«

»Das entscheiden wir später.« Sie küsste ihn auf die Wange. »Jetzt lass uns erst einmal genießen, dass du wieder Zuhause bist.«

»Ich bin für Weihnachten endlich wieder Zuhause.« Er grinste.

»Patrick!« Bridgets Schrei hallte durch den Garten.

»Bridget!« Patrick rannte los, um seine Schwester zu umarmen. »Du bist so groß.«

»Das bist du auch. Sieh mal, Mama, wie groß Patrick ist.«

»Das kann ich sehen.« Ellen weinte erneut über die Freude in ihren Gesichtern.

»Hast du Miss Lewis schon kennengelernt?«, fragte Bridget ihn. »Sie ist meine Gouvernante. Sie ist sehr nett, aber sie reitet nicht gerne. Wir werden morgen reiten gehen müssen. Du brauchst ein eigenes Pferd, nicht wahr, Mama? Möchtest du Princess sehen?«

»Wichtiger als Princess zu besuchen, ist, ob du bereits Lily und Ava kennengelernt hast?«, warf Ellen ein und stellte sich neben die beiden.

»Nein, sie schliefen gerade, als wir ankamen.«

»Dann komm mit. Lass uns ins Kinderzimmer gehen und vor dem Abendessen noch etwas Zeit mit ihnen verbringen.«

Ellen blieb eine Weile im Kinderzimmer und beobachtete, wie Patrick seine beiden kleinen Schwestern kennenlernte. Lily war noch ein Baby gewesen, als er Alistair in fortschickte, und Ava war noch nicht einmal gezeugt worden. Aber er schloss sie beide augenblicklich in sein Herz und sie ihn. Das Lachen erfüllte den Raum, als sie auf dem Teppich herumtollten.

Riona kam herein, lächelte und sah ihnen mit Tränen in den Augen beim Spielen zu, aber nach einem Moment zog sie Ellen zur Seite. »Geh zu Mr. Hamilton.«

Ellen versteifte sich. »Nein, ich kann nicht.«

»Warum nicht? Du kannst ihm nicht die Schuld dafür geben, das Austin nicht mitwollte.«

»Ich kann und ich werde. Austin ist ein Kind. Er sollte tun, was ihm gesagt wird. Rafe sollte beide Jungs nach Hause bringen. Rafe hätte darauf bestehen müssen, dass Austin mitkommt.«

»Und du weißt aus Austins Briefen, wie sehr er seine Zeit in der Schule genießt. Seit dem Tag, an dem wir bei Alistair zu Besuch waren, wollte Austin so sein wie er. Er wollte immer auf eine Schule für Gentleman gehen wie Alistair. Er hätte alles getan, um nicht auf das Schiff zu müssen!«

Ellen knirschte mit den Zähnen. Es tat weh, zu wissen, dass Austin immer noch auf der anderen Seite der Welt war, vor allem, da es ihr so viel Freude bereitete, Patrick mit seinen Schwestern zu sehen. Sie konnte Rafe nicht verzeihen. Er wusste, dass sie sie beide Zuhause haben wollte. Warum hatte er es nicht getan?

»Du bist eine sture Närrin«, flüsterte Riona. »Mr. Hamilton ist ein Gast in unserem Haus. Willst du ihn die ganze Zeit ignorieren? Der Mann liebt dich, und ich dachte, du liebst ihn.«

Gequält eilte Ellen aus dem Zimmer und über den Flur in ihr eigenes Schlafzimmer. Sie ging dort auf und ab und wusste nicht, was sie denken oder tun sollte. Es war alles so verwirrend. Sie wusste, Rafe anzusehen, würde ihren Schmerz, dass er Austin nicht ebenfalls nach Hause gebracht hatte, noch weiter anfachen.

Und doch war er hier, endlich, hier in Reichweite. Ihr Herz schlug Purzelbäume, und ein Schluchzen entrang sich ihrer Kehle. Sie liebte ihn. Gott, wie sehr sie ihn liebte. Vom ersten Augenblick an, als sie ihn vor Jahren in Mr. Wiltons Haus kennengelernt hatte, hatte sie ihn in ihrem Herzen und in ihren Gedanken behalten.

Ein Zettel wurde unter ihrer Tür hindurchgeschoben. Sie starrte ihn eine Sekunde lang an, bevor sie ihn nahm.

*Meine Liebste,*

*Ich bleibe heute Abend in meinem Zimmer, um Dir Zeit mit den Kindern zu geben und Dir die Peinlichkeit zu ersparen, in meiner Gegenwart zu sein, die Dir unangenehm zu sein scheint und Dir Kummer bereitet. Es tut mir leid, dass ich nicht darauf bestanden*

*habe, dass Austin mit uns kommt. Ich habe einen Fehler gemacht, den
ich zutiefst bedauere.*

*Morgen können wir hoffentlich darüber reden. Wenn Du mir
dann immer noch nicht verzeihen kannst, werde ich nach Sydney
zurückkehren und mit dem nächsten Schiff zurück nach England
segeln.*

*Ich liebe Dich,*
*Rafe.*

Ihr Instinkt sagte, sie solle zu ihm gehen. Aber sie konnte sich
nicht dazu durchringen. Stattdessen begann sie auf und ab zu gehen,
ihre Gedanken kreisten. Wie sahen Rafes langfristige Pläne aus? Was
hatte er erwartet, als er ankam? Hatte er alles hinter sich gelassen,
um zu ihr zu kommen? Er hatte gesagt, dass er sie liebte. Sie liebte
ihn. Warum konnte sie nicht zu ihm gehen? Sie verstand nicht, was
sie davon abhielt. War es zu spät für sie? Standen zu viele Dinge
zwischen ihnen?

Ein Klopfen an der Tür ließ sie aufschrecken. »Herein.«

Patrick trat schüchtern ein. »Mammy.«

»Ja, Liebling.«

»Sei nicht böse auf Rafe. Er liebt dich sehr.«

Heiße Tränen brannten ihr in den Augen. »Woher weißt du
das?«

»Er hat es mir gesagt. Bitte schick ihn nicht zurück nach England.«

Ellen wischte sich über die Augen. Als sie Patrick ansah, wie
er sich verändert hatte, wie groß, wie erwachsen er geworden war,
schmerzte ihr Herz noch mehr für Austin. Aber ihr ältester Sohn
hatte nicht nach Hause kommen wollen, als er die Gelegenheit
dazu hatte. Er hatte sich entschieden, am anderen Ende der Welt zu
bleiben, weit weg von seiner Familie. Er hatte seinen eigenen Weg
gewählt, und das erinnerte Ellen daran, dass sie genau dasselbe getan
hatte, als sie Irland verließ. Sie war ihren eigenen Weg gegangen.
Austin war ihr sehr ähnlich. Willensstark und unabhängig. Und ein
Kind war er auch nicht mehr.

Sie ging zum Schminktisch, spritzte kaltes Wasser in ihr Gesicht und richtete ihr Haar.

Sie schenkte Patrick ein Lächeln, verließ das Zimmer und ging zum Kinderzimmer. Sie nahm Lily auf den Arm und küsste das kleine Mädchen auf die Wange.

Ellen holte tief Luft. Sie hatte eine Entscheidung getroffen. Nun war es an der Zeit, sie in die Tat umzusetzen.

Mit Lily im Arm ging sie zu dem Schlafzimmer, in dem Riona Rafe untergebracht hatte, und klopfte an.

Er öffnete sofort die Tür und starrte erst sie und dann Lily an. Ein gequälter Blick lag in seinen dunkelblauen Augen.

»Das ist deine Tochter, Lily. In zwei Monaten wird sie zwei Jahre alt. Sie ist nach einer Blume benannt, genauso wie deine Schwester.« Ellens Stimme brach bei dem letzten Wort.

Rafe konnte sich nicht mehr zurückhalten. Tränen füllten seine Augen, als er seine Tochter anlächelte. »Lily …«

Ellens Herz schwoll vor Liebe an, als sie die Ähnlichkeit in ihren Gesichtern sah. »Möchtest du sie halten?«

Er nickte und sie reichte ihm das kleine Mädchen. Lily blickte zu ihm auf und berührte sein Kinn. Rafe holte tief Luft. »Ich kann nicht glauben, dass sie meine Tochter ist. Sie ist wunderschön.«

»Und dein Ebenbild.«

Reinste Freude brachte seine Augen zum Strahlen. »Das ist sie.«

Ellen beobachtete das Spiel der Gefühle auf seinem Gesicht. »Danke, dass du Patrick nach Hause gebracht hast.«

Seine Miene verfinsterte sich. »Es tut mir leid wegen Austin.«

Sie schüttelte den Kopf. »Du trägst keine Schuld. Es war falsch von mir, mich so zu verhalten, wie ich es getan habe. Du hast das Richtige getan. Austin hat eine Entscheidung getroffen, genauso wie ich meine getroffen habe.«

Rafe runzelte die Stirn. »Deine Entscheidung?«

»Den Mann zu heiraten, den ich liebe und verehre.« Sie lächelte ihn zärtlich an. »Wenn du mich noch haben willst.«

Er zog sie mit einem Arm an sich, während er mit dem anderen Lily festhielt.

Ellen begrüßte seinen Kuss wie ein Verdurstender, der endlich eine Wasserquelle gefunden hatte. Verlangen und Sehnsucht stiegen in ihr auf, sie brauchte die Liebe dieses Mannes so sehr, wie sie die Luft zu atmen brauchte.

Als Lilys kleine Hände ihre Gesichter berührten, trennten sie sich widerwillig, lächelten sich aber glücklich an, ohne zu glauben, dass dies alles real war.

Ellen wischte sich die Tränen aus den Augen und dann aus den seinen. »Ich hoffe, du bist bereit Schafzüchter werden?«, neckte sie ihn.

Rafe küsste sie sanft. »Solange wir zusammen sind und eine Familie bilden, ist es mir egal, was wir tun oder wo wir sind. Ich möchte dich einfach für immer lieben und im selben Land wie du leben.«

»Nichts soll uns mehr trennen«, schwor sie.

»Du hast mich jetzt für immer an deiner Seite, Liebste. Ich möchte nie wieder von dir getrennt sein.« Er küsste sie, um sein Versprechen zu besiegeln. »Wir machen alles zusammen. Wir sind in jeder Hinsicht Partner, familiär und geschäftlich, ja?«

»Klingt perfekt.«

»Keine Geheimnisse zwischen uns.«

»Nein, keine. Ich werde dir alles erzählen.« Sie dachte kurz an ihre Rolle bei Colms Tod und daran, dass sie Eddie Patterson geholfen hatte. Über all das würden sie sprechen. Sie lehnte sich an ihn, und sein Arm schlang sich fester um sie. Ellen schloss die Augen und fühlte sich zum ersten Mal seit vielen Jahren sicher, geborgen und geliebt.

# *Acknowledgements*

Anmerkung der Autorin

Liebe Leser!

Ich hoffe, ihr habt die Fortsetzung von Ellens Geschichte genossen. Von Anfang an hatte ich das Gefühl, dass Ellen mehr als nur ein Buch zu erzählen hat. ›Hinter den fernen Hügeln‹ entstand bereits in meinem Kopf, noch während ich das erste Buch schrieb, und während ich die Fortsetzung schrieb, kamen mir die Ideen für ein drittes Buch. Ich bin mir also sicher, dass es im nächsten Buch um Ellens Kinder gehen wird. Sie haben so starke und vielseitige Persönlichkeiten, dass ich sie gerne besser kennenlernen möchte, wenn sie erwachsen sind. Wir werden sehen!

Meine eigenen irischen Vorfahren trugen den Namen Kittrick und kamen aus der Gegend um Louisburgh in der Grafschaft Mayo. Die Erforschung meiner Familie ist faszinierend, zeitaufwändig und nimmt kein Ende! Ich habe über meine irischen Vorfahren gelesen, die während der Hungersnot lebten und oft wegen kleinerer Vergehen wie Trunkenheit, Hausfriedensbruch usw. vor dem örtlichen Richter standen. Ich habe mich bei Colm und Malachy in Buch 1 an ihnen orientiert. Meine Vorfahren waren ein wenig ungezogen, aber sie mussten hart sein, um diese Zeiten zu überleben.

Danke, dass ihr mich auf dieser Reise begleitet habt. Ich schätze all eure Rezensionen und Nachrichten sehr. Eure Unterstützung bedeutet mir sehr viel und gibt mir den Antrieb, weiterhin unterhaltsame Geschichten zu schreiben. Ich liebe es, Geschichten zu erzählen, und zu wissen, dass Menschen ein paar Stunden Vergnügen beim Lesen eines meiner Bücher hatten, ist unglaublich erfüllend.

Alles liebe,
AnneMarie Brear
September 2023

# About the Author

AnneMarie Brear Autorin Bio

AnneMarie Brear, Autorin von über dreißig Romanen, hat umfassende historische Romane mit einer Fülle von Atmosphäre, Emotionen und Drama geschrieben, die sicherlich jeden Fan des Genres zufriedenstellen werden. AnneMarie wurde in einer kleinen Stadt in N.S.W. geboren. Australien, Sohn englischer Eltern aus Yorkshire, und ist das jüngste von fünf Kindern. Schon in jungen Jahren liebte sie das Lesen und arbeitete sich durch die Geschichten von Enid Blyton, bevor sie sich als Teenager den Romanen von Catherine Cookson zuwandte.

AnneMarie lebte in den 1980er Jahren und in jüngerer Zeit in England und entwickelte durch den Besuch prächtiger alter englischer Häuser eine Liebe zur Geschichte, die sich zu einer Faszination für das entwickelte, was sich im Laufe ihres langen Bestehens hinter ihren Mauern abgespielt haben könnte. Ihre Freude am Besuch alter Landsitze und Schlösser auf Reisen sowie ihr Interesse an Genealogie und der Erforschung ihres Stammbaums wurden gut genutzt und lieferten Hintergründe und Namen für ihre historischen Romane, die hauptsächlich in Yorkshire oder Australien zwischen der viktorianischen Zeit und dem viktorianischen Zeitalter spielen Zweiter Weltkrieg.

Ein langer und kurvenreicher Weg bis zur Veröffentlichung führte 2006 zur Veröffentlichung ihres ersten Romans. Mittlerweile hat sie über dreißig historische Familiensaga-Romane veröffentlicht, wurde ein Amazon-Bestseller und gewann mit ihrem Roman „The Slum Angel" eine Goldmedaille beim USA Reader's Beliebteste internationale Auszeichnungen. Zwei ihrer Bücher wurden für den Romance Writer's Australia Ruby Award und den USA In'dtale Magazine Rone Award nominiert und kürzlich wurde sie als Finalistin für die UK RNA RONA Awards nominiert.

# Also By

Bisher veröffentlichte Werke:
Historische Romane
To Gain What's Lost
A Price to Pay
Isabelle's Choice
Nicola's Virtue
Aurora's Pride
Grace's Courage
Eden's Conflict
Catrina's Return
Broken Hero
The Promise of Tomorrow
Engel der Slums
Beneath a Stormy Sky
The Tobacconist's Wife
Kitty McKenzie-Reihe
Kitty McKenzie
Kitty McKenzie's Land
Southern Sons
Marsh Saga-Reihe
Millie

Christmas at the Chateau
Prue
Cece
Alice
<u>Beaumont-Reihe</u>
The Market Stall Girl
The Woman from Beaumont Farm
<u>Distant-Reihe</u>
Ein ferner Horizont
Hinter den fernen Hügeln
<u>Zeitgenössische Romane</u>
Long Distance Love
Hooked on You
The War Nurse's Diary
<u>Kurzgeschichten</u>
A New Dawn